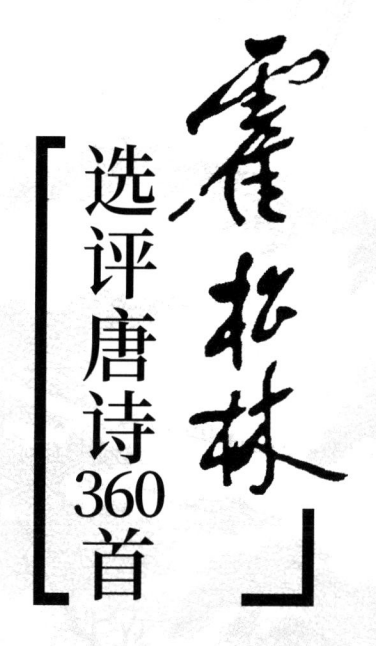

霍松林 —— 著

霍松林
选评唐诗360首

陕西师范大学出版总社　西安

图书代号　SK24N1226

图书在版编目(CIP)数据

霍松林选评唐诗360首 / 霍松林著. — 西安：
陕西师范大学出版总社有限公司, 2024.9
ISBN 978-7-5695-4439-8

Ⅰ. ①霍… Ⅱ. ①霍… Ⅲ. ①唐诗—鉴赏
Ⅳ. ①I207.227.42

中国国家版本馆 CIP 数据核字(2024)第 111182 号

霍松林选评唐诗360首
HUO SONGLIN XUANPING TANGSHI 360 SHOU

霍松林　著

责任编辑	王红凯
责任校对	张旭升
出版发行	陕西师范大学出版总社 (西安市长安南路199号　邮编710062)
网　　址	http://www.snupg.com
印　　刷	西安市建明工贸有限责任公司
开　　本	890 mm×1240 mm　1/32
印　　张	14.5
插　　页	2
字　　数	290 千
版　　次	2024 年 9 月第 1 版
印　　次	2024 年 9 月第 1 次印刷
书　　号	ISBN 978-7-5695-4439-8
定　　价	78.00 元

读者购书、书店添货或发现印刷装订问题，请与本公司营销部联系、调换。
电话：(029)85307864　85303629　传真：(029)85303879

目 录

李世民
　赐房玄龄 / 001

魏　徵
　述怀 / 002

王　绩
　野望 / 005

王　勃
　送杜少府之任蜀川 / 006
　　早春野望 / 008
　　山中 / 008

骆宾王
　在狱咏蝉 / 010
　　易水送人 / 011
　　在军登城楼 / 012

卢照邻
　长安古意 / 013

杨　炯
　从军行 / 018

苏味道
　　正月十五夜 / 020

沈佺期
　　独不见 / 022

　　杂诗 / 023

杜审言
　　和晋陵陆丞早春游望 / 025

宋之问
　　度大庾岭 / 026

　　题大庾岭北驿 / 027

　　渡汉江 / 028

张若虚
　　春江花月夜 / 029

贺知章
　　咏柳 / 031

　　回乡偶书二首 / 032

陈子昂
　　燕昭王 / 033

　　登幽州台歌 / 034

　　送魏大从军 / 035

张　说
　　幽州夜饮 / 036

苏　颋
　　夜宿七盘岭 / 038

张九龄
　　感遇 / 039
　　望月怀远 / 040

张　旭
　　桃花溪 / 041
　　山中留客 / 042

祖　咏
　　终南望馀雪 / 043

王之涣
　　登鹳雀楼 / 044
　　凉州词 / 045

孟浩然
　　望洞庭湖赠张丞相 / 047
　　过故人庄 / 048
　　春晓 / 049
　　宿建德江 / 050

李　颀
　　古从军行 / 051
　　听董大弹胡笳弄兼寄语房给事 / 052
　　望秦川 / 054
　　送魏万之京 / 055

王昌龄
　　从军行二首 / 056
　　出塞 / 058

采莲曲／059

　　长信秋词／059

　　闺怨／060

　　芙蓉楼送辛渐／061

储光羲

　　效古／062

　　同王十三维《偶然作》／063

　　田家杂兴／064

　　钓鱼湾／065

　　江南曲／066

王　维

　　渭川田家／067

　　洛阳女儿行／068

　　桃源行／070

　　使至塞上／072

　　凉州郊外游望／073

　　送梓州李使君／074

　　观猎／075

　　终南山／075

　　汉江临眺／077

　　辋川闲居赠裴秀才迪／078

　　山居秋暝／079

冬晚对雪忆胡居士家 / 080

出塞作 / 081

和贾至舍人早朝大明宫之作 / 082

积雨辋川作 / 083

杂诗 / 084

相思 / 085

鸟鸣涧 / 086

鹿柴 / 086

竹里馆 / 087

辛夷坞 / 088

田园乐四首 / 089

少年行二首 / 090

九月九日忆山东兄弟 / 091

送沈子福归江东 / 092

送元二使安西 / 093

李　白

峨眉山月歌 / 095

渡荆门送别 / 096

望天门山 / 097

金陵酒肆留别 / 097

春夜洛城闻笛 / 098

黄鹤楼送孟浩然之广陵 / 099

行路难 / 100

蜀道难 / 101

丁都护歌 / 104

子夜吴歌 / 105

塞下曲 / 106

月下独酌 / 107

将进酒 / 107

梦游天姥吟留别 / 109

宣州谢朓楼饯别校书叔云 / 111

哭晁卿衡 / 112

秋登宣城谢朓北楼 / 113

秋浦歌 / 114

赠汪伦 / 114

古风(其十九) / 115

古风(其二十四) / 116

早发白帝城 / 117

宿五松山荀媪家 / 119

苏台览古 / 120

玉阶怨 / 121

望庐山瀑布 / 121

王　湾

次北固山下 / 123

王　翰
　　凉州词 / 124

崔国辅
　　小长干曲 / 125

　　湖南曲 / 126

常　建
　　题破山寺后禅院 / 127

　　三日寻李九庄 / 128

崔　颢
　　黄鹤楼 / 129

　　长干行二首 / 130

高　适
　　营州歌 / 132

　　燕歌行并序 / 132

　　自淇涉黄河途中作二首 / 134

　　封丘作 / 136

　　送李侍御赴安西 / 137

　　别董大 / 138

裴　迪
　　华子冈 / 139

　　崔九欲往南山马上口号与别 / 139

金昌绪
　　春怨 / 140

张　巡
　　闻笛 / 141

杜　甫
　　望岳 / 143

　　房兵曹胡马 / 145

　　兵车行 / 146

　　同诸公登慈恩寺塔 / 148

　　后出塞 / 150

　　自京赴奉先县咏怀五百字 / 151

　　月夜 / 156

　　春望 / 157

　　羌村三首 / 158

　　北征 / 161

　　石壕吏 / 169

　　秦州杂诗 / 170

　　天末怀李白 / 172

　　月夜忆舍弟 / 173

　　蜀相 / 174

　　春夜喜雨 / 175

　　客至 / 177

　　水槛遣心 / 178

　　茅屋为秋风所破歌 / 179

闻官军收河南河北 / 181

绝句 / 182

绝句二首(其二) / 183

宿府 / 184

旅夜书怀 / 185

秋兴八首(选二) / 186

咏怀古迹 / 188

又呈吴郎 / 189

登高 / 190

观公孙大娘弟子舞剑器行并序 / 191

登岳阳楼 / 195

江南逢李龟年 / 196

刘方平
夜月 / 197

岑参
走马川行奉送封大夫出师西征 / 199

热海行送崔侍御还京 / 200

白雪歌送武判官归京 / 201

送李副使赴碛西官军 / 203

行军九日思长安故园 / 203

逢入京使 / 204

碛中作 / 204

无名氏
　　哥舒歌 / 205

元　结
　　贼退示官吏并序 / 206

刘长卿
　　送李中丞归汉阳别业 / 208
　　过贾谊宅 / 209
　　逢雪宿芙蓉山主人 / 210

顾　况
　　过山农家 / 211

张　继
　　枫桥夜泊 / 212

钱　起
　　省试湘灵鼓瑟 / 214
　　归雁 / 215

郎士元
　　柏林寺南望 / 217
　　听邻家吹笙 / 218

司空曙
　　云阳馆与韩绅宿别 / 219
　　江村即事 / 220

皎　然
　　寻陆鸿渐不遇 / 221

李　端
　　听筝 / 222

柳中庸
　　征人怨 / 223

严　维
　　送人往金华 / 224

　　丹阳送韦参军 / 225

张　潮
　　采莲词 / 225

　　江南行 / 226

戴叔伦
　　除夜宿石头驿 / 227

　　过三闾庙 / 228

　　苏溪亭 / 229

韦应物
　　观田家 / 230

　　寄全椒山中道士 / 231

　　寄李儋元锡 / 232

　　秋夜寄丘员外 / 233

　　滁州西涧 / 234

卢　纶
　　晚次鄂州 / 236

　　塞下曲六首（选二）/ 237

　　山店 / 238

李　益
　　喜见外弟又言别 / 240

夜上受降城闻笛 / 241

边思 / 242

从军北征 / 244

塞下曲 / 245

听晓角 / 245

江南曲 / 246

孟　郊
寒地百姓吟 / 247

游终南山 / 248

游子吟 / 250

张　籍
野老歌 / 253

山头鹿 / 254

秋思 / 254

酬朱庆馀 / 256

王　建
水夫谣 / 257

羽林行 / 258

新嫁娘词 / 260

赠李愬仆射 / 260

韩　愈
雉带箭 / 263

山石 / 264

八月十五夜赠张功曹 / 265

听颖师弹琴 / 269

左迁至蓝关示侄孙湘 / 270

题楚昭王庙 / 272

风折花枝 / 273

早春呈水部张十八员外 / 273

同水部张员外曲江春游寄白二十二舍人 / 274

盆池 / 274

晚春 / 275

次潼关先寄张十二阁老使君 / 276

和李司勋过连昌宫 / 277

刘禹锡

西塞山怀古 / 278

酬乐天扬州初逢席上有赠 / 280

望洞庭 / 281

秋词 / 282

竹枝词九首(其二) / 282

竹枝词二首(其一) / 284

浪淘沙 / 285

石头城 / 286

乌衣巷 / 287

杨柳枝词 / 288

白居易
　　赋得古原草送别 / 290
　　邯郸冬至夜思家 / 291
　　长恨歌 / 292
　　观刈麦 / 299
　　宿紫阁山北村 / 300
　　新制布裘 / 302
　　杜陵叟 / 303
　　卖炭翁 / 305
　　轻肥 / 307
　　琵琶行并序 / 309
　　春生 / 314
　　大林寺桃花 / 315
　　问刘十九 / 316
　　暮江吟 / 317
　　钱塘湖春行 / 318
柳宗元
　　溪居 / 319
　　雨后晓行,独至愚溪北池 / 320
　　田家 / 321
　　渔翁 / 322
　　登柳州城楼寄漳汀封连四州刺史 / 324

江雪 / 325

酬曹侍御过象县见寄 / 326

与浩初上人同看山寄京华亲故 / 328

元　稹

连昌宫词 / 329

遣悲怀三首 / 334

行宫 / 338

菊花 / 339

酬乐天《舟泊夜读微之诗》/ 339

贾　岛

题李凝幽居 / 340

忆江上吴处士 / 342

剑客 / 343

寻隐者不遇 / 343

刘　皂

旅次朔方 / 345

薛　涛

罚赴边有怀上韦令公 / 347

题竹郎庙 / 347

筹边楼 / 348

李　绅

悯农二首 / 349

李　涉
　　竹里 / 351

　　再宿武关 / 351

姚　合
　　秋夜月中登天坛 / 352

项　斯
　　山行 / 353

李　贺
　　李凭箜篌引 / 355

　　梦天 / 357

　　金铜仙人辞汉歌并序 / 359

　　老夫采玉歌 / 360

　　雁门太守行 / 362

　　南园十三首（其五）/ 363

卢　仝
　　走笔谢孟谏议寄新茶 / 364

许　浑
　　秋日赴阙题潼关驿楼 / 367

　　咸阳城东楼 / 368

　　途经秦始皇墓 / 369

　　谢亭送别 / 369

杜　牧
　　题扬州禅智寺 / 371

　　题宣州开元寺水阁 / 372

早雁 / 373

九日齐山登高 / 374

赤壁 / 376

寄扬州韩绰判官 / 377

江南春 / 378

山行 / 379

过华清宫绝句三首(其一) / 380

清明 / 381

秋夕 / 382

读韩杜集 / 382

泊秦淮 / 383

雍　陶
城西访友人别墅 / 384

题君山 / 385

赵　嘏
长安秋望 / 386

江楼感怀 / 387

李群玉
黄陵庙 / 388

温庭筠
商山早行 / 390

过陈琳墓 / 391

瑶瑟怨 / 393

· 17 ·

南歌子词二首（其一）／393
李商隐
　　安定城楼／395
　　隋宫／397
　　马嵬／398
　　锦瑟／400
　　无题（相见时难别亦难）／401
　　无题（昨夜星辰昨夜风）／402
　　乐游原／403
　　贾生／403
　　隋宫／404
　　夜雨寄北／406
　　嫦娥／408
　　瑶池／408
　　宿骆氏亭寄怀崔雍崔衮／409
马　戴
　　落日怅望／410
罗　隐
　　雪／411
　　蜂／412
皮日休
　　橡媪叹／412
　　汴河怀古／414

题包山 / 415

陆龟蒙
　　雁 / 415

　　和袭美钓侣 / 416

　　新沙 / 417

韦　庄
　　长安清明 / 418

　　汧阳县阁 / 420

　　古离别 / 421

　　台城 / 422

　　稻田 / 422

聂夷中
　　伤田家 / 423

　　田家 / 424

司空图
　　塞上 / 425

　　独望 / 426

　　河湟有感 / 426

　　华下 / 427

杜荀鹤
　　山中寡妇 / 428

　　乱后逢村叟 / 429

　　题所居村舍 / 430

小松 / 431

蚕妇 / 431

田翁 / 432

再经胡城县 / 432

郑　谷
鹧鸪 / 434

雪中偶题 / 435

淮上与友人别 / 435

韩　偓
故都 / 438

春尽 / 440

翠碧鸟 / 440

自沙县抵龙溪,值泉州军过后,村落皆空,因有一绝 / 441

李世民

李世民(599—649),即唐太宗,李渊次子。 祖籍陇西成纪(今甘肃秦安),徙居长安(今陕西西安)。 隋末劝其父起兵反隋。 唐高祖武德元年(618)为尚书令,进封秦王。 九年(626)六月,发动玄武门之变,杀太子建成、齐王元吉。 后被立为太子。 八月继位,次年改元贞观。 卒于贞观二十三年,谥曰文,庙号太宗。 在位期间,推行均田制、租庸调法和府兵制,发展科举制度,励精图治,任贤纳谏,政治修明,国力强盛,社会经济得到恢复和发展,史称"贞观之治"。 其开明的文化政策和自己提倡并从事诗歌创作,对唐诗的繁荣有积极影响。 《全唐诗》存诗一卷,《帝京篇》《还陕述怀》《经破薛举战地》等是其代表作。 "雪耻酬百王,除凶报千古""昔乘匹马去,今驱万乘来""一朝辞此去,四海遂为家"诸句,词气壮伟;"林黄疏叶下,野白曙霜明""笑树花分色,啼枝鸟合声""出红扶岭日,入翠贮岩烟"诸句,又构思精巧。 徐献忠《唐诗品》称其"延揽英贤,流徽四座。 其游幸诸作,宫徵铿然,六朝浮靡之习,一变而唐;虽绮丽鲜错,而雅道立矣。 其为一代之祖,又何疑焉"。

赐房玄龄[①]

太液仙舟迥[②],西园引上才[③]。 未晓征车度,鸡鸣关早开[④]。

注释

①房玄龄(579—648):齐州临淄(今属山东)人。 与魏徵、杜如晦等同为唐太宗的重要助手。 任宰相十五年,求贤若渴,量才任用,史称贤相。 ②"太液"句:汉、唐京城都有太液池,像蓬莱仙境,故称池中"舟"为"仙舟"。 迥(jiǒng窘):远。 ③西园:指西苑。 房玄龄贞观初任中书令,中书省靠近西苑。 引:《全唐诗》作"隐",与下两句不连贯,据《万首唐人绝句》改。 ④"鸡鸣"句:

《史记·孟尝君传》载函谷关鸡鸣开关放行,此句可能用此典;但"关"不限于函谷关。从泛指的、象征的意义上理解,能从更深的层次上把握全诗的意境美。

此诗意在嘉勉房玄龄为国求贤。首句从反面落墨,用一"迥"字,表明房玄龄与"太液仙舟"距离甚远,以见其无暇游乐、无意求仙。次句从正面着笔,点明他正忙于"引上才"。三、四两句,以形象而有象征意味的笔墨写"引上才"的措施和效果。唐京长安居四关之中,如果闭关拒才,谁能进来?而如今呢?雄鸡初唱,关已早开,所以天未破晓,不远千里而来的英雄豪杰已经驱车入关,向长安进发。而贤明的宰相,正在"西园"忙于援引他们呢!四句诗写得兴会淋漓,其求贤望治之意,溢于言表。

魏　徵

魏徵(580—643),字玄成,馆陶(今属河北)人。唐初著名政治家。少时家贫,好读书。隋末随李密参加瓦岗起义军,失败后降唐。辅佐李渊、李世民,拜谏议大夫,以直言敢谏著名,前后陈谏二百余事。贞观三年(629)任秘书监,主持《隋书》《群书治要》编撰;《隋书》总序及《梁书》《陈书》《齐书》总论皆出其手,世称良史。官至太子太师,进封郑国公。卒谥文贞。新、旧《唐书》有传。《全唐诗》存诗一卷。

述　怀

中原初逐鹿①,投笔事戎轩②。纵横计不就③,慷慨志犹存④。杖策谒天子⑤,驱马出关门⑥。请缨系南越⑦,凭轼下东藩⑧。郁纡陟高岫⑨,出没望平原⑩。古木鸣寒鸟,空山啼夜猿。既伤千里目⑪,还惊九逝魂⑫。岂不惮艰险⑬?深怀国士恩⑭。季布无二诺⑮,侯嬴重一言⑯。人生感意气,功名谁复论⑰。

注释

①中原:指天下。逐鹿:比喻夺取政权。这句指隋末动乱中群雄争夺天下的战争。②投笔:用东汉班超投笔从戎的典故。戎轩:战车,这里指战争。以上两句追叙自己弃文就武的经历。③纵横:合纵连横,可以引申为计谋、策略。不就:不成。这句是说,自己曾向李密献计献策,但不被采纳。④慷慨:指救济天下的不平凡的抱负。⑤策:古代赶马用的棍子。杖策:拿策赶马。谒:拜见。天子:指高祖李渊。这句写自己在戎马之中投归李渊。⑥关:指潼关。出关门:离开长安,出关东行。⑦"请缨"句:武帝时,终军自请安抚南越,临行前对武帝说,"愿请长缨(绳),必羁南越王而致之阙下"。意思是说:只要用一根绳子就能将南越王牵来归顺朝廷。终军果然说服了南越王归汉。⑧轼:车前的横木。凭轼:指乘车出使。下:说服。东藩:东方的属国。这句用西汉郦食其(lì yì jī 丽意基)的典故。汉高祖时,郦食其曾自请出使齐国,说服了齐王田广,齐国终于成为汉朝在东方的属国。以上两句以终军和郦食其自比,表示这次出关定要说服李密的旧部归顺唐朝。⑨郁纡:指山路萦回曲折。陟(zhì制):登高。岫(xiù秀):山峰。⑩"出没"句:由于山路高低不平,视线有时受到阻隔,平原也是时出时

没。 ⑪"既伤"句：《楚辞·招魂》，"目极千里兮伤春心"。 这句是说，极目千里中原，看到战乱中的荒凉景象，感到痛心。 ⑫"还惊"句：《楚辞·抽思》，"惟郢路之辽远兮，魂一夕而九逝"。 ⑬惮：怕。 ⑭国士恩：以国士相待之恩。 国士：一国之内的英杰。 魏徵曾说："主上既以国士见待，安可不以国士报之乎？"(《旧唐书·魏徵传》) ⑮季布：楚汉间人，以守信著名。《史记·季布传》引楚谚："得黄金百斤，不如得季布一诺。" ⑯侯嬴：战国魏信陵君的门客。 信陵君救赵，侯嬴年老不能随行，自言必杀身以报，果践其言。 ⑰"人生"二句：言重意气而轻功名。 意气：指前面所讲的有诺必践、有恩必报的豪侠气度。

诗题一作《出关》，自请出关劝降李密旧部，作此诗以述怀抱。 魏徵之诗，多为郊庙乐章及应制之作，唯此篇气势雄浑，风骨遒劲，在初唐诗中独放异彩。 徐增《而庵说唐诗》云："此唐发始一篇古诗，笔力遒劲，词采英毅，领袖一代诗人。"沈德潜《唐诗别裁集》云："气骨高古，变从前纤靡之习。 盛唐风格，发源于此。"叶羲昂《唐诗直解》云："此已具盛唐之骨，离却陈隋滞靡，想见其人。"

王　绩

王绩(590—644)，字无功，号东皋子。 绛州龙门(今山西河津)人，大儒王通之弟。 隋大业中(605—617)，举孝悌廉洁科，授秘书省正字，出为六合丞。 简傲嗜酒，屡被勘劾。 时天下已乱，遂托病还乡。 其后浪迹中原、吴、越间。 唐武德五年(622)，以前官待诏门下省，特判日给斗酒，时称"斗酒学士"。 贞观四年(630)，因其兄王凝得罪朝廷大臣，王氏兄弟皆受排抑，遂托疾归里。 十一年(637)，以家贫赴选，为大乐丞。 未两年，又弃官归田，躬耕东皋。 其后自撰墓志，忧愤而卒。 其诗多写田园山水，淳朴自然，无齐梁藻丽雕琢之习，对唐诗的健康发展有一定影响。杨慎《升庵诗话》卷二云:"王无功隋人入唐,隐节既高,诗律又盛,盖王、杨、卢、骆之滥觞,陈、杜、沈、宋之先鞭也。"

野　　望

东皋薄暮望①,徙倚欲何依②!树树皆秋色,山山唯落晖。牧人驱犊返,猎马带禽归。相顾无相识,长歌怀采薇③。

注释

①东皋:皋,水边地。王绩称他在故乡的躬耕、游息之地为东皋。薄暮:日将落之时。②徙倚:犹"徘徊""彷徨"。③"长歌"句:薇,羊齿类草本植物,其嫩叶可食。或以为此句诗意,乃作者联想到《诗经》中有关"采薇"的片段,长歌以抒苦闷。或以为此句诗意,即长歌《采薇歌》,怀念伯夷、叔齐。从作者心态和全诗脉络看,前解较切。

望山野秋景而生感慨,情景交融,清新淡远,是王绩的代表作,"为世传诵"(《四库全书总目》)。

首联叙事兼抒情,总摄以下六句。首句给中间两联的"望"中"野"景投入薄薄的暮色;次句遥呼尾句,使全诗笼罩着淡淡的哀愁。颔联写薄暮中的秋野静景,互文见义,山山,树树,一片秋色,一抹落晖,触发诗人彷徨无依之感。颈联写秋野动景,于山山、树树、秋色、落晖的背景上展现"牧人驱犊返,猎马带禽归"的画面。用"返"、用"归",其由远而近,向村庄走来的动态跃然纸上。这些牧人、猎人,如果是老相识,与他们"言笑无厌时"(陶潜《移居》),该多好!可是并非如此,这就引出尾联:"相顾无相识",只能长歌以抒苦闷。王绩追慕陶潜,但他并不像陶潜那样能够从田园生活中得到慰藉,故其田园诗时露彷徨、怅惘之情。

此诗一洗南朝雕饰华靡之习,发展了南齐永明以来逐渐律化的新形式,已经是一首比较成熟的五律。沈德潜云:"五言律前此失严者多,应以此首为首。"(《唐诗别裁集》卷九)

王 勃

王勃(650—675),字子安,绛州龙门(今山西河津)人。隋末大儒王通之孙。早慧好学,高宗麟德三年(666)应幽素科举,对策高第,拜朝散郎。后为沛王府侍读,时诸王斗鸡,因戏作《檄英王鸡文》,为高宗所恶,被逐出府。总章二年(669)漫游蜀中,诗文大进。后为虢州参军,恃才傲物,为同僚所嫉。咸亨五年(674),因匿杀官奴曹达犯死罪,遇赦免职。其父王福畤官雍州司户参军,受株连贬为交趾令。上元二年(675)赴交趾省亲,经南昌时作《滕王阁序》。自交趾归,渡海溺水,惊悸而卒。善属文,杨炯称其"壮而不虚,刚而能润"(《王勃集序》)。尤擅诗歌,胡应麟称其"兴象婉然,气骨苍然,实首启盛、中妙境"(《诗薮》)。与杨炯、卢照邻、骆宾王齐名,被称为"初唐四杰"。其五律、五绝及七言歌行,在"四杰"中最为杰出,对五律的建设和歌行的提高尤有贡献。有《王子安集》,《全唐诗》存诗二卷。《旧唐书》卷一九〇、《新唐书》卷二〇一均有传。

送杜少府之任蜀川[①]

城阙辅三秦[②],风烟望五津[③]。与君离别意,同是宦游人。海内存知己,天涯若比邻。 无为在歧路④,儿女共沾巾。

注释

①杜少府:名不详,少府,是当时对县尉的通称。 之任:赴任。 蜀川:犹言"蜀地"。②城阙:指长安的城郭宫阙。 三秦:项羽分秦地为雍、塞、翟三国,合称三秦,此泛指关中一带。 全句意为长安以三秦为辅。③五津:蜀中岷江的五个渡口,即白华津、万里津、江首津、涉头津、江南津,此泛指蜀川。 ④歧路:分路。 古代送行,至分路处告别。

这是一首别开生面的送行诗。 首联上句写送行之地,下句写被送者即将远去之处。 自长安"城阙"遥望"蜀川"五津,视线为"风烟"所遮,已露伤别之意,摄下文"离别""天涯"之魂。 "与君离别意"紧承首联,写惜别之情,妙在欲吐还吞。 "离别意"究竟如何,不正面明说,而改口用"同是宦游人"宽慰和鼓励对方:你和我既然同是出门做官、想干一番事业的人,那就免不了各奔前程,哪能没有分别呢? 三联推开一步,奇峰突起。 从构思方面说,很可能受了曹植《赠白马王彪》"丈夫志四海,万里犹比邻。 恩爱苟不亏,在远分日亲"的启发;但高度概括,自铸伟词,情调又积极乐观,能给人以鼓舞力量,故千百年来传诵不衰。 张九龄《送韦城李少府》中的"相知无远近,万里尚为邻",高适《别董大》中的"莫愁前路无知己,天下谁人不识君",都从此脱胎。

全诗一洗向来送行诗的悲凉情境,风格爽朗,意象雄阔,为此后创作送人赴任、从军、出使等等的诗开拓了新领域。

早春野望

江旷春潮白,山长晓岫青①。他乡临睨极②,花柳映边亭。

注释

①晓岫(xiù秀):天刚亮时候的山。②临睨(nì逆)极:望到视力所能达到的最远的地方。

此诗当作于高宗乾封年间(666—667)客居巴蜀时。早春野望,触景而生怀旧之情,妙在只写景而情寓景中,耐人寻味。黄叔灿《唐诗笺注》云:"上二句是景,下二句是景中情。'花柳'三春,故园心动,却着'边亭'二字,连上二句,有不堪临睨之悲。二十字中,极炉锤之妙。"说此诗"极炉锤之妙",当然不错;但说"上二句是景",却不确切。上二句是景,却是诗人"野望"所见,"旷"字、"长"字,已带抒情色彩。其炉锤之妙在于先写望中景,然后才点明"望"("睨")的立足点乃"他乡"的"边亭"。"边亭"已映"花柳",故乡自然春色渐浓,可是还滞留"他乡",无法回去!屈原《离骚》云:"陟升皇之赫戏兮,忽临睨夫旧乡!""临睨",俯瞰也。王勃此诗第三句,即用屈原望故乡之意。临"边亭"而遥望故乡,只见"潮白""岫青""江旷""山长",望到"极"处,也还不是故乡的山水啊!句句是景,句句是情。

山 中

长江悲已滞,万里念将归。况复高风

晚①，山山黄叶飞。

注释

①况复：一作"况属"。况：何况。复：又。属：遇到。 高风：实指秋风。 张协《七命》："高风送秋。"

因留滞于长江之侧而感到"悲"；渴望归去，而归途有"万里"之遥，更感到"悲"。 接着用"况复"逼进一层，不言"悲"情，只写"悲"景：秋风萧瑟，山山黄叶乱飞。 客子睹此秋景，何以为怀！题为"山中"，当是目睹"山山黄叶飞"而动思乡之情，却写得何等曲折。 黄叔灿《唐诗笺注》云："上二句悲路遥，下二句伤时晚。分两层写，更觉萦纡，黯然魂断。"其实不仅两层，而是三层。 伤滞、念归、悲秋，既层层逼进，又融合无间，故行文纡曲而蕴含深广。

骆宾王

骆宾王(627？—684？)，字观光，婺州义乌(今属浙江)人。 七岁能诗。 高宗显庆(656—661)时供职道王府。 其后闲居齐鲁多年，入京对策中试，授奉礼郎。因事被谪，从军西域，调赴姚州平叛。 奉使入蜀，与卢照邻酬唱。 返京历任武功、长安主簿，迁侍御史。 因上书论朝政触怒武后，谪临海丞。 光宅元年(684)，徐敬业起兵讨武则天，军中书檄，皆出其手。 兵败被杀(一说逃亡后落发为僧)。 善骈文，其《为徐敬业讨武曌檄》，历代传诵。 其诗长于歌行，"《畴昔》、《帝京》二作，不独富丽华藻、极揽天下之才，而开合曲折，尽神工之致。 莫言中、晚，即盛唐罕有与敌"(周敬、周珽《唐诗选脉会通评林》)。五律亦有佳作。 《全唐诗》存其诗三卷，诗集以清咸丰间陈熙晋《骆临海集笺注》最通行。 其生平事迹见新、旧《唐书》本传。

在狱咏蝉

西陆蝉声唱①,南冠客思侵②。那堪玄鬓影③,来对白头吟④。露重飞难进,风多响易沉⑤。无人信高洁,谁为表余心⑥!

注释

①西陆:《隋书·天文志》,"日循黄道东行,一日一夜行一度,三百六十五日有奇而周天。行东陆谓之春,行南陆谓之夏,行西陆谓之秋,行北陆谓之冬。"故以"西陆"指秋季。②南冠:指囚徒。《左传·成公九年》:"晋侯观于军府,见钟仪,问之曰:'南冠而絷者谁也?'有司对曰:'郑人所献楚囚也。'"后遂以"南冠"为囚徒的代称。③玄鬓:古代妇女把两鬓头发梳得像蝉翼,叫"蝉鬓"。玄:黑色。这里反过来以"玄鬓"指蝉翼,以部分代整体,实指蝉。④白头吟:乐府《相和歌》有《白头吟》,曲调哀怨。但这里的"白头"乃作者自指,"吟"则指蝉的哀鸣。"那堪"两句是流水对,一气贯串,大意是:我这个坐牢的"白头"之人,哪能禁受这寒蝉对我哀鸣呢?⑤"露重"两句:写秋蝉因露水太重而难飞进,因秋风凄紧而鸣声低沉,用以比喻自己身陷牢狱,有冤难伸。⑥"无人"两句:蝉栖高树,吸风饮露,可谓"高洁",可是无人相信它高洁啊!由此联想到自己也很高洁,可是又有谁相信我高洁,替我鸣冤雪谤呢?

高宗仪凤三年(678),作者因上疏论朝政触怒武后,被诬以贪赃罪下御史台狱,于狱中作此诗。诗前有长序云:"……秋蝉疏引,发声幽息……声以动容,德以象贤。故洁其身也,禀君子达人之高行;蜕其皮也,有仙都羽化之灵姿;候时而来,顺阴阳之数;应节而变,审藏用之机;有目斯开,不以道昏而昧其视;有翼自薄,不以俗厚而易其真。"吟乔树之微风,韵资天纵;饮高秋之坠露,清畏人知……"说明这首咏蝉诗意在因蝉寄慨,自写遭遇及怀抱。前四句叙狱中对蝉,后四句以蝉喻己,贴切自然,是咏物诗的上乘。

易水送人[①]

此地别燕丹[②],壮士发冲冠。昔时人已没,今日水犹寒[③]。

注释

①易水:在今河北省西部,源出易县。②此地:指易水。③"昔时"两句:从陶潜《咏荆轲》"其人虽已没,千载有馀情"化出,而不用"有馀情"之类的抽象陈述,却以"水犹寒"兼摄今昔,展示视觉、触觉、听觉形象,涵盖深广,余味无穷。

作者因临易水而想到荆轲于此地别燕丹的往事,作此诗。《史记·刺客列传》载:战国时,燕太子丹派遣荆轲刺秦王,荆轲出发,"太子及宾客知其事者,皆白衣冠以送之。至易水之上,既祖(饯别),取道,高渐离击筑,荆轲和而歌,为变徵之声,士皆垂泪涕泣。又前而为歌曰:'风萧萧兮易水寒,壮士一去兮不复还!'复为羽声慷慨,士皆瞋目,发尽上指冠。于是荆轲就车而去"。此诗前两句撮述其事,而以"此地"领起,无限凭吊之意见于言外。后两句从"风萧萧兮易水寒"翻出,以"昔时人已没"反衬"今日水犹寒",既表现人虽已没而英风侠气至今凛然,又表现"壮士一去不还",易水寒声,至今犹呜咽不已。寥寥二十字,吊古伤今,苍凉悲壮。

在军登城楼

城上风威冷,江中水气寒①。戎衣何日定②,歌舞入长安。

注释

①江:指长江。扬州南距长江不远。②"戎衣"句:《尚书·武成》,"一戎衣,天下大定"。是说武王一穿上戎衣,便灭掉纣王而使天下大定。"戎衣"句由此化出,大意是:我如今已穿戎衣,可是何时才能像武王灭纣那样灭掉武则天,使天下大定呢?

徐敬业于光宅元年(684)九月在扬州起兵讨武则天,先胜后败,至十一月被镇压。骆宾王在徐敬业军中任艺文令,此诗当作于初起兵登扬州城楼之时。前两句写登城感受,后两句展望未来。吴烶《唐诗直解》云:"徐敬业起兵,正秋风肃杀,故曰'风威冷';冬日水面有气,故曰'水气寒'。'戎衣定'、'入长安','歌舞'以庆太平也。"黄叔灿《唐诗笺注》:"只着'歌舞'句,而在军之苦俱从反面托出矣,五字是何等气魄!"

卢照邻

卢照邻(634?—686?),字升之,号幽忧子,幽州范阳(今河北涿县)人。十余岁即博学善文,二十岁时为邓王府典签,总揽书记,颇受爱重。龙朔中,调益州新都尉。秩满,流连蜀中,放旷诗酒,与王勃酬唱。后离蜀入洛阳,咸亨三年(672)染风疾。入长安,从孙思邈问医道。上元二年(675)前后,入太白山,服药中毒,遂得痼疾。永隆二年(681),转洛阳东龙门山学道服饵,与朝士名流书信往来,乞服用、药饵之资。垂拱元年(685),移居阳翟具茨山下,预为墓。终因不堪病痛折磨,自投颍水而死。工骈文、诗歌,为"初唐四杰"之一。其诗歌题材,"从宫廷走到市井"(闻一多《唐诗杂论·四杰》),扩大了创作视野。擅长歌行,与骆宾王等引进六朝辞赋的表现手法,四句或八句换韵,上下蝉联,对偶工丽,音调和谐,词采富艳,于排比铺张中见婉转流动之致,《长安古意》即其代表作。七绝亦有佳作,为李、杜所宗。有《卢照邻集》,《旧唐书》卷一九○、《新唐书》卷二○一有传。

长安古意[1]

长安大道连狭斜[2],青牛白马七香车[3]。玉辇纵横过主第[4],金鞭络绎向侯家。龙衔宝盖承朝日[5],凤吐流苏带晚霞[6]。百丈游丝争绕树[7],一群娇鸟共啼花。游蜂戏蝶千门侧,碧树银台万种色。复道交窗作合欢[8],双阙连甍垂凤翼[9]。梁家画阁中天起[10],汉帝金茎云外直[11]。楼前相望不相知,陌上相逢讵相识[12]?借问吹箫向紫烟[13],曾经学舞度芳年。得成比目何辞死[14],愿作鸳鸯不羡仙。比目鸳鸯真可羡,双去双来君不见?生憎帐额绣孤鸾[15],好取门帘贴双燕。双燕双飞绕画梁,罗帏翠被郁金香[16]。片片行云着蝉鬓[17],纤纤初月上鸦黄[18]。鸦黄粉白车中出,含娇含态情非一。妖童宝马铁连钱[19],娼妇盘龙金屈膝[20]。御史府中乌夜啼[21],廷尉门前雀欲栖[22]。隐隐朱城临玉道,遥遥翠幰没金堤[23]。挟弹飞鹰杜陵北[24],探丸借客渭桥西[25]。俱邀侠客芙蓉剑[26],共宿娼家桃李蹊[27]。娼家日暮紫罗裙,清歌一啭口氛氲[28]。北堂夜夜人如月[29],南陌朝朝骑似云。南陌北堂连北里[30],五剧三条控三市[31]。弱柳青槐拂地垂,佳气红尘暗天起。汉代金吾千骑来[32],翡翠屠苏鹦鹉杯[33]。罗襦宝带为君解[34],燕歌赵舞为君开。别有豪华称将相,转日回天不相让[35]。意气由来排灌夫[36],专权判不容萧相[37]。专权意气本豪雄,青虬紫燕坐春风[38]。自言歌舞长千载,自谓骄奢凌五公[39]。节物风光不相待,桑田碧海须臾改[40]。昔时金阶白玉堂,即今惟见青松在。寂寂寥寥扬子居[41],年年岁岁一床书。独有南山桂花发[42],飞来飞去袭人裾[43]。

注释

①古意：谓拟古、仿古，但实际是托古咏今。②狭斜：小巷。③七香车：用多种香木制成的车。④玉辇：皇帝乘车名，这里泛指贵人所乘的车。主第：公主家。皇帝赐的宅有甲乙等第之分，故称宅为"第"。⑤龙衔宝盖：车上装的华贵的伞盖，用雕有龙形的柱子支撑着，好像口衔着伞盖。⑥凤吐流苏：车盖上装饰的立凤，嘴端挂着流苏。流苏，一种彩色的球状物，底部缀有下垂的丝缕。⑦游丝：虫类吐在空中飘扬的丝。⑧复道：架在空际用以连接楼阁的通道。交窗：花格子窗。合欢：又叫夜合花、马樱花，这里指的是窗格子上的图案花形。⑨阙：宫门前的望楼。汉未央宫前有东阙、北阙双阙。甍(méng萌)：屋脊。垂凤翼：双阙上有双铜凤，故亦称双阙为"双凤阙"。⑩梁家：东汉顺帝时，外戚梁冀在洛阳大造第宅，豪华绝伦。这里借指长安达官贵人所起的宅第。中天：极言其高。⑪金茎：铜柱。汉武帝刘彻在建章宫中立铜柱，上置铜盘，名仙人掌，以承天露。云外直：形容铜柱高。⑫讵：岂。⑬吹箫：传说春秋时秦穆公有女弄玉，嫁善吹箫的萧史学吹箫，后夫妻乘凤凰双双仙去。紫烟：云。向紫烟：指飞升。⑭比目：鱼名。《尔雅·释地》："东方有比目鱼焉，不比不行，其名谓之鲽。"⑮生憎：最厌恶。帐额：帐檐。鸾：传说中凤一类的神鸟。⑯翠被：用翠鸟羽毛织成的被。郁金香：传说出自大秦国(即古罗马帝国)，我国今已广为种植，为香料作物。"罗帏"句：谓以郁金香薰帐子和被褥。⑰行云：形容女子鬓发飞动，有如缥缈的云片。蝉鬓：将鬓发梳得形似蝉翼。⑱纤纤初月：即涂作窄窄的月牙形。鸦黄：嫩黄色，又名额黄。六朝和唐代妇女喜在额上涂鸦黄色，以为装饰。⑲妖童：指豪强人家蓄的衣着华丽的少年随从。铁连钱：有圆斑的青色马。⑳娼妇：指豪贵人家蓄的歌舞妓。盘龙金屈膝：饰有盘龙纹的金属

阖叶，用于车门接茬处的零件。此处以部分代整体，指车。㉑“御史”句：指长安权贵横行，执法机关不敢干预，虚设御史府，只是乌鸦栖息的地方。御史：掌弹劾的官。乌夜啼：《汉书·朱博传》：“(御史)府中列柏树，常有野乌数千栖宿其上，晨去暮来，号曰‘朝夕乌’。”㉒“廷尉”句：与上面“御史”句对仗而意思亦同，也是形容执法机关无法履行职责，门前冷落的景象。廷尉：司法官。雀欲栖：《史记·汲黯列传》：“始翟公为廷尉，宾客盈门，及废，门外可设雀罗。”㉓翠幰：车上青色的帷幔。金堤：坚固的堤。㉔杜陵：汉宣帝陵墓，在长安东南。㉕探丸：汉时长安少年有一种专门谋杀官吏的组织，事前设赤、白、黑三种丸，参加者探取，摸得赤丸的杀武官，摸得黑丸的杀文官，摸得白丸的负责为刺杀中死去的人料理丧事。借客：助人报仇。渭桥：在今西安西北渭河上。㉖芙蓉剑：宝剑名。春秋时，越王允常请欧冶子所铸。㉗桃李蹊：《史记·李将军列传》：“桃李不言，下自成蹊。”此指人多去的热闹场所。蹊，小路。㉘氛氲(yūn 晕)：香气四溢。㉙北堂：古代妇女居住的地方。此处指娼家住的地方。人如月：指娼家貌美。㉚北里：即平康里，亦称平康坊，唐时妓女聚居的地方。㉛五剧：多条道路交错。三条：三面相通的道路。控：贯通。三市：每天三次集市。一说长安有九市，道东有三市。按，这里“五剧”“三条”“三市”为袭用成语，泛指北里附近有市场和许多纵横交错的街道。㉜金吾：即执金吾，掌管京师的治安。㉝翡翠：这里指酒泛绿色。屠苏：美酒名。鹦鹉杯：用鹦鹉螺制成的杯。㉞襦：短袄。㉟转日回天：形容权力之大。㊱排：不相让。灌夫：汉武帝时的将军，好使酒负气，后被丞相田蚡杀害。㊲判：绝对。萧相：指萧望之，在宣帝、元帝朝皆为显宦，后为石显等所陷害，入狱，自杀。㊳青虬、紫燕：皆良马名。坐春风：在春风中驰骋。㊴凌：压倒，超过。五公：指汉代张汤、杜周、萧望之、冯奉世、史丹五个权贵。㊵桑田：《神仙传》卷五，"麻姑谓王方平曰：接待以来，见东海三为桑田"。㊶扬子：指汉代扬雄，因仕宦不得意，闭门著《太玄》《法言》。人很少去他家。这里作者以扬雄自比。㊷南山：终南山，在长安南。㊸袭人裾：飘到人的衣前襟上。

以"长安古意"为题，借汉都长安人物写唐都长安现实，极富批判精神。

自开篇至"娼妇盘龙金屈膝"，铺写统治集团上层人物寻欢作乐、穷奢极欲的生活情景。从"别有豪华称将相"至"即今惟见青松在"，写权臣倾轧，得意者横行一时，有"转日回天"之力，自以为荣华永在，但不久即灰飞烟灭。在长安还有与上述人物不同的另一类人物，那便是失意的知识分子。作者本人，正是这类人物的代表，于是以穷居著书的扬雄自况，结束全篇。

全诗长达六十八句，以多姿多彩的笔触勾勒出京城长安的全貌。抑扬起伏，悉谐宫商；开合转换，咸中肯綮。既体现了大唐帝国的繁荣昌盛，又暴露了长安这座繁华都市肌体中的脓疮。在同类题材的作品中，不仅左思的《咏史（济济京城内）》、唐太宗的《帝京篇》无法比拟，就是骆宾王的《帝京篇》和王勃的《临高台》，在思想性和艺术性上也略逊一筹，可说是初唐划时代的力作。胡应麟极口称赞："七言长体，极于此矣！"（《诗薮》内编卷三）贺裳也倍加赞美："卢之音节颇类于杨，《长安古意》一篇，则杨所无。写豪狞之态，如'意气由来排灌夫'，尚不足奇；'专权判不容萧相'，虽萧无此事，俨然如见霍氏凌蔑车千秋、赵广汉突入丞相府召其夫人跪庭下。至摹写游冶，'北堂夜夜人如月，南陌朝朝骑似云'，亦为酷肖。自寄托曰：'寂寂寥寥扬子居，年年岁岁一床书。独有南山桂花发，飞来飞去袭人裾。'不惟视《帝京篇》结语蕴藉，即高达夫'有才不肯学干谒'，亦逊其温柔敦厚矣。"(《载酒园诗话》又编)

杨　炯

　　杨炯（650—693？），华州华阴（今属陕西）人，排行七。十岁举神童，待制弘文馆。上元三年（676），应制举登科，授校书郎。永淳元年（682）任太子李显詹事司直，充崇文馆学士。垂拱元年（685），出为梓州司法参军。天授元年（690）与宋之问同直习艺馆，后为婺州盈川令，世称杨盈川。长寿二年（693）以后，卒于任所。《旧唐书》本传云："炯与王勃、卢照邻、骆宾王以文词齐名海内，称为'王、杨、卢、骆'，亦号为'四杰'。炯闻之，谓人曰：'吾愧在卢前，耻居王后'，当时议者亦以为然。"张逊业《唐八家诗·杨炯集序》云："(炯)五言律工致而得明淡之旨，沈、宋肩偕。开元诸人去其纤丽，盖启之也。"胡应麟《诗薮》内编卷四云："盈川近体，虽神俊输王，而整肃雄浑，究其体裁，实为正始。"从现在所存作品看，他长于五律，颇多对仗工稳的佳联。其总体成就，实逊于王勃、卢照邻。原有文集三〇卷，已佚。明人童珮辑有《盈川集》一〇卷，附录一卷，有中华书局校点本。《旧唐书》卷一九〇有传，闻一多有《杨炯年谱》。

从军行[①]

　　烽火照西京[②]，心中自不平。牙璋辞凤阙[③]，铁骑绕龙城[④]。雪暗凋旗画[⑤]，风多杂鼓声。宁为百夫长[⑥]，胜作一书生。

注释

①从军行：乐府《相和歌·平调曲》旧题。 ②"烽火"句：化用《汉书·匈奴传》"烽之通于甘泉、长安数月"语意。 西京：指长安。 ③牙璋：调兵的符信，分两块，合处凸凹相连，叫作"牙"，分别掌握在朝廷和主将手中，调兵时以此为凭。 凤阙：指长安宫阙。《史记·封禅书》："建章宫其东则凤阙，高二十余丈。" ④龙城：匈奴的名城，借指敌方地区。 ⑤凋：此处意为"使脱色"。 旗画：军旗上的彩画。 ⑥百夫长：指下级军官。

初唐四杰的从军、出塞之诗，表现知识分子立功边陲的壮志豪情，慷慨雄壮，令人振奋，对盛唐边塞诗的高度繁荣与成熟有积极影响。 杨炯的这首《从军行》是代表作之一。 据《旧唐书·高宗纪》：永隆二年（681）突厥入侵固原、庆阳一带，裴行俭奉命出征。杨炯此诗当作于此时。 以"烽火照西京"开头，起势警竦，自然引出"心中自不平"，其"从军"保卫祖国的渴望已跃然纸上。 第二联写从军，"牙璋"才"辞凤阙"，"铁骑"已"绕龙城"，词采壮丽，对偶精整，又一气直贯，声势逼人。 三联反跌尾联：尽管风雪苦寒，战斗激烈，仍然"宁为百夫长"，为保卫祖国效力。 首尾呼应，完美地表现了"从军"主题。 贺裳《载酒园诗话又编》谓："'宁为百夫长，胜作一书生'，是愤语，激而能壮。"这是从另一角度领会的，也是诗的内涵之一。

苏味道

苏味道（648—705），赵州栾城（今属河北）人。 九岁能文，弱冠登进士第，累转咸阳尉。 裴行俭征突厥，奏为掌书记。 历任吏部员外郎、考功郎中。 延载元年（694），以凤阁舍人、检校侍郎、同凤阁鸾台平章事，寻加正授。 翌年贬为集州刺史,又召为天官侍郎。 圣历元年(698),复以凤阁侍郎同凤阁鸾台三品。 长安四年(704),贬坊州刺史,进益州长史。 神龙(705—707)初,以阿附张易之贬郲州刺史,卒于贬所。 前后两度为相,苟合取容,处事圆滑,人称"苏模棱"。 与同乡李峤以文辞出名,合称"苏李"。 又与李峤、崔融、杜审言合称"文章四友"。 多应制之作,用事典雅,后遂成"馆阁体"。 《新唐书·艺文志》著录其文集十五卷,已佚,《全唐诗》存诗一卷,《旧唐书》卷九四有传。

正月十五夜①

火树银花合②,星桥铁锁开③。 暗尘随马去,明月逐人来。 游伎皆秾李④,行歌尽落梅⑤。 金吾不禁夜,玉漏莫相催⑥。

注释

①正月十五:古称"上元",即后来的元宵节。 ②火树银花:形容灯火、焰火的绚丽。 合:连成一片。 ③"星桥"句:城河桥上,灯如繁星,关锁尽开,任人通行。 ④游伎:参加灯会演出的歌女。 ⑤落梅:《梅花落》歌曲。 ⑥金吾:即执金吾,官名,掌管京城治安。 玉漏:古代计时的工具。 "玉漏莫相催",是切盼计时器失灵,天不再亮,好玩个痛快。 "金吾"二句:京城中常年宵禁,只有正月十五夜特许狂欢达旦,所以只怕玉漏报晓。

唐人写节令、民俗的诗很多,这是其中的名作之一。 刘肃《大唐新语·文章》云:"神龙之际,京城正月望日盛饰灯影之会,金吾弛禁,特许夜行。 贵族戚属及下隶工贾,无不夜游。 车马骈阗,络绎不绝,人不得顾。 王主之家,马上作乐,以相夸竞。 文士皆赋诗一章以纪其事，作者数百人，惟中书侍郎苏味道、吏部员外郭利贞、殿中侍御史崔液三人为绝唱。"郭利贞诗云：

　　九陌连灯影，千门遍月华。　倾城出宝马，匝路转香车。烂熳惟愁晓，周游不问家。　更逢清管发，处处落梅花。

崔液诗云：

　　玉漏铜壶且莫催，铁关金锁彻明开。　谁家见月能闲坐？何处闻灯不看来？

这三首咏唐京长安元宵节的诗，尽管同被称为绝唱，但互相比较，自以苏味道的一首为优。首联写灯火盛况如在目前；次联写游人潮涌，灯月相辉；三联写灯会演出，歌女如花，歌声婉转；尾联与"打杀长鸣鸡"异曲同工。全诗律对精切，风调清新，是初唐比较成熟的五律。宋育仁《三唐诗品》称"火树银花，时留俊赏"，是符合实际的。

沈佺期

　　沈佺期(656—715)，字云卿，排行三，相州内黄(今属河南)人。高宗上元二年(675)进士及第，任协律郎。圣历(698—700)中，参修《三教珠英》。大足元年(701)《三教珠英》修成，迁考功员外郎。长安二年(702)迁给事中。四年(704)，因受贿入狱，不久获释。神龙元年(705)，因诣附张易之被流放驩州，历两年遇赦北返。迁台州录事参军。景龙(707—710)中，以起居郎兼修文馆直学士，历中书舍人，终太子詹事，世称沈詹事。与宋之问齐名，合称"沈宋"，对五律的定型和七律的创建多有贡献。刘𫗴《隋唐嘉话》卷下云："沈佺期以工诗著名，燕公张说尝谓之曰：'沈三兄诗，直须还他第一。'"其在当时诗名之重，于此可见。其诗初多奉和应制之作，南贬以后，题材扩大，情感真切，诗风一变，下启张说,开盛唐先声。原有集十卷,久佚。明人王廷相辑为《沈詹事诗集》七卷,《全唐诗》存诗三卷。《新唐书》有传。

独不见①

卢家少妇郁金堂②,海燕双栖玳瑁梁③。九月寒砧催木叶④,十年征戍忆辽阳⑤。白狼河北音书断⑥,丹凤城南秋夜长⑦。谁谓含愁独不见,更教明月照流黄⑧。

注释

①独不见:《才调集》题作《古意呈乔补阙知之》。②"卢家"句:梁武帝萧衍《河中之水歌》,"河中之水向东流,洛阳女儿名莫愁。……十五嫁为卢家妇,十六生儿字阿侯。卢家兰室桂为梁,中有郁金苏合香"。首句语意本此。郁金:芳香植物。郁金堂:指以郁金香涂壁的堂屋。③玳瑁梁:指以玳瑁(水产动物,其甲光滑有文彩)装饰的屋梁。④砧(zhēn真):捣衣用的工具。⑤辽阳:今辽宁省一带。⑥白狼河:又名大凌河,在今辽宁省南部。⑦丹凤城:指长安帝城。因其中有凤阙,又有丹凤门,故名。⑧流黄:黄紫色的绢,此指帏帐。

《独不见》为乐府旧题,属《杂曲歌辞》。诗题一作《古意呈乔补阙知之》。乔知之于武则天万岁通天元年(696)以左补阙随武攸宜北征契丹,次年得胜回朝,因爱妾碧玉事为武承嗣所杀。此诗当是乔知之出征之时，作者以碧玉口吻代赠之作，与骆宾王《代王灵妃赠道士李荣》相类，生动地表现了少妇思念征夫的典型情绪，在客观上具有普遍意义。

此诗起、结警挺，中间两联对仗工丽，通篇色彩鲜妍，气势飞动，情景交融，声韵和谐，是七律初创阶段出现的最佳作品，有示范意义。胡应麟认为它是"初唐七律之冠"(《诗薮》内篇)，何景明、薛蕙均推为唐人七律第一(杨慎《升庵诗话》卷一)，沈德潜称它"骨高，气高，情韵俱高"(《说诗晬语》)，姚姬传甚至认为它"高振唐音，远包古韵，此是神到之作，当取冠一朝矣"(《五七言今体诗钞》)。

杂　诗

闻道黄龙戍①，频年不解兵②。可怜闺里月，长在汉家营③。少妇今春意，良人昨夜情④。谁能将旗鼓⑤，一为取龙城⑥。

注释

①黄龙：指黄龙冈，在今辽宁省开原县西北。戍：防守，这里指驻兵防守的要地。②频年：连年。解兵：罢兵。③"可怜"两句：是流水对，一气贯串，意谓天空的明月，本来应该照耀夫妻同在闺中过团圆美满的爱情生活，可是它却长照军营中的丈夫，夫妻只能两地望月，互相思念，多么可怜！④"少妇"两句：互文见意，意谓夫妻不论是"今春"还是"昨夜"，一年四季，日日夜夜，都在互相思念。良人：古代妻子对丈夫的尊称。⑤将旗鼓：挥旗击鼓。将，动词，相当于"持""拿"。⑥一为：一举。龙城：原址在今蒙古

人民共和国,本是匈奴祭天处,这里泛指敌方地区。

"杂诗"是汉魏以来诗人们常用的诗题,一般一题多首甚至数十首(如杜甫《秦州杂诗二十首》),属于"组诗"性质,但各首之间并无必然的联系,与表现同一主题的"连章诗"(如《秋兴》八首)不同,因为它"杂"。

沈佺期的这一首诗,写闺中少妇与征夫彼此相思之苦,寄希望于消除边患,共享和平生活,情思凄婉,一气转折,是历代传诵的五律名篇。

杜审言

杜审言(645?—708),字必简,原籍襄阳(今属湖北),从祖父起,迁居巩县(今属河南)。 咸亨元年(670)登进士第,历任隰城尉、洛阳丞。 武周圣历元年(698),贬为吉州司户参军。 因与州僚不和,被诬陷下狱,将被杀。 其子杜并年十八,刺杀仇家,被杀。 武后闻之,甚叹异,召见审言,授著作佐郎,继迁膳部员外郎。 神龙元年(705),因谄附张易之兄弟,被中宗流放峰州。 不久召还,为国子监主簿、修文馆直学士。 其生平事迹,见《旧唐书》卷一九○、《新唐书》卷二○一及《唐才子传》卷一。 青年时代与崔融、李峤、苏味道齐名,时称"文章四友"。 晚年与沈佺期、宋之问唱和,对近体诗的形成颇有贡献。 胡应麟《诗薮》内编卷四云:"初唐无七言律,五言亦未超然。二体之妙,杜审言实为首倡。"五言则"行止皆无地""独有宦游人",排律则"六位乾坤动""北地寒应苦",七言则"季冬除夜""毗陵震泽","皆极高华雄整"。 许学夷《诗源辩体》卷一三云:"五言律体实成于杜、沈、宋,而后人但言成于沈、宋,何也?审言较沈、宋复称俊逸,而体自整栗,语自雄丽,其气象风格自在,亦是律诗正宗。"审言是杜甫的祖父,杜甫曾说"吾祖诗冠古""诗是吾家事",其诗律、句法,深受审言影响。 如胡应麟所说:"少陵继起,百代模楷,有自来矣。"今存宋本《杜审言集》一卷,《全唐诗》存诗一卷。

和晋陵陆丞早春游望

独有宦游人,偏惊物候新①。云霞出海曙,梅柳渡江春。淑气催黄鸟,晴光转绿蘋②。忽闻歌古调,归思欲沾巾③。

注释

①"独有"两句:只有离家做官的人,才对节令、气候的变化特别敏感,刚有一点春天的气息,便感到惊异。"物候新",扣题目中的"早春"。②"云霞"四句:写于晋陵游望时所见的"物候新"。晋陵距东海不远,在长江以南。望见东海升起云霞,便知红日将升,天已破晓;江南春早,因而梅柳一过长江,便换上了春妆。"淑气"指春风,春风一吹,便催得黄莺歌唱。"晴光"指阳光,阳光照射水面,水中的蘋草便逐渐转绿。③"忽闻"两句:"古调",指陆丞的《早春游望》诗。陆丞离家宦游,在诗中大概流露了思家怀归的情绪,作者也是宦游人,所以读完陆丞的诗,便唤起了怀归之情,而且几乎要流出眼泪。"归思"的"思"是名词,读去声。

晋陵,唐县名,即今江苏常州。丞,官名,从八品下。晋陵县丞陆某作了一首《早春游望》诗,审言作了这首和诗,兴象超妙,历代传诵。其首联,纪晓岚评云:"起句警拔,入手即撇过一层,擒题乃紧,知此自无通套之病。"吴北江评云:"起句警矫不群。"其次联,吴北江评云:"华妙。"其尾联,纪晓岚评云:"末收'和'字亦密。"(评语俱见高步瀛《唐宋诗举要》)

宋之问

宋之问(656—713)，一名少连，字延清，虢州弘农(今河南灵宝)人，一说汾州西河(今山西汾阳)人。高宗上元二年(675)登进士第。武周天授元年(690)与杨炯并以学士分直习艺馆。后授洛州参军，迁上方监丞，参修《三教珠英》，迁左奉宸内供奉。神龙元年(705)中宗复辟，以谄附张易之贬泷州参军。次年春，逃归洛阳，匿张仲之家，令兄子告发仲之谋杀武三思，升鸿胪主簿，转户部员外郎，兼修文馆直学士，再转考功员外郎。三年(707)，知贡举贪贿，贬越州长史。景云元年(710)，以曾谄事张易之、武三思，流徙钦州，后赐死。事迹见新、旧《唐书》本传，《唐才子传》卷一。其诗以对偶精工、音韵谐调的特色与沈佺期齐名，号"沈宋体"，对初唐律体的完善颇有贡献。尤擅长五律，流贬中所作，言浅情深，真切感人。五言排律、五言绝句、七言古诗等俱有佳作。原有集十卷，其友人武平一辑，久佚。今传《四部丛刊续编》本《宋之问集》，乃后人所辑。《全唐诗》存诗三卷。

度大庾岭[①]

度岭方辞国[②]，停轺一望家[③]。魂随南翥鸟[④]，泪尽北枝花[⑤]。山雨初含霁，江云欲变霞。但令归有日，不敢怨长沙[⑥]。

注释

[①]大庾岭：在今江西大庾县，为五岭之一，因岭上多梅花，也称"梅岭"。[②]国：指京城长安。[③]轺(yáo 姚)：一种轻便的马车。[④]翥(zhù 著)：飞。[⑤]北枝花：古人认为大庾岭中分南北，岭南暖，梅花早开；岭北寒，梅花迟开。作者要度岭南下，故"魂随南翥鸟"；看见岭北梅花已开而北望家乡，迟迟不忍离去，故"泪尽北枝花"。[⑥]"但令"两句：《史记·屈原贾生列传》载，贾谊被贬到长

沙,因地气潮湿、"寿不得长"而怨嗟。作者化用其意:只要将来能够回来,就不敢怨恨贬地卑湿。以委婉的措词,表达了渴望生还的心情。

武周长安五年(705),武则天病危,大臣张柬之等逼她退位,中宗李显重新执政,则天的宠臣张易之等被杀。宋之问因谄事张易之被贬为泷州(治所在今广东罗定县东)参军,途经大庾岭作此诗以抒发依恋京城、渴望生还的情怀。平仄协调,对仗工稳,情景交融,委婉深曲,标志着五言律诗的成熟。

题大庾岭北驿①

阳月雁南飞,传闻至此回。我行殊未已,何日复归来②。江静潮初落,林昏瘴不开。明朝望乡处,应见陇头梅③。

注释

①驿:驿舍,驿亭,古代官办的交通站。②前四句:传说大雁南飞,到了大庾岭便折回,而我到了大庾岭还得南去,行程远远没有终止,哪一天才能回来呢!四句诗一气呵成,曲尽情理。阳月:阴历十月。殊未已:远远没有终止。③陇头梅:沈德潜云,"'陇头'疑是'岭头'"。按,"陇"是"山陇"之"陇",即指"岭",非"秦陇"之"陇",作"陇头"不误。作者住在岭北驿站,预想明朝登上大庾岭的顶峰北望故乡,大概可以见到那里已有梅花开放吧。或用陆凯赠范晔诗"折梅逢驿使,寄与陇头人"作解释,似不切。

《旧唐书》卷一九〇《宋之问传》云："之问再被窜谪，途经江岭，所有篇咏，传布远近。"此首与前一首，便是其中的代表作。

渡汉江[①]

岭外音书断，经冬复历春[②]。近乡情更怯，不敢问来人。

注释

①汉江：今汉水中游的襄河。②"岭外"两句：自神龙元年（705）被贬至第二年逃归，经过了冬季和春季，与家中一直未通音信，不知家中是否受到株连，所以当"渡汉江"，近家乡时，有后两句所表现出的忐忑心情。

一作李频诗，误。宋之问于神龙二年（706）由泷州贬所逃归洛阳，途经汉江时作此诗。"近乡情更怯，不敢问来人"真切地表现了既渴望了解家中近况又害怕听到家中近况的特殊心境，是历代传诵的名句。杜甫《述怀》"反畏消息来，寸心亦何有"，当从此化出。

张若虚

张若虚（660?—720?），扬州（今属江苏）人。曾官兖州兵曹。中宗神龙（705—707）中，与贺知章、万齐融、邢巨、包融等以"文词俊秀"而扬名京城。又与贺知章、包融、张旭友善，俱以能诗名著当时，号"吴中四士"。其诗多散佚，《全唐诗》仅存诗二首。其一为《代答闺梦还》，写闺情，未脱齐梁诗风，无鲜明个性特色。其一为《春江花月夜》，"孤篇横绝"，"竟为大家"（王闿运《王志·论唐诗诸家源流》）。其事迹见《旧唐书》卷一九〇《贺知章传》、《新唐书》卷一四九《刘宴传》附《包佶传》及《唐诗纪事》卷一七。

春江花月夜①

春江潮水连海平，海上明月共潮生。滟滟随波千万里②，何处春江无月明。江流宛转绕芳甸③，月照花林皆似霰④。空里流霜不觉飞，汀上白沙看不见⑤。江天一色无纤尘，皎皎空中孤月轮。江畔何人初见月？江月何年初照人？人生代代无穷已，江月年年只相似。不知江月照何人，但见长江送流水。白云一片去悠悠，青枫浦上不胜愁。谁家今夜扁舟子，何处相思明月楼？可怜楼上月徘徊，应照离人妆镜台。玉户帘中卷不去，捣衣砧上拂还来。此时相望不相闻，愿逐月华流照君。鸿雁长飞光不度，鱼龙潜跃水成文。昨夜闲潭梦落花，可怜春半不还家。江水流春去欲尽，江潭落月复西斜。斜月沉沉藏海雾，碣石潇湘无限路⑥。不知乘月几人归，落月摇情满江树。

注释

①春江花月夜：乐府《清商曲·吴声歌》旧题，创始于陈后主，现存歌辞，最早的有隋炀帝所作二首，乃五言二韵小诗。②滟滟：波光闪灼貌。③芳甸：杂花飘香的原野。④霰（xiàn 线）：雪珠。⑤汀（tīng 听）：河滩。⑥碣石：山名，在今河北昌黎。潇湘：二水名，均在今湖南。

《春江花月夜》原为乐府旧题，现存隋炀帝二首，不过短篇写兴，即席口占。而张若虚的这一首，却扩为长歌，进行了全新的艺术创造。全诗兼写春、江、花、月、夜及与其相关的各种景色，而以月光统众景，以众景含哲理、寓深情，构成朦胧、深邃、奇妙的艺术境界，令人探索不尽，玩味无穷。全诗三十六句，每四句换韵，平、上、去相间，抑扬顿挫，与内容的变化相适应，意蕴深广，情韵悠扬。

这篇诗受到明清以来诗论家的高度赞扬。胡应麟《诗薮》内编云："张若虚《春江花月夜》流畅婉转，出刘希夷《白头翁》上。"锺惺《唐诗归》云："将春、江、花、月、夜五字炼成一片奇光，真化工手！"陆时雍《唐诗镜》云："微情渺思，多以悬感见奇。"毛先舒《诗辨坻》云："张若虚'春江潮水'篇，不着粉泽，自有腴姿，而缠绵酝藉，一意萦纡，调法出没，令人不测，殆化工之笔哉！"王尧衢《古唐诗合解》云："情文相生，各各呈艳，光怪陆离，不可端倪，真奇制也。"闻一多《宫体诗的自赎》更将共誉为"诗中的诗，顶峰上的顶峰"。

贺知章

贺知章(659—744),字季真,排行八,越州永兴(今浙江萧山)人,早年移居山阴(今浙江绍兴)。少以文辞知名,后以"清谈风流"为人倾慕。武后证圣元年(695)登进士第,因陆象先引荐,授国子四门博士,后迁太常博士。玄宗开元十年(722)因张说推荐,入丽正院书院修书,同撰《六典》和《文纂》。十三年(725)迁礼部侍郎,累迁秘书监,世称贺监。为人放达不拘礼法,自号"四明狂客"。天宝初,归隐镜湖,不久病卒。生平事迹见新、旧《唐书》本传。其诗大多散佚,《全唐诗》仅收十九首,《全唐诗外编》《全唐诗续拾》补收诗二首,大抵清新隽永,时有新意。

咏 柳

碧玉妆成一树高①,万条垂下绿丝绦②。不知细叶谁裁出?二月春风似剪刀。

注释

①碧玉:指柳条、柳叶。②丝绦(tāo 滔):用丝编织的带子,形容低垂摇曳的柳条。

第一句总写,第二句写柳条,三、四两句写柳叶而别出心裁,命意措辞皆新颖可喜。宋人梅尧臣《东城送运判马察院》"春风骋巧如剪刀,先裁杨柳后杏桃",清人金农《柳》"千丝万缕生便好,剪刀谁说胜春风",皆从此化出。

回乡偶书二首

　　少小离家老大回，乡音无改鬓毛衰①。儿童相见不相识，笑问客从何处来。

　　离别家乡岁月多，近来人事半消磨。惟有门前镜湖水②，春风不改旧时波。

注释

　　①衰：一作"摧"。　②镜湖：在今浙江绍兴市南。

　　贺知章于天宝二年（743）上表求还乡里，次年正月离长安，玄宗作诗送行，一时文士皆有赠诗。还乡不久而卒，年八十六。《回乡偶书》两首，作于抵家之时。诗似信口说出，讲心中事、眼前景，而无限经历、无穷感慨，即蕴含其中，足以激发一切游子的情感共鸣。第一首尤传诵不衰。唐汝询《唐诗解》云："描写久客之感，最为真切。"宋宗元《网师园唐诗笺》云："情景宛然，纯乎天籁。"

陈子昂

　　陈子昂（661—702），字伯玉，梓州射洪（今属四川）人。家世富豪，少年时任侠使气，至十八岁始发愤治学，博览群书。文明元年（684）登进士第，诣阙献书，武则天召见金华殿，授麟台正字。垂拱二年（686），随左补阙乔知之北征，至张掖而返。补右卫胄曹参军。因母丧返里。服满，拜右拾遗，直言敢谏，被构陷入狱经年，免罪复官。万岁通天元年（696），随建安郡王武攸宜北征契丹，参谋军事。因意见不合,徙为军曹。军还,仍任拾遗。圣历元年(698),以其父年老解职回乡。后为县令段简陷害,死于狱中(沈亚之《上九江郑使君书》,以为段简害陈子昂,系受武三思指使)。因官终右拾遗,故世称陈拾遗。子昂首倡汉魏风骨,力矫齐梁靡丽。五古风格高峻,其《感遇》组诗三十八首,上追阮籍《咏怀》,历来为诗论家所称道。五律亦有佳作,如《白帝城怀古》,可与沈佺期、宋之问五律名篇媲美。杜甫称赞他"有才继骚雅","名与日月悬";韩愈也说"国朝盛文章,子昂始高蹈",可见其影响之巨。其诗文集以《四部丛刊》本《陈伯玉集》最通行,以今人徐鹏校点之《陈子昂集》最完备。生平事迹见卢藏用《陈氏别传》、赵儋《故右拾遗陈公旌德碑》及新、旧《唐书》本传。近人罗庸有《陈子昂年谱》。

燕昭王[①]

南登碣石馆[②],遥望黄金台[③]。丘陵尽乔木,昭王安在哉?霸图今已矣,驱马复归来[④]。

注释

①燕昭王:姓姬名平,战国时燕国的中兴之主,事迹见《史记·燕召公世家》。②碣石馆:指碣石宫。《史记·孟子荀卿列传》载:邹衍到燕国,昭王为他筑碣石宫,拜他为师。③黄金台:燕昭王筑台置千金于其上以召贤士,所以后人称此台为黄金台。④"霸图"两句:成就霸业的雄图大略现在已经完了,还是驱马回去吧!作者以国士自命而得不到重用,吊古伤今,发此慨叹,如沈德潜所指出:"言外见无人延国士也。"(《唐诗别裁集》卷一)

这是《蓟丘览古赠卢居士藏用七首》的第二首。作者随武攸宜北征契丹，先头部队大败，驻军渔阳（今河北蓟县）的武攸宜闻讯震恐，不敢进军。作者屡提建议，并请自领万人冲锋，却不但未被采纳，反而受到降职处分。他满腔悲愤，出蓟门，登燕台，有感于燕昭王"卑身厚币以召贤者"，乐毅等"争趋燕"，因而转败为胜的往事，作了这首诗。

登幽州台歌①

前不见古人，后不见来者②。念天地之悠悠，独怆然而涕下！

注释

①幽州：郡名，唐属河北道，治蓟，故城在今北京市西南。幽州台：指蓟丘、燕台。因燕昭王置金于台上延天下士，又称黄金台，故址在今北京德胜门外。②者：古音"诈"，与"下"押韵。

此诗作于《燕昭王》之后。"幽州台"即"黄金台"，由"遥望黄金台"而登上黄金台，则《燕昭王》一诗的内涵，正是《登幽州台歌》的诱引，但后者的雄阔境界和深远意蕴，远非前者可比。诗人立足于幽州台这个时间与空间的交汇点，眼观天地，空间无边无际，而个人何其渺小！神游古今，时间无始无终，而一生何其短暂！如何变渺小为伟大、化短暂为永恒，这正是诗人所感"念"的人生哲理。然而放眼历史长河：朝前看，包括燕昭王、乐毅等在内的一切明君贤臣、英雄豪杰已一去不返，追之不及，望而不见；向后看，像燕昭王、乐毅那样的一切明君贤臣、英雄豪杰尚未出现，盼望不及，等待不来。于是一种沉重的孤立无援、独行无友的孤独感袭上心头，不禁怆然而涕下。

《登幽州台歌》是体现陈子昂诗歌主张的代表作。它的出现，标志着齐梁浮艳诗风的影响已一扫而空，盛唐诗歌创作的新潮即将涌现。明人胡震亨以陈涉比陈子昂："大泽一呼，为众雄驱先。"(《唐音癸签》卷五)这是很有见地的。

送魏大从军①

匈奴犹未灭②，魏绛复从戎③。怅别三河道④，言追六郡雄⑤。雁山横代北⑥，狐塞接云中⑦。勿使燕然上⑧，唯留汉将功。

注释

①魏大：生平不详，因在兄弟中排行老大，故称魏大。②"匈奴"句：用霍去病"匈奴未灭，无以家为也"语意。匈奴：泛指边地入侵内地的少数民族。③魏绛：春秋时晋国大夫，曾向晋悼公建议联合晋国附近的少数民族，认为"和戎有五利"，悼公便"使魏绛盟诸戎"。这里以魏绛指魏大，因其姓相同，古诗中常用此法。④三河：指河(黄)东、河内、河南。《史记·货殖列传》："三河在天下之中。"即黄河中游平原地区。⑤言：语首助词。六郡：金城、陇西、天水、安定、北地、上郡。《汉书·赵充国传》载赵充国为"六郡良家子"，汉武帝时"从李贰师将军击匈奴，官至后将军"。这一句是勉励魏大上追赵充国，为国立功。⑥雁山：指雁门山，在今山西代县西北。代：代州，今山西代县。⑦狐塞：即飞狐塞，在今河北涞源县北。云中：郡名，在今山西境内。⑧燕(yān烟)然：山名，即杭爱山，在今蒙古人民共和国境内。《后汉书·窦

宪传》：窦宪大破北单于，"登燕然山……刻石勒功，记汉威德，令班固作铭"。

送友人从军，劝勉他为国立功，从而抒发了作者保卫祖国的豪情壮志。 沈德潜云："绛本和戎，今曰'从戎'，此活用之法。 一结雄浑。"（《唐诗别裁集》卷九）

张　说

　　张说（667—730），字道济，一字说之，洛阳人。 武后时中贤良方正科第一，授太子校书郎。 转右补阙，参修《三教珠英》，累迁太子舍人。 为人刚正，因不附和张易之兄弟，触忤武后，流放钦州。 中宗即位，召还，任兵部侍郎，累迁工部、兵部侍郎，兼修文馆学士。 睿宗景云二年（711），任宰相，监修国史。 玄宗即位，因决策诛太平公主有功，封燕国公，任中书令。 因与宰相姚崇不和，出为相州、岳州刺史。 开元九年（721），召为兵部侍郎，同中书门下三品，迁中令书，授右丞相、尚书左丞相。 前后三度任宰相，掌文学之任三十年。 其文有意矫正陈隋以来浮靡之风，讲究实用，重视风骨，刚健朗畅，与许国公苏颋齐名，时号"燕许大手笔"。 朝廷重要文诰多出其手，尤长于碑文墓志。 诗多应制之作，贬岳州之后，诗风一变，怀人寄言，托物写心，凄婉动人。 辛文房《唐才子传》卷一称其"诗法特妙，晚谪岳阳，诗益凄婉，人谓得江山之助"。 屠隆《唐诗类苑序》也说："燕公流播，其诗凄婉。"喜提拔后起之秀，张九龄、贺知章、王翰、王湾等二十余人，都受其奖掖，对盛唐文学的繁荣颇有影响。 生平事迹见张九龄所撰《燕国公赠太师张公墓志铭》、《旧唐书》卷九七、《新唐书》卷一二五本传，今人陈祖言有《张说年谱》。 其《张燕公集》三十卷，有蜀刻本。 《全唐诗》存诗五卷。

幽州夜饮[①]

凉风吹夜雨，萧条动寒林。　正有高堂

宴,能忘迟暮心②? 军中宜剑舞③,塞上重笳音④。不作边城将,谁知恩遇深?

注释

①幽州:郡名,唐属河北道,治所在今北京市大兴县。 ②迟暮心:已到老年的感慨。屈原《离骚》云:"恐美人之迟暮。"③"军中"句:军中缺乏文娱活动,只能以舞剑为乐。《史记·项羽本纪》项庄曰:"军中无以为乐,请以剑舞。"④"塞上"句:边塞上受人重视的音乐,只有吹笳。

《新唐书》卷一二五《张说传》载:张说被贬岳州,心怀忧惧。他素与苏颋之父友善,而苏颋正在相位,因作《五君咏》献颋。其中有一首写苏颋的亡父。颋读诗呜咽,便在皇帝面前陈述张说为人忠直,且有功勋,应该重用,于是调任荆州长史。不久,又以右羽林将军检校幽州都督。这首《幽州夜饮》即作于任幽州都督之时。首句挺拔。尾联本意是,与朝臣相比,边将生活异常艰苦。却不这样直说,而说如果不做边将,那怎么能够领会在京城做官时所受到的皇恩之深呢?讬意深婉,耐人寻思。沈德潜评云:"此种结,后惟老杜有之,远臣宜作是想。"(《唐诗别裁集》卷九)

苏 颋

苏颋(670—727),字廷硕,京兆武功(今属陕西)人。武后朝进士,授乌程尉,累迁右台监察御史。中宗时历任给事中、修文馆学士、中书舍人。睿宗时,擢工部侍郎,袭父苏瓌爵许国公,世称苏许公。玄宗朝居宰相位四年,与宋璟共理朝政。后转礼部尚书,又出为益州大都督府长史。新、旧《唐书》有传。苏颋工文辞,朝廷制诰多出其手,与燕国公张说齐名,并称"燕许大手笔"。亦工诗,李因培称"苏公诗气味深醇,骨力高峻,想其落纸时总不使一直笔,故能字字飞动,而无伤于浑雅"(《唐诗观澜集》)。唯应制之作文浮于质,且比例甚大,故佳作流传不多。有《苏廷硕集》,《全唐诗》存诗二卷。

夜宿七盘岭

独游千里外①,高卧七盘西。晓月临窗近,天河入户低②。芳春平仲绿③,清夜子规啼④。浮客空留听⑤,褒城闻曙鸡⑥。

注释

①游:这里指流放。②天河:银河。③平仲:木名,即银杏,俗称白果树。④子规:即杜鹃鸟。⑤浮客:作者被流放,前途迷茫,故自称浮客。浮,飘浮不定。⑥曙鸡:报晓的鸡啼声。

此诗乃南流𧮀州途中所作。七盘岭在今陕西褒城县北,极险要。"晓月"一联描状山岭高峻,颇有气势。

张九龄

张九龄(678—740),字子寿,韶州曲江(今广东韶关)人。武周神功元年(697)登进士第,授校书郎。神龙三年(707),中材堪经邦科,始调校书郎。玄宗先天元年(712),中道侔伊吕科,授左拾遗。秩满,去官归养,奉诏开大庾岭。开元六年(718)迁左补阙。其后历礼部员外郎、司勋员外郎、中书舍人、太常少卿、洪州刺史、桂州刺史、工部侍郎、中书侍郎等职。开元二十一年(733)拜中书侍郎同中书门下平章事,翌年迁中书令,兼集贤学士知院事、修国史。二十四年(736),受李林甫排挤,改尚书右丞相。翌年贬荆州长史,二十八年病卒。

张九龄是著名开元贤相,在朝直言敢谏。玄宗宠信安禄山,他指出禄山狼子野心,其后必叛。玄宗欲任李林甫为相,他指出倘任此人为相,将来必"祸延宗社"。玄宗皆不听,果酿成大患。其诗早年有台阁习气,后来大变诗风,寄兴深婉,洗尽六朝铅华。杜甫《八哀》评其诗"诗罢地有馀,篇终语清省。自成一家则,未缺只字警",指出了主要特色。今存《张曲江先生文集》二十卷,《全唐诗》存诗三卷。其事迹见新、旧《唐书》本传及近年韶关发现的《张九龄墓志铭》。

感　　遇

江南有丹橘①,经冬犹绿林。岂伊地气暖?自有岁寒心②。可以荐嘉客③,奈何阻重深④?运命惟所遇,循环不可寻⑤。徒言树桃李,此木岂无阴⑥?

注释

①丹橘:红橘。②"岂伊"二句:橘树经冬犹绿,哪里是由于江南地气温暖,那是由于它本身具有耐寒的特性。伊:助词。岁寒心:自《论语·子罕》"岁寒然后知松柏之后凋也"化出。③荐嘉客:奉献给嘉宾。④阻重深:为山重水深所阻。这两句是说,丹橘本来可以奉献给嘉宾,但被重山深水所阻,有什么办法?⑤"运命"二句:命运好坏,只看遭遇如何,而遭遇及好或坏的原因何在,却像绕着一个圆环摸索,总摸不清楚。⑥"徒言"二句:《韩诗外传》载赵简子语云,"春树(栽)桃李,夏得阴其下"。作者则从赞颂丹橘着

眼,反问道:人们光说栽桃李可以遮荫,难道橘树下面就没有阴凉吗?

张九龄《感遇》十二首,乃谪居荆州时所作,含蓄蕴藉,寄托遥深,历来受到诗论家的重视。 如高棅《唐诗品汇》云:"张曲江公《感遇》等作,雅正冲淡,体合风骚,骎骎乎盛唐矣。"贺贻孙《诗筏》云:"张曲江《感遇》,语语本色,绝无门面,而一种孤劲秀淡之致,对之令人意消。 盖诗品也,而人品系之。"这里所选的第七首,以傲冬之"丹橘"不为世用比自己之遭逸罢相,以媚时之桃李备受栽培比喻李林甫等奸邪小人受宠得志,而又含而不露,耐人寻味。

望月怀远

海上生明月,天涯共此时①。 情人怨遥夜②,竟夕起相思③。 灭烛怜光满④,披衣觉露滋⑤。 不堪盈手赠,还寝梦佳期⑥。

注释

①"海上"二句:明月从东海上升起,远在天涯的情人此时此刻,一定与我同时仰望明月。 ②遥夜:长夜。 ③竟夕:整夜。 ④"灭烛"句:灭掉烛光,爱惜那月光满室。 ⑤"披衣"句:披衣出户,久久地望月怀人,感到衣服被露水浸湿。 ⑥"不堪"二句:想掬一把月光遥赠远人,可是那月光掬不满手,还是回到室内就寝,也许能梦见与情人相会吧! 不堪:不能够。 佳期:美好的约会。

以"望月怀远"为题,每一联写望明月,每一联写怀远人,情景交融,缠绵深婉。

张　旭

张旭(675?—750?)，字伯高，排行九，吴(今江苏苏州)人。曾官常熟(今属江苏)尉、金吾长史，世称张长史。他是盛唐时代著名书法家，工草书，性嗜酒，常于醉后呼叫狂走，然后落笔作狂草，时称"张颠"，亦称"草圣"。其草书与李白诗、裴旻剑舞齐名，时号"三绝"。与贺知章、包融、张若虚合称"吴中四士"，又与高适、李颀友善，有诗赠答。生平事迹见张怀瓘《书断》卷三、僧适之《金壶记》卷中及《新唐书》本传。其诗多描写山水景物，抒发自由洒脱的思想情趣，清迥超妙，别饶神韵。明人锺惺云："张颠诗不多见，皆细润有致。乃知颠者不是粗人，粗人颠不得也。"(《唐诗归》卷一三)《全唐诗》存其诗六首、《全唐诗续拾》补诗四首。

桃花溪

隐隐飞桥隔野烟[①]，石矶西畔问渔船[②]。桃花尽日随流水，洞在清溪何处边？

注释

①飞桥：架在高处的桥。②矶：水边突出的岩石。

《清一统志》："常德府桃源县有桃花洞，洞北有桃花溪。"陶潜《桃花源记》："晋太元中，武陵(郡名，辖桃源县)人捕鱼为业，缘溪行，忘路之远近，忽逢桃花林，夹岸数百步，中无杂树，芳草鲜美，落英缤纷。"张旭即以此为题材驰骋想象，成此名篇。"桃花源"本是虚构的理想境界，故诗以"隐隐"发端，而以"洞在何处"收尾，渲染出美好而又隐约飘忽的意境，强化了诱人的艺术魅力。

孙洙评云:"四句抵得一篇《桃花源记》。"(《唐诗三百首》)

山中留客[①]

　　山光物态弄春辉,莫为轻阴便拟归[②]。
纵使晴明无雨色,入云深处亦沾衣[③]。

注释

①山中:一作"山行"。②便拟归:就打算回去。③"入云"句:云,实际指雾气、烟霭。从上句"晴明"看,可知并非指真正的云。

　　客人来游山,因见天气转阴,怕下雨,便想回去。诗人作此诗挽留,理由是:"山光物态弄春辉",多可爱!还没游就走掉,太可惜了!如果说怕下雨的话,那么这山里林木葱郁、翠霭迷濛,即使晴明无雨,走进去也会沾湿衣裳的啊!本写山中美景,却不正面落墨,而借"留客"来表现,构思措语,何等灵妙!首句着一"弄"字,极写春色宜人,用以反跌下文。"纵使"二句与王维《山中》"山路元无雨,空翠湿人衣"写景类似,而风神摇曳,更饶韵致。宋顾乐评云:"清词妙意,令人低徊不止。"(《〈唐人万首绝句选〉评》)黄生评云:"长史不以诗名,三绝(指此首及另两首)恬雅秀润,盛唐高手无以过也。"(《唐诗摘抄》)

祖咏

祖咏(生卒年不详),排行三,洛阳(今属河南)人。开元十二年(724)登进士第。曾任何官,已不可考。与王维交谊颇深,多有酬唱之作。又与卢象、储光羲、王翰、丘为等为友,互有赠答。约于开元十三年冬离京,移家汝坟(今河南汝阳、临汝间),以农耕、渔樵自给。其生平事迹见《唐诗纪事》《唐才子传》。其诗多写山水景物,属山水诗派。殷璠评其诗"剪刻省净,用思尤苦,气虽不高,调颇凌俗"(《河岳英灵集》卷下)。严羽将他与王维、韦应物等并列,称为"大名家"(《沧浪诗话》)。其诗文集已佚,《全唐诗》存其诗一卷。

终南望馀雪[1]

终南阴岭秀,积雪浮云端。林表明霁色,城中增暮寒。

注释

[1]终南:指终南山,在长安城南三十余里处。

据《唐诗纪事》卷二〇记载:这是祖咏在长安应试的作品。按规定,应作成一首六韵十二句的排律,但他只"赋四句,即纳于有司。或诘之,曰:'意尽。'"题目要求写出从长安遥望终南馀雪的情景,关键要写好"馀"字。首句表现终南高寒,"阴岭"更寒,故他处雪消,此处尚有馀雪,因而以"积雪浮云端"作正面描写。"林表明霁色"写天已放晴,既表现"终南馀雪"在阳光照射下寒光闪闪,使长安城中人望而生寒;又表现在阳光照耀下"终南阴岭"以外的雪都在融化,吸收了大量的热,出现了"下雪不冷消雪冷"的现象。写望终南馀雪而以"城中增暮寒"收尾,的确把题意写"尽"

了,何必死守程式,再凑八句呢! 王士禛把这首诗与陶潜、王维的几句诗并列,称为咏雪的"最佳"作(见《渔洋诗话》卷上),不算过誉。

王之涣

王之涣(688—742),字季凌,郡望晋阳(今山西太原)人,北魏时五世祖王隆之任绛州刺史,遂居绛州,其后世为绛州人。 之涣以门荫补冀州衡水主簿,因受人诬谤,拂衣去官,优游山水,足迹遍黄河南北数千里,然后家居十余年。 开元二十年(732)前后游蓟门,与诗人高适相遇,适有赠诗。 晚年经亲友劝说,出任莫州文安县(今属河北)尉,清廉公正,颇受好评。 天宝元年(742)二月卒于任所。 之涣倜傥有才,漫游边塞,以善作边塞诗享盛名。 其诗"歌从军,吟出塞,皎兮极关山明月之思,萧兮得易水寒风之声,传乎乐章,布在人口"(靳能《唐故文安郡文安县太原王府君墓志铭并序》),是唐代杰出的边塞诗人之一。 曾与王昌龄、高适、崔国辅等著名诗人"联吟迭和,名动一时",有"旗亭画壁"故事流传(见薛用弱《集异记》卷二)。 生平事迹,散见于靳能所撰墓志(见《曲石精庐藏唐墓志》)及《唐诗纪事》卷二十六、《唐才子传》卷三。 《全唐诗》仅存绝句六首,皆历代传诵名篇。

登鹳雀楼[①]

白日依山尽,黄河入海流。 欲穷千里目,更上一层楼。

注释

①鹳雀楼:在蒲州(今山西永济)城西南黄河中高阜处,时有鹳雀栖其上,故名。 此楼后为河水冲没,因于城角楼为匾以存其迹。

后人或以王之涣所咏鹳雀楼即蒲州城西南角楼，殊误。

此诗芮挺章《国秀集》、锺惺《唐诗归》皆归于朱斌名下；《文苑英华》《唐诗品汇》则被认为是王之涣所作。宋人沈括《梦溪笔谈》卷十五云："河中府鹳雀楼高三层，前瞻中条，下瞰大河，唐人留诗者甚多，惟李益、王之涣、畅当三篇能状其景。"三篇之中，王之涣的这一篇尤其脍炙人口。寥寥二十字，既写景，又抒情，情由景生，景以情显，给人以尺幅万里、意境壮阔的感受，使人于美的享受中开拓心胸，得到哲理启示，受到精神鼓舞。吴烶《唐诗直解》云："身愈高则视愈远，'千里'，极言其远，有海阔天空之怀，方能道此旷达之句，李益、畅当皆不及。"沈德潜《唐诗别裁集》云："四句皆对，读去不嫌其排，骨高故也。"

凉州词

黄河远上白云间，一片孤城万仞山。
羌笛何须怨杨柳①，春风不度玉门关②。

注释

①"羌笛"句：北朝乐府《鼓角横吹曲》有《折杨柳》，歌词云，"上马不捉鞭，反折杨柳枝。下马吹长笛，愁杀行客儿"。②玉门关：在今甘肃省敦煌县西。

《凉州词》属于乐府《近代曲词》，其曲为开元西凉都督郭知运所进。唐人作《凉州词》多反映边塞生活，王翰的"葡萄美酒夜光杯,欲饮琵琶马上催。 醉卧沙场君莫笑,古来征战几人回"和王之涣的这一首,都是以《凉州词》为题的名作。《集异记》卷二云:"开元中,诗人王昌龄、高适、王之涣齐名,共诣旗亭贳酒。 忽有伶官十数人会谯,三人因私约曰:'我辈各擅诗名,今观诸伶讴,若诗入歌辞多者为优。'俄一伶唱'寒雨连江夜入吴',昌龄引手画壁曰:'一绝句。'又一伶讴'开箧泪霑臆',适引手画壁曰:'一绝句。'寻又一伶讴'奉帚平明金殿开',昌龄又画壁曰:'二绝句。'之涣因指诸伎中最佳者曰:'此子所唱如非我诗,终身不敢与争衡矣。'须臾,双鬟发声,则'黄河远上白云间',之涣揶揄二子曰:'田舍奴,我岂妄哉?'因大谐笑,饮醉竟日。"之涣此诗,诗论家备极推崇,黄生《唐诗摘抄》云:"王龙标'更吹羌笛关山月,无那金闺万里愁',李君虞'不知何处吹芦管,一夜征人尽望乡',与此并同一意,然不及此作,以其含蓄深永,只用'何须'二字略略见意故耳。"李锳《诗法易简录》云:"神韵格力,俱臻绝顶。 不言君恩之不及,而托言春风之不度,立言尤为得体。"管世铭《读雪山房唐诗钞凡例》云:"摩诘、少伯、太白三家,鼎足而立,美不胜收;王之涣独以'黄河远上'一篇当之。 彼不厌其多,此不愧其少,可谓拔戟自成一队。"

孟浩然

　　孟浩然(689—740),襄州襄阳(今属湖北)人,世称孟襄阳。 早年在家乡读书,后隐居于鹿门山,又隐居于故乡田园。 开元十六年(728)赴长安应举,游秘书省,与诸名士赋诗,有"微云淡河汉,疏雨滴梧桐"之句,一座赞其清绝,为之搁笔。 翌年,落第还襄阳。 十八年(730)漫游吴越等地,与张子容、崔国辅等诗人交游,前后三年。 开元二十五年(737),张九龄被贬为荆州长史,浩然往谒,被署为从事,曾随九龄巡游各地,相与唱和。 二十七年(739),因病返襄阳疗养。 第二年,王昌龄游襄阳,与孟浩然共饮甚欢。 当时孟浩然患疹疾将愈,因食鲜饮酒而复发,病逝于冶城南园。 孟浩然当时已负盛名,李白以"红颜弃轩冕,白首卧松云","高山安可仰,徒此揖清芬"(《赠孟浩然》)赞其人品,杜甫以"赋诗何必多,往往凌鲍谢"(《遣兴五首》之五)、"清诗句句尽堪传"(《解闷》十二首之六)赞其诗歌。 王维过郢州,画浩然像于刺史亭,世称"孟亭"。 他与王维同为盛唐田园山水诗派的代表诗人,世称"王孟"。 其生平事迹见《旧唐书》卷一九〇、《新唐书》卷二〇三本传。 死后不到十年,其诗集便两经编定,并送到"秘府"保存。 今传宋蜀刻本《孟浩然诗集》三卷,明人有所增补,分为四卷。 校注本有李景白《孟浩然诗集校注》。 《全唐诗》存诗二卷。

望洞庭湖赠张丞相[①]

八月湖水平,涵虚混太清[②]。 气蒸云梦泽,波撼岳阳城[③]。 欲济无舟楫[④],端居耻圣明[⑤]。 坐观垂钓者,徒有羡鱼情[⑥]。

注释

①张丞相:指张九龄。 ②平:指水与岸平。 虚:指元气。 太清:指天空。 ③"气蒸"两句:云梦本为二泽,在今湖北省安陆县、云梦县以南,湖南省华容县、岳阳县以北地区,方圆九百里。 后来大部分淤成陆地,便合称云梦泽。 宋人范致明《岳阳风土记》:"孟浩然洞庭诗有'波撼岳阳城',盖城据湖东北,湖面百里,常多西南风,夏秋水涨,涛声喧如万鼓,昼夜不息。" ④"欲济"句:想渡洞庭,却无舟楫。 暗示欲出仕济世,却无人援引。 ⑤端居:独处,闲居。 耻圣明:有愧于圣明之世。 ⑥垂钓者:比喻执政者,指张丞相。 徒有:空有。 羡鱼情:比喻希望出仕的心情。

题中的"张丞相"指曾任宰相、后任荆州长史的张九龄。 历来投赠达官的诗,多有乞求之意,甚至摇尾乞怜。此诗实有乞求,却以"望洞庭"托意,不露痕迹。前半篇写"望洞庭";后半篇转入"赠张丞相"而"欲济""舟楫""垂钓""羡鱼",皆就洞庭湖生发,与前半篇一脉相承,比兴互陈,语意双关,含蓄地表达了不甘闲居、出仕济世的愿望。孟浩然长于五律,其主要风格是清幽、隽永、冲淡、高旷,这一首却气象峥嵘,意境雄阔,别具一格。"气蒸云梦泽,波撼岳阳城",尤为咏洞庭湖名句,与杜甫"吴楚东南坼,乾坤日夜浮"并传。

过故人庄

故人具鸡黍①,邀我至田家。绿树村边合,青山郭外斜。开轩面场圃②,把酒话桑麻③。待到重阳日④,还来就菊花⑤。

注释

①故人:老朋友。鸡黍:泛指待客的普通饭菜。《论语·微子》:"子路从而后,遇丈人……止子路宿,杀鸡为黍而食之。"②轩:这里指窗。面:动词,面对。场:农家打谷、晒稻的场地。圃:菜园。③把酒:端着酒杯。话桑麻:谈论农事。陶潜《归园田居》:"相见无杂言,但道桑麻长。"④重阳:阴历九月九日,是赏菊花、登高的佳节。古代民俗,这一天饮菊花酒。⑤就:接近。就菊花:指赏菊、饮菊花酒。

这是一首田园诗,通体清妙。

孟浩然有济世之志而不得实现,所以虽隐逸自高,而其孤独郁抑乃至愤激不平的情怀时露于诗章。这一首却是难得的例外,"绿树""青山""鸡黍""场圃",一派田园风光;把酒共话,不离"桑麻",忘掉了名利,得到了欢乐,找到了心灵的归宿,因而留恋田园,皈依田家。全诗任意挥洒,浑然天成,把宁静优美的田园风光和纯真深厚的故人情谊融为一体,诗意盎然。

春　晓

春眠不觉晓①,处处闻啼鸟②。夜来风雨声,花落知多少③。

注释

①"春眠"句:结合后两句看,前半夜因闻窗外风雨声大作,生怕盛开的百花横被摧残而未能入睡,后半夜才睡着,不久便被鸟声唤醒,天已亮了。黄叔灿《唐诗笺注》认为诗人"一夜无眠,方睡达晓,故有'夜来风雨声'之句,乃倒装句法",讲得很中肯。②"处处"句:东西南北,"处处"都是鸟叫声,这是在床上"闻"到的。③"夜来"两句:天晓醒来之后,追想夜间风雨交加,便想知道花儿究竟落了多少。用疑问语气生动地表现了担心花儿落得太多,又希望落得很少的复杂心情。

写春天破晓时的感受和心理活动,惟妙惟肖,而惜春惜花之意,见于言外。李攀龙《唐诗训解》云:"首句破题,次句即景,下联有惜春之意。昔人谓诗如参禅,如此等语,非妙悟者不能道。"吴山《唐诗选附注》云:"夜间风雨,不寐可知,又闻鸟声而思落花,无限摧残之感。"

宿建德江

移舟泊烟渚①,日暮客愁新。 野旷天低树②,江清月近人③。

注释

①烟渚:暮烟笼罩的江中小洲。 ②"野旷"句:原野辽阔,遥望远方,天空反而低于树木。 ③"江清"句:江水澄清,月映水面,好像有意来和旅人亲近。 王尧衢《古唐诗合解》:"江头夜泊,但见清波明月为我之伴,是'月近人'也。 即此孤寂,便是'客愁'。"

建德,唐县名,在今浙江建德县西。 建德江,即流经建德的新安江。 宿,住宿,从第一句看,作者是"宿"在"舟"上的。 此诗当是漫游吴越时所作,夜泊烟渚,独宿孤舟,触景生情,满目客愁,只以二十字表现之,令人品味不尽。 杨逢春《唐诗偶评》云:"首点题,二领客愁,三、四即景含情。 望远极目,不觉天低于树;孤舟独宿,惟有月来依人,不言愁而愁字之神已摄。"罗大经《鹤林玉露》云:"孟浩然诗曰:'江清月近人。'杜陵诗曰:'江月去人只数尺。'浩然之句浑涵,子美之句精工。"

李 颀

李颀(690?—754?),郡望赵郡(今河北赵县)人,居颍阳(今河南登封)颍水支流东川旁,后人因称李东川。 玄宗开元二十三年(735)进士及第,曾官新乡尉,后人因称李新乡。 早年出入洛阳、长安,结交权贵,以求大用而未能如愿,乃闭户读书十余年。 出仕后沉沦下僚,久不得调,又愤而归隐。 与同时著名诗人王昌龄、崔颢、綦毋潜、岑参、王维、高适、皇甫曾、朱放等皆有交往,诗名颇盛。

殷璠评其诗"发调既清,修辞亦秀,杂歌咸善,玄理最长"(《河岳英灵集》卷上)。尤擅七古歌行与七律。七古歌行"善写边朔气象"(徐献忠《唐诗品》),"开阖转接奇横,沉郁之思,出以明秀,运少陵之坚苍,合高、岑之浑脱,高音古色,冠绝后来"(宋育仁《三唐诗品》)。七律仅存七首,皆诗格清炼,流丽婉润,《送魏万之京》一首尤佳。明七子学其七律而取貌遗神,故潘德舆评云:"李东川七律为明七子之祖,究其容貌相似,神理犹隔一黍。"(《批唐贤三昧集》)《全唐诗》存诗三卷。其生平事迹见《唐才子传》及今人谭优学《李颀行年考》(收入《唐诗人行年考》)。

古从军行

白日登山望烽火,黄昏饮马傍交河①。行人刁斗风沙暗②,公主琵琶幽怨多③。野云万里无城郭④,雨雪纷纷连大漠。胡雁哀鸣夜夜飞,胡儿眼泪双双落。闻道玉门犹被遮⑤,应将性命逐轻车⑥。年年战骨埋荒外,空见蒲桃入汉家⑦。

注释

①交河:在今新疆维吾尔自治区吐鲁番县。因河水交流城下,故名(见《汉书·西域传》)。②刁斗:军中巡夜报更用的铜器,形似锅,白天做炊具。③"公主琵琶"句:言边地荒凉,使人愁惨。《宋书·乐志》引傅玄《琵琶赋》:"汉遣乌孙公主嫁昆弥,念其行道思慕,故使工人裁筝筑,为马上之乐。欲从方俗语,故名曰琵琶,取其易传于外国也。"④云:一作"营"。⑤"闻道"句:汉武帝命李广利攻大宛(西域国名),期至贰师城取良马,号之为贰师将

军。作战经年,死伤过多。 广利上书请班师,徐图再举。 武帝大怒,发使遮玉门关,曰:"军有敢入,斩之!"(见《汉书·李广利传》)遮,拦阻。 玉门关,在今甘肃敦煌县。⑥逐轻车:跟着将军作战。 轻车:战车的一种,这里指汉武帝时的轻车将军李蔡。 ⑦"年年"二句:荒外,即边地。 蒲桃,同"葡萄"。《汉书·西域传》:"宛王蝉封与汉约,岁献天马二匹,汉使采蒲陶、苜宿种归。 天子以天马多,又外国使来众,益种蒲陶、苜宿离宫馆旁。"蒲陶,亦同"葡萄"。

此诗约作于玄宗天宝年间。《从军行》乃乐府《相和歌·平调曲》旧题,此诗借汉武帝开边"古"事以讽今,故于"从军行"前加一"古"字。 全诗篇幅极短而大气盘旋,雄奇郁勃,前面极写边地之苦、战斗之惨,结句忽以"空见蒲桃入汉家"与"年年战骨埋荒外"作强烈之对照,而开边之有害无益,已见于言外。 天宝年间,玄宗长期对吐蕃用兵,给战士和人民带来深重苦难,此诗当为此而发,可与杜甫《兵车行》共读。 沈德潜云:"以人命换塞外之物,失策甚矣。 为开边者垂戒,故作此诗。"(《唐诗别裁集》卷五)所见极是。

听董大弹胡笳弄兼寄语房给事①

蔡女昔造胡笳声,一弹一十有八拍。胡人落泪沾边草,汉使断肠对归客②。 古戍苍苍烽火寒,大荒沉沉飞雪白。 先拂商弦后角羽③,四郊秋叶惊摵摵④。 董夫子,通神明，深山窃听来妖精⑤。言迟更速皆应手，将往复旋如有情。空山百鸟散还合，万里浮云阴且晴。嘶酸雏雁失群夜，断绝胡儿恋母声⑥。川为净其波，鸟亦罢其鸣。乌孙部落家乡远⑦，逻娑沙尘哀怨生⑧。幽音变调忽飘洒⑨，长风吹林雨堕瓦。迸泉飒飒飞木末⑩，野鹿呦呦走堂下⑪。长安城连东掖垣，凤凰池对青琐门⑫。高才脱略名与利⑬，日夕望君抱琴至⑭。

注释

①胡笳弄：琴曲名，蔡琰（蔡文姬）被掠入南匈奴，翻笳调入琴曲，即为《胡笳十八拍》。②汉使：指建安十二年（207）曹操派往南匈奴赎蔡琰的使者。归客：指蔡琰。这两句是说蔡琰弹《胡笳十八拍》使胡人和汉使感到悲伤。③"先拂"句：从此句开始转入直接描写董庭兰的弹琴。商、角、羽：古代音乐术语，代表三个音阶。古琴七弦，配七音，据《三礼图》说琴第一弦为宫，依次为商、角、羽、徵（zhǐ纸）、少宫、少商六个音阶。④摵摵：指瑟瑟，落叶声。⑤窃听来妖精：意为妖精来听琴，犹如"动鬼神"。⑥"嘶酸"二句：是说董的琴声再现了蔡琰的生活和感情。蔡琰的《悲愤诗》曾写到她归汉时和她所生的"胡儿"的痛苦诀别。⑦乌孙部落：指汉时西域乌孙国。汉王朝曾以江都王刘建女儿细君嫁给乌孙国王昆莫。这句意为琴声好像表达了"乌孙公主"思念家乡的感情。⑧逻娑：唐时吐蕃都

城,即今西藏拉萨。唐代先后有文成、金城公主嫁给吐蕃王。这句说琴声也似有唐公主的"哀怨"之情。⑨幽音:幽咽哀怨之音。飘洒:飘逸洒脱。⑩迸泉:喷泉。木末:树梢。全句是说高峰的喷泉从树梢飞洒而下,发出"飒飒"的声响。⑪呦呦:鹿鸣声。摹拟琴声。⑫"长安"两句:写房琯的居室。给事中属门下省,唐代门下省在禁中东掖。凤凰池:指中书省所在。青琐门:宫门名。⑬高才:指房琯。脱略名与利:不受名缰利锁的羁绊。⑭君:指董庭兰。结尾两句,既称赞董庭兰琴艺超群,能够赢得房琯的赏识;又称赞房琯淡于名利,精谙音乐,是董庭兰的知音。

李颀擅长以诗歌描写音乐,这一首与《听安万善吹觱篥歌》是其代表作。题目中的"董大"即董庭兰,是著名的琴师,房琯门客;"房给事"指房琯,肃宗时任宰相。此诗当作于玄宗天宝五载(746),房琯时任给事中。董庭兰所奏,是由胡笳声调翻成的琴曲,故诗先从东汉蔡文姬《胡笳十八拍》写起,然后转入董庭兰的弹奏,用各种视觉形象形容听觉形象,又从各种听觉形象化出视觉形象,把看不见、摸不着的音乐旋律和听众的感受描绘得有声有形有色。与此后韩愈的《听颖师弹琴》、白居易的《琵琶行》及李贺的《箜篌引》,同为写音乐的名作。

望秦川

秦川朝望迥,日出正东峰。远近山河净,逶迤城阙重①。秋声万户竹,寒色五陵松②。客有归欤叹,凄其霜露浓③。

注释

①逶迤：蜿蜓。 城阙：指长安城和城内的宫阙。"城阙九重门"，故用"重"形容。②五陵：指长安城北、东北、西北汉代五个皇帝的陵墓，有长陵（高祖）、安陵（惠帝）、阳陵（景帝）、茂陵（武帝）、平陵（昭帝）。③归欤：用《论语》成语，意为"回去吧！"凄其：凄然。《礼记·祭义》："霜露既降，君子履之必有悽怆之心。"这两句曲折地表达了仕途失意的感慨。

这首诗以"秦川朝望迥"领起，写深秋朝日初升之时望中所见的秦川景色，而以"归欤"之叹收尾，风格高澹，是李颀五律名篇。

送魏万之京

朝闻游子唱离歌①，昨夜微霜初渡河。鸿雁不堪愁里听，云山况是客中过②。关城树色催寒近，御苑砧声向晚多③。莫见长安行乐处，空令岁月易蹉跎。

注释

①离歌：亦作"骊歌"，离别时唱的歌。②过（guō 锅）：读平声，"经过"之意。③砧声：捣衣声。

魏万，名颢，居王屋山，肃宗上元（760—761）初登进士第，是李颀的晚辈。 之京，往京城长安。 天宝十三载（754），魏万往东南一带寻访李白,李白极赏识,作《送王屋山人魏万》诗赠别。可能他辞别李白之后即赴长安,途经洛阳时与李颀相会,颀作此诗送行。前四句写离别情景;五、六两句写渐行渐到长安;结尾两句勉其立身立名,勿见长安行乐之地便亦一味行乐而蹉跎岁月,可谓情深意厚、语重心长。胡应麟说此诗乃"盛唐脍炙佳作"(《诗薮》内编卷五)。方东树谓开头两句"言'昨夜微霜',游子今朝'渡河'耳,却炼句入妙",又谓"中四情景交写,而语有次第:三、四送别之情,五、六渐次至京"(《昭昧詹言》卷一六)。评析极中肯。

王昌龄

王昌龄(698—757?),字少伯,郡望琅玡,京兆万年(今陕西西安市)人。早年似曾到过西北边地。开元十五年(727)进士及第,补秘书省校书郎。二十二年(734)登博学宏词科,超绝群类,授汜水尉。二十七年(739)以故贬岭南,第二年北归经襄阳,与孟浩然相会。冬,改授江宁丞。天宝时,以"不护细行"贬龙标尉。安史乱时,避乱江淮一带,为亳州刺史闾丘晓所杀。因曾为江宁丞、龙标尉,世称王江宁、王龙标。与李白、王维、李颀、王之涣、崔国辅、高适诸人交游酬唱,诗名动一时。擅长绝句,其边塞军旅、宫怨闺情及送别之作,深厚婉丽,风神摇曳,被尊为"开(元)、天(宝)圣手""诗家天子"。黄克缵《全唐风雅》云:"唐七言绝句当以龙标为第一,以其比兴深远,得风人温柔敦厚之体,不但词语高古而已。"胡应麟《诗薮》内编云:"江宁《长信词》、《西宫曲》、《青楼曲》、《闺怨》、《从军行》皆优柔婉丽,意味无穷,风骨内含,精芒外隐,如清庙朱弦,一唱三叹。"沈德潜《唐诗别裁集》云:"龙标绝句,深情幽怨,音旨微茫,令人测之无端,玩之无尽。"原有集五卷,久佚。《全唐诗》存诗四卷。生平事迹见《旧唐书》卷一九〇、《新唐书》卷二〇三本传及《唐才子传》卷二、《唐诗纪事》卷二四。

从军行二首

青海长云暗雪山[①],孤城遥望玉门

关②。黄沙百战穿金甲,不破楼兰终不还③。

大漠风尘日色昏,红旗半卷出辕门④。前军夜战洮河北⑤,已报生擒吐谷浑⑥。

注释

①青海:指青海湖,在今青海省西宁市西,唐和吐蕃常在这一带发生战争。②"孤城"句:为调平仄而词序倒装。其意为:自青海回头遥望玉门关孤城,与第四句"还"字呼应。俞陛云《诗境浅说续编》云:"首二句乃逆挽法,从青海回望孤城,见去国之远也。"所见极是。③楼兰:汉西域部族名,所居故地在今新疆维吾尔自治区鄯善县东南一带。汉武帝派使臣通西域,楼兰王与匈奴勾结,屡次击杀汉使。昭帝元凤四年(前77),大将军霍光派傅介子至楼兰,斩其王。此处借汉喻唐,指侵扰西北的敌人。④辕门:古代行军扎营,以车环卫,出入处以两车之辕相向竖起,对立如门,故称辕门。⑤洮河:在今甘肃西部。⑥吐谷浑(tū yù hún 突浴魂):本辽东鲜卑族。魏晋之际,其酋吐谷浑率部西徙阴山。其子孙建国于洮河西,以吐谷浑为国名,时扰边境。初唐时被唐军击败,称臣内附。此泛指敌酋。

《从军行》为乐府歌曲,属《相和歌曲·平调曲》。《乐府解题》曰:"《从军行》皆军旅辛苦之辞。"王昌龄所作共七首,这里仅选两首。前一首,沈德潜《唐诗别裁集》云:"作豪语看亦可,然作归期无日看,倍有意味。"后一首,刘永济《唐人绝句精华》

云："但写边军战胜之事。"宋顾乐《〈唐人万首绝句选〉评》总评《从军行》组诗云："《从军》诸作，皆盛唐高调，极爽朗，却无一直致语。"

出　　塞

秦时明月汉时关①，万里长征人未还。
但使龙城飞将在②，不教胡马度阴山③。

注释

①秦时明月、汉时关：互文见义，意为秦汉时的明月和雄关。②龙城：指卢龙城，在今河北省喜峰口附近一带，为汉代右北平郡所在地。《史记·李将军传》："（李）广居右北平，匈奴闻之，号曰汉之飞将军，避之数岁，不敢入右北平。"③阴山：在今内蒙古自治区中部。

《出塞》乃乐府《横吹曲辞·汉横吹曲》旧题。开元年间，受唐王朝册封的奚和契丹不时侵扰，唐王朝亦处置失当，故征战不休。王昌龄此诗，亦有为而发，用旧题以抒今情。沈德潜《说诗晬语》云："'秦时明月'一章，前人推重之而未言其妙，盖言劳师力竭而功不成，由将非其人之故，得飞将军备边，边烽自熄，即高常侍《燕歌行》归重'至今人说李将军'也。"施补华《岘佣说诗》云："'秦时明月'一首，'黄河远上'一首，'天山雪后'一首，皆边塞名作，意态雄健，音节高亮，情思悱恻，令人百读不厌也。"

采莲曲

荷叶罗裙一色裁①,芙蓉向脸两边开。
乱入花中看不见,闻歌始觉有人来。

注释

①一色裁:用同一种颜色的材料剪裁而成。"荷叶"是翠绿色,"罗裙"与"荷叶"同色。

《采莲曲》属乐府旧题,《江南弄》七曲之一。此篇写采莲人罗裙与荷叶同色,容颜与荷花争艳,故"乱入花中看不见"而"闻歌始觉有人来",表现手法极新颖。锺惺《唐诗归》云:"从'乱'字、'看'字、'觉'字耳、目、心三处参错说出情来,若直以衣服、容貌相夸示,则失之远矣。"黄叔灿《唐诗笺注》云:"'向脸'二字却妙,似花亦有情。"

长信秋词

奉帚平明秋殿开①,且将团扇暂徘徊②。
玉颜不及寒鸦色,犹带昭阳日影来③。

注释

①奉帚:持帚洒扫。《汉书·班婕妤传》载:班婕妤失宠,退居长信宫,作《自悼赋》,有"供洒扫于帷幄兮,永终死以为期"之句。吴均《行路难》云:"班姬失宠颜不开,奉帚供养长信台。"
②"且将"句:《玉台新咏》载班婕妤《怨诗》云,"新裂齐纨素,

皎洁如霜雪。裁成合欢扇,团团如明月。出入君怀袖,动摇微风发。常恐秋节至,凉飙夺炎热。弃捐箧笥中,恩情中道绝"。扇子是炎夏用的,入秋便被弃捐,以秋扇之命运喻自己之失宠。失宠之人而犹持秋后之扇暂徘徊,其心态自可想见。将,持也;"团扇"承"秋"字。何焯《〈三体唐诗〉评》云:"'平明'二字中便含'日影','秋'字起'团扇','寒鸦'关合'平明','寒'字仍有'秋'意,诗律之细如此。"③昭阳:汉宫殿名,赵飞燕之妹昭仪所居。班婕妤于汉成帝时选入后宫,曾得宠。后成帝纳赵飞燕姊妹,遂见疏,乃求供养太后,居长信宫。

《长信秋词》,《乐府诗集》题为《长信怨》,属《相和歌辞·楚调曲》,咏班婕妤故事。唐人作宫怨诗,多用此题,王昌龄的五首是其中的代表作。王昌龄善以七绝写宫怨,如《西宫春怨》《西宫秋怨》《春宫曲》《长信秋词》等,都缠绵婉丽,历代传诵,这里选一首以见一斑。沈德潜《唐诗别裁集》云:"昭阳宫,赵昭仪所居,宫在东方,寒鸦带东方日影而来,见己之不如鸦也。优柔婉丽,含蕴无穷,使人一唱而三叹。"李锳《诗法易简录》云:"不得承恩意,直说便无味,借'寒鸦'、'日影'为喻,命意既新,措辞更曲。"朱庭珍《筱园诗话》评"玉颜"两句云:"用意全在言外,而措词微婉,浑然不露,又出以摇曳之笔,神味不随词意俱尽,所以入妙,非但以风调见长也。"

闺　　怨

闺中少妇不知愁,春日凝妆上翠楼①。
忽见陌头杨柳色,悔教夫婿觅封侯②。

注释

①凝妆：盛妆，着意装束，与上句"不知愁"相应。②觅封侯：指从军。

"闺"指妇女的卧室，"闺怨"是妇女不能与丈夫团聚的怨情。王昌龄善写从军、出塞，也善从征人的家属方面写闺怨，这一首与《青楼怨》是其代表作。唐汝询《唐诗解》云："唐人闺怨，大抵皆征妇之辞也。一见柳色而生悔心，功名之望遥、离索之情极也。"顾璘《批点唐诗正音》云："宫情闺怨作者多矣，未有如此篇与《青楼怨》二首雍容浑含、明白简易，真有雅音，绝句中之极品也。"

芙蓉楼送辛渐

寒雨连江夜入吴，平明送客楚山孤①。
洛阳亲友如相问，一片冰心在玉壶②。

注释

①"寒雨"两句：吴、楚皆指送别之地润州，其地古时先属吴、后属楚。"入吴"的主语是"寒雨"，寒雨夜入吴而平明送客。②"一片"句：鲍照《白头吟》"清如玉壶冰"，姚崇《冰壶诫》"内怀冰清，外涵玉润，此君子冰壶之德也"。昌龄同时人殷璠说昌龄"晚节不矜细行，谤议沸腾"（《河岳英灵集》卷中）。"冰心玉壶"之喻，正是作者针对"谤议"向亲友自明心迹。

芙蓉楼在唐润州(今江苏镇江)城上西北角，王昌龄被贬为江宁丞时，于此楼送友人辛渐去洛阳而作此诗。前两句，以寒雨入吴、楚山孤寂烘托离愁；后两句，托辛渐告慰洛阳亲友；虽被贬谪，而品格高洁，问心无愧。俞陛云《诗境浅说续编》云："借送友以自写胸臆，其词自潇洒可爱。"

储光羲

储光羲(706？—763)，排行十二，润州延陵(今江苏丹阳)人。玄宗开元十二年(724)，与丁仙芝同为太学诸生。十四年登进士第，与綦毋潜、崔国辅同榜。释褐为冯翊县佐官，其后又历任安宜、下邽、汜水等县尉。二十一年(733)辞官还乡。开元、天宝之际，隐居于终南山。天宝六、七年间(747—748)出任太祝，世称储太祝。九载前后，迁监察御史，尝出使范阳，时安禄山兼任范阳、平卢、河东三镇节度使，蓄谋叛乱，光羲作《效古》《观范阳递俘》等诗，忧心时局，语意深切。安史叛军陷长安，光羲被俘，受伪职。后脱身还朝，贬谪南方。代宗宝应元年(762)五月遇赦，未及归，卒于贬所。其生平事迹见顾况《监察御史储公集序》及《唐诗纪事》《唐才子传》。储光羲是盛唐山水田园诗派重要诗人，与王维、孟浩然等往来酬唱。殷璠称其诗"格高调逸，趣远情深，削尽常言，挟风雅之迹、浩然之气"(《河岳英灵集》)。有《储光羲集》五卷，《全唐诗》存其诗四卷。

效 古

晨登凉风台，暮走邯郸道[①]。曜灵何赫烈[②]，四野无青草。大军北集燕[③]，天子西居镐[④]。妇人役州县，丁壮事征讨。老幼相别离，哭泣无昏早。稼穑既殄灭，川泽复枯槁。旷哉远此忧，冥冥商山皓[⑤]。

注释

①凉风台：汉时长安有凉风台，在建章宫北，这里用以指代长安。开头两句是说从长安出发走上通往邯郸的大道，即出使范阳。②曜灵：太阳。赫烈：炎热。③燕：指安禄山军所驻范阳（即幽州，治所在今北京市大兴）一带。这句暗示安禄山拥重兵谋叛。④镐：西周故都，在今陕西省西安市西南。这里借指当时的京城长安，暗示皇帝深居京师，不了解外面的情况。⑤末两句言只有那些不关心时事的隐士才能排除这种忧愁。旷：远。冥冥：昏昧。商山皓：秦汉之际有东园公、绮里季、夏黄公、甪里先生四人隐居商山，因皆须眉皓白，时称"商山四皓"。

此诗作于出使范阳途中，原二首，这是第一首。托为"效古"，实则伤今，真切地表现了沿途所见的人民群众苦于旱灾、兵役的惨象和作者忧国忧民的情怀，令人预感到安史之乱一触即发。

同王十三维《偶然作》

野老本贫贱，冒暑锄瓜田。一畦未及终，树下高枕眠。荷蓧者谁子①，皤皤者息肩②。不复问乡墟③，相见但依然④。腹中无一物，高话羲皇年⑤。落日临层隅⑥，逍遥望晴川。使妇提蚕筐，呼儿榜渔船⑦。悠悠泛绿水，去摘浦中莲⑧。莲花艳且美，使我不能还。

注释

①荼(diào 掉)：古代除草用的农具。 荷荼者：指肩扛农具的人。 ②皤皤者：指老农。 皤(pó 婆)皤：白头的样子。 息肩：休息。 ③乡墟：乡里。 ④依然：即依然如故，好像早已相识。 ⑤高话：大声谈话。 羲皇：指伏羲氏。 古人想象伏羲以前的人，无忧无虑，生活闲适。 羲皇年：即太古时代。 ⑥层隅：水边。 ⑦榜：船桨。 这里作动词用，指摇橹开船。 ⑧浦：这里指水塘。

王维作《偶然作六首》，储光羲也作了六首，这是其中的第三首。 诗中描写的那位"野老"栖身田园，自得其乐，显然寄托了作者的人生理想。

田家杂兴

众人耻贫贱，相与尚膏腴①；我情既浩荡，所乐在畋渔②。 山泽时晦暝③，归家暂闲居。 满园植葵藿，绕屋树桑榆。 禽雀知我闲，翔集依我庐。 所愿在优游，州县莫相呼④；日与南山老⑤，兀然倾一壶⑥。

注释

①尚膏腴：追求奢侈的生活享受。 ②畋渔：打猎和捕鱼。 ③"山泽"句：以山泽晦暝象征时局混乱黑暗。 ④"所愿"二句：意谓自己乐于优游林泉，并无入仕之意，州县官不要向朝廷推荐。 唐代士人仕宦失意，多隐居京城以南的终南山，沽名以待朝廷征召。

司马承祯曾说终南是"仕宦之捷径"(见《新唐书·卢藏用传》)。朝廷起用在野人才,多半通过州县官荐送,故以"州县莫相呼"表示无意出仕。⑤南山老:终南山中的隐士。⑥兀然:得意忘形貌。

这是储光羲于开元、天宝之际隐居终南山时的作品,原诗八首,这里选其第二首。《田家杂兴》组诗与《同王十三维〈偶然作〉》组诗,是储光羲田园诗的代表作。锺惺《唐诗归》云:"储诗清骨灵心,不减王、孟……寄兴入想,皆高一层、厚一层、远一层,《田家》诸诗皆然。"周敬、周珽《唐诗选脉会通评林》云:"大抵储诗冲淡中涵深厚,幽细中见高壮,每多道气语,如《田家》与《王十三偶然作》等篇,名理悟机,跃跃在前。锺伯敬谓其极厚、极细、极和,乃从平出,此储诗之妙,亦须平气读之。不知惟平,故成其为奇;不善奇者,必不能平。平,正所以近乎陶也。"

钓鱼湾

垂钓绿湾春,春深杏花乱①。潭清疑水浅,荷动知鱼散。日暮待情人②,维舟绿杨岸③。

注释

①杏花乱:杏花飘落。②情人:指一切有情的人,不限于女性。③维舟:系舟。

这是《杂咏五首》的第四首。一、二两句写垂钓的环境及时令:河湾绿遍,杏花乱落,春色已深,未言情而无限期待之情已蕴含其中。三、四两句并未写钓鱼：看那潭水清澈澄明，便怀疑水浅无鱼；及至看见碧荷摇动，才知道荷叶下面原来有不少鱼，可现在都散开了，不知去向了。这种细致的观察和微妙的心理变化，都表明垂钓者本来不是要钓鱼，而是心有所思，意有所待。结尾两句是点睛之笔：垂钓者徘徊绿湾，日暮犹系舟绿杨岸而不肯归去，原来是等待"情人"啊！六句诗写得风神摇漾，含情无限。

江 南 曲

日暮长江里，相邀归渡头。落花如有意，来去逐船流①。

注释

①"来去"句：船来船去，落花皆追随不舍。

《江南曲》乃乐府《相和歌辞》旧题，多写江南水乡风俗及男女爱情。储光羲作共四首，这是其中的一首。唐汝询《唐诗解》云："日暮相邀，人既多情；花之逐船，亦觉有意。"俞陛云《诗境浅说续编》云："此诗与崔国辅之《采莲曲》、崔颢之《长干曲》皆有盈盈一水，伊人宛在之思；但二崔之诗皆着迹象，此诗则托诸花逐船流，同赋闲情，语尤含蓄。"

王 维

王维(700—761)，字摩诘，排行十三。祖籍太原祁(今山西祁县)，其父迁居于蒲(今山西永济)，遂为河东人。开元九年(721)进士。初为太乐丞，因令人舞黄狮子坐罪，贬济州司仓参军。 张九龄为相，擢为右拾遗，后转监察御史，累官至给事中。 安禄山陷长安，被执，受伪职。 乱平论罪，以曾作《凝碧池》诗思念王室，其弟缙又请削己官为他赎罪，责授太子中允。 后为尚书右丞，世称王右丞。 晚年隐居蓝田辋川，以禅悟诗，故有"诗佛"之称。 与孟浩然并称"王孟"，乃盛唐山川田园诗派杰出代表。 早岁边塞诗沉雄慷慨，意气飞动。 山水田园诗或壮丽雄阔，或清幽恬澹，"诗中有画"。 五绝绘景传神，超妙自然，七绝语近情遥，风神摇曳，与李白同擅胜场。 其人多才多艺，诗歌而外，兼擅散文、音乐、书法、绘画，相互影响，故其"诗中有画，画中有诗"，而其诗歌也富有音乐性。 尤以诗、画见长，自称"宿世谬词客，前身应画师"（《偶然作》），其诗拓田园山水派疆域，其画以"破墨"山水见长，被推为"南宗"山水画之祖。 如晁补之所指出："右丞妙于诗，故画意有馀；右丞精于画，故诗体转工。"（刘士鏻《文致》引）对他的诗及他在唐代诗人中的地位，历代评论者甚众。 如何良俊《四友斋丛说》云："五言绝句，当以王右丞为绝唱。"许学夷《诗源辩体》云："摩诘……五言律有一种整栗雄丽者，有一种一气浑成者，有一种澄淡精致者，有一种闲淡自在者"，"摩诘七言律亦有三种，有一种宏赡雄丽者，有一种华藻秀雅者，有一种淘洗澄净者。" "摩诘五言绝意趣幽玄，妙在文字之外"。 施补华《岘佣说诗》云："摩诘五言古，雅淡之中，别饶华气"，"摩诘七古，格整而气敛，虽纵横变化不及李、杜，然使事典雅，属对工稳，极可为后人学步"。 姚鼐《惜抱轩今体诗抄序目》云："右丞七律，能备三十二相，而意兴超远……宜独冠盛唐诸公。"贺裳《载酒园诗话又编》云："唐无李、杜，摩诘便应首推。"有集一〇卷，清赵殿成《王右丞集笺注》最通行。 《全唐诗》存诗四卷。 生平事迹见《旧唐书》卷一九〇、《新唐书》卷二〇二本传、《唐诗纪事》卷一六、《唐才子传》卷二及年谱多种。

渭川田家[①]

斜光照墟落[②]，穷巷牛羊归[③]。 野老念牧童，倚杖候荆扉[④]。 雉雊麦苗秀[⑤]，蚕眠桑叶稀[⑥]。 田夫荷锄至[⑦]，相见语依依。

即此羡闲逸，怅然吟式微⑧。

注释

①渭川：渭水。②斜光：夕阳的余辉。 墟落：村庄。③穷巷：深巷。④候荆扉：在柴门外等候。⑤雉雊（gòu 够）：野鸡鸣叫。 麦苗秀：麦苗扬花。⑥蚕眠：蚕蜕皮时，不食不动，状如睡眠。 三眠后吐丝作茧。⑦荷（hè 贺）：负荷，动词。⑧式微：《诗经·邶风》篇名，有"式微，式微，胡（何）不归"之句。

《旧唐书·文苑传》云："维得宋之问蓝田别墅在辋口，辋水周于舍下，别涨竹洲花坞，与道友裴迪浮舟往来，弹琴赋诗，啸咏终日。"辋水入渭水，诗题"渭川田家"，当即王维辋川别墅附近的田家。 王维于开元二十九年（741）至天宝三载（744），由殿中侍御史改官左补阙。 当时张九龄罢相，李林甫专权，王维进退维谷，亟思避世，故亦官亦隐，多居辋川，这首诗当是这一时期的作品。 全诗以田家的"闲逸"反衬官场的惊涛骇浪，以"牛羊归"、田夫归引出自己的"胡不归"，景中含情，言外有意。 如果仅认为写出了田园风俗画或认为该诗是指责未表现田家受剥削压迫的种种痛苦，便失之肤浅了。

洛阳女儿行

洛阳女儿对门居①，才可容颜十五馀。 良人玉勒乘骢马，侍女金盘脍鲤鱼②。 画阁朱楼尽相望③，红桃绿柳垂檐向。 罗帷送上七香车，宝扇迎归九华帐④。狂夫富贵在青春，意气骄奢剧季伦⑤。自怜碧玉亲教舞，不惜珊瑚持与人⑥。春窗曙灭九微火，九微片片飞花琐⑦。戏罢曾无理曲时，妆成只是熏香坐⑧。城中相识尽繁华，日夜经过赵李家⑨。谁怜越女颜如玉，贫贱江头自浣沙⑩。

注释

①对门居：作者与她对门而居，故对她的一切了解得很清楚，意在强调下文描写的真实性。②良人：丈夫。 玉勒：带玉饰的马笼头。 骢马：毛色黑白相间的马。 脍：细切的鱼肉。③画阁朱楼：经过彩绘油漆的楼阁。④罗帷：用丝织品缝成的帷帐。 七香车：用多种香料涂饰过的车子。 宝扇：指饰有珍宝的羽扇。 九华帐：最富丽华美的帷幕。⑤狂夫：即前面所说的"良人"，因其骄纵，所以这样称呼他。 青春：年少。 意气：任性。 剧：烈于，胜于。 季伦：晋代石崇字季伦，以奢侈著称。 这两句写"良人"正当少年，又有高官厚禄，极其骄奢。⑥怜：爱。 碧玉：汝南王的宠妾，这里借指"良人"的爱妾。 珊瑚持与人：用石崇的典故。《世说新语》说石崇与王恺斗富，王恺是贵戚，皇帝暗中支持他，让他将宫中一株三尺高的珊瑚带去比富。石崇故意打碎它，然后取出自己的珊瑚来赔偿，他的任何一株都比皇帝的高大。⑦曙：天亮。 九微：灯名。《汉武内传》写汉武帝在宫中点燃"九光九微"灯以恭候西王母。 飞花琐：(灯花)溅落在窗前。 花琐：窗户的花格子。 这两句写洛阳女儿的贵妇生活。⑧理曲：温习歌曲。 熏香：坐在熏炉旁，让衣服

熏上香味。 熏炉，古代特制来熏香和取暖的炉子，燃料中可以加檀香等香料。 ⑨繁华：指繁华之家，即富贵人家。 赵李：指贵戚。 汉成帝宠爱赵飞燕、李平，她们的家族便显赫起来。 一说指赵飞燕、李夫人的家族。 这里是借用。 ⑩越女：春秋时越国美女西施，她在贫贱时曾在江边浣纱。 这里借指当时贫贱而美丽的女子。

宋蜀本《王摩诘文集》于此诗题下注云："时年十八。"时王维居嵩山东溪，距洛阳极近。 梁武帝《河中之水歌》云："河中之水向东流，洛阳女儿名莫愁。"王维因取"洛阳女儿"为题，作了这篇歌行。 盛唐时代的东都洛阳富丽繁华，豪门贵族之骄奢淫逸与贫贱人家的艰辛生活形成鲜明对照。 作者有感于此，在诗中对前者给予嘲讽而对后者深表同情，表现了青年诗人的正义感。 吴北江云："借此以刺讥豪贵，意在言外，故妙。"（《唐宋诗举要》卷二引）

桃源行

渔舟逐水爱山春，两岸桃花夹古津①。 坐看红树不知远②，行尽青溪忽值人③。 山口潜行始隈隩④，山开旷望旋平陆⑤。 遥看一处攒云树⑥，近入千家散花竹。 樵客初传汉姓名⑦，居人未改秦衣服⑧。 居人共住武陵源⑨，还从物外起田园⑩。 月明松下房栊静，日出云中鸡犬喧。 惊闻俗客争来集，竞引还家问都邑。 平明闾巷扫花开，薄暮渔樵乘水入。初因避地去人间,及至成仙遂不还。峡里谁知有人事,世中遥望空云山⑪。不疑灵境难闻见,尘心未尽思乡县⑫。出洞无论隔山水,辞家终拟长游衍⑬。自谓经过旧不迷,安知峰壑今来变⑭。当时只记入山深,青溪几度到云林。春来遍是桃花水,不辨仙源何处寻。

注释

①古津:一作"去津"。津:渡口。②坐:因。红树:指繁花盛开的桃树。③忽值:一作"不见"。值:遇见。④隈隩(wēi ào 威奥):曲深处。⑤旋:忽然间,紧接着。⑥攒:聚集。⑦"樵客"句:意谓这儿的居民第一次听到樵客告诉他们的汉以下朝代的名称。樵客:这里指渔人。古时"渔樵"并称,可以通用。⑧"居人"句:当地居民还穿着当初秦朝时避乱来此的衣服。⑨武陵源:即桃花源。汉属武陵郡(郡治在今湖南省常德市),故称。⑩物外:世外。⑪"峡里"二句:意谓桃源和外面隔绝,哪里知道人世间事;而人世也不知有此仙境,遥遥望到的只是云山而已。⑫"不疑"二句:意谓渔人深知仙境是难以见到的,理应留下,无奈尘心未尽,思念家乡,还是离开了。灵境:仙境。闻见:这里是偏义复词,偏用"见"义。⑬"出洞"二句:意谓渔人出去之后,却又想念桃花源,于是不管山水远隔,他终于辞家来游,打算在那儿长期留下。游衍:犹言流连不去。⑭"自谓"二句:言自以为旧径容易寻觅,然而山水改观已无从问径。

宋蜀本《王摩诘文集》此诗题下注云："时年十九。"唐宋著名诗人作桃花源诗者甚多，命意谋篇，各不相同。王维的这一篇，不仅取材于陶潜的《桃花源记》，而且顺序、层次也与《桃花源记》相同，好像是有意把散文变成诗。唯一的不同在于：陶潜所写的桃花源，里面住的是来此"避秦"者的后代，是人；而王维所写的桃花源，里面住的却是"初因避地去人间，及至成仙遂不还"的神仙。也就是说，前者向往的是人间乐土，后者向往的是神仙境界；二者皆不可得，故前者以"迷不复得路"结尾，后者以"不辨仙源何处寻"终篇，其不满于现实则同。就艺术创造而言，这位青年诗人确有才华，他确实把陶潜的散文化为优美的诗章，而且似乎毫不费力。王士禛评云："唐宋以来作《桃源行》最佳者，王摩诘、韩退之、王介甫三篇。观退之、介甫二诗，笔力、意思甚可喜。及读摩诘诗，多少自在。二公便如努力挽强，不免面红耳热。此盛唐所以高不可及。"（《池北偶谈》卷一四）沈德潜云："顺文叙事，不须自出意见，而夷犹容与，令人味之不尽。"（《唐诗别裁集》卷五）

使至塞上

单车欲问边①，属国过居延②。征蓬出汉塞③，归雁入胡天④。大漠孤烟直，长河落日圆。萧关逢候骑⑤，都护在燕然⑥。

注释

①单车：轻车简骑。问边：慰问边疆将士。②"属国"句：是"过居延属国"的倒装句。或谓属国乃典属国简称，代指使臣，是王维自指。③征蓬：随风飘动的蓬草。④归雁：春暖后从南方飞回

的大雁。 ⑤萧关：在今宁夏回族自治区固原县东南。 候骑（jì计）：侦察骑兵。 ⑥都护：当时边疆重镇都护府的长官。

开元二十五年（737）三月，河西节度副使崔希逸大败吐蕃于青海，王维以监察御史身份奉命出使塞上，宣慰将士，途中作此诗。 诗以"欲问边"发端，继之以"过居延""出汉塞""入胡天"，骏快无比。 第三联乃千古名句：极目大漠，不见村落，只见一线孤烟，冲霄上腾，显得格外笔直；遥望长河，不见树木，只见一轮落日在河面浮动，显得格外浑圆。 点、线、面的巧妙配合，构成苍莽辽阔的画面，表现出塞上黄昏之时特有的奇景和诗人由此触发的悲壮情怀，为尾联蓄势。 诗人奉命劳军，自应直赴主帅营地，然如此直写，便嫌平板。 此诗在展现大漠日暮的莽苍画面之后，不写继续前进，而以路遇候骑、喜闻捷报收尾，化苍凉为豪放，把落日的光芒扩展开来，照亮了整个"大漠"，那袅袅直上的"孤烟"也不再报警，而是报告平安。 构思之奇，谋篇之巧，匪夷所思。

凉州郊外游望

野老才三户，边村少四邻①。 婆娑依里社②，箫鼓赛田神③：洒酒浇刍狗④，焚香拜木人⑤。 女巫纷屡舞，罗袜自生尘⑥。

注释

①边村：边地的村落。 ②婆娑（suō梭）：起舞的样子。 里社：村中的土地祠。 ③赛田神：用祭祀的方式来报答田神赐给人的福泽。 以上两句是说，收获之后，边民箫鼓齐鸣，婆娑起舞，在土地祠前赛

神。④刍(chú除)：干草。 刍狗：古人用干草扎成狗的形状，拿来向神谢过求福。 ⑤木人：木刻的神像。 ⑥纷：形容女巫人数之多。 屡：多次，形容舞蹈的频繁。 以上四句具体描写赛神活动。

开元二十五年(737)，王维以监察御史身份出使河西，经凉州作此诗。 诗中描写凉州郊区农民秋收后祭祀田神的欢乐情景，栩栩如生地再现了当地的风土民俗，是一首难得的写西部农村生活的五律。

送梓州李使君

万壑树参天，千山响杜鹃。 山中一夜雨，树杪百重泉。 汉女输橦布①，巴人讼芋田②。 文翁翻教授，不敢倚先贤③。

注释

①输橦布：向官府交纳布匹。 橦布：《文选》左思《蜀都赋》曰，"布有橦华"。 刘渊林注曰，"橦华者，树名橦，其花柔毳可绩为布也"。 ②讼芋田：因田地纠纷向官告状。 芋田：种芋头的田。 ③"文翁"两句：文翁教化至今已衰，应翻新而振起之，不敢倚赖先贤治绩而无所作为。 《汉书·循吏传》载：文翁任蜀郡太守，修学官，办教育，因而教化大行。

梓州，唐代属剑南道，治郪县，即今四川三台县。 使君，对刺史的尊称。 作者在长安送李某人赴梓州任刺史，作此诗。 前两联，写想象中的梓州自然风光。 首联用工对，一句写视觉形象，一句写听觉形象，神韵俊迈。 次联上句顶首联下句，下句顶首联上句，用流水对,一气贯注,神采飞扬。三联写想象中的梓州风土民情,引出尾联,以勉励李使君从教化入手治理梓州。王渔洋赞前四句"兴来神来,天然入妙,不可凑泊"(《古夫于亭杂录》卷三),纪昀称"起四句高调摩云"(《唐宋诗举要》卷四引),都非虚誉。

观　猎

风劲角弓鸣①,将军猎渭城②。草枯鹰眼疾,雪尽马蹄轻。忽过新丰市③,还归细柳营④。回看射雕处⑤,千里暮云平。

注释

①角弓鸣:指拉弓放箭声。②渭城:秦咸阳故城,在今西安西北渭水北岸。③新丰:今陕西西安临潼区新丰镇一带。唐代以产美酒著名。④细柳营:西汉名将周亚夫的驻军处,在今咸阳市西南二十里。⑤射雕处:指射杀猎物之处。

这是体现盛唐气象的名篇之一。沈德潜《唐诗别裁集》称其起头"胜人处全在突兀",结尾"亦有回身射雕手段"。全篇"章法、句法、字法俱臻绝顶,盛唐诗中亦不多见"。

终南山

太乙近天都①,连山到海隅②。白云回望合③,青霭入看无④。分野中峰变⑤,阴晴众壑殊⑥。欲投人处宿⑦,隔水问樵夫。

注释

①太乙:是终南山的主峰,也是终南山的别名,在唐京长安城南约四十里处。 天都:天帝所居之处。②"连山"句:山山相连,直到海角。 ③"白云"句:注释者或说"四望出去,白云连接",或说"四望山顶,白云聚合",都不得要领,原因在于不懂句法。 就句法看,"白云"是"望"的宾语,把宾语提前,写成"白云——回望合",分明已藏过一层,即未"回望"之时,身边不见"白云",它分了开来,退向两旁。 而说"白云"分开,退向两旁,分明又藏过一层,即前面较远的地方,"白云"聚合,不见其他。 实际情况是,诗人正在上山,朝前看,白云弥漫,仿佛再走几步,就可浮游于"白云"的海洋,然而继续前进,"白云"却继续分向两边;回头看,分向两边的"白云"又"合"在一起,汇起茫茫云海。 ④"青霭"句:上句的"白云"实际上是白茫茫的雾气,"青霭"也是雾气,不过很淡,所以不是白色而是青色。 "青霭——入看无"与"白云——回望合"互文见义,互相补充。 即"青霭入看无","白云"也"入看无";"白云回望合","青霭"也"回望合"。 诗人走出茫茫云海,前面又是濛濛青霭,仿佛继续前进,就可摸上那濛濛青霭了;然而走了进去,却不但摸不着,而且看不见;回过头去,那"青霭"又合拢来,可望而不可即。 这种奇妙境界,凡有游山经验的人都并不陌生,却很难用两句诗表现得如此真切。⑤"分野"句:中峰南北,属于不同分野,以见终南山之绵远、辽阔。 分野:古代天文家将天空十二星辰的位置与地上州郡区域相对应,称某地为某星之分野。⑥"阴晴"句:以阳光的或有或无、或浓或淡来表现千岩万壑的千姿百态。 殊:殊异,有差别。⑦人处:人居住之处,指人家、村子。

终南山在唐京长安城南，西起甘肃天水，东至河南陕县，绵亘八百余里。此诗题为"终南山"，细玩诗意，不是在一个固定点上观照终南，而是出长安南行，畅游终南，从不同角度进行描写。首联写遥望终南所见的总轮廓；次联写近景，云霭变灭，移步换形，状难状之景如在目前；三联立足中峰，写纵目四望所见的全景；尾联写欲留宿山中，明日再游，而山景之美与诗人避喧好静，已意在言外。沈德潜《唐诗别裁集》云："'近天都'言其高，'到海隅'言其远，'分野'二句言其大，四十字中，无所不包，手笔不在杜陵下。"

汉江临眺[①]

楚塞三湘接[②]，荆门九派通[③]。江流天地外，山色有无中[④]。郡邑浮前浦，波澜动远空[⑤]。襄阳好风日，留醉与山翁[⑥]。

注释

①汉江：又称汉水，源出陕西宁强县，流经襄阳，至湖北武汉市入长江。②楚塞：楚国的边关地区。战国时期湖北一带属于楚国。三湘：湖南湘水的总称，合漓湘、潇湘、蒸湘而得名。③荆门：山名，在湖北宜都县西北，战国时称"楚之西塞"。九派："九"是"多"的意思，江河的支流叫"派"。这里指支流歧出的长江。④"江流"两句：极目远望，江水好像流出了天地以外，山色忽隐忽现。⑤"郡邑"两句：郡邑似在水边浮立，波涛在远空翻涌。⑥山翁：指晋代山简。山简曾任征南将军，镇守襄阳，常携酒出游，喝

得大醉而归。

诗题一作《汉江临泛》,作于开元二十八年(740)十月,当时王维以殿中侍御史知南选,路经襄阳(今属湖北)。首联以对偶句写大景,意境壮阔。中两联写江流浩渺无际,山色时有时无,雄俊警拔,气象万千。以"好风日"作结,通篇完美。方回评云:"右丞此诗,中两联皆言景,而前联尤壮,足敌孟、杜《岳阳》之作。"(《瀛奎律髓》卷一)王世贞评中两联云:"是诗家极俊语,却入画三昧。"(《弇州山人四部稿》)其"山色有无中"一句,尤为诗家所喜爱,权德舆《晚渡扬子江》诗"远岫有无中,片帆烟水上",即从此化出;欧阳修《朝中措》词"平山栏槛倚晴空,山色有无中",则袭用其语。

辋川闲居赠裴秀才迪

寒山转苍翠①,秋水日潺湲②。倚杖柴门外,迎风听暮蝉。渡头馀落日,墟里上孤烟③。复值接舆醉④,狂歌五柳前⑤。

注释

①寒山:略带寒意的山。苍翠:暗绿色。②潺湲(chán yuán 蝉园):水流声。③墟里:村落。孤烟:一缕炊烟。④复值:又遇上。接舆:人名,春秋时楚国的隐士,因不愿出仕做官而装做疯子。诗中的"接舆"是借指清高的裴迪。⑤狂歌:狂放地高歌。五柳:五柳先生,是晋代著名诗人陶渊明的自号,诗中王维以五柳先生自喻。

王维别墅所在的辋川，在今陕西西安蓝田县西南，山水奇胜，有华子冈、欹湖、竹里馆、柳浪、茱萸沜、辛夷坞等景点。王维晚年与友人裴迪游其中，"赋诗相酬为乐"，这是其中的一首。诗作通过对辋川初秋傍晚景色的描绘，流露了诗人厌恶官场、乐于退隐的心态。高步瀛《唐宋诗举要》选此诗，评云："随意挥写，得大自在。"

山居秋暝[①]

空山新雨后，天气晚来秋。明月松间照，清泉石上流。竹喧归浣女[②]，莲动下渔舟[③]。随意春芳歇，王孙自可留[④]。

注释

①秋暝：秋天的傍晚。暝：日落天晚。②"竹喧"句：听见竹林中笑语喧哗，原来是溪边洗衣的姑娘们回来了。③"莲动"句：看见湖中莲花摇动，原来是打鱼的船下水了。④"随意"两句：反用《楚辞·招隐士》"王孙兮归来，山中兮不可久留"意，即让春芳随意消歇吧，这里的秋色也能留人。春芳：春花。王孙：作者自喻。

这也是王维隐居辋川时的作品，通过对秋天傍晚景物的描绘，表现了安于退隐田园的心态，被赞为"写真境之神品"（清人张谦宜《絸斋诗谈》）。

冬晚对雪忆胡居士家

寒更传晓箭①,清镜览衰颜。 隔牖风惊竹,开门雪满山。 洒空深巷静,积素广庭闲。 借问袁安舍②,翛然尚闭关③。

注释

①"寒更"句:寒夜的打更声报告天将破晓。古代分一夜为五更,每更都敲梆子报告更点。箭:古代计时器,上有时间刻度,安装在漏壶之中,漏水不断下滴,箭上计时刻度依次显露出来,以此报时,打更人据以打梆子。②袁安:字劭公,东汉汝阳人。住洛阳,家贫。一次,大雪深丈余,穷人多出外乞食,他独闭门僵卧。洛阳令外出巡查,见袁安门为雪所封,疑其已死,扫雪而入。问他,他说:"大雪人皆饿,不宜干人。"令很钦佩,举为孝廉。(见《汝南先贤传》)这里以袁安比胡居士。③翛(xiāo 消)然:无牵挂貌。

胡居士,名号生平俱不详。信佛而不出家者称"居士",王维亦信佛,住处距胡居士不远,故时有往还,集中赠诗有好几首。冬晚下雪,不能走访而颇忆念,故作此诗。前六句写"冬晚对雪",后二句始落到"忆胡居士家"。由"隔牖风惊竹,开门雪满山"引出的"洒空深巷静,积素广庭闲",是咏雪名联。王士禛云:"古今雪诗,惟羊孚一赞,及陶渊明'倾耳无希声,在目皓已洁',及祖咏'终南阴岭秀'一篇、右丞'洒空深巷静,积素广庭闲'、韦左司'门对寒流雪满山'句,最佳。"(《渔洋诗话》卷上)

出塞作

居延城外猎天骄①,白草连天野火烧②。暮云空碛时驱马③,秋日平原好射雕。护羌校尉朝乘障,破虏将军夜度辽④。玉靶角弓珠勒马,汉家将赐霍嫖姚⑤。

注释

①居延:古县名,汉初匈奴中地名,指居延泽附近一带,为当时河西地区与漠北往来要道。天骄:原为匈奴自称,此指吐蕃。此句意为吐蕃将领在居延城外打猎。②"白草"句:放火烧荒。与打猎活动相联系,称为"猎火"。高适《燕歌行》:"单于猎火照狼山。"③空碛:空旷的沙漠。④"护羌"两句:护羌校尉、破虏将军皆汉代武官,此处借指唐军将领。朝乘障:早上登堡障防御。夜度辽:夜间进军攻击。汉昭帝时,乌桓叛,以中郎将范明友为度辽将军率兵进击。此处借用其意。⑤"玉靶"两句:汉家将把"玉靶角弓珠勒马"赏赐给霍嫖姚。

开元二十五年(737)三月,河西节度副大使崔希逸在青海战胜吐蕃,王维以监察御史身份奉使出塞宣慰,作此诗。前四句写边境纷扰、战火将起的形势;五、六两句写唐军备战、出击;尾联以霍去病喻崔希逸,写唐王朝因他打了胜仗而将给予赏赐。方东树云:"前四句目验天骄之盛,后四句条陈中国之武,写得兴高采烈,如火如

锦,乃称题。 收赐有功得体。 浑灏流转,一气喷薄,而自然有首尾起结章法,其气若江海之浮天。"(《昭昧詹言》)

和贾至舍人早朝大明宫之作

绛帻鸡人报晓筹①,尚衣方进翠云裘②。九天阊阖开宫殿③,万国衣冠拜冕旒④。日色才临仙掌动⑤,香烟欲傍衮龙浮⑥。朝罢须裁五色诏,佩声归到凤池头⑦。

注释

①"绛帻"句:唐代皇宫中有头戴红巾的卫士报晓,这种卫士被称为"鸡人"。筹:更筹,计时的竹签。②"尚衣"句:专门掌管皇帝衣服的尚衣局正为皇帝进上翠云裘,准备皇帝登朝。③"九天"句:一重重的宫殿大门仿佛九重天门依次打开。④衣冠:衣冠之士,指朝见皇帝的群臣和外国使者。冕旒:皇冠,指代皇帝。⑤仙掌:指仪仗中的羽扇。⑥衮龙:指皇帝龙袍上的龙。⑦"朝罢"两句:这是和贾至的诗,故结尾落到贾至,说他早朝后回到凤池头为皇帝起草诏书。贾至任中书舍人,其职责是为皇帝起草文件。凤池:指中书省,中书舍人办公的地方。佩声:走路时身上佩带的饰物发出的撞击之声。

肃宗乾元元年(758),中书舍人贾至作了一首《早朝大明宫》七律,杜甫、岑参、王维都有和章,读其诗,可使我们了解唐代"早朝"的情景。四人的诗各有特色,王维的这一首,兴象高华,"九天阊阖开宫殿,万国衣冠拜冕旒"一联,尤气象峥嵘,神采飞动。

积雨辋川作

积雨空林烟火迟,蒸藜炊黍饷东菑①。漠漠水田飞白鹭,阴阴夏木啭黄鹂②。山中习静观朝槿③,松下清斋折露葵④。野老与人争席罢⑤,海鸥何事更相疑⑥?

注释

①藜:藿一类的野菜。黍:黄米。饷:送饭。东菑(zī资):村东的田地。②黄鹂:黄莺。③槿(jǐn紧):落叶灌木,五月开花,花朝开夕落。④葵:古代的一种重要蔬菜。⑤争席:《庄子·杂篇·寓言》,阳子去见老子,旅舍的人见他骄矜,先坐者起而让位。见到老子,老子教他去掉骄矜。回来又住那家旅舍,人们见他毫无架子,就与他争席而坐。⑥海鸥相疑:《列子·黄帝篇》,海上有个人喜欢鸥,每天去和鸥鸟玩,鸥鸟成群结队地向他飞来。他父亲知道此事,要他抓几只来。他第二天到海边去,鸥鸟在天空飞舞,不肯落地。

这首诗描绘夏季久雨后辋川山庄的自然风光和诗人归隐后的闲适生活。首联以动形静,写久雨后的村景极传神。次联是著名的佳句。"水田飞白鹭","夏木啭黄鹂",碧、白、绿、黄映衬,色彩绚丽,且有黄鹂歌唱,声、色、动、静结合,构成"有声画",已极精彩,更加上双声词"漠漠""阴阴"点染,既与"积雨"照应,又增添了画的迷濛感与幽深感。李肇《国史补》以来，多谓此二句袭李嘉祐诗，叶梦得《石林诗话》虽极称王诗，然亦认为王诗点化李诗而成。沈德潜的说法较确当："俗说谓'水田飞白鹭，夏木啭黄鹂'乃李嘉祐句，右丞袭用之。不知本句之妙，全在'漠漠'、'阴阴'，去上二字，乃死句也。况王在李前，安得云王袭李耶？"（《唐诗别裁集》卷一三）

前四句以我观物，后四句转写自我。"山中"已"静"，还要"习静"，静观槿花自开自落；"松下"已"清"，还要"清斋"（吃素），摘取带露的绿葵。写幽居之清静而自然移向尾联。自称"野老"而以"海鸥"喻村民，自己既毫无机心，村民就不应相疑了。全诗以赞颂的笔触写大自然的静美与农村生活的纯真，对都市、官场争名逐利、尔诈我虞的厌恶之情流淌而出。

杂　　诗

君自故乡来，应知故乡事。来日绮窗前①，寒梅著花未②？

注释

①来日：承首句说，指自故乡前来的日子，即离乡之时。绮窗：雕着花纹的窗子。②著（zhuó 着）：此处是"着"的本字，"附着"的意思。著花：开花。

这是一首抒发思家之情的小诗。有人自故乡来，急于了解家中情况，问这问那，一问一答，也是常见的情景。初唐王绩的《在京思故园见乡人问》连发十二问而不作答，耐人寻味，不失为好诗。

王维的这一首用前两句作铺垫,后两句只发一问即戛然而止,足以激发读者的无穷想象,韵味无穷。

相　思

红豆生南国①,春来发几枝。 劝君多采撷,此物最相思。

注释

①红豆:生岭南,树高丈余,其叶似槐,其花似皂荚,结实如小豆,半截红色,半截黑色,可用以嵌首饰。 又名相思子。

以世称"相思子"的红豆起兴,先说"红豆生南国",已令人感到相思之随红豆而生,生生不已。 继问"春来发几枝",问而不答,然而南国温暖多雨,春风又动,则红豆之发,岂止几枝? 而相思之情,亦随之浩浩无涯。 王安石《壬辰寒食》"客心似杨柳,春风千万条",或从此化出。

前两句只写红豆,后两句则合红豆、相思为一物而"劝君多采撷"。 "君"者,抒情主人公"我"相思之对象也。 劝"君"多采"最相思"之红豆,则"我"思"君"之默默深情以及对彼此相思之情的无限珍惜,已从空际传出。

相思之情,人所共有,却难于表达。 此诗的妙处在于,托红豆寄相思,象征比拟,言近旨远,风神摇曳,情思缠绵,故能引发读者的情感共鸣,具有永恒的艺术魅力。

鸟鸣涧①

人闲桂花落②,夜静春山空。月出惊山鸟,时鸣春涧中。

注释

①这是《皇甫岳云溪杂题》五首中的一首。皇甫岳乃皇甫恂之子,王维的朋友。②桂花:这是三、四月开黄花的桂花。

心理学上有"同时反衬现象",万籁俱寂而偶有音响作反衬,就显得更幽静。王籍《入若耶溪》中的"蝉噪林逾静,鸟鸣山更幽",杜甫《题张氏隐居》中的"伐木丁丁山更幽",都表现了这种意境,王维此诗亦然。花"落"、月"出"以及山鸟的"惊""鸣",有动有声,但其效果不是喧闹,而是有力地反衬出"人闲""夜静"和"山空"。在深夜里尚能觉察桂花飘落,岂不是突出地表现了"人闲""夜静"?明月乍出,有光无声,却能"惊"动"山鸟",岂不是突出地表现了"夜静""山空"?其他一切声息都没有,只从"春涧"中偶尔传来几声鸟鸣,岂不是更令人感觉到春山月夜空旷宁静之美?胡应麟《诗薮》云:"太白五言绝,自是天仙口语。右丞却入禅宗,如'人闲桂花落'云云,'木末芙蓉花'云云,读之身世两忘,万念皆寂,不谓声律之中,有此妙诠!"

鹿　柴①

空山不见人,但闻人语响。返景入深林②,复照青苔上。

注释

①柴(zhài 寨)：一作"砦"，栅篱。②返景：夕阳返照的光。

这是王维田园组诗《辋川集》二十首的第五首。首句以"不见人"写"空山"之幽静，次句以"但闻人语响"申说"不见人"。"但闻"，只闻也。"但闻人语响"还意味着只有人语更无他声。三、四句进一步渲染"空山"之静。深林之中，青苔之上，最为幽寂，然林外人何能看见？今以斜阳照之，为深林青苔抹上一层金光。"返景入深林"，暗示林木茂密，日光直下则为枝叶遮蔽，只有落日的光芒才能从树干的缝隙中斜射而入。"复照青苔上"的"复"字含无限深情。林下青苔，人迹罕至，只有每日日落之时，才能受到"返景"的瞬息抚摸，如今是又一次受到阳光的抚摸啊！善于捕捉有特征性的音响、色彩、动态表现寂静、幽深的境界，是王维田园山水诗的艺术魅力所在。不是死一般的寂静，而是静中有动、寂中有喧，甚至色彩绚丽、光辉熠耀，故能给人以恬静而不枯寂的美感。李锳《诗法易简录》评此诗颇中肯："人语响，是有声也；返景照，是有色也。写空山不从无声无色处写，偏从有声有色处写，而愈见其空。严沧浪所谓'玲珑剔透'者，应推此种。"

竹里馆

独坐幽篁里①，弹琴复长啸②。深林人不知，明月来相照。

注释

①幽篁：幽深的竹林。②复：又。

这是《辋川集》组诗的第十七首，以自然界的宁静优美烘托内心世界的恬淡超逸。在幽深的竹林里悄然独坐，这是静境。既"弹琴"又"长啸"，琴声与篁韵合奏，啸声与林涛共振，这是动境。然而"幽篁"之外，又是"深林"，纵然"弹琴复长啸"，也只是陶然自乐而"人不知"，故仍是静境。"独坐"而"人不知"，知之者只有"明月"，幽趣更增。着一"来"字，将明月拟人化，"人不知"而"明月"知之，特"来相照"，照我"弹琴"，照我"长啸"，何等有情！"相"字反衬"独"字，"明月"与"独坐"人做伴，是偶不是"独"，故用"相"。然而"相照"者只有"明月"，故更见其"独"。"独坐幽篁"，"独"自"弹琴"，"独"自"长啸"，"独"对"明月"，环境之宁谧与内心之恬静融合无间，构成此诗空明澄净的意境，令人神往。

辛夷坞[①]

木末芙蓉花[②]，山中发红萼。涧户寂无人[③]，纷纷开且落。

注释

①辛夷：指木笔、玉兰。坞：四方高、中间凹下的地方。②木末：树梢。芙蓉花：指辛夷花。辛夷花与芙蓉花相近，裴迪《辋川集》和诗有"况有辛夷花，色与芙蓉乱"可证。③涧户：涧崖相向似门户。

这是《辋川集》中的第十八首。首句自《九歌·湘君》"搴芙蓉兮木末"化出,结合次句,展现辛夷花朵长满树梢、迎春盛放的一派生机;用"红"着色,更艳丽夺目。 三、四句忽以"涧户寂无人"宕开,又以"纷纷开且落"拍合,完成了对山中辛夷的描状。 那么,作者从中悟出了什么呢?或者说,这首诗昭示了什么呢?深山无人,辛夷花自开自落。 花开,并不是为了赢得人们的赞赏;花落,也不需要人们悼惜。 该开便开,该落便落,纯任自然。 苏轼《罗汉赞》"空山无人,水流花开",世称妙语,实从此诗化出。 邢孟贞《唐风定》云:"此诗每为禅宗所引,反令减价。 只就本色观,自绝顶。"

田园乐四首

采菱渡头风急,策杖村西日斜。 杏树坛边渔父[①],桃花源里人家。

萋萋春草秋绿,落落长松夏寒。 牛羊自归村巷,童稚未识衣冠[②]。

山下孤烟远村,天边独树高原。 一瓢颜回陋巷[③],五柳先生对门[④]。

桃红复含宿雨,柳绿更带春烟。 花落家僮未扫,莺啼山客犹眠。

注释

①杏坛：孔子讲学处。全句谓渔父也有文化，不同流俗。②衣冠：指官吏。③"一瓢"句：以颜回自比。《论语·雍也》："子曰：'贤哉回也，一箪食，一瓢饮，在陋巷，人不堪其忧，回也不改其乐。'"④五柳先生：陶潜植五柳于堂前，自号五柳先生。此处比喻隐士。

原诗共七首，与北宋王安石《题西太一宫》同为六言绝句中最优秀的篇章。

此乃王维归辋川时作，写辋川风景、人物如画，而村野真朴之趣、田园闲适之乐，即从画中溢出，令人陶醉。黄昇《玉林诗话》云："六言绝句，如王摩诘'桃红复含宿雨'及王荆公'杨柳鸣蜩绿暗'二诗最为警绝，后难继者。"潘德舆《养一斋诗话》云："或问六言句法，予曰：王右丞'花落家僮未扫，鸟啼山客犹眠'……此六言之式也。必如此自在谐协方妙。"董其昌《画禅室随笔》云："'山下孤烟远村，天边独树高原'，非右丞工于画道，不能得此语。"

少年行二首

新丰美酒斗十千①，咸阳游侠多少年②。相逢意气为君饮，系马高楼垂柳边。

一身能擘两雕弧③，虏骑千重只似

无④。偏坐金鞍调白羽⑤,纷纷射杀五单于⑥。

注释

①新丰:该地唐代时以产美酒著名,故址在今陕西西安临潼区东。②咸阳:秦的都城,唐人多用以指长安。③擘(bò薄):用手拉弓。彫弧:雕有花纹的木弓。④虏骑(jì寄):敌人的骑兵。⑤偏坐:坐在鞍上时而偏左,时而偏右。白羽:箭名。调白羽:搭箭而射。⑥单(chán蝉)于:对匈奴君主的称呼。五单于:汉宣帝时,匈奴内部分裂,五单于并立。这里用以泛指敌方的众多首领。

《少年行》为乐府《杂曲歌辞》旧题,多写少年轻生重义、慷慨以立功名情事。王维此题原有四首,这里选其中的两首,大约作于青年时期。黄叔灿评前一首云:"少年游侠,意气相倾,绝无鄙琐踧踖之态,情景如画。"(《唐诗笺注》)后一首写少年武艺超群、勇往直前,为保卫祖国而杀敌立功,豪气英风跃然纸上。

九月九日忆山东兄弟①

独在异乡为异客,每逢佳节倍思亲。遥知兄弟登高处,遍插茱萸少一人②。

注释

①山东兄弟:意为家乡兄弟。王维老家蒲州(今山西永济)在华山以东,故称"山东"。②茱萸(zhū yú朱余):一种落叶小乔木,有浓烈香味,可入药。古代风俗,重阳节登高时佩茱萸囊,或将茱

萸插在头上，据说可以避邪。

这是王维十七岁时的作品。九月九日是重阳佳节，按古代民俗，这一天都要登高，"独在异乡"的诗人因而思念往年在家乡一同登高的兄弟们。"每逢佳节倍思亲"，这是"独在异乡"的游子们的共同感受，由王维第一次用这样简练明晰的语言说出，便万口传诵，至今仍被引用。三、四句由"倍思亲"引出：遥想兄弟们当此重阳佳节，必然像往年一样共同登高，当他们"遍插茱萸"的时候，必然为"少一人"而深感遗憾，从而也正思念"我"这个"独在异乡"的兄弟吧！首句的"独"与结句的"一人"呼应，回环往复，由自己思亲想到兄弟们思念自己，而自己思念兄弟们之深情，又进一步加倍写出。真情流露，深挚感人。如俞陛云所评："杜少陵诗'忆弟看云白日眠'，白乐天诗'一夜乡心五处同'，皆寄怀群季之作。此诗尤万口流传，诗到真切动人处，一字不可移易也。"（《诗境浅说续编》）

送沈子福归江东

杨柳渡头行客稀，罟师荡桨向临沂①。
惟有相思似春色，江南江北送君归②。

注释

①罟师：渔人，此指船工。临沂：晋侨置县，故址在今江苏南京市附近。沂，王维集诸刻本作"圻"，今从明嘉靖本《万首唐人绝句》。②"惟有"二句：构思与李白《闻王昌龄左迁龙标遥有此寄》"我寄愁心与明月，随君直到夜郎西"相似。

首句写送行的渡口，以"杨柳"暗喻依依惜别之情，以"行客稀"表现孤寂冷落之况。次句写船已离岸，向临沂进发，激发送行者的无限相思。三、四两句将无限不舍融入无边春色，想象新奇，语言明丽。锺惺云："相送之情，随春色所至，何其浓至！末两语情中生景，幻甚。"（《唐诗归》）沈德潜云："春光无所不到，送人之心犹春光也。"（《唐诗别裁集》卷一九）

送元二使安西[①]

渭城朝雨浥轻尘[②]，客舍青青柳色新。
劝君更尽一杯酒，西出阳关无故人[③]。

注释

①安西：在今新疆维吾尔自治区库车附近。②渭城：秦时的咸阳城，后改称渭城，在今西安市西北。③阳关：西汉置，故址在今甘肃敦煌西南古董滩附近。

这是送友人远赴西北边疆的诗。前两句展现出"渭城朝雨浥轻尘，客舍青青柳色新"的明丽画面，蕴含着安慰、鼓励和祝愿的深情。后两句写客舍饯行，只写出不得不分手时说出的劝酒辞。"劝君更尽一杯酒"，一个"更"字，表明酒已劝了多次、尽了多杯，惜别之情，见于言外。"西出阳关无故人"，而朋友是要到比阳关更远的安西去的。阳关已无故人，何况安西！故一再劝君更饮而依依不忍分手。

后两句表达的是任何人与至亲好友分手时共有的真情实感，但以前却无人用诗的语言说出。 一经王维说出，便万口传诵，谱为乐章，被称为《渭城曲》、《阳关曲》或《阳关三叠》。 刘禹锡《与歌者何戡》云："旧人唯有何戡在，更与殷勤唱渭城。"白居易《晚春欲携酒寻沈四著作先以六韵寄之》云："最忆阳关唱，珍珠一串歌。"李商隐《赠歌妓》亦有"断肠声里唱阳关"之句，可见传唱之广。 李东阳《怀麓堂诗话》指出："此辞一出，一时传诵不足，至为三叠歌。 后之咏别者，千言万语，殆不能出其意之外。"所谓"三叠歌之"，即将后两句反复歌唱。 这首送别诗，情深味厚而略无衰飒气象，体现了盛唐诗的时代特征。

李　白

李白(701—762)，字太白，号青莲居士，排行十二，陇西成纪(今甘肃秦安西北)人。 其先代于隋末流徙西域，神龙元年(705)，李白随其父移居绵州昌隆县(今四川江油)之青莲乡。 其出生地颇多异说，或谓生于中亚碎叶(今吉尔吉斯共和国托克马克附近)，或谓生于焉耆碎叶(今新疆焉耆回族自治县)，或谓生于条支(今阿富汗加兹尼)，亦有谓武后神功年间迁蜀而生于青莲乡者。 曾官翰林供奉，因称李翰林、李供奉；贺知章叹为"天上谪仙人"，后世因称李谪仙。 少时博览经史百家，喜纵横术。 开元十二年(724)，怀抱"使寰区大定，海县清一"的大志，"仗剑去国"，漫游江汉、洞庭、金陵、扬州等地。 娶故相许圉师的孙女为妻，因而留居湖北安陆。 由于"谤言忽生"，乃西入长安求仕，贺知章见其《蜀道难》诗，赞为"谪仙人"。 开元二十年失意东归。 二十四年(736)移居山东任城。 天宝元年(742)奉诏入京，供奉翰林，因触忤权贵，三载(744)赐金放还。此后漫游梁宋、齐鲁、吴越、幽燕。 天宝末，安史叛乱，李白应召入永王李璘幕。 王室争权，李璘被杀，李白株连入狱，获释不久又被定罪流放夜郎。 乾元二年(759)三月行至白帝城遇赦，返回江夏，重游洞庭、皖南。 宝应元年卒于当涂(今安徽马鞍山)。 生平事迹详见魏颢《李翰林集序》，李阳冰《草堂集序》，范传正《唐左拾遗翰林学士李公新墓碑并序》及新、旧《唐书》本传。 年谱及考证生平著作甚多。 诗文集以清王琦《李太白全集》最通行。 《全唐诗》存诗二五卷。 李白与杜甫同为我国古代伟大的诗人，合称"李杜"。 韩愈云："李杜文章在,光焰万丈长。"(《调张籍》)胡应麟云:"才超一代者李也,体兼一代者杜也。"李白诗题材多样,众体咸备,尤长于乐府歌行和五七言绝句。其乐府歌行情感激越,形象俊伟,气势磅礴,词彩瑰丽,借用神话传说,杂以夸张想象,极富浪漫主义色彩,"风雨争飞,鱼龙百变",纵横开阖,不可端倪。其五七言绝句,超妙俊逸,神韵天然。沈德潜云:"五言绝,右丞、供奉,七言绝,龙标、供奉,妙绝古今,别有天地。"又云,"七言绝句,以语近情遥、含吐不露为贵,只眼前景、口头语,而有弦外音,使人神远,太白有焉。"

峨眉山月歌

峨眉山月半轮秋,影入平羌江水流①。
夜发清溪向三峡②,思君不见下渝州③。

注释

①平羌江:指青衣江,发源于四川省芦山县,流至峨眉山东的乐山县入岷江。②清溪:即清溪驿,在今四川省犍为县,距峨眉山不远。三峡:指四川省和湖北省交界处的瞿塘峡、巫峡、西陵峡。一说指乐山县的黎头、背峨、平羌三峡。③君:一说指友人,一说指月。按,以指月为是。黄叔灿《唐诗笺注》云:"'君',指月。月在峨眉,影入江流,因月色而发清溪,及向三峡,忽又不见月,而舟已直下渝州矣。诗自神韵清绝。"李锳《诗法易简录》云:"在峨眉山下,犹见半轮月色,照入江中。自清溪入三峡,山势愈高,江水愈狭,两岸皆峭壁层峦,插天万仞,仰眺碧落,仅馀一线,并此半轮之月亦不可见,此所以不能不思也。'君'字,指月也。"两人分析皆可取。渝州:今重庆市。

峨眉山，在四川省峨眉县西南，是蜀中著名的风景名胜地。 开元十二年李白出蜀时望明月而眷恋故乡，作了这首七绝。 赵翼《瓯北诗话》云："四句中用五地名，毫不见堆垛之迹，此则浩气喷薄，如神龙行空，不可捉摸，非后人所能模仿也。"

渡荆门送别

渡远荆门外，来从楚国游①。 山随平野尽，江入大荒流②。 月下飞天镜，云生结海楼③。 仍怜故乡水④，万里送行舟。

注释

①楚国：这里指湖北省一带，春秋战国时属于楚国范围。 ②大荒：辽阔的原野。 ③"月下"两句：明月西落，像一面明镜飞过天空；乌云东起，像海上结成的蜃楼。 ④故乡水：指长江。

荆门即荆门山，在今湖北省宜都县西北长江南岸，与北岸虎牙山隔江相对。 李白出蜀游楚，于此地送别友人，作此诗。 第二联是历来传诵的名句，胡应麟《诗薮》内编云："'山随平野尽，江入大荒流'，太白壮语也。 杜（甫）'星垂平野阔，月涌大江流'，骨力过之。"《李太白全集》王琦注引丁龙友曰："李是昼景，杜是夜景；李是行舟暂视，杜是停舟细观，未可概论。"

望天门山

天门中断楚江开,碧水东流至此回[1]。
两岸青山相对出,孤帆一片日边来[2]。

注释

[1]"天门"两句:天门山中腰断开一个裂口,放长江通过。楚江:流经楚地的长江。回:转弯。长江在天门山附近稍折而北,远望有"回"的趋势。[2]"两岸"两句:所写的当是朝日初升时自天门以西的江面上遥望天门以东所见的远景。俞陛云《诗境浅说续编》认为"山势中分,江流益纵,遥见一白帆痕,远在夕阳明处",显然把方位和时间都弄颠倒了。

天门山在今安徽省当涂县西南,东名博望山,西名梁山,夹长江对峙如门。题为《望天门山》,作者乘船沿长江东下,未至天门而先纵目瞭望,前两句所写乃天门近景,后两句所写乃天门以东的远景。不论是近景或远景,都写得活灵活现,令人神往。《唐宋诗醇》云:"此及'朝辞白帝'等作,俱极自然,洵属神品,足以擅场一代。"

金陵酒肆留别[1]

风吹柳花满店香,吴姬压酒劝客尝[2]。
金陵子弟来相送,欲行不行各尽觞[3]。请
君试问东流水,别意与之谁短长?

注释

①金陵：今江苏南京。 酒肆：酒店。 ②吴姬：吴地女子，此指酒店女主人。 压酒：新酒酿熟，压糟取汁。 ③尽觞：干杯。

开元十四年(726)春，李白拟自金陵赴广陵，作此诗。 这与《梦游天姥吟留别》同为"留别"诗，写法却如此不同！第一句写"金陵酒肆"。 "金陵"点明地属江南，"柳花"暗示时当暮春，因而虽然未明写店外，而店外"杂花生树，群莺乱飞"，杨柳含烟，绿遍十里长堤的芳菲世界，已依稀可见。 "风吹柳花"直入店内，自然也送来百花的芳香。 一个"香"字，把店内店外连成一片，同时又带出第二句：吴姬压出新酒捧来劝客，酒香四溢，与随风吹来的百花芳香融为一体，浑然莫辨，两句诗展现了如此美好的场景！令人陶醉，令人迷恋，而这正是为下文抒发惜别之情蓄势。 第三句突转，第四句拍合。 相送者殷勤劝酒，不忍遽别；告别者"欲行不行"，无限留恋。 双方的惜别之情，只用"各尽觞"三字，便化虚为实，体现于人物行动。 结语之妙，一在暗示"金陵酒肆"面对长江，诗人即将乘江船远去；二在遥望长江，心物交感，融别意于江水，赋抽象以形象；三在不用简单的比喻而出之以诘问，诘问者的神情，听众们的反应，以及展现在远处的江流、平野，都视而可见，呼之欲出。 这两句可能受谢朓"大江流日夜，客心悲未央"、阴铿"大江一浩荡，离悲足几重"的启发而有所创新。 刘禹锡"欲问江深浅，应如远别情"，李后主"问君能有几多愁，恰似一江春水向东流"，都是从这里变化出来的。

春夜洛城闻笛

谁家玉笛暗飞声，散入春风满洛城。

此夜曲中闻折柳①，何人不起故园情。

注释

①曲中闻折柳：指笛中传出《折杨柳》曲。《折杨柳》，笛曲名。北朝乐府《折杨柳歌辞》云："上马不捉鞭，反折杨柳枝。蹀坐吹长笛，愁杀行客儿。"

开元二十三年（735），李白客居洛阳，春夜闻笛声传出《折杨柳》曲而思念故乡，作此诗。飘逸婉丽，情韵悠然。

黄鹤楼送孟浩然之广陵①

故人西辞黄鹤楼②，烟花三月下扬州。
孤帆远影碧空尽，惟见长江天际流。

注释

①广陵：今江苏扬州，是唐代著名的商业大都市。②黄鹤楼：在湖北武昌黄鹄山，下临长江。

李白与孟浩然互相爱慕，友谊深厚。开元十六年（728）暮春，孟浩然从黄鹤楼前出发，乘舟东下，远游广陵，李白为他送行，创作了这首七绝。

黄鹤楼乃登览胜境，扬州乃淮左名都，烟花三月又是一年四季中最美好的时光。"故人西辞黄鹤楼，烟花三月下扬州"，当然是很愉快的事，用不着发愁，故出之以丽词俊语，第二句尤为"千古丽句"。然而好友分手，仍有惜别之情，何况江程迢递，风波难猜，不能不关心他的安全。于是目送神驰，又写出千古妙句："孤帆远影碧空尽,惟见长江天际流。"这两句写景如绘,无须多说,值得注意的是,一个"见"字,点明这是送行者的望中景。 通过望中景,可以想见送行者伫立江畔怅望依依的神情。 怅望的过程是漫长的,写"孤帆远影",实际上已越过许多画面。 船刚开动,所凝望的当然是船上的"故人"。 故人的身影越来越模糊,视线仍不肯转移,而所能望见的,只是碧空映衬的一片白帆。 直望到白帆越缩越小,以至于完全消失,还在望,望那一线长江向天际流去。 一字未说离情别绪,而别绪如长江之不尽,离情如碧空之无涯。 情含景中,神传象外,具有无穷艺术魅力。

行路难

金樽清酒斗十千,玉盘珍羞直万钱①。停杯投箸不能食,拔剑四顾心茫然②。 欲渡黄河冰塞川,将登太行雪满山③。 闲来垂钓碧溪上,忽复乘舟梦日边④。 行路难! 行路难! 多歧路,今安在⑤? 长风破浪会有时,直挂云帆济沧海⑥。

注释

①樽(zūn 尊):古代装酒的器具。斗十千:一斗酒值十千钱,极言酒很名贵。 珍羞:珍贵的菜肴。 羞:同"馐",美味食品。直:同"值",价值。②箸(zhù 铸):筷子。茫然:无所适从的迷惘情态。③太行:山名,连绵于今之河南、河北、山西三省之间。④"闲来"两句:垂钓,《史记·齐太公世家》载,吕尚年老垂钓于

渭水边，后遇西伯姬昌（即周文王）而得到重用。梦日边，传说伊尹在将受到成汤的征聘时，梦见乘船经过日月旁边。这两句用吕尚、伊尹的故事，暗示今虽失意，终将大用。⑤歧路：岔路。安在：在哪里。⑥"长风"两句：长风破浪，《宋书·宗悫（què确）传》载，其叔问宗悫志向，宗悫说，"愿乘长风破万里浪"。后人用"乘风破浪"比喻施展政治抱负。云帆：像白云的船帆，这里指船。济：渡。沧海：大海。

　　《行路难》本古乐府《杂曲》旧题，写世路艰难和别离的悲伤。李白所作共三首，这是第一首。或谓是开元十八九年初入长安、困顿而归时的作品，或谓是天宝三载遭谗被放、将离长安时的作品。结句展望来日，豪气纵横，为体现盛唐气象之名句。《唐宋诗醇》云："冰塞雪满，道路之难甚矣！而日边有梦，破浪济海，尚未决志于去也。"

蜀道难①

　　噫吁嚱，危乎高哉！蜀道之难，难于上青天！蚕丛及鱼凫②，开国何茫然！尔来四万八千岁，不与秦塞通人烟。西当太白有鸟道③，可以横绝峨嵋巅④。地崩山摧壮士死⑤，然后天梯石栈相勾连⑥。上有六龙回日之高标⑦，下有冲波逆折之回川⑧。黄鹤之飞尚不得过，猿猱欲度愁攀援。青泥何盘盘⑨，百步九折萦岩峦⑩。扪参历井仰胁息，以手抚膺坐长叹⑪。 问君西游何时还？畏途巉岩不可攀。但见悲鸟号古木，雄飞雌从绕林间。 又闻子规啼夜月⑫，愁空山。 蜀道之难，难于上青天，使人听此凋朱颜。 连峰去天不盈尺，枯松倒挂倚绝壁。 飞湍瀑流争喧豗⑬，砯崖转石万壑雷⑭。 其险也若此，嗟尔远道之人，胡为乎来哉⑮？剑阁峥嵘而崔嵬⑯，一夫当关，万夫莫开。 所守或匪亲⑰，化为狼与豺。朝避猛虎，夕避长蛇。 磨牙吮血，杀人如麻。 锦城虽云乐⑱，不如早还家。 蜀道之难，难于上青天，侧身西望长咨嗟⑲。

注释

①蜀道难：六朝乐府《相和歌·瑟调曲》旧题。②蚕丛、鱼凫(fú扶)：传说中古蜀国的两个国王。③太白：山名，在今陕西眉县南，在秦都咸阳之西。④峨嵋：山名，在今四川峨眉县。⑤壮士死：据《华阳国志·蜀志》载：秦惠文王许嫁五美女给蜀王，蜀王派五力士迎接，回到梓潼，见一巨蛇钻入山洞，五力士齐拽蛇尾，山崩，五力士与美女都被压死。而此山分为五岭，从此秦、蜀相通。⑥"然后"句：谓五丁(五力士)开道之后，梯、栈相连，秦、蜀始通。⑦六龙：古代神话，羲和驾着六条龙拉着的车子，载着太阳，在空中运行。 回日：使日车回转。 高标：山的最高峰。 此句意谓山峰太高，连日车也过不去，与左思《蜀都赋》"羲和假道于峻岐，阳乌回翼乎

高标"同义。⑧冲波：激浪。逆折：倒流。回川：迂回曲折的河。⑨青泥：岭名，在今陕西略阳县西北。盘盘：回旋曲折的样子。⑩百步九折：极短路程中要转多次弯。⑪扪参（shēn身）历井：形容山高，行人手摸参星，足历井星。古代天文家认为秦属参星分野，蜀属井星分野。胁息：不敢出气。抚膺：抚摸胸口。⑫子规：即杜鹃，又名杜宇，蜀地最多，相传古时蜀王杜宇魂魄所化，啼声哀怨，似说"不如归去"。⑬喧豗（huī灰）：瀑布的喧闹声。⑭砯（pīng乒）：水击岩石声。⑮嗟：叹词。尔：你。胡：何。⑯剑阁：在今四川剑阁县北，有七十二峰，大剑山与小剑山之间的通道名剑门关。⑰匪：同"非"。⑱锦城：即锦官城，今四川成都。⑲侧身：转身。咨（zī资）嗟：叹息。

此诗作于开元末年。孟棨《本事诗·高逸》载：李白自蜀入京，贺知章首访之。读《蜀道难》未竟，"称叹者数四，号为谪仙"。王定保《摭言》卷七所记略同。天宝中，殷璠编《河岳英灵集》选此诗，赞为"奇之又奇，自骚人以还，鲜有此调"。

《蜀道难》乃乐府旧题，现存梁简文帝、刘孝威等人的作品，都写蜀道之难而内容单薄，艺术性不高。李白此篇，则以切身体验为基础，结合神话传说、历史故事，通过丰富的想象、大胆的夸张、雄放的语言和穷极变化的句式、韵律，创造了奇险壮丽的艺术天地，把"蜀道难"的主题表现得淋漓尽致，令人耳目一新。

开端以"噫吁嚱！危乎高哉"的惊叹声引人注意，即以"蜀道之难，难于上青天"切入正题。接着分多种层次用多种手法写"蜀道之难"：蜀开国四万八千岁未与秦塞往来，从历史角度烘托"蜀道之难"；太白、峨眉之巅只有"鸟道"，从地理角度夸张"蜀道之难"；五丁开山，始有人迹可至的"蜀道"，然而"天梯""石栈",其奇险"难"行,不言可知。以下转入对"蜀道难"的正面描写:山涧荡激,山路曲折,山峰插天,连黄鹤、猿猱,甚至太阳神的龙车,都无法通过;行人至此,手扪星辰,心惊魄悸,只有"抚膺坐长叹"而已。

以上波澜迭起,将"蜀道"之"难"写得无以复加。于是另辟蹊径,从游蜀者的感受与对游蜀者的安危的关怀方面落笔,既写蜀中自然环境之险,又写蜀中政治形势之险,进一步深化了"蜀道难"的主题。

全诗才思横溢,想象奇特,纵横变化,出人意表,而以"蜀道之难,难于上青天"的反复惊叹形成统摄全局的主旋律,扣人心弦,引人联想。故自脱稿以来,传诵不衰。

丁都护歌

云阳上征去,两岸饶商贾①。吴牛喘月时,拖船一何苦②。水浊不可饮,壶浆半成土③。一唱都护歌,心摧泪如雨④。万人系盘石⑤,无由达江浒⑥。君看石芒砀⑦,掩泪悲千古!

注释

①云阳:唐时属润州,即今江苏省丹阳县,在长江南。开元中润州刺史齐澣开伊娄渠,自润州直达长江。上征:指从伊娄渠上行。"征"是远行的意思。饶:多。商贾(gǔ古):行走贩卖的为"商",开店售货的为"贾"。这里泛指商人。②吴牛喘月:古代成

语。 吴地(今江苏省南部以苏州为中心的一带地方)的水牛非常怕热,见到月亮以为是太阳,就紧张地喘起气来。 事见南朝宋刘义庆《世说新语·言语》。 这里用以形容吴地炎热。 拖船:拉纤。 一何:多么。 ③壶浆:壶里的饮料。 半成土:一半沉淀为泥土。 ④心摧:心伤。 摧:悲。 ⑤万人:形容人多。 系:"拖"的意思。 ⑥江浒(hǔ虎):江边。 ⑦芒砀(máng dàng 忙荡):石头又大又多的样子。 当时江苏太湖出产一种文石,可作园林陈设之用,统治者便征调大量民夫为他们拖运。

《丁都护歌》为乐府旧题,属《吴声歌曲》,曲调悲怆动人。《宋书·乐志》载:刘宋高祖的女婿徐逵之被鲁轨杀害,宋高祖使府内直都护丁旿料理丧事,徐妻向丁旿询问殓送情况,"每问,辄叹息曰:'丁都护!'其声哀切。 后人因其声广其曲焉。"李白于开元、天宝之际游吴,见纤夫拖船运石,苦不堪言,因借原曲悲苦情调作此诗。 《唐宋诗醇》云:"落笔沉痛,含意深远,此李诗之近杜者。"

子夜吴歌

长安一片月,万户捣衣声①。 秋风吹不尽,总是玉关情②。 何日平胡虏,良人罢远征③。

注释

①捣衣声:捣衣时砧、杵撞击之声。 捣衣是缝制衣服的一道工序,因为秋风已起,家家要做寒衣,故"万户捣衣"。 ②玉关:玉门关,这里泛指边关。 ③良人:丈夫。

《子夜吴歌》是乐府旧题，一作《子夜四时歌》，分咏春夏秋冬。其歌本四句，李白扩为六句，共四首，这是第三首，生动地写出了闺中少妇思念边关征夫的深厚感情。王夫之《唐诗评选》云："天壤间生成好句，被太白拾得。"

塞下曲

五月天山雪①，无花只有寒。笛中闻折柳，春色未曾看②。晓战随金鼓③，宵眠抱玉鞍。愿将腰下剑，直为斩楼兰④。

注释

①天山：在今新疆维吾尔自治区内，山上四季积雪不消。②"笛中"二句：折柳，即《折杨柳》，古乐曲名。这两句是说，只从笛声中听到《折杨柳》乐曲而联想到杨柳，实际上并看不到杨柳，因而也看不到春天的风光。③金鼓：钲和战鼓。古代作战时击鼓进军，鸣金收军，以金、鼓来指挥进退。④斩楼兰：用汉朝傅介子斩楼兰王的典故，意指消灭敌人。

汉乐府有《出塞曲》《入塞曲》，唐人《塞上曲》《塞下曲》本此。李白《塞下曲》六首，可能作于天宝二年（743）供奉翰林时，因此时对边疆战事了解较多，有所感发，形诸吟咏。前四句写边地苦寒环境艰苦，用以反衬后四句将士之英勇战斗，杀敌卫国。前半流走而后半沉雄，乃五律名篇。

月下独酌

花间一壶酒,独酌无相亲。举杯邀明月,对影成三人。月既不解饮,影徒随我身。暂伴月将影①,行乐须及春。我歌月徘徊,我舞影零乱。醒时同交欢,醉后各分散。永结无情游,相期邈云汉②。

注释

①月将影:月与影。②"永结"两句:无情游,指月亮与影子不通人情,却可以和诗人结伴游乐。相期:相互期望。邈(miǎo渺):遥远。云汉:天河,此处指天上仙境。这两句是说,要同月亮及身影永远结成忘却世情的游伴,彼此期望到那遥天仙境去遨游。

《月下独酌》共四首,这是第一首,约作于天宝三载(744)春。这时李白供奉翰林,遭受逸谤,故月下独酌以排遣忧闷。将明月拟人化而与之"交欢",世无知己者之意见于言外。"举杯邀明月,对影成三人",乃历代传诵名句。沈德潜《唐诗别裁集》云:"脱口而出,纯乎天籁。"

将进酒

君不见,黄河之水天上来①,奔流到海不复回。君不见,高堂明镜悲白发②,朝如青丝暮成雪。人生得意须尽欢,莫使金樽空对月③。天生我才必有用,千金散尽还复来④。烹羊宰牛且为乐⑤,会须一饮三百杯⑥。岑夫子⑦,丹丘生⑧,将进酒,君莫停。与君歌一曲⑨,请君为我倾耳听⑩。钟鼓馔玉不足贵⑪,但愿长醉不愿醒。古来圣贤皆寂寞⑫,惟有饮者留其名。陈王昔时宴平乐,斗酒十千恣欢谑⑬。主人何为言少钱⑭,径须沽取对君酌⑮。五花马,千金裘⑯,呼儿将出换美酒,与尔同销万古愁⑰。

注释

①"黄河"句:黄河发源于青海昆仑山,地势极高,故夸张地形容为"天上来"。②"高堂"句:在高堂上、明镜前,见发白而悲。③"人生"二句:人生得意时应当尽情欢乐,不要让酒樽空对明月。金樽:精美的盛酒器。④千金散尽:李白《上安州裴长史书》,"曩昔东游维扬,不逾一年,散金三十馀万,有落魄公子,悉皆济之。"可见他确有不惜金钱的豪情。⑤且为乐:暂且作乐。⑥会须:务必,应该。⑦岑夫子:岑勋。"夫子"是尊称。⑧丹丘生:元丹丘。"生"是平辈之称。岑、元两人都是李白的好友。李白有《酬岑勋见寻就元丹丘对酒相待以诗见招》诗。⑨与君:给你。⑩为(wèi):介词,给,替。倾耳听:侧耳听。⑪钟鼓馔玉:古代勋贵人家,吃饭时鸣钟列鼎。王勃《滕王阁序》:"钟鸣鼎食之家。"馔玉:即玉馔,形容珍贵的食品。⑫圣贤:有德行才能的人。

寂寞：不闻名于世。⑬"陈王"二句：魏曹植封陈思王。他的《名都篇》诗云："归来宴平乐，美酒斗十千。"平乐：平乐观，在洛阳西门外。斗酒十千：以十千钱买一斗酒。恣（zì自）欢谑（xuè穴）：尽情地嬉笑取乐。⑭主人：指元丹丘。何为：为什么。⑮径（jìng 静）须：直须，毫不迟疑地。沽：买酒。取：语助词，有"得"的意思。沽取：买得酒来。⑯五花马：毛色斑驳的名贵好马。千金裘：价值千金的皮袍。⑰将出：拿去。与尔：同你。万古愁：无穷无尽的烦恼。

《将进酒》乃乐府旧题，属汉《鼓吹曲·铙歌》，古词多以饮酒放歌为主要内容。 李白此篇，前人多谓作于天宝三载（744）因遭谗毁被放出京城以后，今人多谓约开元二十一年（733）于嵩山元丹丘处作。 开头以两个"君不见"领起的排偶长句，表现了时光易逝、人生短暂的感叹，然后转入及时行乐、轻视功名利禄的抒写，而以借酒消愁终篇。 豪气喷薄，雄迈旷放，为李白传诵名篇之一。 萧士赟云："虽似任达放浪，然太白素抱用世之才而不遇合，亦自慰解之词耳。"（《分类补注李太白集》卷三）

梦游天姥吟留别

海客谈瀛洲①，烟涛微茫信难求。 越人语天姥，云霞明灭或可睹。 天姥连天向天横，势拔五岳掩赤城②。 天台四万八千丈，对此欲倒东南倾。 我欲因之梦吴越，一夜飞度镜湖月③。 湖月照我影，送我至剡溪④。谢公宿处今尚在,渌水荡漾青猿啼。脚著谢公屐⑤,身登青云梯。半壁见海日,空中闻天鸡⑥。千岩万转路不定,迷花倚石忽已暝。熊咆龙吟殷岩泉⑦,慄深林兮惊层巅。云青青兮欲雨,水澹澹兮生烟。列缺霹雳⑧,丘峦崩摧。洞天石扉,訇然中开⑨。青冥浩荡兮不见底,日月照耀金银台⑩。霓为衣兮风为马,云之君兮纷纷而来下。虎鼓瑟兮鸾回车,仙之人兮列如麻。忽魂悸以魄动,怳惊起而长嗟。惟觉时之枕席,失向来之烟霞。世间行乐亦如此,古来万事东流水。别君去兮何时还?且放白鹿青崖间。须行即骑访名山。安能摧眉折腰事权贵,使我不得开心颜?

注释

①瀛洲:传说中的海上仙山。②赤城:山名,在今浙江天台县北。③镜湖:又名鉴湖,在今浙江绍兴。④剡(shàn 善)溪:在今浙江嵊县,即曹娥江上游。⑤谢公屐(jī 基):南朝宋代诗人谢灵运曾制有专门登山的木屐,上山去掉前齿,下山去掉后齿。⑥天鸡:古代神话中的鸡。天鸡最早见到日出,它一叫,天下所有的鸡都跟着叫。⑦殷:本是形容词,指声音之大。这里作动词用,指发出巨响。

⑧列缺：闪电。霹雳：迅雷。⑨訇（hōng 哄）然：形容大声。⑩金银台：传说中神仙居住的处所。

天宝三载(744)，李白因受权贵排挤而被放出京。两年之后，告别东鲁，南游吴越，行前作此诗，诗题一作《别东鲁诸公》。全诗驰骋想象，助以夸张，通过梦游仙境的描绘抒发现实感慨。末段因梦而悟，归到"留别"，以"安能摧眉折腰事权贵，使我不得开心颜"作结，表现了绝意仕途、蔑视权贵、向往自由的反抗精神和高尚情操。全诗波澜迭起，夭矫离奇，不可方物。韵脚的变换与四、五、七言句式，骚体句式，散文句式的错综运用，又强化了天风海涛般的气势和自由奔放的激情。与《蜀道难》同为代表李白独特艺术风格的歌行体杰作。

宣州谢朓楼饯别校书叔云

弃我去者，昨日之日不可留。乱我心者，今日之日多烦忧。长风万里送秋雁，对此可以酣高楼①。蓬莱文章建安骨，中间小谢又清发②。俱怀逸兴壮思飞，欲上青天览明月③。抽刀断水水更流，举杯消愁愁更愁。人生在世不称意，明朝散发弄扁舟④。

注释

①酣高楼：在谢朓楼上痛饮。②"蓬莱"两句：蓬莱，神话传说

中的海上仙山。传说仙府图书都集中藏在这里。 又,汉代官府著述和藏书之处称"东观",也称"老氏藏书室,道家蓬莱山"。 蓬莱文章:指汉代的文章。建安:东汉献帝年号(196—214)。 建安骨:建安时代,曹操、曹丕、曹植、孔融、王粲、陈琳、徐幹、刘桢、应玚、阮瑀等人的诗作,反映了当时动乱时代的社会现实,风格刚健清新,后人称为"建安风骨"。 小谢:指谢朓。 世称刘宋时代的诗人谢灵运为"大谢",称谢朓为"小谢"。 清发:指清新秀发的诗风。 这两句虽是赞美建安诸子和谢朓,但也有暗喻李华和自己的意味。 ③俱:都。 逸兴:雅兴。 览:同"揽",以手撮持。 ④扁(piān 偏)舟:小舟。

诗题《文苑英华》作《陪侍御叔华登楼歌》,较妥。 李白于天宝十二载(753)秋游宣城,其叔父李华恰于此时以监察御史身份来宣城公干,因而陪同登谢朓楼,作此诗。 "弃我去者……""乱我心者……"两个排偶长句突如其来,抒发了怀才不遇、壮志难酬的愤懑。 中间盛赞汉代文章、建安风骨和谢朓的诗歌,而以"俱怀逸兴"拍合到李华和自己。 结尾照应开头,以"抽刀断水水更流"比喻"举杯消愁愁更愁",而无法排除之苦闷乃跃然纸上。

哭晁卿衡

日本晁卿辞帝都①,征帆一片绕蓬壶②。 明月不归沉碧海③,白云愁色满苍梧④。

注释

①晁卿:晁衡是阿倍仲麻吕的汉名。 卿,是中国古代对人的爱

称。帝都：长安。②"征帆"句：写晁衡乘船渡海归日本。蓬壶：蓬莱，方壶，传说中的东海仙岛。③"明月"句：写晁衡溺死。明月：指明月珠，借指晁衡。李白《书情赠蔡舍人雄》"倒海索明月，凌山采芳荪"，亦以明月指珠。④苍梧：山名，在今江苏连云港市东北。

晁衡，日本人，原名仲满、阿倍仲麻吕。于唐玄宗开元四年（716）来长安留学，后任唐王朝秘书监兼卫尉卿。天宝十二载（753）晁衡回国，王维等作诗送行。晁衡于乘船渡海时遇险，脱险后仍返长安，但当时误传，说他溺死大海。李白在江南，闻误传而作此诗，寄哀痛于哀景，意境深远，为挽诗别开生面。

秋登宣城谢朓北楼

江城如画里①，山晚望晴空。两水夹明镜，双桥落彩虹②。人烟寒橘柚，秋色老梧桐③。谁念北楼上，临风怀谢公④？

注释

①江城：指宣城。②"两水"句：两水，指宛溪、句溪，二水绕宣城合流。双桥：指宛溪上的两座桥，一名"凤凰"，一名"济川"。这两句说，两条溪水像明镜般夹着江城，水上双桥如同天上落下的彩虹。③"人烟"两句：寒、老，形容词作动词用。这两句的意思是，飘入空际的炊烟，使橘柚罩着寒意；寂冷的秋色，使梧桐变得衰老。④临风：当着风。谢公：指谢朓。

此诗作于天宝十三载(754)秋天。 北楼,南齐诗人谢朓任宣城太守时所建,又称谢朓楼,故址在今安徽省宣州市陵阳山麓。 首联以"江城如画"写登楼所见的全景。 中两联具体写出如画江山,对仗精切,形象明丽,沈德潜《唐诗别裁集》云:"二联俱是如画。"尾联以"怀谢公"收束,章法井然。

秋浦歌[①]

炉火照天地,红星乱紫烟[②]。 赧郎明月夜[③],歌曲动寒川。

注释

[①]秋浦歌:秋浦在唐代是银、铜产地,这首诗所写的是月夜冶炼银、铜的情景。 [②]红星:火星。 [③]赧(nǎn 蝻):原意是因羞愧而脸红,此处指炉火照映下冶炼人的脸色。 郎:指冶炼人。

李白于天宝十三载(754)游秋浦(今安徽贵池),作《秋浦歌》十七首,这是第十四首,描写月夜冶炼的劳动场景和劳动者的豪迈情怀。 题材新颖,是为冶炼人谱写的赞歌。

赠汪伦

李白乘舟将欲行,忽闻岸上踏歌声[①]。 桃花潭水深千尺,不及汪伦送我情。

注释

①踏歌：唐时民间歌唱时，踏地为节拍，且踏且歌。

天宝十四载（755），李白自秋浦往泾县（今属安徽）游桃花潭，"村人汪伦酝美酒以待"（宋杨齐贤《李太白文集》注），又殷勤送行，因作此诗相赠。四句诗似信口说出，却跌宕飞动，韵味无穷。黄叔灿《唐诗笺注》云："相别之地，相别之情，读之觉娓娓兼至，而语出天成，不假炉炼，非太白仙才不能。'将'字、'忽'字，有神有致。"

古　风（其十九）

西上莲花山，迢迢见明星①。素手把芙蓉，虚步蹑太清②。霓裳曳广带③，飘拂升天行。邀我登云台，高揖卫叔卿④。恍恍与之去，驾鸿凌紫冥⑤。俯视洛阳川，茫茫走胡兵⑥。流血涂野草，豺狼尽冠缨⑦。

注释

①莲花山：指莲花峰，为西岳华山的最高峰。迢（tiáo 条）迢：遥远的样子。明星：神话中的华山仙女。②素手：洁白的手。把：拿着。芙蓉：莲花。虚步：凌空而行。蹑（niè 聂）：登。太清：高空。③霓裳：虹霓做成的衣裳，仙人的服装。曳（yè 夜）：拖。广带：宽大的带子。④云台：华山东北部的高峰，上有云台观。高

揖:高拱双手作揖。 卫叔卿:传说中的仙人名。《神仙传》说他是中山人,服云母得仙,汉武帝派人寻找他,终于在华山的绝岩下面望见他与数仙人在石上下棋。 ⑤恍恍:神情恍惚。 之:代词,指卫叔卿。 凌:升。 紫冥:紫色的天空。 ⑥川:原野。 茫茫:无边无际的样子。 走:快速地跑。 胡兵:指安史叛军。 天宝十四载(755)十二月,安史叛军攻破洛阳。 ⑦豺狼:指安禄山部下残害人民的官吏。 冠缨:做官人的装束,这里用作官吏的代称。 安禄山在洛阳称帝设朝,作者以"豺狼尽冠缨"给予鞭答。

李白《古风》五十九首,并非作于同时,题材、主题也互不相关,但都用五言古体,故合在一起,冠以《古风》的总题目。 这里所选的是第十九首,作于天宝十五载(756)春。 当时安禄山已攻克洛阳,自称大燕皇帝,作者逃亡至华山,感慨现实而作此诗。 前大半篇写游仙而结尾落到洛阳现状之惨不忍睹,从极大的反差中深化了主题。 萧士赟云:"太白此诗,似乎纪实之作,岂禄山入洛之时,太白适在云台观乎?"(《分类补注李太白诗》)其推断极合理。

古　　风(其二十四)

大车扬飞尘①,亭午暗阡陌②。 中贵多黄金③,连云开甲宅④。 路逢斗鸡者⑤,冠盖何辉赫⑥。 鼻息干虹蜺⑦,行人皆怵惕⑧。 世无洗耳翁,谁知尧与跖⑨。

注释

①大车:指权贵们乘坐的高级车辆。 ②亭午:正午。 阡陌:原指田间小路,由南至北为阡,由东至西为陌,此指长安城中的街道。③中贵:指中贵人,是得到皇帝宠信而有权势的太监。④连云:形容高楼大厦上接云霄。 甲宅:上等的宅第。 ⑤斗鸡:唐玄宗所喜好的游戏。 斗鸡者:以斗鸡为业的人。 玄宗好斗鸡,在宫中设置鸡场,选六军小儿五百人,专以斗鸡为事,供自己娱乐。 这种人因此得宠,显贵无比。⑥冠盖:当官者的冠服、车盖,此指斗鸡者出行的服饰和车马。 何辉赫:多么堂皇显赫。⑦鼻息:鼻孔出的气息。 干:干犯。 虹蜺:虹霓,天上的彩虹。 这句形容显贵们气焰嚣张的神态。⑧怵惕(chù tì 触替):惊惧。⑨"世无"二句:洗耳翁,指尧时的隐士许由。 传说尧想让位给许由,许由听到后认为玷污了耳朵,急忙跑到颖水边洗耳。 尧,古代传说中的圣君。 跖(zhí 直),传说是春秋战国之际人民起义的领袖,统治阶级叫他"盗跖"。 这两句说,世上没有像许由这样的高士,有谁能分辨圣君和大盗、好人和坏人呢! 作者以许由自喻,自以为能分清谁是尧、谁是跖。 全诗所鞭挞的,都是与尧对立的行径。

这是《古风》组诗的第二十四首,作者以洗耳翁自喻,对玄宗宠信宦官、喜好斗鸡的荒淫腐败行径给予鞭答,是优秀的政治讽刺诗。

早发白帝城

朝辞白帝彩云间,千里江陵一日还①。
两岸猿声啼不住,轻舟已过万重山。

注释

①"千里"句：据北魏郦道元《水经注·江水》，"自三峡七百里中，两岸连山，略无阙处。……有时朝发白帝，暮到江陵，其间千二百里，虽乘奔御风，不以疾也。……每至晴初霜旦，林寒涧肃，常有高猿长啸，属引凄异，空谷传响，哀转久绝。故渔者歌曰：'巴东三峡巫峡长，猿鸣三声泪沾裳。'"

乾元二年(759)，李白因永王璘事被流放夜郎，至白帝遇赦，乘船顺流而"还"，其重获自由的喜悦感、轻快感与江流之快、归舟之"轻"水乳交融，便创作出这首千古名作，被王士禛推为"三唐压卷"。

前两句，似与《荆州记》"朝发白帝，暮到江陵"无异，实则后者只客观地写江行之"急"，前者则用一个"辞"字、一个"还"字托出抒情主人公的神采与心态。他不是经白帝西去夜郎，而是"辞"白帝东"还"江陵，已露喜悦之情。辞白帝于朝日照射的彩云之间，云朵色彩绚丽，形象优美，又强化了喜悦之情。白帝既在"彩云间"，则高屋建瓴，江水奔泻，江陵一日可还之意已暗寓其中。"千里"极遥，"一日"极短，"千"与"一"对照，突出地表现了东"还"之快出乎意料，惊喜之情见于言外。前两句已写完由"辞"到"还"，概括性极强而形象性不足，于是掉转笔锋，补写"一日"之间的见闻。就闻的方面说，"猿鸣三声泪沾裳"，这是行经三峡者的典型感受，诗人却以"两岸猿声"作铺垫，突现"轻舟"如飞的轻快感。就见的方面说，"千里"之间，景物繁富，一句诗如何写？诗人只用"已过"二字，而重山叠嶂、城郭村落等等扑面而来、掠舟飞退的奇景，已如在目前。

浦起龙《读杜心解》称《闻官军收河南河北》为杜甫"生平第一首快诗"。这首《早发白帝城》，也可以说是李白生平第一首快诗。

宿五松山荀媪家

我宿五松下，寂寥无所欢。田家秋作苦①，邻女夜舂寒②。跪进雕胡饭③，月光明素盘。令人惭漂母④，三谢不能餐⑤。

注释

①秋作：秋收季节的艰苦劳动。②舂（chōng 充）：舂米。夜舂寒：在寒冷的秋夜舂米。③跪进：古代席地而坐，接待客人时俯身奉物，表示恭敬。雕胡饭：用菰（gū 姑）米做的饭。菰多生于长江以南低洼水中，嫩茎即茭白，作蔬菜。至秋天结实，子实甚白而滑腻，叫菰米，可以作饭，贫苦人家以此为粮食。④漂母：在水边冲洗丝絮的老妇人。据《史记·淮阴侯列传》：韩信少年时穷得吃不上饭，在淮阴城下钓鱼。有一漂母常分自己的饭给他吃。这里以漂母比喻荀媪的好心肠。惭漂母：对荀媪进饭的情意感到惭愧不安。⑤三谢：再三道谢。不能餐：因为感激、惭愧而不好意思吃下去。

这是肃宗上元二年(761)的作品。诗人久经颠沛流离，当夜宿山村农家，受到热情款待的时候，感到无限温暖，用这首诗表达感激之情，对农家生活之艰苦、品质之淳厚，也作了动人的描绘。五松山在安徽铜陵县南。荀媪，姓荀的老大娘。

苏台览古①

旧苑荒台杨柳新,菱歌清唱不胜春。
只今惟有西江月②,曾照吴王宫里人。

注释

①苏台:指姑苏台,吴王夫差与西施行乐之处,故址在今江苏苏州市姑苏山。②西江:指长江。

李白还有一首《越中览古》:"越王勾践破吴归,义士还家尽锦衣。宫女如花满春殿,只今惟有鹧鸪飞!"以前三句极写昔日之豪华,而以第四句"惟有鹧鸪飞"将前三句所写一扫而空,形成强烈的今昔对比,吊古伤今,余味无穷。《苏台览古》则以前三句写今,而以末一句写古,格局与《越中览古》正好相反,表明作者写每一首诗都力求创新。

刘永济《唐人绝句精华》云:"两首诗皆吊古之作。前首从今月说到古宫人,后首从古宫人说到今鹧鸪,皆以见今昔盛衰不同,令人览之而生感慨,而荣华无常之戒,即寓其中。"这是说两首诗格局虽异,而意蕴相同。然而反复吟诵,便见正由于格局各异,其韵味亦不尽相同。《越中览古》以今日之凄凉反衬昔日之豪华,既吊古,又伤今。《苏台览古》则写吴苑苏台虽已荒废,而杨柳又发新绿,船娘们竞唱菱歌,春色宜人,春意盎然,除了西江明月而外,谁还记得吴宫往事?吊古而并不伤今,蕴含深广,远非"荣华无常之戒"所能概括。

玉阶怨[1]

玉阶生白露,夜久侵罗袜。 却下水晶帘[2],玲珑望秋月。

注释

[1]玉阶怨:乐府《相和歌辞·楚调曲》旧题。 [2]水晶帘:用水晶串成的珠帘。

全诗寥寥二十字,却描写了一位深闺少妇,其身份、举止、神情、心态及气候节令、环境氛围,都可使人于想象中得其仿佛。

只提"罗袜",其人之服饰可想,只提"玉阶""水晶帘",其人之居室可想。 想见其服饰、居室,其人之身份、风致,亦不难想见。 "夜久"犹立"玉阶",可知望月非为赏月。 "白露"已湿"罗袜"而犹不归寝,可知心有所思,意有所盼,盼望愈切,思念愈苦。 转入室内而"却下水晶帘",知有绝望、哀怨之情,故欲回避明月、切断思绪。 既已下帘,却仍"玲珑望秋月",知其欲罢不能,心潮起伏,彻夜不寐。 而帘内之孤影,复用"秋月"照出,使悲秋与怀人叠合为一。 真可谓空际传神,象外见意,"不涉理路,不落言筌"者矣。

望庐山瀑布

日照香炉生紫烟[1],遥看瀑布挂前川。 飞流直下三千尺,疑是银河落九天[2]。

注释

①香炉：指香炉峰，在庐山西北。其峰尖圆，烟云聚散，如博山香炉之状。 生紫烟：香炉峰上云烟缭绕，在朝日映照下冉冉升起水气，像是一片紫烟从山峰上向四处飘浮。②九天：九重天，指高空。

首句写高耸的香炉峰在旭日照射下腾起紫烟，与天相接，形象鲜明，并为以下各句准备了条件。 香炉峰顶时生烟云，但只有朝阳斜照，烟云才呈现紫色。 "生紫烟"三字，暗示作者望瀑布的时间是早晨。 写"望庐山瀑布"而先写香炉紫烟，表明这里是瀑布的源头。 第二句的"遥看"当然统摄全诗，但首句所写，不仅是"遥看"瀑布源头所见的景色，而且是仰望瀑布源头所见的景色。 这首诗，由于三、四两句极精彩，因而首句往往被忽视。 但如忽视首句，以下各句的精彩之处便很难领会。

次句正面写瀑布。 一个"挂"字，大家都说很生动，但未注意"挂"于何处。 联系首句，便知那瀑布从香炉紫烟间直"挂"下来，落入"前川"。

第三句摄取"飞流直下三千尺"的奇景，连作者自己也既惊且疑。 惊其壮美绝伦，疑其非人间所有，而"疑是银河落九天"的警句，也脱口而出。 这个警句，虽思至天外，却情生目前。 因为"疑是"的根据，即在首句。 那仰望中的瀑布，不正是从"香炉紫烟"与天相接处喷薄而出，"飞流直下"的吗？

王　湾

王湾(生卒年不详)，洛阳(今属河南)人，开元元年(713)登进士第，任荥阳(今属河南)主簿。 五年至九年，参编《群书四部录》，书成，调洛阳尉。 十七年(729)曾任朝官,后不知所终。 生平事迹见《唐诗纪事》《唐才子传》。 其诗多已散佚,《全唐诗》仅存十首。

次北固山下[①]

客路青山外,行舟绿水前。 潮平两岸阔,风正一帆悬。 海日生残夜,江春入旧年。 乡书何处达,归雁洛阳边。

注释

①次:动词,此处作"到达""止宿"讲。 北固山:在今江苏镇江市北,下临长江。

两种唐人选唐诗《国秀集》《河岳英灵集》皆选此诗而题目不同,诗句亦不尽同。 此就《国秀集》迻录。 《河岳英灵集》作《江南意》,诗如下:"南国多新意,东行伺早天。 潮平两岸失,风正一帆悬。 海日生残夜,江春入旧年。 从来观气象,惟向此中偏。" 编者殷璠评介道:"(王)湾词翰早著,为天下所称最者不过一二。 游吴中,作《江南意》,诗云:'海日生残夜,江春入旧年。'诗人以来,少有此句,张燕公手题政事堂,每示能文,令为楷式。"

第三联是脍炙人口的警句。 沈德潜说:"江中日早,残冬立春,亦寻常意思,而王湾云:'海日生残夜,江春入旧年。'一经锤炼,便成警绝。"纪昀也说这"全是锻炼工夫"。 "日""夜"不能并存,"冬""春"亦然。 作者把"海日""江春"提到主语位置加以强调,并用"生"字和"入"字赋予它们以人的意志和情思,便表现了这样的意境:海日生于残夜,将驱尽黑暗,江春闯入旧年,将赶走严冬,给人以昂扬奋进的鼓舞力量。 胡应麟《诗薮》内编卷四云:"盛唐句如'海日生残夜,江春入旧年',中唐句如'风兼残雪起,河带断冰流',晚唐句如'鸡声茅店月,人迹板桥霜',皆形容景物,妙绝千古;而盛、中、晚界限斩然。"胡氏认为另两联表现中、晚唐诗特点,而此联具盛唐气象,显然是从它的豪迈意境和壮美风格着眼的。

王 翰

　　王翰(生卒年不详),字子羽,并州晋阳(今山西太原)人。睿宗景云元年(710)登进士第。 玄宗开元八年(720),登直言极谏科,调昌乐县尉。 后又登超拔群类科。 张说为宰相时,被任为秘书省正字,升通事舍人,转驾部员外郎。 十四年(726)张说罢相,王翰出为汝州长史,徙仙州别驾。 其后因与豪侠饮乐游猎,贬道州司马,卒。 新、旧《唐书》有传。 其诗善写边塞生活,以《凉州词》出名。 原有集十卷,已佚,《全唐诗》存诗一卷。

凉州词

　　葡萄美酒夜光杯①,欲饮琵琶马上催②。 醉卧沙场君莫笑,古来征战几人回?

注释

①夜光杯:《十洲记》载"周穆王时,西域献夜光常满杯,杯是白玉之精,光明照夜"。 此指精美的酒杯。 ②"欲饮"句:欲饮之际,闻马上乐伎奏琵琶催饮、助兴。

前两句以美酒琼杯、琵琶催饮渲染军中欢宴,意在以乐景写悲。后两句却不说悲而展现其醉卧沙场的形态及心态,一任读者驰骋想象。沈德潜《唐诗别裁集》云:"故作豪饮之辞,然悲感已极。"李锳《诗法易简录》云:"意甚沉痛,而措语含蓄。斯为绝句正宗。"宋顾乐《〈唐人万首绝句选〉评》云:"气格俱胜,盛唐绝作。"施补华《岘佣说诗》云:"作悲伤语读便浅,作谐谑语读便妙,在学人领悟。"

崔国辅

崔国辅(生卒年不详),吴郡(今江苏苏州)人。开元十四年(726)登进士第,历任山阴尉、许昌令、集贤院直学士、礼部员外郎等职。天宝十一载(752),因是王铁近亲,受其牵连贬竟陵司马。国辅工五绝,得南朝乐府民歌遗意。殷璠称其诗"婉娈清楚,深宜讽味"(《河岳英灵集》卷中)。管世铭称其"专工五言小诗……篇篇有乐府遗意"(《读雪山房唐诗序例》)。与王昌龄、王之涣等交游唱和,为盛唐重要诗人之一。原有集,久佚,《全唐诗》存诗一卷。

小长干曲

月暗送潮风,相寻路不通。菱歌唱不彻[①],知在此塘中。

注释

①菱歌:采菱时唱的歌。不彻:不止。

《小长干曲》,乐府杂曲歌辞,多写江南水上妇女生活。崔国辅的这四句诗，写闻歌相思，含蓄隽永。 吴瑞荣《唐诗笺注》云："'唱不彻'妙。 此与'只在此山中，云深不知处'又是一般情致。"黄叔灿《唐诗笺注》云："所谓两处牵情也。"

湖 南 曲

湖南送君去①，湖北忆君归。 湖里鸳鸯鸟，双双他自飞。

注释

①"湖南"句：《文苑英华》作"湖南与君别"。

此题一作《古意》。 黄生《唐诗摘抄》云："送君从湖南去；送君罢，则已独从湖北归。 句法便如此，大是古朴。 人不能双，故妒物之成双者，妒意在'他'字见出。"锺惺《唐诗归》云："'他自'二字，羡甚妒甚。"

常 建

常建(生卒年不详)，《唐才子传》说他是长安(今陕西西安)人。 玄宗开元十五年(727)与王昌龄同榜登进士第，曾任盱眙尉。 仕途失意，放浪诗酒，往来于关中太白、紫阁诸峰间。 天宝时隐居鄂渚(今湖北武昌西山)，王昌龄、张偾贬龙标，常建有《鄂渚招王昌龄张偾》诗，含招与共隐之意。 其生平事迹，仅《唐诗纪事》《唐才子传》等书有零星记述。 常建诗名颇盛，殷璠《河岳英灵集》首列其诗，评云："其旨远，其兴僻，佳句辄来，惟论意表。"并对他"高才而无位""沦为一尉"深表同情。 《全唐诗》存诗一卷。

题破山寺后禅院

清晨入古寺,初日照高林。竹径通幽处①,禅房花木深。山光悦鸟性,潭影空人心②。万籁此俱寂③,但馀钟磬音④。

注释

①竹径:一作"曲径"。②空人心:因潭水澄明,中无杂物,故临潭照影,令人心境澄明,杂念俱空。沈德潜解"山光"一联云:"'鸟性'之'悦','悦'以'山光','人心'之'空','空'因'潭水'。"(《唐诗别裁集》卷九)甚确当。③万籁:天籁、人籁等各种音响。④钟磬(qìng庆):僧人诵经、开饭时击磬鸣钟。

破山寺,即兴福寺,在今江苏常熟县虞山上。范成大《吴郡志》卷三六:"兴福寺在常熟县西北九里……即常建题诗处。""寺"在"破山","院"在"寺后",地本清幽,而所"题"者又是"禅院",故全诗写出一种超然尘外的深曲、幽静境界,读之令人悠然神往。第二联,欧阳修尤欣赏不已,曾说"吾尝喜诵常建诗'竹径通幽处,禅房花木深',欲效其语作一联,久不可得,乃知造意者为难工也"(《题青州山斋》)。第三联,殷璠赞其"警策"。纪昀评全诗云:"兴象深微,笔笔超妙,此为神来之候。"(《唐宋诗举要》卷四引)这是一首五律,但读起来自然流走,不觉有对偶,或以为是"五律中之散行格"。但仔细读,便见首联、三联对仗极精,次联前两字对而后三字不对。因其首联已讲对仗,故次联以散调承之,以免板滞,此所谓"偷春格",非"散行格"也。惟"空人心"之"空"应仄而平,犹是古句法。

三日寻李九庄

雨歇杨林东渡头,永和三日荡轻舟①。
故人家在桃花岸,直到门前溪水流②。

注释

①永和三日:三月三日为上巳节,古代风俗,于此日临水祓除不祥,称为修禊。 王羲之《兰亭序》:"永和九年,岁在癸丑,暮春之初,会于会稽山阴之兰亭,修禊事也。"永和是晋穆宗年号。 ②"故人"二句:实写当时情景而又富于暗示性,使人联想到陶潜《桃花源记》"缘溪行,忘路之远近,忽逢桃花林,夹岸数百步,中无杂树"数句。

李九,大约是隐逸之士,故三、四两句以桃花源比其住处,而其人之精神境界,已隐然可见。 黄叔灿云:"从杨林东渡,荡舟寻李,桃花溪水,直到门前,读之如身入图画。 此等真率语,非学步所能,兴趣笔墨,脱尽凡俗矣。"(《唐诗笺注》)

崔 颢

崔颢(704—754),汴州(今河南开封)人,少有才名。 开元十一年(723)登进士第。 尝游江南。 开元后期,以监察御史任职河东军幕,得以"一窥塞垣"。 天宝初,任太仆寺丞,后改司勋员外郎。 生平事迹,见《唐诗纪事》《唐才子传》及新、旧《唐书》本传。 崔颢诗名颇盛,芮挺章选其诗七首入《国秀集》;殷璠选其诗十一首入《河岳英灵集》,评云:"颢年少为诗,名陷轻薄,晚节忽变常体,风骨凛然,一窥塞垣,说尽戎旅。 至如'杀人辽水上,走马渔阳归。 错落金锁甲,蒙茸貂鼠衣',又'春风吹浅草,猎骑何翩翩。 插羽两相顾,鸣弓上新弦',可与鲍照并驱也。"(《河岳英灵集》卷中)纵观其诗,早岁多闺帏闲情之作,诗体浮艳;后游边塞,诗风一变,雄浑自然。其七律如《黄鹤楼》等,间出古意,不斤斤于平仄粘对,浑然天成,品外独绝。《全唐诗》存诗一卷。

黄鹤楼①

昔人已乘黄鹤去,此地空馀黄鹤楼。黄鹤一去不复返,白云千载空悠悠。晴川历历汉阳树,芳草萋萋鹦鹉洲②。日暮乡关何处是,烟波江上使人愁。

注释

①黄鹤楼:在今湖北武汉市长江大桥武昌桥头的黄鹤矶上,背依蛇山,俯瞰长江,与岳阳楼、滕王阁合称江南三大名楼。②鹦鹉洲:在汉阳西南长江中。

黄鹤楼始建于吴黄武二年(223),以楼址在黄鹤矶得名。然而费文祎登仙驾鹤于此之说既见于《图经》,仙人子安乘黄鹤过此之说又见于《齐谐志》,可见黄鹤楼因仙人乘黄鹤而得名,早已成为民间传说。崔颢于仕途失意之时来登此楼,其感受与传说拍合,触动灵感,发此浩歌。前半篇就传说生发:昔人与黄鹤俱去,空余此楼,徒有黄鹤之名而已!吊古伤今,感慨淋漓。又就"黄鹤去"腾空飞跃,突进一层:黄鹤飞去时白云悠悠,黄鹤一去不返,白云依旧悠悠,然而也只是"空"悠悠而已!四句诗一气贯注,盘旋转折。虽紧扣诗题,借鹤去楼空、白云飘忽写今昔变化,而诗人独立楼头的身影和百感茫茫的心态,亦依稀可见。后半篇写眼前景及由此引发的身世之感与思乡之情。晴川历历,芳草萋萋,烟波浩渺,暮霭迷濛,久游思归,乡关何处?望汉阳树,望鹦鹉洲,望江上,望乡关,四顾苍茫,漂泊无依,遂以"使人愁"感慨作结。四句诗激情喷溢,顺流直下,与前半篇形成有机的统一体。

相传李白登黄鹤楼,有"眼前有景道不得,崔颢题诗在上头"之叹;其后作《鹦鹉洲》《登金陵凤凰台》诸诗,反复效法(见《唐才子传》卷一、《唐诗纪事》卷二一、《瀛奎律髓》卷一)。宋人严羽《沧浪诗话·诗评》云:"唐人七言律诗,当以崔颢《黄鹤楼》为第一。"清人沈德潜《唐诗别裁集》卷十三选此诗,评云:"意得象先,神行语外,纵笔写去,遂擅千古之奇。"

长干行二首

君家住何处?妾住在横塘①。停船暂借问,或恐是同乡。

家临九江水,来去九江侧②。同是长干人③,生小不相识④。

注释

①横塘:在今江苏南京市西南,距长干不远。②九江:指浔阳(今江西九江市),长江自浔阳以下分为"九派"(许多支流)。这里的"九江"泛指长江下游一带。③长干:指长干里,在今江苏南京市南。《舆地纪胜》:"金陵南五里有山冈,其间平地,民庶杂居,有大长干、小长干、东长干。"④生小:自小。

《长干行》乃南朝乐府旧题,亦作《长干曲》,多写江南水上生活及男女情爱。崔颢所作共四首，这里选的是前两首。俞陛云认为"第一首既问君家，更言妾家，情网遂凭虚而下矣。第二首承上首'同乡'之意，言生小同住长干，惜竹马青梅，相逢恨晚"（《诗境浅说续编》），解释极精当。两首诗一问一答，寥寥数语，却足以引起读者无限联想与想象。关于这一点，王夫之早有阐发："论画者曰'咫尺有万里之势'，一'势'字宜着眼；若不论势，则缩万里于咫尺，直是《广舆记》前一天下图耳。五言绝以此为落想第一义，惟盛唐人能得其妙。如'君家住何处？……'墨气所射，四表无穷，无字处皆其意也。"（《夕堂永日绪论》）

高　适

　　高适(700?—765)，字达夫，排行三十五，渤海蓨（今河北景县）人。早年随其父崇文（任韶州长史）旅居岭南，后客居梁、宋。开元七年(719)前后西游长安，求仕无成，乃远游燕赵，复客宋城（今河南商丘）。天宝八载(749)举有道科，授封丘尉，因不忍敲剥黎庶，不久去职。十二载(753)入河西节度使哥舒翰幕府，为左骁卫兵曹、掌书记。安史乱起，助哥舒翰守潼关。其后历任左拾遗、淮南节度使、太子少詹事、彭州刺史、蜀州刺史、剑南西川节度使等职。广德二年(764)入朝为刑部侍郎，转左散骑常侍，进封渤海县侯。次年正月卒于长安，赠礼部尚书，谥曰"忠"。后世称高常侍。生平事迹见《唐诗纪事》《唐才子传》及新、旧《唐书》本传。高适以边塞诗著称，与岑参齐名，并称"高岑"。曾几度出塞，往来幽燕、河西，熟悉边塞及军旅生活，形于吟咏，意境雄阔。殷璠称其诗"多胸臆语，兼有气骨，故朝野通赏其文。至如《燕歌行》等篇，甚有奇句"（《河岳英灵集》卷上）。于各种诗体中最擅长七古歌行；五律、七律也各有佳作。陆时雍云："七言古盛于开元以后，高适当属名手。"（《诗镜总论》）胡应麟云："达夫歌行、五律，极有气骨。至七言律，虽和平婉厚，然已失盛唐雄赡，渐入中唐矣。"（《诗薮》内编卷五）《全唐诗》存其诗四卷，今人刘开扬有《高适诗集编年笺注》，孙钦善有《高适集校注》。

营州歌

营州少年厌原野①,狐裘蒙茸猎城下②。 虏酒千钟不醉人③,胡儿十岁能骑马。

注释

①厌(yān 烟):饱,满足,这里可理解为饱经、惯于。②狐裘:狐狸皮做的袍子。 蒙茸(róng 戎):皮毛蓬松、纷乱的样子。③虏酒:这里指契丹族人民家酿的薄酒,度数不高,所以说"千钟不醉人"。 钟:古代圆形的盛酒壶。 "千"是夸张说法。

唐代东北重镇营州都护府,府治在今辽宁省锦州市西,辖境约为今河北省长城以北以及辽河以东一带,是汉族与契丹族杂居之地。此诗约作于开元十九年(731),时作者漫游燕赵,且在燕地从军,往来营州,故对营州少年的射猎生活与豪迈气概能够描写得如此生动逼真。 "野""下""马",古代同韵。

燕歌行①并序

开元二十六年,客有从御史大夫张公出塞而还者②,作《燕歌行》以示适,感征戍之事,因而和焉。

汉家烟尘在东北③,汉将辞家破残贼。 男儿本自重横行,天子非常赐颜色。 摐金伐鼓下榆关④,旌旆逶迤碣石间⑤。 校尉羽书飞瀚海⑥,单于猎火照狼山⑦。山川萧条极边土,胡骑凭凌杂风雨⑧。战士军前半死生,美人帐下犹歌舞。大漠穷秋塞草腓⑨,孤城落日斗兵稀。身当恩遇恒轻敌,力尽关山未解围。铁衣远戍辛勤久,玉箸应啼离别后⑩。少妇城南欲断肠⑪,征人蓟北空回首⑫。边庭飘摇那可度⑬,绝域苍茫更何有⑭?杀气三时作阵云⑮,寒声一夜传刁斗⑯。相看白刃血纷纷,死节从来岂顾勋?君不见沙场征战苦,至今犹忆李将军⑰!

注释

①燕歌行:乐府《相和歌辞·平调曲》旧题,多咏东北边地征戍之情。②张公:指张守珪,开元二十二年拜辅国大将军、右羽林大将军兼御史大夫。③汉家:借指唐朝。烟尘:战地的烽烟和飞尘,此指战争警报。④摐(chuāng 窗)金:敲锣。榆关:山海关。⑤逶迤(wēi yí 威仪):曲折行进貌。碣石:山名,在今河北省昌黎县东。⑥校尉:武官,官阶次于将军。羽书:羽檄,紧急军情文书。瀚海:大沙漠。⑦单(chán 蝉)于:秦汉时匈奴君主的称号,此指敌酋。狼山:在今宁夏境内。⑧凭凌:凭信威力,侵凌别人。⑨腓(féi 肥):病,枯萎。⑩玉箸:玉筋、玉筷,此借喻眼泪。刘孝威《独不见》:"谁怜双玉箸,流面复流襟。"⑪城南:长安住宅区在城南,故云。沈佺期《独不见》:"丹凤城南秋夜长。"⑫蓟(jì 计)北:蓟州、幽

州一带,今河北省北部地区。⑬飘摇:指形势动荡、险恶。⑭绝域:极远的地方。⑮三时:"三"指多数,"三时"指时间漫长。⑯刁斗:古代军中煮饭用的铜锅,可用来敲打巡逻。⑰李将军:指李广,善用兵,爱惜士卒,守右北平,匈奴畏之不敢南侵,称为飞将军。

高适于开元十五年(727)、二十年(732)两次北上幽燕,对边塞实况、军中内幕多有了解,创作了《塞上》《蓟门五首》等诗。 据此篇小序:开元二十六年,有从张公出塞而还者作《燕歌行》给他看,他"感征戍之事"而作此诗。 "张公"指张守珪,他于开元二十四年、二十六年率部讨奚、契丹,两次战败。 高适从那位随张守珪出塞而还者的作品和口中得悉两次战败的情况,结合他以前的生活经验进行艺术概括,生动地反映了一次战役的全过程。

其主题是慨叹将非其人,因而不像一般的边塞诗那样着重写民族矛盾,而是另辟蹊径,着重写军中矛盾。 与此相适应,大量运用对比手法,加强了艺术表现力。 最后以怀念李广作结,也是用爱惜士卒、英勇善战的名将作标尺,对比诗中所写的将领,给予无情的鞭挞。

全诗多用律句,又有不少对偶句,吸收了近体诗的优点。 每四句换韵,平仄相间,蝉联而下,抑扬起伏,气势流走,又发挥了初唐歌行的特长。 从反映现实的深度、广度和艺术表现的完美方面看,既是盛唐边塞诗杰作,也是盛唐歌行体名篇。

自淇涉黄河途中作二首

野人头尽白①,与我忽相访。 手持青竹竿②,日暮淇水上。 虽老美容色③,虽贫亦闲放④。钓鱼三十年,中心无所向⑤。

朝从北岸来,泊船河南浒⑥。试共野人言,深觉农夫苦。去秋虽薄熟⑦,今夏犹未雨。耕耘日勤劳,租税兼舄卤⑧。园蔬空寥落⑨,产业不足数。尚有献芹心⑩,无因见明主⑪。

注释

①野人:村野之人,指渔翁。②青竹竿:钓鱼竿。③美容色:渔翁虽年老而气色犹佳。④"虽贫"句:老翁虽然贫寒,但他心胸豁达,从不为此而忧愁自苦。⑤中心:指心中。无所向:对尘世荣名利禄没有什么追求。⑥河:指黄河。浒:河岸。⑦薄熟:略有收成。⑧兼:连。舄卤(xì lǔ戏鲁):含有过多盐碱成分的土地。以上两句大意是:夏天干旱无雨,农民虽辛苦耕耘,但庄稼无成,而租税不减,连盐碱地都不能免。⑨园蔬:菜园。寥落:冷落,寂寞。⑩献芹:《列子·杨朱》篇说,从前有一个人自觉芹菜味甘美,对富豪人家大大称道了一番,遭到众人耻笑。旧时用"献芹"为自谦所献菲薄之辞。又,嵇康《与山巨源绝交书》:"野人有快炙背而美芹子者(田野之人感到太阳晒背很快意,芹菜也是美味),欲献之至尊。"这里用嵇说。⑪明主:英明的君主。以上两句是说,自己有心陈述民间疾苦,提出改善人民生活的计策,无奈没有机会见到明主。

天宝元年(742)秋,高适自淇水(在今河南省北部)渡黄河至滑台

(今河南滑县),就沿途闻见感受,写成组诗,这里选其中的两首。前一首写渔翁而对其不慕荣利的闲放生活由衷赞叹;后一首写农夫备受天灾、租税之苦,很想为民请命,却以"无因见明主"而徒唤奈何。 两首诗都直写真情实感,且有一定的思想深度。

封丘作

我本渔樵孟诸野①,一生自是悠悠者②。乍可狂歌草泽中③,那堪作吏风尘下④?只言小邑无所为⑤,公门百事皆有期⑥。拜迎长官心欲碎⑦,鞭挞黎庶令人悲⑧。归来向家问妻子,举家尽笑今如此⑨。生事应须南亩田⑩,世情付与东流水⑪。梦想旧山安在哉⑫?为衔君命且迟回⑬。乃知梅福徒为尔⑭,转忆陶潜归去来⑮。

注释

①渔樵:捕鱼砍柴。 孟诸:古泽名,在今河南商丘东北。 野:山野之间。 ②悠悠者:悠然自得、自由自在的人。 ③乍可:只可。 ④风尘:指尘世纷扰的事务,这里借指县尉的差事。 ⑤只言:即言。 小邑:小小的县城。 无所为:没有什么事情。 ⑥公门:衙门之内。 百事:各样杂事。 期:期限。 ⑦拜迎长官:按封建官僚等级制度,下级官吏对上级的接送有一定礼节。 ⑧黎庶:平民。 ⑨举家:全家

人。 今如此：如今做官的人都是这样的(拜迎长官，鞭挞黎庶)。 ⑩生事：生计。 南亩田：指田亩。 ⑪世情：为世所用的想法。 以上两句意为：为了摆脱精神上的苦闷，自己应该靠种田收入维持生计，这样，官场的种种纷扰便可避免。 ⑫旧山：故乡。 安在哉：在哪里呢？⑬衔君命：接受了皇帝授予的官职。 命：诏令。 迟回：徘徊，犹疑不决。 ⑭梅福：西汉末年人，曾任南昌尉，后弃官而去。 徒为尔：正是如此。 这句是说，直到现在，才理解梅福为什么要弃官，原来县尉的职务实在没有意思啊。 ⑮转忆：进而想到。 归去来：归去之意。 来，语气词。 陶潜在彭泽令任上，因不愿为五斗米向上级官吏折腰，毅然归田，还写了《归去来辞》表明心志。 这句是说，自己也想弃职还乡。

高适求仕多年，直至天宝八载(749)始举有道科及第，却因奸臣弄权而仅授封丘县尉，不免大失所望。 到任后又对"拜迎长官""鞭挞黎庶"的本职工作深感痛苦和厌倦，打算辞官归田。 这首诗，便是这种处境和心情的写照。 全诗十六句，每四句一韵，换韵换意，层层转折，气机流畅，激情喷涌，生动地抒发了封建社会中正直官吏的深沉感慨，不愧为名作。

送李侍御赴安西

行子对飞蓬①，金鞭指铁骢②。 功名万里外，心事一杯中。 虏障燕支北③，秦城太白东④。 离魂莫惆怅，看取宝刀雄。

注释

①行子：行客，指李侍御。 飞蓬：秋天随风飞扬的蓬草。 这句点明送别时间，也以飞蓬喻远赴安西的李侍御。②金鞭：装饰华贵的马鞭。 铁骢：青毛黑毛相杂的马。 ③虏障：边塞险要处作防御用的城堡。 燕支：山名，一称胭脂山、焉支山，在甘肃省永昌县西、山丹县东南。④秦城：指唐代首都长安。 太白：山名，即终南山的太乙峰，在长安西南。

此诗作于天宝十一载(752)，高适时在长安。 李侍御，名未详。 侍御，"殿中侍御史"的简称。 安西，即安西都护府，治所在今新疆维吾尔自治区库车县。 作者送李侍御赴安西从军建功立业，故出语豪壮。 首联写指马待发，英风凛然；次联"功名万里外，心事一杯中"，沉雄而又含蓄；三联"虏障燕支北"承"万里外"写李侍御将去之地，"秦城太白东"承"一杯中"写饯行之地；尾联劝其勿以离别而惆怅，只须看取宝刀，大展雄图。 写五律而驾轻就熟，腾挪飞动，读之令人鼓舞。

别董大

千里黄云白日曛①，北风吹雁雪纷纷。
莫愁前路无知己，天下谁人不识君！

注释

①曛：本指落日的余光，此指黄云蔽日，日光昏暗。

著名琴师董庭兰排行大，高适送别的这位董大，疑即其人。 前两句写迷茫阴惨之景，而董大旅途之艰辛凄苦已见于言外；后两句忽作劝慰语，化悲凉为豪壮，为送别诗别开生面。

裴　迪

裴迪(716—?)，排行十，关中(今陕西中部)人，天宝时期，与王维、崔兴宗隐居辋川，互相唱和。天宝后任蜀州刺史，与杜甫、李颀友善。《全唐诗》存诗二十九首。

华子冈

落日松风起，还家草露晞①。云光侵履迹②，山翠拂人衣③。

注释

①晞(xī 希)：干也。②履迹：脚印。③山翠：青绿缥缈的山气。庾肩吾《春夜》诗："水光悬荡壁，山翠下添流。"

辋川二十咏之一，写清幽之景，令人神往。

崔九欲往南山马上口号与别

归山深浅去，须尽丘壑美。莫学武陵人①，暂游桃源里。

注释

①武陵人：见王维《桃源行》注。

诗题从《全唐诗》，《万首唐人绝句》及《唐诗三百首》俱作《送崔九》。崔九，即崔兴宗，尝与王维、裴迪同居辋川，题中的"南山"，即辋川南边的终南山，故诗中说他"归山"。"马上口号"，即在马背上顺口吟成诗句。前两句要他归山后不论深处浅处，都不应忽略，须尽赏丘壑之美；后两句劝他别像武陵人那样刚入桃源便匆匆忙忙跑出来。四句诗言浅而意深，读之可得到哲理的启迪——不论游山、治学，或干任何事业，如果不广泛深入，都得不到"美"。

金昌绪

金昌绪(生卒年不详)，玄宗时余杭（今浙江杭县)人，见《唐诗纪事》卷十五。《全唐诗》存《春怨》一首。

春　　怨

打起黄莺儿，莫教枝上啼。啼时惊妾梦，不得到辽西①。

注释

①辽西：辽河以西，当时东北边防重地，今辽宁省西部。

春天来临，闺中少归更加思念戍边征夫。这一主题，在唐人笔下有各种表现方式。令狐楚诗云:"绮席春眠觉,纱窗晓望迷。朦胧残梦里,犹自在辽西。"这是说,夜间梦到辽西,与征夫相会,清晨醒来,还未完全走出梦境。张仲素诗云:"袅袅城边柳,青青陌上桑。提笼忘采叶,昨夜梦渔阳。"这是说,昨夜梦到渔阳,今日已在陌上,却还回味梦中与征夫相会的情景,忘记了采桑叶。金昌绪的这一首,则渴望梦到辽西而唯恐黄莺惊梦,构思尤新颖。马鲁《南苑一知集》云:"望辽西,情也。欲到辽西,情深也。除是梦中可到辽西,又恐莺儿惊起,做梦不成,须预先安排,莫教他啼。夫梦中未必即到辽西,莺儿未必即来惊梦,无聊极思,故至若此。较思归望归者不深数层乎!"李锳《诗法易简录》云:"此诗有一气相生之妙,音节清脆可爱。惟梦中得到辽西,则相见无期可知,言外意须微参。不怨在辽西者不得归,而怨黄莺之惊梦,乃深于怨者。"

张 巡

张巡(709—757),蒲州河东(今山西永济)人,开元二十四年(736)登进士第。天宝中,由太子通事舍人出为清河令,有政绩。安史叛乱时任真源(今河南鹿邑)令,起兵抗敌。后入睢阳(今河南商丘),与太守许远率全城军民坚守城池达十月之久。肃宗至德二载(757)因功授金吾将军、河南节度副使,又拜御史中丞,世称张中丞。城陷被执,英勇就义。《全唐诗》存诗二首,《全唐诗外编》补收一首。

闻 笛

岧峣试一临,虏骑附城阴[①]。不辨风

尘色,安知天地心②!营开边月近③,战苦阵云深。旦夕更楼上,遥闻横笛音④。

注释

①岧峣(tiáo yáo 条摇):高峻貌。 临:临望。 虏骑:指安史叛军。 附:紧贴。 城阴:城北。 这两句说登高眺望,看见敌人紧逼城下。②风尘色:指敌情。 天地心:古代迷信,以为一切(包括战乱)都有天心安排。这两句写作者看见敌军嚣张骄横以后的悲愤心情。③边月近:由于睢阳已变成抗击"胡"兵的前线,所以说"边月近"。 ④"旦夕"二句:平时敲鼓报更,因为是战时,所以改为吹军中乐器横笛。

肃宗至德二载(757)春,张巡与许远守睢阳抗击安庆绪围军,此诗当作于秋天,闻笛抒感,表现了临危不惧、坚贞不屈的献身精神。其《守睢阳作》中的"裹疮犹出阵,饮血更登陴",可作此首"战苦阵云深"的注脚。

杜 甫

杜甫(712—770),字子美,排行二,河南府巩县(今属河南)人。其十三世祖杜预乃京兆杜陵(今陕西长安县东北)人,故杜甫自称"杜陵布衣"。 十世祖杜逊于东晋时南迁襄阳,故或称襄阳杜甫。 杜甫曾一度居住长安城南少陵原畔,故又自称"少陵野老",世称杜少陵。 其祖父杜审言为初唐诗人,擅长律诗。 杜甫出生于"奉儒守官"之家,又以"吾祖诗冠古"为荣,自称"诗是吾家事"。 七岁已能作诗文,十四五岁已"出入翰墨场"。 开元十九年(731)漫游吴越。 二十三年(735)归洛阳,次年举进士落第,游齐、赵。 天宝三、四载间,与李白、高适同游梁宋齐鲁。 五载(746)至长安。 六载(747),玄宗诏天下通一艺者赴京应试,杜甫应考,奸相李林甫以"野无遗贤"为借口,无一人入选。 十载(751),献《三大礼赋》,玄宗奇之,命待制集贤院。 十三载(754),复进《封西岳赋》,玄宗命宰相试文章。 十四载十月授河西尉,不受,旋改授右卫率府胄曹参军。 安史乱起,玄宗奔蜀,长安失陷,杜甫闻肃宗即位灵武,奔赴行在,途中为安史乱军俘入长安。 至德二载(757)五月脱身奔凤翔行在,拜左拾遗(后人因称杜拾遗),因上书营救房琯触怒肃宗,放还鄜州省亲。 乾元元年(758)六月,贬为华州司功参军。 次年七月弃官往秦州(今甘肃天水),不久又往同谷(今甘肃成县)。 生计维艰,决计入蜀,于上元元年(760)春抵成都,营草堂于浣花溪,故人严武任成都尹,时有馈赠,生活稍安定。 代宗宝应元年(762)严武还朝,送至绵州。 徐知道叛,道阻,乃入梓州(今四川三台)、阆州(今四川阆中)。 广德二年(764)重返成都,时严武任剑南节度使,聘杜甫为署中参谋,又荐为检校工部员外郎(故世称杜工部)。 永泰元年(765)正月,辞幕府归草堂。 四月,严武卒。 五月,携家至云安。 大历元年(766)至二年,居夔州(今四川奉节)。 三年,自夔出峡,漂泊于岳阳、潭州、衡州一带。 五年,病卒于湘水舟中。 生平事迹,详见元稹《杜工部墓志铭》及新、旧《唐书》本传,年谱多种,以闻一多《少陵先生年谱会笺》较详审。 杜甫是我国历史上最伟大的爱国诗人,其诗以爱民忧国的激情,全面而深刻地反映了安史之乱前后的广阔现实,世称"诗史"。 就诗歌艺术而言,他转益多师,于广泛继承中大胆创新,兼擅各体,精益求精,形成"律切精深""沉郁顿挫""千汇万状""浑涵汪洋"的艺术境界。 元稹称赞其"上薄风骚,下该沈宋,言夺苏李,气吞曹刘,掩颜谢之孤高,杂徐庾之流丽,尽得古今之体势,而兼人人之所独专"(《杜工部墓志铭并序》),对后世诗歌发展之影响至为深远。 历代整理、笺注、评点、研究杜诗的著作,今存者尚不下二百余种。 其诗集笺注本,以钱谦益《杜诗笺注》、仇兆鳌《杜诗详注》、杨伦《杜诗镜铨》、浦起龙《读杜心解》等较通行。 《全唐诗》存其诗一九卷。

望　岳

　　岱宗夫如何[①]? 齐鲁青未了[②]。 造化钟神秀[③],阴阳割昏晓。 荡胸生曾云[④],决眦入归鸟[⑤]。 会当凌绝顶[⑥],一览众山小。

注释

①岱宗：五岳之首，是对泰山的尊称。 夫：语气词，无实义。 ②齐鲁：春秋时两个国名。《史记·货殖列传》："故泰山之阳则鲁，其阴则齐。"③钟：聚集。 ④曾：同"层"。 ⑤决眦（zì自）：张大眼睛。 ⑥会当：一定要。 按，杜甫曾登上泰山绝顶，见《又上后园山脚》诗。

杜甫以"望岳"为题的诗共三首，分咏东岳泰山、西岳华山、南岳衡山。 这一首咏东岳，乃开元二十四年（736）漫游齐、赵时作，是现存杜诗年代最早的一首，洋溢着青春朝气和旷代才华。 首联自问自答，传遥望之神。 "齐鲁青未了"不仅写出了泰山越境连绵、苍峰不断的雄伟气势，连诗人惊讶、激动、赞叹之情也表现无遗。 刘辰翁《批点千家注杜诗》赞为"雄盖一世"，施补华《岘佣说诗》称其"囊括数千里，可谓雄阔"，都当之无愧。 颔联承"青未了"写近望情景。 下句写泰山峻极于天，却不用抽象的形容词，而说泰山的阴面阳面分割昏晓，即在同一时间，向太阳的一面是白天，背太阳的一面是黑夜，构想新颖，下一"割"字，尤衬托出奇险惊人。 颈联写岳麓仰望，见泰山生云，自山腰至山顶层叠弥漫，给人以心胸摇荡的感觉；而张目注视，又见倦鸟归山，投入树林。 由此暗示：诗人朝泰山走来，边走边"望"，走到山麓，时已黄昏，云起鸟归，自己也得投宿，登山览胜只好留待明天。 尾联虽自《孟子·尽心》"登泰山而小天下"及扬雄《法言》"登东岳者，然后知众山之峛崺也"化出，然造语挺拔，既切"望岳"，又有普遍意义，表现了青年杜甫勇攀绝顶、俯视一切的雄心和气概。 全诗构思新警，气骨峥嵘。 如浦起龙《读杜心解》所评："杜子心胸，于斯可观。 取为压卷，屹然作镇。"

房兵曹胡马

胡马大宛名①,锋棱瘦骨成②。竹批双耳峻③,风入四蹄轻④。所向无空阔⑤,真堪托死生⑥。骁腾有如此⑦,万里可横行。

注释

①大宛(yuān 鸳):汉代西域国名,在古代大月氏东北。大宛产良马,尤以汗血马最著名。②锋棱瘦骨:马瘦而有神,不像凡马空有肥肉。③竹批:指竹削,形容马耳如斜削的竹筒。古人以两耳尖锐为良马的特征。后魏贾思勰《齐民要术》卷六:"(马)耳欲得小而促,状如斩竹筒。"④风入:形容快马奔驰时,四蹄起风。⑤无空阔:在此马前面,没有什么空阔地带,极言迅捷无比。⑥托死生:指此马能使人脱险,可以托付生命。⑦骁腾:骁勇腾骧。

此诗作于开元二十八年(740)、二十九年(741)间。兵曹,"兵曹参军"的省称,房兵曹生平未详。胡马,西北少数民族地区所产的马。杜甫诗集中咏马诗多达十一首,这是其中的传诵名篇之一。以写生笔墨,活画出骏马英姿,而作者的品德、胸襟、抱负即寓于其中。元人赵汸《杜律选注》卷下评云:"公此诗,前言胡马骨相之异,后言其骁腾无比,而词语矫健豪纵,飞行万里之势,如在目中,所谓索马于骊黄牝牡之外者。区区模写体贴以为咏物者何足语此。"明人张继《杜工部诗通》评云:"前表其相之异,后状其用之神,四十字间,其种其相,其才其德,无所不备,而形容痛快,凡笔望一字不可得。"

兵车行

车辚辚,马萧萧①,行人弓箭各在腰②。耶娘妻子走相送,尘埃不见咸阳桥③。牵衣顿足拦道哭,哭声直上干云霄④。道旁过者问行人,行人但云点行频⑤。或从十五北防河,便至四十西营田⑥;去时里正与裹头,归来头白还戍边⑦。边亭流血成海水,武皇开边意未已⑧。君不闻汉家山东二百州,千村万落生荆杞⑨。纵有健妇把锄犁,禾生陇亩无东西⑩。况复秦兵耐苦战⑪,被驱不异犬与鸡。长者虽有问,役夫敢申恨⑫?且如今年冬,未休关西卒⑬。县官急索租,租税从何出⑭?信知生男恶,反是生女好;生女犹得嫁比邻,生男埋没随百草!君不见青海头,古来白骨无人收。新鬼烦冤旧鬼哭,天阴雨湿声啾啾⑮。

注释

①辚辚:车行声。萧萧:马鸣声。②行人:行役的人,即征夫。③"耶娘"两句:耶,同"爷"。咸阳桥,旧名便桥,在咸阳西南十里,横跨渭水,为当时由长安通往西北的必经之路。踩起的尘

土掩盖了咸阳桥,夸张地形容行人与送者之众。④干:冲犯。 哭声直冲云霄,见哭者之众。⑤点行:按照名册顺序抽丁入伍。 频:频繁。⑥"或从"两句:十五、四十,均指年龄。 防河,在黄河以北设防。 营田,即古代的屯田制,平时种田,战时作战。《新唐书·食货志三》:"唐开军府以捍要冲,因隙地置营田,天下屯总九百九十二。……有警,则以兵若夫千人助收。"⑦"去时"两句:里正,指里长。 与裹头,替征丁裹扎头巾,表示征丁年幼,与上文"十五"呼应。 戍边,守卫边防。⑧武皇:汉武帝,这里借指唐玄宗。 开边:用武力开拓疆土。 意未已:野心未止。⑨"君不闻"两句:汉家,指唐朝。 山东,指华山以东之地。 二百州,唐代潼关以东有七道,共二百十七州,这里约举成数说"二百州"。 荆杞,指荆棘、枸杞,野生灌木。⑩无东西:指庄稼长得杂乱不堪,分辨不出东西行列。⑪秦兵:关中兵。⑫"长者"两句:长者,征夫对杜甫的尊称。 役夫,征夫自称。⑬"且如"两句:且如,就如。 休,停止征调。 关西卒,即指这次被征入伍的秦兵。⑭县官:指皇帝。《史记·绛侯世家》:"盗买县官器。"索隐云:"县官,谓天子也。""租税从何出"应上文"千村万落生荆杞"。⑮啾啾:古人想象中鬼的呜咽声。

《资治通鉴·唐纪三十二》载:天宝八载六月,哥舒翰击吐蕃,拔石堡,唐兵战死者数万。 九载冬,关西游弈使王难得又进兵击吐蕃。 师尹指出"讫唐之世,吐蕃为患者,玄宗实开其衅"。 此诗当作于天宝九载(750)。 当时杜甫在长安,结合耳闻目睹,托"武皇开边"以刺玄宗。 首写兵士自长安出发、父母妻子送行的悲楚场景,笔势汹涌,如风涛骤至。 接着设为问答,极写穷兵黩武给人民带来的苦难。 结尾以"君不见"领起,由作者出面,以黩武的悲惨结局警告当政者。 全诗以人哭起,以鬼哭终,具有极大的艺术震撼力。

明人单复云："此诗为明皇用兵吐蕃而作，故托汉武以讽，其辞可哀也。先言人哭，后言鬼哭，中言内郡凋敝，民不聊生，此安史之乱所由起也。"（《读杜诗愚得》卷一）

同诸公登慈恩寺塔

高标跨苍穹①，烈风无时休。自非旷士怀，登兹翻百忧。方知象教力，足可追冥搜②。仰穿龙蛇窟，始出枝撑幽③。七星在北户，河汉声西流④。羲和鞭白日，少昊行清秋⑤。秦山忽破碎⑥，泾渭不可求⑦。俯视但一气，焉能辨皇州⑧？回首叫虞舜，苍梧云正愁⑨。惜哉瑶池饮，日晏昆仑丘⑩。黄鹄去不息，哀鸣何所投？君看随阳雁，各有稻粱谋⑪。

注释

①高标：一切高耸物的尖端都可称为高标，此指塔尖。跨苍穹：跨越高空。②"方知"两句：象教，指佛教。佛教假形象以教人。冥搜，"幽寻"的同义语，指下文"仰穿……"。这两句说佛教号召力大，能聚集大量的人力、财力，产生这雄伟的建筑，值得穿窟穷幽，登塔揽胜。③"仰穿"两句：循着塔内的磴道盘旋上升，像穿行龙蛇的窟穴。枝撑：梁上相交的木条。④"七星"两句：七星，指北斗。河汉，银河。银河也叫星汉、银汉。银河到秋季渐

渐转向西。诗人用一个"声"字,极言逼近云霄,好像听到银河里的水流声。⑤"羲和"两句:羲和,太阳的御者。古代神话说羲和每天赶着六条龙拉着的车子,载着太阳在空中运行。鞭,表示加快鞭,指时间过去得快。少(去声)昊(hào 皓),传说是黄帝的儿子,主管秋天的神。这两句写时序已到秋天。⑥"秦山"句:从慈恩塔上南望终南山,但见锋棱沟壑交错,像忽然破碎了似的。韩愈写终南山,有"晴明出棱角,缕脉碎分绣"(《南山诗》)之句,也用了一个"碎"字。唯杜甫的这句诗,有象征时局的意味。⑦"泾渭"句:泾清渭浊,今从塔上遥望,则不辨清浊,也有象征朝政的意味。⑧"俯视"两句:皇州,即帝都,指长安京城。俯视长安而只见濛濛一片,看不真切,反衬塔高,亦有象征意味。⑨"回首"两句:虞舜,传说中的贤君,死后葬苍梧之野。唐人比太宗李世民为虞舜。"回首叫虞舜",旧注谓作者思念太宗。⑩"惜哉"两句:神话传说西王母宴周穆王于昆仑之瑶池(见《穆天子传》及《列子·周穆王》)。日晏:指天晚、日落。⑪稻粱谋:谋求稻粱。《杜诗详注》引三山老人胡氏云:"此诗讥切天宝时事也。'秦山忽破碎',喻人君失道也。'泾渭不可求',言清浊不分也。'焉能辨皇州',伤天下无纲纪文章,而上都亦然也。虞舜苍梧,思古圣君而不可得也。瑶池日晏,谓明皇方耽于淫乐而未已也。贤人君子多去朝廷,故以黄鹄哀鸣比之。小人贪禄恋位,故以阳雁稻粱刺之。"

天宝十一载(752)秋,高适、薛据、杜甫、岑参、储光羲五位大诗人同登长安城东南的大慈恩寺塔(今西安大雁塔),高适、薛据首先赋诗,杜甫等三人继作。其诗除薛据一首已佚而外,其余至今尚存。这是后世诗人艳羡的盛举,清初诗坛领袖王士禛曾说:"每思高、岑、杜辈同登慈恩塔,李、杜辈同登吹台,一时大敌旗鼓相当。

恨不厕身其间，为执鞭弭之役。"(《池北偶谈》卷一八《慈恩塔诗》)诸公登塔赋诗之时，奸邪专权，安禄山谋反，国势岌岌可危，而玄宗又骄奢荒淫，不理朝政。杜甫的诗以"登兹翻百忧"领起，以象征手法，通过对登塔所见景物的描写，曲折地反映了危机四伏的现实。岑、储两篇，虽风秀熨帖，却结穴于皈依佛门，逃避现实；高适之作，也只慨叹个人的失意，而未涉及忧国忧民，其艺术水准，都不能与杜诗相提并论。故仇兆鳌《杜诗详注》评云："三家结语，未免拘束，致鲜后劲。杜于末幅，另开眼界，独辟思议，力量百倍于人。"又云，"同时诸公登塔，各有题咏。……少陵则格法严整，气象峥嵘，音节悲壮，而俯仰高深之景，盱衡古今之识，感慨身世之怀，莫不曲尽篇中，真足压倒群贤，雄视千古矣！"

后出塞

朝进东门营，暮上河阳桥①。落日照大旗，马鸣风萧萧②。平沙列万幕，部伍各见招③。中天悬明月，令严夜寂寥。悲笳数声动，壮士惨不骄。借问大将谁？恐是霍嫖姚④。

注释

①东门营：指洛阳上东门的营地，新兵于此入伍。河阳桥：横跨黄河的浮桥，在今河南孟县，新兵过此桥远去。②"落日"两句：大旗，军旗。萧萧，风声。此二句从《诗经·小雅·车攻》"萧萧马鸣，悠悠旆旌"化出。③部伍：队伍。各见招：各自招集自己的

部队。④霍嫖姚：霍去病曾为剽姚校尉，"剽姚"或写作"嫖姚"。

杜甫有《前出塞》九首、《后出塞》五首，皆名篇。《后出塞》组诗作于天宝十四载(755)四月，从各个角度反映了天宝末年东北边防战士的生活和感情，揭露了范阳、平卢、河东三镇节度使安禄山盘踞要地、位高志骄的嚣张气焰。浦起龙认为："安禄山以边功市宠，数侵掠奚、契丹，征兵东都，重赏要士，朝廷徇之，志益骄而反遂决矣，故作是诗以讽，当在禄山将叛之时。"(《读杜心解》卷一)这里所选的是第二首，写入伍和行军途中情景。《读杜心解》解云："进营，始就伍也；上桥，初登程也；落日将暮，则须列幕安营；初从军者纪律未娴，故须部伍招。此时尚觉嚣拢，入夜则寂无声矣；悲笳，静营之号也；大将，指召募统军之将，故以嫖姚比之，盖去病尝从大将军卫青出塞者。"解释较清晰。其中"落日照大旗，马鸣风萧萧"一联和"中天悬明月，令严夜寂寥"一联颇为诗评家所称赏。沈德潜《唐诗别裁集》云："写军容之盛，军令之严，如干莫出匣，寒光相向。"

自京赴奉先县咏怀五百字①

杜陵有布衣②，老大意转拙③。许身一何愚④，窃比稷与契⑤。居然成濩落⑥，白首甘契阔⑦。盖棺事则已⑧，此志常觊豁⑨。穷年忧黎元⑩，叹息肠内热。取笑同学翁，浩歌弥激烈⑪。非无江海志⑫，潇洒送日月⑬。生逢尧舜君⑭，不忍便永诀⑮。当今廊庙具⑯，构厦岂云缺⑰。葵藿倾太阳⑱，物性固莫夺⑲。顾惟蝼蚁辈⑳，但自求其穴。胡为慕大鲸㉑，辄拟偃溟渤㉒？以兹悟生理㉓，独耻事干谒㉔。兀兀遂至今㉕，忍为尘埃没？终愧巢与由㉖，未能易其节㉗。沉饮聊自遣㉘，放歌破愁绝㉙。岁暮百草零，疾风高冈裂。天衢阴峥嵘㉚，客子中夜发㉛。霜严衣带断，指直不得结。凌晨过骊山㉜，御榻在嵽嵲㉝。蚩尤塞寒空㉞，蹴踏崖谷滑㉟。瑶池气郁律㊱，羽林相摩戛㊲。君臣留欢娱，乐动殷胶葛㊳。赐浴皆长缨㊴，与宴非短褐㊵。彤庭所分帛㊶，本自寒女出。鞭挞其夫家，聚敛贡城阙㊷。圣人筐篚恩㊸，实欲邦国活㊹。臣如忽至理㊺，君岂弃此物？多士盈朝廷，仁者宜战栗㊻！况闻内金盘㊼，尽在卫霍室㊽。中堂舞神仙㊾，烟雾蒙玉质㊿。暖客貂鼠裘，悲管逐清瑟㈤。劝客驼蹄羹，霜橙压香橘。朱门酒肉臭，路有冻死骨。荣枯咫尺异㊾，惆怅难再述。北辕就泾渭㊾，官渡又改辙㊾。群水从西下㊾，极目高崒兀㊾。疑是崆峒来㊾，恐触天柱折㊿。河梁幸未坼㊾,枝撑声窸窣㊿。行旅相攀援㊱,川广不可越。老妻寄异县㊷,十口隔风雪。谁能久不顾,庶往共饥渴㊸。入门闻号咷,幼子饥已卒。吾宁舍一哀㊹,里巷亦呜咽㊺。所愧为人父,无食致夭折。岂知秋禾登,贫窭有仓卒㊻。生常免租税,名不隶征伐㊼。抚迹犹酸辛㊽,平人固骚屑㊾。默思失业徒㊿,因念远戍卒㊶。忧端齐终南㊷,澒洞不可掇㊸。

注释

①京:指唐朝的京城长安。奉先:今陕西蒲城。②杜陵:汉宣帝陵墓。杜甫远祖杜预是京兆杜陵人,故杜甫自称"杜陵布衣"。布衣:平民百姓。③拙:迂腐。④许身:私自期望。⑤窃:私自。稷与契:辅佐舜的两位贤臣。⑥居然:果然。濩(hù护)落:指瓠落,语出《庄子·逍遥游》,大而无当的意思。⑦契阔:辛苦。⑧盖棺:指死。事则已:事情就算完了。⑨觊(jì记):希望。豁:达到。⑩穷年:一年到头。黎元:百姓。⑪浩歌:高歌。弥:越发。⑫江海志:隐逸的愿望。⑬潇洒:自由自在。⑭尧舜:古时两个贤君,这里指唐玄宗。⑮永诀:长别。⑯廊庙:庙堂,指朝廷。具:才具。⑰构厦:建造大房子。⑱葵:又名卫足葵,其叶向阳。藿:豆叶。曹植《求通亲亲表》:"若葵藿之倾叶,太阳虽不为之回光,然终向之者,诚也。"此处用其意。⑲夺:强使改变。⑳顾:转折词。惟:想到。蝼蚁辈:比喻目光短浅的人。㉑胡为:为什么要。大

鲸：比喻有远大理想的人。㉒辄：每每。拟：想要。偃：栖息。溟渤：大海。㉓兹：此。悟生理：明白生活的真理。㉔事：从事。干谒：奔走权门，营求富贵。㉕兀（wù 悟）兀：苦辛的样子。㉖巢与由：巢父和许由，尧时的两个隐士。㉗易其节：改变节操。㉘沉饮：喝醉酒。聊：姑且。自遣：自己排遣愁闷。㉙放歌：高歌。破：这里作“排遣”解。愁绝：极度的愁苦。㉚天衢（qú 渠）：天空。峥嵘：高峻貌。这里借指寒气逼人。㉛客子：作者自指。中夜：半夜。㉜骊山：在长安东，今陕西西安市临潼区境内。㉝御榻：皇帝的坐榻。嵽嵲（diénìè 蝶聂）：形容山高，这里指骊山。㉞蚩尤：这里借指大雾。传说蚩尤与黄帝交战，蚩尤作大雾。塞：充满。㉟蹴（zú 足）：踩。㊱瑶池：传说中西王母宴客的地方。这里借指骊山华清宫中的温泉。气郁律：热气蒸腾的样子。㊲羽林：羽林军，皇帝的卫队。摩戛（jiá 夹）：兵器互相撞碰。㊳殷：声音洪大。胶葛：广大貌。这里指乐器在广大空间震荡。㊴长缨：长帽带，贵人的服饰。㊵短褐：粗布短衣，贫贱者的衣服。㊶彤（tóng 同）庭：朝廷。彤：红色。宫殿的庭柱都用朱红色油漆，故称“彤庭”。帛（bó 勃）：一种丝织品。㊷聚敛：搜括。贡：献。城阙：指京城。㊸圣人：对皇帝的敬称。筐篚（kuāng fěi 匡匪）：两种竹制的器皿。筐篚恩：指皇帝用筐篚盛物赏赐大臣。㊹邦国：国家。活：治理好。㊺至理：重要的道理。㊻“仁者”句：谓有仁爱之心的朝臣，看到这种情况应有所震动。㊼内：内府，皇帝藏财物的府库。金盘：珍贵器皿。㊽卫、霍：汉武帝时的贵戚，这里借指杨国忠等人。㊾神仙：指舞女。㊿烟雾：指轻而薄的纱罗衣裳。蒙：披覆。玉质：洁白的身体。(51)“悲管”句：指管乐和弦乐协奏。逐：伴随。(52)荣：荣华。枯：憔悴。咫（zhǐ 止）尺：古代八寸叫“咫”，这里比喻近。(53)北辕：车向北行。泾、渭：二水名，在临潼县境内会合。(54)官渡：官府设立的渡口。改辙：

改了道。(55)水：一作“冰”。(56)极目：放眼望去。崒（zú 足）兀：高峻的样子。(57)崆峒（kōng tóng 空同）：山名，在今甘肃省岷县。(58)天柱：《淮南子·天文训》：“昔者共工与颛顼争为帝，怒而触不周之山，天柱折，地维绝。”(59)河梁：河上的小桥。坼：冲毁。(60)枝撑：桥柱。窸窣（xīsū 悉苏）：桥梁摇晃的声音。(61)行旅：行路人。相攀援：互相牵引援助。(62)寄异县：指客居奉先县。(63)庶：希望。(64)宁：岂。(65)里巷：邻居们。(66)窭（jù 具）：贫穷。仓卒：发生意外。(67)隶：属。(68)抚迹：追忆往事。(69)骚屑：不得安宁。(70)失业徒：丧失了产业的人。(71)远戍卒：远守边防的战士。(72)忧端：愁绪。终南：山名，在今陕西西安市长安区南。(73)澒（hòng 哄）洞：广大无边。掇：收拾。

天宝五载（746），杜甫怀抱“致君尧舜上，再使风俗淳”的崇高理想来到长安，渴望“立登要路津”。但事与愿违，屡受挫折，连生活也难于维持，“朝叩富儿门，暮随肥马尘。残杯与冷炙，到处潜悲辛”，亲身体验并广泛接触了下层人民的苦难，洞察了“朱门务倾夺，赤族迭罹殃”的社会矛盾，诗歌创作出现了空前飞跃。天宝十四载（755）十一月赴奉先县看望寄居在那里的妻子，写出这篇划时代的杰作。

“自京赴奉先县咏怀”这个题目带有“纪行”性质，而以“咏怀”为主。作者先从“咏怀”入手，抒发了许身稷契、致君泽民的壮志竟然“取笑”于时，无法实现的愤懑和“穷年忧黎元，叹息肠内热”的火一样的激情，其爱祖国、爱人民的胸怀跃然纸上。而正因为“穷年忧黎元”，所以尽管“取笑”于时，而仍坚持稷契之志，这自然就把个人的不幸、人民的苦难和统治者的腐朽、唐王朝的危机联系起来了。这种“咏怀”的特定内容决定了“纪行”的特定内容，而"纪行"的内容又扩大、深化了"咏怀"的内容。 "纪行"有两个重点:一是写唐明皇及其权臣、贵戚、宠妃在华清宫的骄奢荒淫生活;二是写"路有冻死骨"及到家后幼子已饿死的惨象。 这两个重点又前后对照! 广大人民饥寒交迫,有的已经冻死、饿死,而那位"尧舜君"和他的"廊庙具"却正在华清宫过着花天酒地的腐朽生活,毫不吝惜地挥霍着人民的血汗。 诗人深感唐王朝岌岌可危,而又徒唤奈何,于是以"忧端齐终南,澒洞不可掇"结束全篇。 作者抵奉先之时,安禄山已在范阳发动叛乱,证明了他的政治敏锐性。 如王嗣奭所评: "皆道其实,故称诗史。"(《杜臆》卷一)

这篇杰作是用传统的五言古体写成的。 五古是汉魏以来盛行的早已成熟的诗体,仅就"咏怀"之作而言,杜甫之前已有阮籍的《咏怀》、左思的《咏史》、庾信的《咏怀》、陈子昂的《感遇》、张九龄的《感遇》等著名组诗。 "转益多师"的杜甫当然从汉魏以来五言古诗的创作中吸收了丰富的营养。 但把《自京赴奉先县咏怀五百字》和所有前人的五言古诗相比较,就立刻发现其在体制的宏伟、章法的奇变、反映现实的深广和艺术力量的惊心动魄等许多方面,都开辟了新天地。 正如杨伦在《杜诗镜铨》里所说:"五古,前人多以质厚清远胜,少陵出而沉郁顿挫,每多大篇,遂为诗道中另辟一门径。"

月　　夜

今夜鄜州月,闺中只独看[①]。 遥怜小儿女,未解忆长安。 香雾云鬟湿,清辉玉臂寒。 何时倚虚幌[②],双照泪痕干。

注释

①闺中：闺中人，指妻子。 ②虚幌：轻薄透明的帷幔。

天宝十五载(756)六月，安史叛军攻进潼关，杜甫带着家小逃到鄜州(今陕西富县)，寄居羌村。 七月，肃宗即位灵武(今属宁夏回族自治区)，杜甫于八月间北上延州(今陕西延安)，企图赶到灵武，为平叛效力。 出发不久，被叛军捉住，送到沦陷后的长安，望月思家，写下了千古传诵的《月夜》。

题为《月夜》，句句从月色中照出。 "鄜州""长安"与平叛后夫妻欢聚的某一地点，"今夜"、往夕与平叛后夫妻欢聚的某一良宵，统统用"独看""双照"相绾合，从而体现出双向多维、立体交叉、回环往复、百感纷呈的审美心态。 夫妻的悲欢离合，国家的治乱兴衰，以及诗人对动乱现实的忧愤和对太平盛世的向往，都一一浮现于字里行间。 如黄生所说："五律至此，无忝诗圣矣！"

春　　望

国破山河在，城春草木深。 感时花溅泪，恨别鸟惊心。 烽火连三月，家书抵万金①。 白头搔更短②，浑欲不胜簪③。

注释

①抵：相当，抵得上。 ②白头：指白头发。 搔：抓头。 短：稀少。 ③浑：简直。 不胜(shēng 升)簪：连簪子也插不住。 古代男子留长发，故须插簪束发。

此诗作于肃宗至德二载(757)三月。先一年六月,安史叛军攻进长安,"大索三日,民间财资尽掠之",又纵火焚城,繁华壮丽的京都变成废墟。先一年八月,杜甫将妻子安置在鄜州羌村,于北赴灵武途中被俘,押送到沦陷后的长安,至此已逾半载。时值暮春,触景伤怀,创作了这首历代传诵的五律。

前两联写"春望"之景,因景抒情。首联"国破"而空留"山河","城春"而只长"草木",其破坏之惨,人烟之少,以及由此激发的忧国情绪,都从正反相形中表现出来。次联上下两句互文见义。身陷贼营,家寄鄜州,见"花"开而"溅泪",闻"鸟"语而"惊心",以乐景反衬哀情,而"感时""恨别"的复杂心态宛然可见。后两联抒"春望"之情,情中含景。三联"烽火"句应"感时","家书"句应"恨别",忧国思家之情,回环往复,感人至深。尾联以"搔首"的动作写悲痛心情,余意无穷。题为《春望》,句句传"望"字之神。望山河残破荒凉,望长安草木丛生,望花鸟反增哀思,望烽火连月不息,望家书经久不至,最后以搔首望天收尾。读全诗,抒情主人公伤时悯乱、忧国思家的神情及其望中所见,历历如在目前,从而迸发巨大的艺术感染力。

羌村三首①

峥嵘赤云西②,日脚下平地③。柴门鸟雀噪,归客千里至④。妻孥怪我在⑤,惊定还拭泪⑥。世乱遭飘荡,生还偶然遂⑦。邻人满墙头⑧,感叹亦歔欷⑨。夜阑更秉烛，相对如梦寐⑩。

晚岁迫偷生，还家少欢趣⑪。娇儿不离膝，畏我复却去⑫。忆昔好追凉⑬，故绕池边树⑭。萧萧北风劲，抚事煎百虑⑮。赖知禾黍收⑯，已觉糟床注⑰。如今足斟酌⑱，且用慰迟暮⑲。

群鸡正乱叫，客至鸡斗争。驱鸡上树木⑳，始闻叩柴荆㉑。父老四五人，问我久远行㉒。手中各有携㉓，倾榼浊复清㉔。莫辞酒味薄，黍地无人耕㉕。兵革既未息㉖，儿童尽东征㉗。请为父老歌㉘，艰难愧深情㉙。歌罢仰天叹，四座泪纵横㉚。

注释

①羌村：故址在今陕西富县岔口乡大申号村。②峥嵘（zhēng róng 争荣）：原指山的高峻，这里用来形容云层的重叠。赤云：指被太阳照得发红的云。③日脚：由云缝里射出来的阳光。下：落。④归客：杜甫自指。⑤妻孥（nú 奴）：妻子和儿女，这里似单指妻子。怪我在：惊疑我还活在人世。⑥拭（shì 试）：擦。拭泪：悲喜交集的神情。⑦生还：活着回来。遂：遂愿，如愿。⑧满墙头：邻居围着墙观看。农家院墙低矮，可以双手扶在墙头与院内人对话。⑨歔欷

(xū xī 虚希)：抽泣之声。 ⑩"夜阑"两句：夜阑指夜深。更指又一次。秉烛指掌灯，拿起点燃的蜡烛。这两句的意思是，战乱中分别以后，由于担心和思念，往往梦见与妻子相对，而实际上的聚会是不敢预期的。如今竟然夫妻相对，都还活着，心情久久不能平静，直到夜深，又一次点起蜡烛互相观看，真像在梦里一样。大历诗人司空曙《云阳馆与韩绅宿别》"乍见翻疑梦，相悲各问年"，北宋诗人陈师道《示三子》"了知不是梦，忽忽心未稳"，北宋词人晏几道《鹧鸪天》"今宵剩把银釭注释照，犹恐相逢是梦中"等名句，都从此化出。⑪"晚岁"两句：晚岁，指晚年，时杜甫四十六岁。这两句言晚年在战乱逼迫下苟且偷生，虽久别还家，但仍无多少欢趣。⑫"娇儿"两句：这两句向来有两种解释。第一种，"复却去"的主语是"我"，即杜甫，"畏"作"恐怕"解，意谓娇儿绕膝依依，怕我还要离开他们。第二种，"复却去"的主语是"娇儿"，"畏"作"畏惧"解，意谓娇儿由于怕我，又悄悄溜开。前说较合原意。⑬追凉：乘凉。上次杜甫在家时正值夏天。⑭故：常常。⑮抚事：追抚往事。煎百虑：种种烦恼使我心如煎熬。⑯赖知：幸亏知道。⑰糟床：榨酒的器具。酒做好后，用袋子装着，放在竹床里压榨，酒流出来而糟留在袋里。这个竹床就叫"糟床"。注：流出来。⑱足：足够。斟酌：借指喝酒。⑲且用：姑且用来。迟暮：晚年。⑳"驱鸡"句：乐府诗《鸡鸣》，"鸡鸣高树颠，狗吠深巷中"。阮籍《咏怀》，"晨鸡鸣高树，命驾来旋归"。可见古时鸡上树木是常见的。㉑叩：敲。柴荆：用柴枝荆条编成的门，表示住宅简陋。㉒问：慰问。远行：指远行归来。㉓携：提。㉔榼(kē 科)：古代盛酒的器具。浊复清：有的带来新酿出来未经滤过的浊酒，有的带来滤过的清酒。㉕"苦辞"句：父老们一再解释，说家酿的酒味道淡薄。既是谦辞，也反映出战乱时代农村生活的艰苦。黍地指田地。㉖兵革：兵器和盔甲，这里指战争。未息：没有停止。㉗儿童：农村中老人对没有成年的孩子的称呼。东征：指唐朝官军在华山以东地区和叛军作战。㉘"请为"句：请让我为父老们歌唱一曲。㉙愧深情：在这艰难的年月，你们如此盛情，真叫我受之有愧。㉚四座：满座。

天宝十四载(755)十一月,杜甫自长安赴奉先县探望家小。 十五载(756)五月,因安史叛军逼近潼关,率领家小往白水(今属陕西)依舅氏崔少府。 六月,又自白水奔赴鄜州,将妻儿安顿在羌村居住。 八月,投奔灵武行在,中途被叛军抓住,送到已经沦陷了的长安。 至德二载(757)四月逃出长安,往投凤翔行在,拜左拾遗。 上疏营救房琯,触怒肃宗,幸得张镐等替他求情,才免于判罪。 八月,肃宗放他到鄜州探亲。 沿途经历,见于《北征》。《羌村三首》,是刚到家时的作品,从不同角度写久别暂聚的感慨,而社会乱离的时代脉搏,亦跃动于字里行间。 明人王慎中云:"一字一句,镂出肺肠,才人莫之措手。 而婉转周至,跃然目前,又若寻常人所欲道者。"(《杜诗五家评》卷二)清初李因笃云:"遭乱生还,事出意外,仓卒情景,历历叙出,叙事之工不必言,尤妙在笔力高古,愈质愈雅。"(《杜诗集评》卷一)从本质上说,这三首都是抒情诗,但每一首都有场景、有人物、有情节,像一幕悲剧色彩浓郁的短剧,具有动人心魄的艺术魅力。

北　　征

皇帝二载秋,指闰八月初吉①。 杜子将北征,苍茫问家室②。 维时遭艰虞,朝野少暇日③。 顾惭恩私被,诏许归蓬荜④。 拜辞诣阙下,怵惕久未出⑤。 虽乏谏诤姿,恐君有遗失⑥。 君诚中兴主,经纬固密勿⑦。 东胡反未已,臣甫愤所切⑧。 挥涕恋行在,道途犹恍惚⑨。乾坤含疮痍⑩,忧虞何时毕!靡靡逾阡陌,人烟眇萧瑟⑪。所遇多被伤,呻吟更流血。回首凤翔县,旌旗晚明灭⑫。前登寒山重,屡得饮马窟⑬。邠郊入地底,泾水中荡潏⑭。猛虎立我前,苍崖吼时裂⑮。菊垂今秋花,石戴古车辙⑯。青云动高兴,幽事亦可悦⑰。山果多琐细,罗生杂橡栗。或红如丹砂,或黑如点漆。雨露之所濡⑱,甘苦齐结实。缅思桃源内,益叹身世拙⑲。坡陀望鄜畤⑳,岩谷忽出没。我行已水滨,我仆犹木末㉑。鸱鸟鸣黄桑,野鼠拱乱穴㉒。夜深经战场,寒月照白骨。潼关百万师,往昔散何卒㉓!遂令半秦民,残害为异物㉔。况我堕胡尘,及归尽华发㉕。经年至茅屋㉖,妻子衣百结㉗。恸哭松声回㉘,悲泉共幽咽㉙。平生所娇儿㉚,颜色白胜雪㉛。见耶背面啼㉜,垢腻脚不袜。床前两小女,补绽才过膝㉝。海图拆波涛,旧绣移曲折。天吴及紫凤,颠倒在短褐㉞。老夫情怀恶,呕泄卧数日㉟。那无囊中帛,救汝寒凛慄㊱。粉黛亦解包㊲,衾裯稍罗列㊳。瘦妻面复光，痴女头自栉㊴。学母无不为，晓妆随手抹㊵。移时施朱铅㊶，狼藉画眉阔㊷。生还对童稚，似欲忘饥渴㊸。问事竞挽须，谁能即嗔喝㊹？翻思在贼愁㊺，甘受杂乱聒㊻。新归且慰意㊼，生理焉得说㊽？至尊尚蒙尘，几日休练卒㊾？仰观天色改，坐觉妖氛豁㊿。阴风西北来，惨淡随回纥(51)。其王愿助顺，其俗善驰突(52)。送兵五千人，驱马一万匹。此辈少为贵，四方服勇决(53)。所用皆鹰腾，破敌过箭疾(54)。圣心颇虚伫，时议气欲夺(55)。伊洛指掌收，西京不足拔(56)。官军请深入，蓄锐可俱发(57)。此举开青徐，旋瞻略恒碣(58)。昊天积霜露，正气有肃杀(59)。祸转亡胡岁，势成擒胡月(60)。胡命其能久？皇纲未宜绝(61)！忆昨狼狈初(62)，事与古先别(63)。奸臣竟菹醢(64)，同恶随荡析(65)。不闻夏殷衰，中自诛褒妲(66)。周汉获再兴(67)，宣光果明哲(68)。桓桓陈将军(69)，仗钺奋忠烈(70)。微尔人尽非(71)，于今国犹活(72)。凄凉大同殿(73)，寂寞白兽闼(74)。都人望翠华(75)，佳气向金阙(76)。园陵固有神(77)，扫洒数不缺⑱。煌煌太宗业，树立甚宏达⑲！

注释

①"皇帝"两句：皇帝二载，指唐肃宗至德二载（757）。初吉，指朔日、初一。②苍茫：旷远迷茫。问：探望。③"维时"两句：维，发语词。艰虞，艰难而使人忧虑。朝野，朝廷和民间。少暇日，少有空闲的日子。④"顾惭"两句：顾，念。恩私被，蒙受皇帝给予自己的恩典。诏，皇帝的诏书。许，准许。蓬荜，荜门蓬户，杜甫指自己穷困的家庭。⑤"拜辞"两句：诣（yì 艺），到。阙下，皇宫。怵惕（chù tì 畜替），惶惑不安。⑥"虽乏"两句：谏诤姿，当谏官的品德和才能。遗失，考虑不周而产生过错。⑦"君诚"两句：君，指唐肃宗。诚，确。中兴主，指封建社会中经过危难而复兴的皇帝。经纬，织机上的直线叫"经"，横线叫"纬"，一经一纬织成布匹。这里指处理国家大事有条不紊。固，本来。密勿，勤勉谨慎。⑧"东胡"两句：东胡，指安庆绪。肃宗至德二载（757）正月，安庆绪杀其父安禄山，在洛阳称帝。臣甫，杜甫自称。切，痛切。⑨"挥涕"两句：行在，皇帝临时的驻地，这里指凤翔。恍惚，心神不安的样子。⑩乾坤：天地，这里借指国家。疮痍：指战乱造成的创伤。⑪"靡靡"两句：靡靡，行走迟缓的样子。逾，越过。阡陌，这里泛指山野间的道路。眇，少。萧瑟，指萧条、荒凉。⑫"回首"两句：旌（jīng 京），古代用羽毛装饰的旗子。明灭，忽明忽暗。⑬"前登"两句：寒山，秋山。重，重叠。屡，接连不断。饮马窟，饮马的水洼。⑭"邠郊"两句：邠，邠州，今陕西省邠县。入地底，泾水从邠州北边流过，形成盆地，诗人从山上往下走，有入地底的感觉。荡潏（yù 喻）：河水涌流的样子。⑮"苍崖"句：苍崖有个大裂口，像是猛虎吼叫时震裂的。⑯戴，印着。辙，车轮碾过留下

的痕迹。⑰"青云"两句:青云触发了自己的兴致,山中幽景也可赏心悦目。⑱濡(rú 如):滋润。⑲"缅思"两句:缅思,遥想。桃源,指陶渊明《桃花源记》所描写的理想社会。益,更加。拙,指笨拙而不会处世。这两句说,遥想桃源乐土,更加叹息自己坎坷的遭遇。⑳坡陀:起伏不平的山冈。鄜畤(fū zhì 夫志),即鄜州。畤,祭天神的祭坛。春秋时秦国在鄜州设有祭祀白帝的祭坛。㉑"我行"两句:水滨,水边。木末,树梢,这里借指高处。㉒"鸱鸟"两句:鸱(chī 吃)鸟,指鸱鸮(xiāo 消),即猫头鹰。黄桑,指枯桑。野鼠,指一种见人就交叉前足而拱立的拱鼠。㉓"潼关"两句:潼关,关隘名,在今陕西省潼关县。百万师,言守兵之多。天宝十四年(755)十二月,安禄山攻陷洛阳,唐玄宗命哥舒翰率大军二十万守潼关。次年六月在灵宝战败溃散。卒,同"猝",仓卒。㉔"遂令"两句:遂令,就使得。半秦民,关中地区的半数人民。异物,古代称死人为异物。㉕堕胡尘:肃宗至德元年(756)八月,杜甫从鄜州出发到灵武投奔肃宗,途中为叛军所俘,送到长安,次年(757)四月才逃出长安到达凤翔。华发:花白头发。㉖经年:一年之后。诗人自头年秋天离家至今秋返家,恰好经过一年。茅屋:指羌村的家。㉗衣百结:形容衣裳褴褛,破烂不堪。㉘恸哭:放声大哭。松声回:松林为之荡起回声。㉙"悲泉"句:涓涓流淌的泉水,像是和我们一道哭泣抽咽。以上两句移情入景,烘托亲人乍见时悲痛欲绝的气氛。㉚娇儿:自己宠爱的儿女。㉛白胜雪:因饥寒交迫,孩子脸上缺乏红润的颜色,所以说苍白胜雪。㉜耶:同"爷",爹爹。背面啼:背过身去啼哭。㉝补绽:指衣裳打着补绽。才过膝:刚过膝盖。因为家境困顿,无力给女孩添制新衣裳,她们长大了,还穿着小时的衣裳,所以说"才过膝"。㉞"海图"四句:写女孩衣裳上的补绽。拆下旧绣,把海图的波涛拆开了,上面的花纹有的拆断,有的弄弯了;那上面刺绣的水神天吴，还有紫线绣成的凤凰图案，都颠三倒四地补在短小的粗布衣上。㉟“老夫”两句：情怀恶，指心情不好。呕泄，呕吐。因长途跋涉，回家就病倒了。㊱“那无”两句：囊，装行李的袋子。寒凛慄，饥寒战慄。这两句是说，我行囊中哪能没有一些绢帛给你们做衣裳，只是我回来病倒了，没有心情解包。㊲粉黛：粉，擦脸的白粉。黛，画眉用的青色的粉。包，指粉黛包。㊳衾裯：被子和床帐。稍罗列：多少拿出来一些。㊴痴：指女儿娇痴可爱。头自栉（zhì 志）：自己梳头。㊵“晓妆”句：早上起来学着母亲打扮，随手乱涂乱抹。㊶移时：过了一会儿。朱铅：胭脂和铅粉。这句是对“晓妆”的补充描写。㊷狼藉：乱七八糟。以上四句极写痴女天真可爱的情态，可与西晋左思写娇女——“明朝弄梳台，黛眉类扫迹。浓朱衍丹唇，黄吻澜漫赤”（《娇女诗》）相媲美。㊸对：面对。童稚：小儿女。诗人看到儿女的天真情态，感到无限安慰，简直忘记了饥渴。㊹嗔喝：生气喝止。㊺翻思：回想。在贼愁：被俘在贼营时想家发愁的情景。㊻杂乱聒（guō 锅）：七嘴八舌的吵闹声。㊼且：暂且。慰意：给自己带来感情上的安慰。㊽生理：生计。这句是说：至于将来全家如何生活，暂时还顾不上去说它。㊾“至尊”两句：至尊，封建社会中臣下对皇帝的敬称，这里指唐肃宗。蒙尘，封建社会中皇帝流亡在外，遭受风尘之苦，叫“蒙尘”。当时唐肃宗还流亡在凤翔。练卒，练兵。“几日休练卒”，意谓何时才能平叛，过和平生活。㊿妖氛：指安史叛军的气焰。豁：开朗。(51)回纥：我国唐代北方的少数民族，唐肃宗至德二载（757），朝廷向回纥借兵平乱，回纥怀仁可汗派其子叶护和将军帝德带兵四千到凤翔。(52)善驰突：长于骑马奔驰，冲锋陷阵。(53)少为贵：杜甫认为借回纥兵平乱不是上策，即使借也宜少不宜多。勇决：猛勇坚决。(54)“所用”两句：鹰腾，形容回纥军像鹰一样腾健。过箭疾，比箭还快。疾，速。(55)圣心：指唐肃宗的心意。 虚伫：虚心期待。 时议：社会舆论。 气欲夺：慑于皇帝的威严而丧气。 据历史记载，回纥军到凤翔后，唐肃宗设宴犒赏，还叫广平王李俶和叶护结为兄弟。 大臣中虽有人认为借兵平乱不是上策，但在这种情况下也只能为之丧气而不敢言。㊶伊洛：伊水、洛水，这里指洛阳一带。 指掌收：比喻极易收复。 西京：指当时的长安。 不足拔：极易收复。㊷"官军"两句：官军应乘大好形势深入破敌，养精蓄锐和回纥军一道进发。㊸"此举"两句：开，打通。 青徐，唐代的两个州名，青州在今山东省，徐州在今江苏省。 略，攻取。 恒，恒山，在今山西省。 碣，碣石山，在今河北省。㊹"昊天"两句：昊（hào 浩）天，这里指秋天。 肃杀，指秋天霜露降下，草木凋零，所以称秋气为肃杀之气。 这里是比喻朝廷有征伐叛乱之权，也带有一种肃杀的气氛。㊺"祸转"两句：祸转，厄运要落到叛军头上。 势成，平定叛乱的大好形势已经形成。㊻皇纲：指唐王朝的法纪、政权等。㊼狼狈：指潼关失守，叛军直逼长安，玄宗仓皇逃奔蜀中的情况。㊽事：指玄宗在途中采取应急措施。 古先：历史上与此相类似的情况。 别：有所不同。㊾奸臣：指杨国忠。 竟菹醢（zū hǎi 租海）：终于被剁成肉酱。 玄宗入蜀时，行至马嵬驿，兵变，杨国忠被处死。㊿同恶：杨国忠的家族和党羽。 随：随之。 荡析：分崩离析，这里指被处死。 兵变中，杨贵妃及韩国夫人、秦国夫人等同时被杀。 (66)"不闻"两句：据旧史记载，夏桀宠爱妹喜而夏亡，殷纣宠爱妲（dá 达）己而殷亡，周幽王宠幸褒姒，不修朝政，招致犬戎入侵，西周亡。 这两句是说，没有听说过他们有诛褒姒、妲己的事。 在诗人心中，玄宗在马嵬驿能处死杨贵妃及其家族成员，说明其翻然悔悟，能平天下民愤，所以说他有别于古代的昏君。 因此，唐王朝还是有希望中兴的。 (67)周汉：指我国历史上周朝和汉朝。 再兴：再度复兴。 (68)宣光：指复兴周朝的周宣王和复兴汉朝的汉光武帝。 暗以周汉指唐朝,宣光指肃宗。 果:果然。 明哲:明智。 ⑲桓桓:威武的样子。
陈将军:指龙武将军陈玄礼。 他带领禁卫军护驾玄宗出行,在马嵬驿
兵变中,请求玄宗诛杨国忠及杨贵妃等。 ⑳仗钺:指护卫皇帝。 钺
(yuè 岳):大斧,一种武器。 奋忠烈:发扬忠烈的精神,剪除邪恶。
㉑微尔:没有你。 人尽非:指人们或死或成亡国奴。 ㉒国犹活:(有
了你的忠烈壮举)到如今国家还存在着。 以上四句赞陈玄礼。 ㉓大同
殿:玄宗平时接受群臣朝见的地方,在兴庆宫勤政楼北。 ㉔白兽闼:
宫中的白兽门。 闼(tà 踏):门。 ㉕都人:京都的人民。 望翠华:盼
望(肃宗)皇帝早日返回长安。 翠华:皇帝的旌旗,用羽毛装饰。
㉖佳气:国家兴旺的气象。 金阙:指皇宫。 ㉗园陵:指太宗等先帝的
陵墓。 固有神:定有神灵会保佑。 ㉘扫洒:祭奠祖先。 数:礼数。
㉙"煌煌"两句:煌煌,光辉。 太宗业,由太宗完成的唐代开国大
业。 宏达,指宏大、发达。 这两句收束全篇,希望肃宗能将太宗的
"贞观之治"发扬光大。

杜甫于至德二载(757)在凤翔行在任左拾遗时因疏救房琯而触怒
肃宗,被放还鄜州探亲。 鄜州在凤翔东北,故借用班彪《北征赋》
题,给这篇纪行诗冠以《北征》的题目。 据《元和郡县志》,凤翔
距鄜州七百余里。 沿途崖谷络绎,道路崎岖,行程当在十天左右。
"征",行也,诗以纪行为主线,熔抒情、叙事、议论于一炉。 首段
二十句叙辞别朝廷、登程北征之前的心理活动,忧时恋阙,依依不忍
远去,爱国丹忱,跃然纸上。 二段三十六句写途中所见,人烟萧
瑟,尸骨纵横,目不忍睹。 三段三十六句写抵家后情景,骨肉相
聚,悲喜交集。 末段四十八句议论时局,切盼平息战乱,振兴国
家。 《北征》是与《咏怀五百字》媲美的名篇,《唐宋诗举要》引李
子德评云:"大如金鹏浮海,细如玉管候灰。 上关庙谟,下具家

乘。其才则海涵地负，其力则排山倒海。有极尊严处，有极琐细处，繁处有千门万户之象，简处有急弦促柱之悲。元河南谓其具一代之兴亡，与风雅相表里，可谓知言。"

石壕吏

暮投石壕村①，有吏夜捉人。老翁逾墙走，老妇出看门。吏呼一何怒，妇啼一何苦！听妇前致词："三男邺城戍②。一男附书至③，二男新战死。存者且偷生，死者长已矣④。室中更无人，惟有乳下孙。有孙母未去，出入无完裙。老妪力虽衰，请从吏夜归。急应河阳役⑤，犹得备晨炊⑥。"夜久语声绝，如闻泣幽咽。天明登前途，独与老翁别。

注释

①石壕村：在今河南陕县东七十里。②邺城：指相州(今河南安阳)。乾元元年(758)冬，郭子仪等九节度使率兵二十万围攻安庆绪所占的相州，二年春全面溃败。③附书至：捎信回家。④长已矣：永远完了。⑤河阳：今河南孟县。⑥备晨炊：做早饭。

肃宗乾元二年(759)三月，杜甫由洛阳回华州任所，途中就其所见所闻进行艺术概括，写成了著名组诗《三吏》《三别》。《石壕吏》便是《三吏》(另两篇是《新安吏》《潼关吏》)中的一篇。前四句写官吏深夜捉人情景；中十六句写老妇哭诉全家苦况并被迫应役；末四句写老妇被捉后家中凄凉景象。仅用一百二十个字，便通过典型性很强的人物、情节和环境，反映了政治的黑暗、人民的苦难和唐王朝的危机。如仇兆鳌所指出："古者有兄弟，始遣一人从军。今驱尽壮丁，及于老弱。诗云：三男戍，二男死，孙方乳，媳无裙，翁逾墙，妇夜往。一家之中，父子、兄弟、祖孙、姑媳，惨酷至此，民不聊生极矣！当时唐祚亦岌岌乎危哉！"(《杜诗详注》卷七)

秦州杂诗

莽莽万重山，孤城山谷间。无风云出塞，不夜月临关。属国归何晚[①]，楼兰斩未还[②]。烟尘一长望，衰飒正摧颜[③]。

注释

[①]"属国"两句：属国，指苏武。汉武帝时，苏武出使匈奴，被扣留，十九年后方归，汉武帝封他为典属国。[②]楼兰：汉时西域国名，因其阻拦、扣留通西域的使者，汉昭帝派傅介子用计斩楼兰王而归。这两句运用典故，言不论是派使者去和谈或者派兵抵御，都未能解除吐蕃的威胁。[③]"烟尘"两句：遥望烟尘未息，诗人忧国忧民，容颜为之衰老。

乾元二年(759)七月，杜甫辞去华州(今陕西华阴及周边地区)司功参军之职，携眷西行，客居秦州(今甘肃天水市)约三个月之久。先住在州城内，后来在东柯谷暂住。他游胜迹，览山川，访民情风俗，觅隐居之地，足迹遍及州城周围近百里范围内的许多地方。其所见所闻，具有迥异于关中的陇右特色，为抒发忧国忧民的情怀找到了新的突破口，把他的诗歌创作特别是五言律诗的创作推向新的高峰，《秦州杂诗》便是陇右诗的代表作。这是包括二十首五律的大型组诗，题材广而命意深，对秦州的山川城郭、名胜古迹、风土物候、民情俗尚、关塞驿道、田产村落、草木鸟兽等作了生动的描绘，而时局之动荡，民生之艰苦，以及诗人伤时厌乱、爱民忧国之激情，俱洋溢于字里行间，动人心魄。句式的多变与音律的精细，也是杜甫律诗由前期转向后期的明显标志。这里所选的是第七首，首联"莽莽万重山，孤城山谷间"活画出秦州城的险要地势。次联"无风云出塞，不夜月临关"真可谓状难状之景如在目前！"无风"，写人在"孤城"中的感受；"云出塞"则写高空景象。高空云移，表明有风；而"孤城"在"莽莽万重山"的"山谷间"，风被山阻，故城中"无风"。那条"山谷"乃东西走向，故西日初落，东月已升，"不夜（未入夜）月临关"五字，写秦州的独特风貌，何等传神。更重要的是，诗人并非单纯写景，而是以景托情。安史之乱后，吐蕃乘机侵夺河西、陇右之地，秦州已接近边防前线。诗人见无风而云犹出"塞"、不夜而月已临"关"，其忧心"关塞"安危的深情即随"云出""月临"喷涌而出，故后四句即写长望"烟尘"而慨叹"属国"未归、"楼兰"未斩。举此一首为例，已可窥见《秦州杂诗》所达到的艺术境界。

天末怀李白

凉风起天末,君子意如何①?鸿雁几时到②?江湖秋水多③!文章憎命达,魑魅喜人过④。应共冤魂语,投诗赠汨罗⑤。

注释

①君子:指李白。 ②"鸿雁"句:用鸿雁传书的传说,意谓两人相隔遥远,音信难通。 ③"江湖"句:指《梦李白》诗"江湖多风波,舟楫恐失坠"之意。 ④"文章"两句:文章好,命运坏,好像文章憎恨命运亨通;魑魅是吃人的,有人过来,它便喜欢。 命达:命运亨通。 魑魅:比喻害人的奸邪小人。 ⑤汨罗:江名,在今湖南湘阴县东北。

李白于至德二载(757)因入永王李璘幕府而被捕入浔阳(今江西九江)狱,乾元元年(758)被流放夜郎(今贵州省桐梓县一带)。 次年(759)行至白帝城遇赦。 杜甫于乾元二年(759)秋流寓秦州(今甘肃天水市),不知道李白被流放以后的情况,积想成梦,作《梦李白》五古二首,有"江南瘴疠地,逐客无消息""三夜频梦君,情亲见君意"等句,悽恻感人。 思念不已,接着又作了这首五律。 作者在秦州,李白流夜郎,俱在"天末",而凉风忽起,秋意袭人。 以"凉风起天末,君子意如何"发端,已将念友之情与悲秋之意融为一体。 次联写天各一方,"传书"之鸿雁何时能到?江湖水多,风浪险恶,故人能否平安到达夜郎? 三联写李白遭遇,无限关切,无限悲愤。 朱鹤龄云:"上句言文章穷而益工,反似憎命之达者;下句言小人争害君子,犹魑魅喜得人而食之。"(《杜工部诗集辑注》卷六)解释十分透辟。 查慎行评此一联云:"一憎一喜,遂令文人无置身地。"

(《杜诗集评》卷八)评论也符合实际。这两句诗不仅写出了李白的遭遇,而且写出了杜甫自己和封建时代一般杰出文人的共同遭遇,故常被后人引用或化用。尾联想象李白于流放途中与屈原的冤魂共语而投诗汨罗江以赠,千载同冤,语极沉痛。屈原热爱祖国而被放逐,自沉汨罗,虽死犹生,故"赠"诗以表同情。如黄生所说:"不曰吊而曰'赠',说得冤魂活现。"(《读杜诗说》)杜甫对李白怀有十分深厚的友谊,现存杜甫诗集中为李白而作的诗多达十数首。在秦州作的《梦李白二首》和这首《天末怀李白》,最动人,流传也最广。

月夜忆舍弟

戍鼓断人行①,边秋一雁声②。露从今夜白③,月是故乡明。有弟皆分散,无家问死生。寄书长不达,况乃未休兵④。

注释

①戍鼓:戍楼上的更鼓。断人行:夜静更深,路上已无行人。②边秋:边地的秋天。③"露从"句:表明这是白露节的夜晚,从今夜开始,夜露变白,将凝为寒霜。④况乃:何况。

此诗乾元二年(759)秋作于秦州。据《资治通鉴·唐纪三十七》载:这年九月,史思明从范阳引兵南下,攻陷汴州、洛阳,齐、汝、郑、滑等州都在战乱之中。杜甫的三个弟弟杜颖、杜观、杜丰散在山东、河南等地,音信杳然,诗人望月忆弟,形诸吟咏。戍鼓、雁声、白露、秋月,耳闻目睹,一片凄凉景象。"露从今夜白"写景兼点时令,"月是故乡明",景中寓怀念故乡之情,引出"有弟皆分散,无家问死生"一联:虽然有弟,却散在各处,不能见面;已经无家,又向何处探问家人的死生!作者的老家在洛阳,洛阳已经沦陷,故说"无家"。这两句,沉痛令人不忍卒读。尾联归到"未休兵",与起句"戍鼓断人行"呼应,家愁、国难,浑然一体,可与"烽火连三月,家书抵万金"共读。

蜀　　相

丞相祠堂何处寻,锦官城外柏森森①。映阶碧草自春色②,隔叶黄鹂空好音③。三顾频烦天下计④,两朝开济老臣心⑤。出师未捷身先死⑥,长使英雄泪满襟。

注释

①锦官城:成都的别称。森森:树木繁茂的样子。②映:掩映。自春色:自有春色。③黄鹂(lí 厘):鸟名,就是黄莺。④顾:访问。三顾:指诸葛亮隐居隆中时,刘备曾三顾茅庐向他请教。频烦:屡次劳烦。天下计:筹划天下大事。⑤两朝:指蜀汉刘备(先主)、刘禅(后主)两朝。开济:开创基业,匡济危时。⑥出师:出兵。诸葛亮上《出师表》率兵伐魏,曾六出祁山。公元239年占领五丈原(今陕西省眉县西南),与司马懿相持百余日,八月,病死军中。

此诗乃杜甫于上元元年(760)春初到成都时作。蜀相即三国时蜀国丞相诸葛亮,其祠堂在成都西南二里许,即今之武侯祠。杜甫仰慕诸葛亮的人品功业，往往形诸歌咏。初到成都，即"寻"其祠。首联写祠堂所在而以"何处寻"唤起，以"柏森森"表现气氛肃穆，仰慕之意溢于言表。次联即景抒情，仇兆鳌解释得很好："草自春色，鸟空好音，此写祠庙荒凉，而感物思人之意，即在言外。"（《杜诗详注》卷九）三联以十四字写尽诸葛亮的际遇、才智、功业、德操而反跌尾联，如仇兆鳌所指出："'天下计'，见匡时雄略；'老臣心'，见报国苦衷。有此两句之沉挚悲壮，结作痛心酸鼻语，方有精神。"尾联以"出师未捷身先死"写诸葛亮遗恨，以"长使英雄泪满襟"吐露包括作者在内的无数志士仁人之心声，感人肺腑。南宋爱国名将宗泽因未能收复中原而忧愤成疾，临终诵此二句，大呼"过河"者三而卒。壮志难酬，千秋同憾。

春夜喜雨

好雨知时节，当春乃发生。随风潜入夜，润物细无声。野径云俱黑，江船火独明①。晓看红湿处，花重锦官城②。

注释

①"野径"句：写野径与云俱黑。"江船"句：写江船唯火独明。这两句意谓，满天黑云，连小路、江面、江上的船只都看不见，只能看见江船上的点点灯火，暗示雨意正浓。②锦官城：指成都。

这是杜甫的五律名篇之一，上元二年（761）春作于成都草堂。写雨以"好"字领起，摄全篇之神。雨之所以"好"，首先在于"知时节"。 春意萌动，万物生长，正需要雨，雨就下起来了。其次在于她不自造声势，不是挟带狂风，稀里哗啦下得很暴烈，而是伴随和风，细细地下，无声地下。 第三在于她选择了不妨碍人们出行、劳动的夜晚悄悄地来，只为"润物"，不求人知。 第四在于她不是一下便停，敷衍了事，而是绵绵密密，彻夜不息，"润物"很彻底。

当然，在写法上并不是平铺直叙，而是富于变化。 首联出"春"，次联出"夜"，看得出首联所写的"春夜喜雨"，是人在室内侧耳倾听出来的。 由于诗人关心农事，切盼下雨，所以室外一有变化，便凝神辨析，尽管风和雨细，还是听得出来。 一听出来，便衷心赞"好"，颂扬她"知时"。 从诗人感物和艺术构思的过程看，次联在先，首联在后。 章法上的前后倒置，既跌宕生姿，又为读者拓宽了回环玩味的空间。

第三联所写，则是看出来的。 由于那雨"润物细无声"，听不真切，生怕她停止了，便出门去看。 看见雨意正浓，就情不自禁地想象天明以后的美景。 第四联所写，正是想出来的：等到清晓一看，整个锦官城百花带雨，一片"红湿"，一朵朵红艳艳、沉甸甸，汇成花的海洋。 那么，田野里的禾苗呢？ 山岭上的树林呢？ 一切的一切呢？ 以"润物"的巨大功用结尾，在更高层次上表现了春雨的"好"。

题目中的那个"喜"字在诗里没有露面，但喜悦之情洋溢于字里行间。 这喜悦之情，是由"好雨"触发，并且伴随着对于"好雨"的描状、赞美流露出来的。 这首诗的永久的艺术魅力，就在于把"好雨"拟人化，用化工之笔描状、赞美了她的高尚品格；而这种高尚品格，又具有普遍意义，故能给读者以审美享受和思想启迪。

客　至

舍南舍北皆春水①，但见群鸥日日来②。花径不曾缘客扫③，蓬门今始为君开④。盘飧市远无兼味⑤，樽酒家贫只旧醅⑥。肯与邻翁相对饮⑦，隔篱呼取尽馀杯⑧。

注释

①舍：庐舍，指草堂。②群鸥日日来：传说古代海边有一个无害人伤物之心的人，与海鸥相亲相习，鸥鸟也不回避他，放心地和他接近。③"花径"句：落花满径，不曾为迎客而洒扫。④"蓬门"句：平日柴门常闭，今日才为您打开。⑤盘飧（sūn孙）：盘中的食物，泛指菜肴。飧：晚饭，也用做食物的统称。市远：远离城市。兼味：几种食品。这句是说，村居僻远，待客菜肴简单随便，没有佳肴美味。⑥旧醅（pēi胚）：未过滤的家酿陈酒。⑦肯：能否允许。邻翁：邻居老翁。⑧呼取：喊他。取：助词。尽馀杯：共同干杯尽兴。与上句连起来，这两句的意思是，如果客人肯和我的邻人相对吃酒，我便隔篱喊他一声，请他来喝光多余的酒。

此诗作于上元二年（761）春成都浣花草堂，原注云："喜崔明府相过。"明府，唐人对县令的尊称。首联写景中寓讽意，"但见群鸥日日来"，则门径冷落，无人来访，既讽世态炎凉，亦反衬下联。次联上下句互文见意，即"花径不曾缘客扫"，今始缘君扫；蓬门不曾为客开，"今始为君开"。后两联写设家宴款客，主客欢畅。黄生云:"前半见空谷足音之喜,后半见村家真率之趣。"(《杜诗说》卷八)万俊云:"此诗何等忘形,何等率真!见公、并见其客矣。岂世之矜延揽、相标榜者可同日语哉!"(《杜诗说肤·原情》卷一)

水槛遣心

去郭轩楹敞①,无村眺望赊②。澄江平少岸③,幽树晚多花。细雨鱼儿出,微风燕子斜。城中十万户,此地两三家④。

注释

①去郭:远离城郭。轩楹:指草堂的建筑物。敞:开朗。②"无村"句:因附近无村庄遮蔽,故可远望。③"澄江"句:澄清的江水高与岸平,因而很少能看到江岸。④"城中"两句:将"城中十万户"与"此地两三家"对照,见得此地非常清幽。城中:指成都。

此诗作于上元二年(761),共两首,这是第一首。诗人自上一年春定居浣花溪畔,经营草堂,至今已初具规模。诗题中的"水槛",指水亭之槛,可以凭槛眺望,舒畅身心。面对草堂周围的绮丽风光和风土人情,诗人写了许多情景交融、赏心悦目的小诗,这是其中的一首。第三联是传诵名句,叶梦得云:"诗语固忌用巧太过,然缘情体物,自有天然工妙,虽巧而不见刻削之痕。老杜'细雨鱼儿出,微风燕子斜',此十字,殆无一字虚设。雨细着水面为沤,鱼常上浮而淰,若大雨,则伏而不出矣。燕体轻弱,风猛则不

能胜,唯微风乃受以为势。 故又有'轻燕受风斜'之语。"(《石林诗话》卷下)

茅屋为秋风所破歌

八月秋高风怒号,卷我屋上三重茅。茅飞渡江洒江郊:高者挂罥长林梢①,下者飘转沉塘坳②。南村群童欺我老无力,忍能对面为盗贼。公然抱茅入竹去,唇焦口燥呼不得。归来倚杖自叹息。俄顷风定云墨色③,秋天漠漠向昏黑④。布衾多年冷似铁,娇儿恶卧踏里裂⑤。床头屋漏无干处,雨脚如麻未断绝。自经丧乱少睡眠⑥,长夜沾湿何由彻⑦?安得广厦千万间,大庇天下寒士俱欢颜⑧,风雨不动安如山!呜呼! 何时眼前突兀见此屋⑨,吾庐独破受冻死亦足!

注释

①罥(juàn 绢):缠绕。 ②坳:低洼积水处。 ③俄顷:一会儿。 ④漠漠:灰蒙蒙的样子。 向:近。 ⑤恶卧:睡觉不老实。 ⑥丧乱:指遭安史之乱。 ⑦彻:到天亮。 ⑧庇(bì 闭):遮蔽。 ⑨突兀:高耸的样子。 见:同"现",出现。

肃宗上元元年（760），杜甫求亲告友，在成都浣花溪边盖起草堂，总算有了栖身之所。不料到了第二年八月，大风破屋，大雨又接踵而至，诗人长夜难眠，创作了《茅屋为秋风所破歌》。

　　全诗分四节。第一节五句，句句押韵，"号""茅""郊""梢""坳"，五个开口呼的平声韵脚传来阵阵风声。"卷""飞""渡""洒""挂罥""飘转"，一个接一个的动态组成一幅幅图画，紧紧地牵动诗人的视线，拨动诗人的心弦。

　　第二节五句，是前一节的发展。诗人眼巴巴地望着狂风把屋上的茅草一层又一层地"卷"走，却无人同情和帮助，只有自"叹"自"嗟"，世风之浇薄，意在言外。

　　第三节八句，写屋破又遭连夜雨的苦况宛然在目，而又今中含昔、小中见大。"布衾多年冷似铁，娇儿恶卧踏里裂"两句，词约义丰，概括了长期以来的贫困生活。而这贫困，又与国家的丧乱有关。"自经丧乱少睡眠，长夜沾湿何由彻"两句，一纵一收。一纵，从眼前的处境扩展到安史之乱以来的种种痛苦经历，从风雨飘摇中的茅屋扩展到战乱频仍、残破不堪的国家；一收，又回到"长夜沾湿"、布衾似铁的现实，水到渠成地过渡到全诗的结尾。

　　第四节以表现理想和希望的"安得"二字领起。"安得广厦千万间，大庇天下寒士俱欢颜，风雨不动安如山"三句，前后用七字句，中间用九字句，句句蝉联而下，而表现阔大境界的词如"广厦""千万间""大庇""欢颜""安如山"等，又声音宏亮，从而构成了铿锵有力的节奏和奔腾前进的气势，恰切地表现了诗人从"床头屋漏无干处""长夜沾湿何由彻"的痛苦生活体验中迸发出来的奔放激情和火热希望。这种激情和希望，咏歌之不足，故嗟叹之："呜呼！何时眼前突兀见此屋，吾庐独破受冻死亦足！"诗人的博大胸襟和崇高理想，表现得淋漓尽致。

闻官军收河南河北

剑外忽传收蓟北[①],初闻涕泪满衣裳。却看妻子愁何在,漫卷诗书喜欲狂。白首放歌须纵酒[②],青春作伴好还乡。即从巴峡穿巫峡,便下襄阳向洛阳[③]。

注释

①剑外:指剑阁以南,即蜀地。 蓟北:今河北省北部地区,即叛军根据地范阳一带。 ②白首:一作"白日",与下句"青春"意复,故不取。 ③向洛阳:作者自注云,"余有田园在东京"。

宝应元年(762)冬,唐军自陕州发起反攻,收复洛阳郑、汴等州,叛军纷纷投降。第二年即广德元年春,史朝义兵败自缢,延续八年的安史之乱始告平息。流寓梓州(今四川三台)的杜甫初闻捷报,欣喜欲狂,写下了这首脍炙人口的七律。

首句写狂喜之故,以下各句写狂喜情态。尾联包括四个地名,"巴峡"与"巫峡","襄阳"与"洛阳",既上下对偶(句内对),又前后对偶,形成工整的地名对;而用"即从""便下"绾合,一气贯注,又是活泼的流水对。再加上"穿""向"的动态与两"峡"两"阳"的重复,文势、音调迅急有如闪电,生动地表现了想象的飞越。值得指出的是,诗人既展示想象,又描绘实境。从"巴峡"到"巫峡",舟行如梭,故用"穿";出"巫峡"到"襄阳",顺流急驶,故用"下";从"襄阳"到"洛阳",已换陆路,故用"向"。

此诗与李白《早发白帝城》同写舟行迅速,能给人以轻快喜悦的艺术享受,其不同处在于李诗写实而加以夸张,杜诗则直写想象的飞越,与前者异曲同工。

绝　句

　　两个黄鹂鸣翠柳,一行白鹭上青天。窗含西岭千秋雪①,门泊东吴万里船②。

注释

　　①西岭:指西山,亦称雪岭,是岷山的主峰,在成都西,山巅积雪千秋不化,故说"千秋雪"。从室内透过窗框遥望西岭雪景,故说"窗含"。②"门泊"句:"蜀人入吴者皆从合江亭登舟,其西则万里桥"(吴成大《吴船录》)。杜甫草堂正在万里桥西,故门外可"泊"将要入吴的船只。

　　此诗作于广德二年(764)春。其时杜甫的挚友严武还镇成都,杜甫从避乱的阆中重返浣花草堂,生活比较安定,稍有闲适心情欣赏自然景色,作《绝句》四首。这是第二首,历代传诵,妇孺皆知。其艺术特点是:一、前两句对偶,后两句也对偶,对仗工稳,但流动而不板滞。二、每句一景,合起来则是高低远近分明的大景。三、四幅小景都色彩明丽,映衬谐调——前两句以"翠柳"衬"黄鹂",以"青天"衬"白鹭",这是显而易见的。第三句的"雪",实际上也有色,"西岭"绝顶千年不化的白"雪"当然以"青天"为背景,映衬分明。第四句的吴船当然是"泊"在门前的一江春水上的,蜀江水"碧",江岸上自然有"翠柳"。四、"鸣""上""含""泊",都表现动态,以动形静,整幅图景显得生意盎然,生机勃勃。综合这些特点,特别是前两个特点,看得出这首绝句与通常的绝句写法不一样，体现了作者的艺术独创性。如《唐宋诗醇》所评："虽非正格，自是绝唱。"

绝句二首（其二）

江碧鸟逾白①，山青花欲然②。今春看又过，何日是归年？

注释

①逾：更加。在碧江的反衬下，白鸟显得更白。②然：同"燃"。

前两句用对偶法写眼前景。洁白的水鸟从碧绿的江面掠过，火红的花朵在青翠的山间开放，四景四色，绚丽夺目。但四景又非平列，其侧重点在于用反衬法突出花鸟。"逾白"一词，兼含对比与递进双重作用，表现白鸟因碧江衬底而更增亮度。"欲然"一词，兼用拟人和隐喻两种技法，表现花朵因青山衬底而红光闪耀，即将燃烧起来。

寥寥十字，勾勒出一幅生机勃勃的天然图画。既是山水画，又是花鸟画。

此诗作于广德二年(764)，诗人住在成都草堂。草堂一带的自然风光，一年四季都在变化。前两句所写，乃是暮春景色。看到这暮春景色，当然感到美，但更突出的感触是，又一个春天眼看就要过去！于是出人意外地写出后两句，对照先一年春天在《闻官军收河南河北》里所写的"青春作伴好还乡"，便能理解"今春看又过，何日是归年"所蕴含的情感波涛。

宿　　府

清秋幕府井梧寒①，独宿江城蜡炬残②。永夜角声悲自语③，中天月色好谁看？风尘荏苒音书断④，关塞萧条行路难。已忍伶俜十年事⑤，强移栖息一枝安⑥。

注释

①井：天井。　梧寒：梧桐在清秋夜晚也觉得凄寒。②蜡炬残：烛光闪烁，行将燃尽，说明夜已深。③永夜：长夜。④荏苒(rěn rǎn 忍染)：岁月渐渐流逝。　风尘荏苒：指多年战乱。　音书断：和亲故断绝了音讯联系。⑤忍：忍受。　伶俜：这里指困苦、寂寞。　十年：从天宝十四载(755)安史之乱算起，到如今已整十年。　事：指人间种种困苦和寂寞。⑥强移栖息：勉强漂泊到这里，像鸟儿一样，在树枝中找到一个栖身的窝。用《庄子·逍遥游》"鹪鹩巢于深林，不过一枝"的意思。

广德二年(764)六月，成都尹兼剑南节度使严武荐杜甫为节度使幕府的参谋，白天上班，晚上因为距浣花草堂较远，来不及回家，只能长期住在府内。这首诗作于这年秋天，题为"宿府"，即写"独宿"幕府的情景。第二联写"独宿"的所闻所见，如方东树《昭昧詹言》所指出："景中有情，万古奇警。"而造句之新颖，也令人叹服。七言律句，一般是上四下三，而这一联却是四一二的句式，每句有三个停顿,翻译一下便是:"长夜的角声啊,多悲凉!但只有自言自语地倾吐自己的悲凉,没有人听;中天的明月啊,多美好!但尽管美好,在这漫漫长夜里,又有谁看她呢!"以顿挫的句法,吞吐的语气,活托出一个看月、听角、独宿不寐的人物形象,恰切地表现了无人共语、沉郁悲抑的复杂心态。

旅夜书怀

细草微风岸①,危樯独夜舟②。星垂平野阔,月涌大江流③。名岂文章著,官应老病休④。飘飘何所似,天地一沙鸥。

注释

①"细草"句:微风轻拂着岸上的细草。②危樯:船上的桅杆。这句是说,孤独的桅杆默默伸向夜空。③大江:长江。④"名岂"二句:杜甫因直言敢谏、触怒肃宗而罢官。这里说一生功业岂是凭借诗文成名,中途罢官只应怪自己老病交加。这是心中不平之情的婉转说法。

代宗永泰元年(765)五月,杜甫携家离开成都,乘舟东下,途中作此诗,对漂泊无依的处境抒发悲愤之情。浦起龙解云:"起不入意,便写景,正尔凄绝。三、四开襟旷远,五、六揣分谦和,结再即景自况,仍带定'风岸'、'夜舟',笔笔高老。"纪昀评云:"通首神完气足,气象万千,可当雄浑之品。"次联"星垂平野阔,月涌大江流",用"垂""阔""涌""流"四字,写"星""野""月""江"四景,意境壮阔,气势飞动,为著名警联。黄白山评云:"太白诗'山随平野尽,江入大荒流',句法与此略同;然彼止说得江、山,此则野阔、星垂、江流、月涌,自是四事也。"(纪、黄评俱见《唐宋诗举要》引)

秋兴八首(录二)

玉露凋伤枫树林,巫山巫峡气萧森①。江间波浪兼天涌,塞上风云接地阴②。丛菊两开他日泪,孤舟一系故园心③。寒衣处处催刀尺,白帝城高急暮砧④。

闻道长安似弈棋,百年世事不胜悲⑤。王侯第宅皆新主,文武衣冠异昔时⑥。直北关山金鼓震,征西车马羽书驰⑦。鱼龙寂寞秋江冷,故国平居有所思⑧。

注释

①玉露:白露,指霜。凋伤:秋天霜降,枫树凋谢枯黄。巫山:在今四川省巫山县东,首尾一百六十里,峭壁悬岩,长江流经其中。气萧森:气象萧瑟阴森。②江间:指巫峡。兼:连。上句写巫峡中波涛汹涌的景象,下句联想塞上的战争风云。③丛菊两开:代宗永泰元年(765)五月,杜甫离开成都,到大历元年(766)秋,已经两个秋天,所以说"丛菊两开"。他日泪:前日泪。意思是,沦落异乡,北归不能,感伤流泪已非一日。一系:永系。故园:指长安和

洛阳。 故园心：指思乡之情。 ④催刀尺：催人赶制冬衣。 刀尺：剪裁的工具。 急暮砧：傍晚急促的捣衣声。 ⑤弈棋：比喻权力争夺不停，局势变化不定。 百年：指从唐朝开国到杜甫写《秋兴》时。 ⑥"王侯"两句：新贵代替了旧贵，故王侯第宅换了新主人。 衣冠：指贵官。 唐玄宗任用蕃将，唐肃宗宠信宦官，文武权臣的人品越来越杂，故说"异昔时"。 ⑦直北：指长安之北。 当时京城北面有回纥的威胁。 金鼓：钲和鼓。 钲是铃铎类的响器，鸣钲指挥退兵；击鼓指挥进兵。 征西：指抵御吐蕃。吐蕃从西来。 羽书：征调军队的文书，上插鸟羽表示加急。 "金鼓震""羽书驰"，言军情紧急。 ⑧"鱼龙"两句：是说身居秋江凄冷的夔州，心怀长安旧居。 鱼龙寂寞：形容秋江冷。 相传龙类秋季蛰伏在水底。 故国：指长安。

《秋兴》八首，大历元年（766）寓居夔州时作。 题为《秋兴》，即因秋景而感兴（xìng 幸）、遣兴，抒发旅居夔州的漂泊之感和遥忆长安的故国之思。 "凡怀乡恋阙之情，慨往伤今之意，与夫外夷乱华，小人病国，风俗之非旧，盛衰之相寻，所谓不胜其悲者，固已不出乎意言之表矣。"（张綖《杜工部诗通》卷一四）每首有相对的独立性，合起来则是有机的整体，乃杜甫最负盛名的七律组诗，历代步其原韵作诗者甚众，评论、赞扬者更不胜枚举。 黄生云："杜公七律，当以《秋兴》为裘领，乃公一生心神结聚之所作也。"（《杜诗说》卷八）陈继儒云："云霞满空，回翔万状，天风吹海，怒涛飞涌，可喻老杜《秋兴》诸篇。"（《杜诗详注》卷一七引）郝敬云："《秋兴》八首富丽之词，沉雄之气，力扛九鼎，勇夺三军……真足虎视词坛，独步一世。"（出处同前）这里所选的是第一首和第四首。

咏怀古迹①

群山万壑赴荆门,生长明妃尚有村②。一去紫台连朔漠,独留青冢向黄昏③。画图省识春风面,环佩空归月夜魂④。千载琵琶作胡语,分明怨恨曲中论⑤。

注释

①咏怀古迹:借古迹以抒写怀抱。 ②荆门:在今湖北宜都西北。明妃:指王嫱(qiáng 墙),字昭君,汉元帝时宫女。西晋时避司马昭讳而改称明妃。据《汉书·匈奴传》载,汉元帝竟宁元年(前33),匈奴呼韩邪单于请求和亲,元帝将王嫱嫁给他。汉成帝即位后,王嫱上表求归,不许,死于匈奴。村:指王嫱生长的乡村,在今湖北省秭归县境内。 ③去:离开。紫台:紫宫,皇帝所居的宫殿,这里指汉宫。朔漠:北方沙漠之地,这里指匈奴所在地。青冢(zhǒng 肿):指王嫱的坟墓,在今内蒙古自治区呼和浩特市南二十里。《太平寰宇记》载,王嫱坟"其上草色常青,故曰青冢"。 ④画图:《西京杂记》载:汉元帝命画工画宫女容貌,按图之美者召幸。于是宫女多贿赂画工,独王嫱不贿,被画得很丑而没有召幸。后匈奴和亲,元帝便将她嫁给呼韩邪单于,临行召见,元帝见她很美,但已悔之无及。省识:察看。春风面:指妇女美丽的容貌。环佩:指妇女环镯一类的装饰物。这两句说,汉元帝只凭图画察看宫女的容貌,结果造成昭君的遗恨,空使她怀念故土,月夜魂归。 ⑤"千载"两句:是说王嫱虽死,其遗恨之音传之千载,怨恨之情在琵琶乐曲中很分明地表现出来。

大历元年(766)夔州作,共五首,各首皆借古迹以咏怀,并非专咏古迹。 第一首怀庾信,第二首怀宋玉,第三首怀王昭君,第四首怀刘备,第五首怀诸葛亮。"怀庾信、宋玉,以斯文为己任也;怀先主、武侯,叹君臣际会之难也;中间昭君一章,盖入宫见妒,与入朝见妒者千古有同感焉。"(《杜诗详注》卷一七引王嗣奭)《咏怀古迹》五首与《诸将》五首,同为杜甫著名组诗,卢世㴶云:"杜诗《诸将》五首、《咏怀古迹》五首,此乃七言律诗命脉根柢。……养气涤肠,方能领略。"(《杜诗详注》卷一七引)这里选的是第三首。

又呈吴郎

堂前扑枣任西邻①,无食无儿一妇人。不为困穷宁有此②?只缘恐惧转须亲③。即防远客虽多事④,便插疏篱却甚真⑤。已诉征求贫到骨⑥,正思戎马泪沾巾⑦。

注释

①堂:指夔州瀼西草堂。扑枣:打枣子。 任:任凭,听任。②为:因为。 宁:岂,难道。 此:指代扑枣的事。③缘:因为。 转须:反倒须要。④远客:指吴郎。 多事:多此一举。 这句大意是说,妇人见你一来就防着你,这虽然多余。⑤"便插"句:你一来就插上疏篱却也未免太认真。⑥诉:诉说。 征求:指统治阶级的各种赋税。 贫到骨:贫穷到极点。⑦戎马:指战事。

大历元年(766)春,杜甫由云安至夔州,寓西阁。 第二年三月,迁居瀼西，西邻有一位贫苦寡妇常来堂前打枣，杜甫对她很同情。这年秋天，杜甫移住东屯，把原来的瀼西草堂借给刚由忠州搬来的吴姓亲戚。 这家亲戚一住进去，就在草堂周围插上篱笆，防止别人打枣。 杜甫不同意这种做法，便作此诗婉言相劝。 由于他先写过一首《简吴郎司法》，所以这首诗便题为《又呈吴郎》。 杜甫比吴郎年长，前一首诗用"简"，这一首也该用"简"，却改用"呈"，为了替寡妇求情，不惜降低自己的身份。 诗的前四句以自己对寡妇的体贴感发吴郎；五、六两句劝吴郎去掉篱笆；结尾两句由寡妇哭诉诛求之苦而联想到战乱未息，民不堪命，不禁泪湿衣襟。 八句诗情真意切，催人泪下。 五、六两句措词十分委婉。 "即防远客虽多事，便插疏篱却甚真"，译为现代汉语，那便是：那位寡妇提防你阻止她打枣，那是她多事，你当然不会阻止她的；可是，即便你稀稀拉拉地插了几条竹棍儿，算不得什么正经的篱笆，但这已经足以造成这么一种印象，仿佛你真的要阻止人家打枣呢！这就难怪那位寡妇多疑了。 这样充满同情、体贴入微的好诗，不仅能够打动吴郎，而且足以感发千秋万代一切善良人们的仁心。 朱瀚云："通篇借妇人发明诛求之惨，大旨全在结联，与'哀哀寡妇诛求尽'参看。"(《杜律七言律解意》卷四)仇兆鳌云："此诗，是直写真情至性，唐人无此格调。然语淡而意厚，蔼然仁者痌瘝一体之心，真得三百篇神理者。"(《杜诗详注》卷二〇)

登　高

风急天高猿啸哀，渚清沙白鸟飞回[①]。无边落木萧萧下[②]，不尽长江滚滚来。 万里悲秋常作客[③]，百年多病独登台[④]。 艰难苦恨繁霜鬓⑤，潦倒新停浊酒杯。

注释

①渚(zhǔ 主)：水中小洲。 渚清：指渚边的江水清澈。 ②落木：落叶。 萧萧：风吹落叶发出的声响。 ③万里：指远离故乡。 常作客：指长久客居异乡。 ④百年：犹言"老来"。 独登台：独自登高眺望。 ⑤苦恨：极恨。 繁霜鬓：两鬓白发繁多。

此诗大历二年(767)作于夔州，前两联写登高所见之景，后两联写登高触发之情。 四联皆对偶，却大气盘旋，飞扬振动，略无堆砌、板滞之病。 首联每句含三个短语，共写六景。 三联则如罗大经所说："万里，地辽远也；秋，时惨凄也；作客，羁旅也；常作客，久旅也；百年，暮齿也；多病，衰疾也；台，高迥处也；独登台，无亲朋也。 十四字之间，含有八意。"(《杜诗详注》二〇引)全诗容量之大，由此可见。 胡应麟评云："此章五十六字，如海底珊瑚，瘦劲难移，沉深莫测，而精光万丈，力量万钧。 通章章法、句法、字法，前无昔人，后无来者。 此当为古今七言律第一，不必为唐人七言律第一也。"(《诗薮》内编卷五)

观公孙大娘弟子舞剑器行①并序

大历二年十月十九日，夔府别驾元持宅见临颍李十二娘舞《剑器》，壮其蔚跂，问其所师②，曰："余公孙大娘弟子也③。"开元五载，余尚童稚，记于郾城观公孙氏舞《剑器浑脱》，浏漓顿挫，独出冠时④。 自高头宜春梨园二伎坊内人，洎外供奉舞女，晓是舞者，圣文神武皇帝初，公孙一人而已⑤。 玉貌锦衣，况余白首。 今兹弟子，亦匪盛颜⑥。 既辨其由来，知波澜莫二⑦。 抚事慷慨，聊为《剑器行》⑧。 往者吴人张旭，善草书书帖，数常于邺县见公孙大娘舞《西河剑器》，自此草书长进，豪荡感激，即公孙可知矣⑨。

　　昔有佳人公孙氏，一舞剑器动四方⑩。观者如山色沮丧⑪，天地为之久低昂⑫。㸌如羿射九日落⑬，矫如群帝骖龙翔⑭。来如雷霆收震怒⑮，罢如江海凝清光⑯。绛唇朱袖两寂寞⑰，晚有弟子传芬芳⑱。临颍美人在白帝⑲，妙舞此曲神扬扬⑳。与余问答既有以㉑，感时抚事增惋伤㉒。先帝侍女八千人㉓，公孙剑器初第一。五十年间似反掌，风尘澒洞昏王室㉔。梨园子弟散如烟，女乐馀姿映寒日㉕。金粟堆南木已拱㉖，瞿塘石城草萧瑟。玳筵急管曲复终，乐极哀来月东出㉗。老夫不知其所往，足茧荒山转愁疾㉘。

注释

①公孙大娘：唐玄宗时的舞蹈家。弟子：指李十二娘。剑器：唐代流行的武舞，舞者为戎装女子。②大历：唐代宗年号（766—779）。夔府：夔州。别驾：官名，是州刺史的辅佐。元持：人名，生平不详。临颍：唐代县名，故城在今河南省临颍县西北。壮其蔚跂：对李十二娘剑器舞矫健武勇的舞技表示钦佩。所师：以谁为师。③余：我。④开元：唐玄宗年号（713—741）。童稚：幼小。郾城：

唐时县名,即今河南省郾城县。 剑器浑脱:把《剑器》和《浑脱》综合起来的一种新的舞蹈。 浏漓顿挫:形容舞姿活泼而又沉着刚健。 冠(guàn贯)时:超出当时的一般水平。 ⑤宜春:宜春院,唐玄宗时从事歌舞表演的宫女所居之地。 梨园:开元二年(714),唐玄宗在蓬莱宫侧设置教坊,演习乐舞,并亲自教授法曲,被召去演习乐舞的人称为梨园子弟。 伎坊:也称教坊,教习乐舞的机构。 内人:居住在宜春院演习乐舞的宫女称为内人,也称前头人。 洎(jì迹):到。 外供奉:指不居住宫中,随时奉诏入宫表演的艺人。 晓:通晓。 是舞:这种舞蹈,指《剑器浑脱》舞。 圣文神武皇帝:开元二十七年(739)群臣给唐玄宗上的尊号。 ⑥玉貌:指公孙大娘年轻时姣好的容貌。 匪:义同"非"。 盛颜:丰美的容颜。 ⑦由来:来历。 波澜:指舞姿起伏多变,犹如水波荡漾。 ⑧抚事:追念往事。 慷慨:激昂感叹。 聊:姑且。 ⑨张旭:吴郡(今浙江省绍兴)人,唐玄宗时著名的书法家,善草书。 数(shuò朔):屡次。 邺县:故址在今河北省临漳县西。 西河剑器:唐代《剑器》舞的一种。 豪荡感激:形容张旭的草书豪放生动,充满激情。 即:就。 ⑩动四方:舞技高超而轰动四方。 ⑪如山:形容观众多,如人山人海。 色沮(jǔ举)丧:观众为公孙大娘的舞蹈所震惊,面容改色。 ⑫"天地"句:天地也为公孙大娘精彩的舞蹈表演所陶醉,久久震动。 低昂:忽高忽低。 ⑬爀(huò霍):光彩闪烁的样子。 羿射九日落:古代神话,尧时十日并出,草木焦死,后羿一连射落九日。 ⑭矫:矫健英姿。 群帝:众天神。 骖(cān参)龙翔:驾着龙飞翔。 ⑮来:指舞蹈开场。 雷霆收震怒:剑器舞开场前有鼓助奏,营造气氛。 舞者将出场前,鼓声突然收住,场上一片寂静,有如雷霆收住震怒。 ⑯罢:指舞蹈结束。 清光:指剑光。 江海凝清光:比喻舞者手中的宝剑寒光湛湛,和舞时矫健如飞、剑光闪动的场景形成鲜明对比。 ⑰绛唇:指公孙大娘的美貌。 朱袖：朱红色舞衣的袖子，指公孙大娘的妙舞。 两寂寞：人与舞都默默无闻。⑱弟子：序中所云李十二娘，也即下句所谓临颍美人。 传芬芳：继承了公孙大娘的绝妙舞艺。⑲白帝：泛指夔州。⑳神扬扬：形容李十二娘的剑器舞神采飞扬，深得师传之妙。㉑既有以：即序中所谓"问其所师"，"既辨其由来"，知李氏舞剑器为公孙大娘真传。以：因由。㉒感时抚事：有感于时代盛衰之变，人事萧条寂寞。 惋伤：惋惜感伤。 以上六句写李十二娘，意在转折，引出下文对时世的感叹。 对其舞姿不作重述，只以"神扬扬"三字状之。㉓先帝：指玄宗李隆基。㉔㶇（hòng 哄）洞：广大无边的样子。㉕寒日：时在十月，所以称太阳为寒日，也含有漂流他乡、日暮途穷的意思。㉖金粟堆：指金粟山，在今陕西省蒲城县东北，唐玄宗的陵墓所在地。 拱：合抱。 唐玄宗死于代宗宝应元年（762），到此时已五年多，所以说"木已拱"。㉗玳筵：形容筵席的丰盛豪华。 管：泛指箫笙之类的管乐器。 急管：急促的音乐声。 乐：指宴会中的歌舞使人愉快。 哀：感叹自己的身世和国家由盛而衰所产生的悲哀之情。㉘老夫：杜甫自称。 茧：脚掌上所生的厚皮。 愁疾：愁虑很深。

此诗写作时间、地点及缘由，已详见"序"中。 作者于"大历二年十月十九日"于夔州观公孙大娘弟子李十二娘《剑器》舞，因而追忆于"开元五载"在郾城观公孙大娘《剑器浑脱》舞，前后相隔五十年。 其间沧桑巨变，引起诗人无限感慨，因而用前后对比、映衬的手法，写出这篇千秋传诵的杰作。 王嗣奭《杜臆》云："此诗见《剑器》而伤往事，所谓抚事慨慷也。 故咏李氏却思公孙，咏公孙却思先帝，全是为开元、天宝五十年治乱兴衰而发。 不然，一舞女耳，何足摇其笔端哉！"黄生云："观舞，细事耳，序特首纪岁月，盖与'开元五载'句打照，并与诗中'五十年间'句针线，无数今昔之悲,盛衰之感,俱于纪年见之。"(《杜诗说》卷三)都讲得很中肯。全诗开阖动宕,浏亮顿挫,抚今追昔,激情喷涌,具有震撼人心的艺术魅力。

登岳阳楼

昔闻洞庭水,今上岳阳楼。吴楚东南坼①,乾坤日夜浮②。亲朋无一字,老病有孤舟。戎马关山北③,凭轩涕泗流④。

注释

①吴、楚:指春秋战国时的吴、楚两国之地,在我国东南一带。大致说来,吴在洞庭湖东,楚在洞庭湖西。坼(chè 彻):裂。此句是说洞庭湖把东南之地分为吴、楚。②乾坤:指日月。《水经注·湘水》:"湖广圆五百馀里,日月若出没其中。"③"戎马"句:指吐蕃入侵,长安戒严。④轩:指楼上窗户。

大历三年(768)冬,杜甫漂泊湖湘一带,登岳阳楼而作此诗,时年五十七岁,患肺病及风痹症,左臂偏枯,右耳已聋。

"吴楚东南坼,乾坤日夜浮"一联,雄伟壮阔,与孟浩然"气蒸云梦泽,波撼岳阳城"同为咏洞庭湖名句。然孟诗后半篇稍弱,杜诗则通体完美,"气压百代,为五言雄浑之绝"(刘辰翁《批点千家注杜诗》卷一五)。

江南逢李龟年①

岐王宅里寻常见②,崔九堂前几度闻③。正是江南好风景④,落花时节又逢君。

注释

①李龟年:开元、天宝年间的著名歌唱家,起大宅于东都,豪华逾于公侯。安史之乱后流落江南,每遇良辰美景,为人歌数阕,闻者无不掩泣。②岐王:李范,睿宗第四子,好学工书,雅爱文士,贵贱皆尽礼接待。此处"岐王",当指其子李珍。③崔九:名涤,玄宗用为秘书监,多辩智,善谐谑。此处"崔九堂"当指崔氏旧堂。④江南:指江湘一带。

杜甫于大历五年(770)漂泊湖湘,在潭州(今湖南长沙)遇李龟年,作此诗。从表面看,四句诗写得很轻松,只说过去在什么地方见过,如今又在什么地方、什么季节重逢,如此而已。然而岐王、崔九,乃是开元时代的名流,提到曾在"岐王宅里""崔九堂前"相遇,便会勾起对于开元盛世和青春年华的美好回忆,而"寻常见"与"几度闻"的有意重复,又拉长了回忆的时间,流露了无限眷恋之情。由回忆回到现实,看眼前的自然风光,"正是……好风景",与当年相见时没有两样。然而地点则在"江南",而不是京都。人呢?都老了!"君"不再是出入显贵之家的音乐大师,而是流落民间的白头艺人;自己呢,更贫病交加,孤舟漂流。以"落花时节又逢君"收尾,什么都没说,而往事今情,都从"又"字中逗出。"落花时节",当然是以"落花"点时令,而青春凋谢、国运飘摇之类的象征意味,也是显而易见的。绝句到了李白、王昌龄手中,已完全成熟,形成了含蓄蕴藉、风神摇曳、婉曲唱叹、情韵悠扬等艺术特色。杜甫另辟蹊径,力求创新,形式上多用偶句、拗体,喜发议论,不避俗语,内容上扩展表现领域,形成了质直厚重的个人风格。在其现存的一百三十八首绝句中,这一类作品占大多数,历来褒贬不一,目为"别调"。但风神俊朗、情味渊永的佳作也不少,本篇即其中之一。黄生《杜工部诗说》称赞说:"今昔盛衰之感,言外黯然欲绝,见风韵于行间,寓感慨于字里。即使龙标(王昌龄)、供奉(李白)操笔,亦无以过。"

刘方平

刘方平(生卒年不详),排行八,河南府河南县(今河南洛阳一带)人。美容仪,才品卓异。工诗,李颀《送刘方平》云:"二十二词赋,唯君著美名。"兼工绘事,"善画山水,墨妙无前"。曾应进士试不第,退隐于颍阳大谷、汝水之滨。与元德秀、李颀、皇甫冉、严武等友善。其诗多五言乐府,善写闺情宫怨;绝句描绘细腻,妙有含蓄。令狐楚选《御览诗》,以方平诗置卷首。《全唐诗》存其诗二十六首。

夜　月

更深月色半人家[①],北斗阑干南斗斜[②]。今夜偏知春气暖,虫声新透绿窗纱。

注释

①半人家：明月将落，偏照半屋。 ②阑干：横斜貌。 北斗星、南斗星都已横斜，表明天将拂晓。

题为《夜月》，诗则通过描写月夜景色表现人物心态。 前两句诉诸视觉，目注月色半屋、星斗横斜，意味着主人公更深不寐；后两句诉诸听觉和触觉，耳听虫声入户，身感春气初暖，也意味着主人公辗转反侧，未能入睡。 然从表面看，却只是写景。 真如宋顾乐所评："写景幽深，含情言外。"(《〈唐人万首绝句选〉评》)

岑 参

岑参(715？—770)排行二十七，荆州江陵(今属湖北)人。 唐初宰相岑文本之后。 少孤贫，从兄读书。 玄宗天宝五载(746)登进士第，授右内率府兵曹参军。 八载，任高仙芝安西节度使府掌书记。 十三载，充封常清安西、北庭节度判官。 安史乱后，入朝为右补阙。 历太子中允、殿中侍御史、关西节度判官等职。 代宗广德元年(763)，入为祠部员外郎，改考功员外郎，转虞部、库部郎中。 永泰元年(765)，出为嘉州刺史，世称岑嘉州。 岑参曾两度出塞，"累佐戎幕，往来鞍马烽尘间十馀载，极征行离别之情。 城障塞堡，无不经行"(《唐才子传》)，其诗善写边塞题材，风格雄浑，想象新奇，色彩瑰丽，为盛唐边塞诗派代表诗人，与高适齐名，并称"高岑"。 殷璠称其诗"语奇体峻，意亦造奇"(《河岳英灵集》卷中)，可概括岑诗歌特别是边塞诗的主要风格。 沈德潜云："参诗能作奇语，尤长于边塞。"(《唐诗别裁集》)翁方纲云："嘉州之奇峭，入唐以来所未有。 又加以边塞之作，奇气益出。"(《石洲诗话》卷一)施补华云："岑嘉州七古劲骨奇翼，如霜天一鹗，故施之边塞最宜。"(《岘傭说诗》)都着眼于一个"奇"字。 其寄情山水之作，亦清峻奇逸，不同凡响。 其生平事迹见杜确《岑嘉州诗集序》《唐才子传》《唐诗纪事》及闻一多《岑嘉州系年考证》。 《全唐诗》存其诗四卷。 其诗集以《四部丛刊》本《岑嘉州诗》较通行，今人陈铁民、侯忠义有《岑参集校注》。

走马川行奉送封大夫出师西征

君不见走马川,雪海边①,平沙莽莽黄入天②。轮台九月风夜吼,一川碎石大如斗③,随风满地石乱走。匈奴草黄马正肥④,金山西见烟尘飞⑤,汉家大将西出师⑥。将军金甲夜不脱,半夜军行戈相拨⑦,风头如刀面如割。马毛带雪汗气蒸⑧,五花连钱旋作冰⑨,幕中草檄砚水凝⑩。虏骑闻之应胆慑⑪,料知短兵不敢接⑫,车师西门伫献捷⑬。

注释

①雪海:指天山之北古尔班通古特沙漠。②平沙:大沙漠。莽莽:广阔苍茫。③斗:古代酒器。④匈奴:泛指西域一带的少数民族。⑤金山:指阿尔泰山。烟尘:战争的烽烟。⑥汉家大将:指封常清。⑦戈:兵器。拨:指紧急行军时队列中武器互相碰撞的声音。⑧蒸:蒸发。⑨五花:马名。连钱:马毛显现出来的斑纹。旋:立即。⑩幕:军幕。草檄:起草紧急军事文书。⑪胆慑:恐惧。⑫短兵:指刀、剑一类短武器。接:迎战。⑬车师:汉西域国名,有前车师和后车师。此处指后车师,在今新疆吉木萨尔。伫献捷:等候捷报。

此诗乃天宝十三载(754)于轮台军营为欢送北庭都护、伊西节度、瀚海军使封常清西征播仙(今新疆且末县)而作。 走马川,在北庭(今新疆吉木萨尔)、轮台附近,是介于崇山大漠之间的平川(非河川),可以走马,故名。 行,歌行体诗歌。 封常清于754年奉朝命摄御史大夫,故称封大夫。 这首送封常清西征平叛的《走马川行》,是盛唐边塞诗名篇,方东树评为"奇才奇气,风发泉涌"(《昭昧詹言》卷一二)。 句句用韵,每三句换韵,跳跃动荡,节奏急促,恰切地表现了军情之紧张与行军之急骤。 "平沙莽莽黄入天","一川碎石大如斗,随风满地石乱走","风头如刀面如割"诸句,语奇、意奇,充分体现了岑参诗以"奇"为主要特征的艺术风貌。

热海行送崔侍御还京

　　侧闻阴山胡儿语①,西头热海水如煮②。海上众鸟不敢飞,中有鲤鱼长且肥。岸旁青草常不歇,空中白雪遥旋灭③。蒸沙烁石然虏云④,沸浪炎波煎汉月。阴火潜烧天地炉,何事偏烘西一隅⑤。势吞月窟侵太白,气连赤坂通单于⑥。送君一醉天山郭⑦,正见夕阳海边落。柏台霜威寒逼人,热海炎气为之薄⑧。

注释

①阴山:在今内蒙古,古代匈奴所居,这里泛指边地的山。 ②西

头:西方尽头。古人无地圆观念,以为地有尽头。③"空中"句:遥望空中白雪降落,可是紧接着就化了。旋:紧接着。④然:同"燃"。虏云:实指云。虏:同"胡",指少数民族。"然虏云"与"煎汉月"互文见义。⑤"何事"句:为什么偏要烧烤西边的这个角落。以上数句,从不同角度写热海之热。⑥"势吞"二句:从更大范围写热海之热,其热力上侵太空,远及汉、胡各地。月窟:月所居地。太白:金星。赤坂:在今陕西洋县东龙亭山。单于:指单于都护府所在地。⑦郭:外城。⑧"柏台"二句:就"送崔侍御"发挥,紧扣以上关于热海的描写。《汉书·朱博传》:"御史府中列柏台。"此以"柏台"指"崔侍御"。侍御史纠弹不法,有秋霜肃杀之气,故说"霜威寒逼人",连热海的炎热都要为之消减。

此诗作于天宝十四载(755)前后,其时作者在封常清幕府任节度判官。热海,湖名,唐时在安西都护府辖境。作者吸取关于热海的神奇传说,驰骋想象,助以夸张,创作了这篇雄奇瑰丽的边塞诗,令人耳目一新。

白雪歌送武判官归京

北风卷地白草折,胡天八月即飞雪。忽如一夜春风来,千树万树梨花开。散入珠帘湿罗幕,狐裘不暖锦衾薄。将军角弓不得控①,都护铁衣冷犹着②。瀚海阑干百丈冰③,愁云惨淡万里凝。中军置酒饮归客④,胡琴琵琶与羌笛。纷纷暮雪下辕门⑤,风掣红旗冻不翻⑥。轮台东门送君去⑦,去时雪满天山路⑧。山回路转不见君,雪上空留马行处。

注释

①角弓:以牛角装饰的弓。 不得控:拉不开。②都护:镇守边疆的长官。 唐时置六都护府,各设大都护一员。 着:穿。③阑干:纵横貌。 ④中军:主帅亲自统率的部队,此指主帅营帐。 归客:指即将归京的武判官。⑤辕门:军营门。 ⑥掣:牵。⑦轮台:在今新疆维吾尔自治区库车县之东,唐时属北庭都护府,封常清曾驻兵于此。 ⑧天山:一名祁连山,横亘新疆东西,长六千余里。

此诗是岑参任安西、北庭节度判官时送人回京之作。 紧扣诗题,以奇丽雪景烘托送行。 北风卷地,大雪纷飞,寒冰百丈,愁云万里,然而写大雪,则说"忽如一夜春风来,千树万树梨花开",写苦寒,则说"纷纷暮雪下辕门,风掣红旗冻不翻",视北风如春风,视雪景如春景,以冰天雪地的弥望银白反衬军旗的无比鲜红,生动地表现了诗人对边塞风光和军旅生活的热爱,体现了戍边将士不畏艰苦、昂扬勇毅的精神风貌。

翁方纲《石洲诗话》称岑参诗风"奇峭",而其"边塞之作,奇气益出",方苞评此诗谓"'忽如'六句,奇才、奇气、奇情逸发,令人心神一快"(高步瀛《唐宋诗举要》卷二引),都深中肯綮。

此诗发挥了歌行体特长,两句、四句换韵,平仄相间,跌宕生姿,随着迅速的换韵迅速地转换画面,令人眼花缭乱。 句尾多用仄仄仄、平平平、仄平仄,有意避开律句,也不用对偶句,增强了音调的奇峭感,与景色的奇丽、气候的奇寒、人物的奇情水乳交融,相得益彰。

送李副使赴碛西官军

火山六月应更热①,赤亭道口行人绝②。知君惯度祁连城③,岂能愁见轮台月④?脱鞍暂入酒家垆⑤,送君万里西击胡。功名只向马上取⑥,真是英雄一丈夫!

注释

①火山:又名火焰山,在新疆吐鲁番盆地中北部。山为红砂岩所构成,以其地气候干热,山体呈现红色,故名。②赤亭:在今新疆吐鲁番附近。③祁连城:在今甘肃张掖县西南。④轮台:汉轮台,在今新疆轮台县南。⑤垆:酒店安置酒垆的土墩子,这里为酒店的代称。⑥马上:指从军出塞的戎马生涯。

此诗作于凉州,送友人赴碛西(指安西节度幕府)从军,勉其取功名于马上,字里行间洋溢着豪情壮志。

行军九日思长安故园

强欲登高去①,无人送酒来②。遥怜故园菊,应傍战场开。

注释

①登高:古代于重阳节登高,插茱萸,饮菊花酒。②送酒:用陶潜故事。《南史·隐逸传》载:"(陶潜)尝九月九日无酒,出宅边

丛菊中坐久之。逢(王)弘送酒至，即便就酌，醉而后归。"

此诗篇末原注云："时未收长安。"长安于玄宗天宝十五载(756)六月被安禄山叛军攻陷，至肃宗至德二载(757)九月始收复。肃宗于至德元载(756)九月从灵武进驻彭原，岑参随军，重阳节作此诗。 刘永济《唐人绝句精华》云："此诗因欲登高而感于无人送酒，又因送酒无人而联想及故园之菊，复因菊而远思故园在乱中。所谓弹丸脱手，于此诗见之矣。"

逢入京使

故园东望路漫漫①，双袖龙钟泪不干②。马上相逢无纸笔，凭君传语报平安。

注释

①故园：指长安别业。 ②龙钟：形容泪湿衣袖的情状。

天宝八载(749)作于赴安西途中。作者西去，"入京使"东来，途中相遇而激起思家之情，成此佳作。 钟惺云："人人有此事，从来不曾说出，后人蹈袭不得，所以可久。"(《唐诗归》)

碛中作

走马西来欲到天，辞家见月两回圆①。

今夜未知何处宿,平沙万里绝人烟②。

注释

①"辞家"句:见天际月圆而知辞家已逾两月,写景点时,思家之情已见言外。②平沙:大沙漠。

碛中,即沙漠中。此诗当是天宝十三载(754)赴北庭任封常清节度判官途中作。辞家两月,西行"欲到天"边,而距目的地尚远;放眼四望,平沙万里,渺无人烟,今夜该宿于何处呢?寓苍凉于壮阔,自是盛唐气象。

无名氏

哥舒歌

北斗七星高①,哥舒夜带刀。至今窥牧马,不敢过临洮②。

注释

①北斗:星宿名,即大熊星座,七星聚于北方,形似斗,故名北斗。"北斗七星高"一句,既写"歌舒夜带刀"之时的景色,又含赞颂哥舒翰名高北斗之意。②"至今"二句:窥牧马,窥探虚实、越境偷牧的马。贾谊《过秦论》:"胡人不敢南下而牧马。"唐无名氏《胡笳曲》:"汉家自失李将军,单于公然来牧马。"胡人南下牧马,即入侵、掠夺的意思。临洮(táo 桃),在今甘肃岷县。

此诗旧题《西鄙人作》，当是西部民歌。哥舒，指陇右节度使哥舒翰。《资治通鉴》卷二一五：天宝六载(747)，哥舒翰"累功至陇右节度使。每岁积石军麦熟，吐蕃辄来获之，无能御者，边人谓之'吐蕃麦庄'。翰先伏兵于其侧，虏至，断其后，夹击之，无一人得返者，自是不敢复来"。这首民歌，即为歌颂哥舒翰的战功而作。

元 结

元结(719—772)，字次山，自号元子、猗玕子、浪士、漫郎、漫叟、聱叟。世居太原，后移居鲁山(今属河南)。十七岁始折节读书，从宗兄元德秀学。玄宗天宝十三载(754)登进士第。安史乱起，举家南下避难。肃宗乾元二年(759)上《时议》三篇，擢右金吾兵曹参军。冬，以监察御史充山南东道节度使参谋，招募唐、邓、汝、蔡一带义军征讨史明明，以功迁水部员外郎。后历任著作佐郎、道州刺史、容州刺史，加授容州都督，充本管经略守捉使，卓有政绩。大历七年(772)奉召回长安，病卒，赠礼部侍郎。世称元道州。其生平事迹见颜真卿《元君表墓碑铭》、《新唐书》本传及今人孙望《元次山年谱》。元结诗、文兼擅，主张诗歌要能"上感于上，下化于下"(《系乐府序》)，"极帝王理乱之道，系古人规讽之说"(《二风诗论》)，并选沈千运、孟云卿等七人诗为《箧中集》以体现诗学宗旨。其反映民间疾苦之《悯农诗》《系乐府十二首》《舂陵行》《贼退示官吏》等诗，开中唐元、白诗风。其散文笔力雄健，意气超拔，亦为韩、柳古文运动之先导。其诗文集以今人孙望校订之《元次山集》最完善。《全唐诗》存诗二卷。

贼退示官吏 并序

癸卯岁，西原贼入道州，焚烧杀掠，几尽而去。明年，贼又攻永破邵①,不犯此州边鄙而退②。岂力能制敌欤? 盖蒙其伤怜而已。 诸使何为忍苦征敛? 故作诗一篇以示官吏。

昔岁逢太平,山林二十年。 泉源在庭户,洞壑当门前。 井税有常期③,日晏犹得眠。 忽然遭世变,数岁亲戎旃④。 今来典斯郡⑤,山夷又纷然⑥。 城小贼不屠,人贫伤可怜。 是以陷邻境,此州独见全。 使臣将王命,岂不如贼焉⑦? 今被征敛者,迫之如火煎。 谁能绝人命,以作时世贤⑧?! 思欲委符节,引竿自刺船⑨。 将家就鱼麦⑩,归老江湖边。

注释

①攻永破邵:"永"指永州(今湖南零陵),"邵"指邵州(今湖南邵阳),二州与道州相邻。②此州:指道州。 边鄙:边境。③井税:田税。 有常期:有规定的正常收税时间,不乱来。 这一句说的是唐代前期实行的按户口征收定额赋税的租庸调法。④亲戎旃(zhān沾):亲自参加军事活动。 元结于安史乱后曾招募义兵对安史叛军作战。 戎旃:军帐。⑤典:管理。 典斯郡:指任道州刺史。⑥"山夷"句:指"西原蛮"侵扰。⑦"使臣"二句:奉皇帝命令来收赋税的使臣难道还不如贼寇吗?⑧"谁能"二句:谁忍心迫使百姓陷于绝境而做时人所谓的"能吏"呢? 正面的意思是,我不能做。 时世贤:指不顾百姓死活而超额完成征敛任务的官吏,即前面所说的"征敛者"。⑨"思欲"二句:想丢下官印,去用篙撑船。⑩将家:携

带家眷。　就鱼麦：捕鱼种田。

　　此诗作于代宗广德二年(764)。　据《新唐书·南蛮传》记载："西原蛮"于广德二年"复围道州，刺史元结固守，不能下。 进攻永州，陷邵州，留数月而去"。 这首诗的"序"却说不是他"力能制敌"，而是"蒙其伤怜"，故"不犯此州边鄙而退"，意思是：道州百姓饥寒交迫，连"贼"都"伤怜"而"退"，官吏们如果横征暴敛，那就连"贼"都不如。 诗的最动人处，正是阐发这个意思。 余成教《石园诗话》云："元公所至，民乐其教。 读《舂陵行》及《贼退示官吏》诗，真仁人之言也。"

刘长卿

　　刘长卿(？—790？)，字文房，排行八，宣州(今安徽宣城)人，其家久寓长安。 少读书嵩山，屡试不第，入国子监为诸生。 约于天宝后期登进士第。 安史乱起，避难江东。 至德二载(757)任长洲尉，继摄海盐令。 广德元年(763)至大历初(766)，入朝任殿中侍御史。 大历四年(769)以检校祠部员外郎出任转运使判官，知淮西、鄂岳转运留后。 十四年(779)迁隋州刺史。 建中三年(782)以后闲居扬州江阳县茱萸村，约卒于贞元六年(790)。 世称刘随州。 长卿于肃宗、代宗时期颇有诗名，与钱起、郎士元、李嘉祐并称"钱郎刘李"。 其诗七律亦有佳者，尤善五律，权德舆谓为"五言长城"(晁公武《郡斋读书志》卷一七)。 范晞文以为"李、杜之后，五言当推刘长卿、郎士元；下此则十才子"(《对床夜语》卷一)。 有《刘随州诗集》，《全唐诗》存诗五卷。

送李中丞归汉阳别业[①]

流落征南将，曾驱十万师，罢归无旧

业,老去恋明时②,独立三边静,轻生一剑知③。茫茫江汉上,日暮欲何之!

注释

①李中丞:名不详。"中丞"是"御史中丞"的简称,唐代的边将往往加御史中丞一类的官衔。②明时:犹言"盛世",古人常以"明时"指自己所处的时世。③轻生:为国献身,不惜性命。一剑知:不自我宣传,其奋勇杀敌,不惜性命,只有手中的宝剑了解得最清楚。

这是一首饯行诗,但意境深厚,真情流露,并非一般的应酬之作。首联叙李中丞"征南"(当指平安史之乱)的战功,"曾驱十万师",何等气概!然而这是"曾",如今呢?"流落"了!今、昔对比而落脚于今日之"流落",故次联以"罢归"承接,罢官了,流落了,只好归田,自然拍合题目中的"送"字。"罢归无旧业",应该"怨",却继之以"老去恋明时",极含蓄、极深厚。三联又回到过去,写其战功,赞其忠勇,而其不该"罢归"、不该"流落"之意,已蕴含其中,耐人寻绎。尾联就题中的"归汉阳"及诗中的"罢归无旧业"抒发感慨,而"流落"者的形象亦宛然在目。

过贾谊宅

三年谪宦此栖迟①,万古长留楚客悲②。秋草独寻人去后,寒林空见日斜时③。汉文有道恩犹薄④,湘水无情吊岂知⑤? 寂寂江山摇落处,怜君何事到天涯。

注释

①"三年"句:《史记·屈原贾生列传》,"贾生为长沙王太傅三年。……后岁馀,贾生征见"。贾谊在长沙,前后四年,实际为三年整,故云。栖迟:游息,居住。②楚客:指贾谊。贾谊为洛阳人,谪楚地,故云。③"秋草"二句:写凭吊贾谊旧宅情景——独寻秋草于人去之后,空见寒林于日斜之时,眼前一片荒凉景象。其深刻之处在于运用贾谊作品中所描绘的情景,融古今为一。贾谊《鵩鸟赋》序云:"谊为长沙王太傅三年,有鸟飞入谊舍,止于坐隅。鵩似鸮,不祥鸟也。谊既以谪居长沙,长沙卑湿。谊自伤悼,以为寿不得长,乃为赋以自广。"其辞曰:"……庚子日斜兮,鵩集予舍。……野鸟入室兮,主人将去。"④"汉文"句:指汉文帝是有道君主,犹不能重用贾谊。⑤"湘水"句:贾谊谪居长沙时作《吊屈原赋》投湘水中以吊屈原。此句将贾谊吊屈原与自己吊贾谊融为一体。

贾谊是西汉初年的思想家、文学家,文帝时为大中大夫,因才华出众,被大臣排挤,贬为长沙王太傅。刘长卿于上元元年(760)被贬为播州南巴尉,此诗当作于途经长沙之时。诗写"过贾谊宅"的感触,将贾谊的不幸遭遇与自己的身世之感融为一体,吊古伤今,悲慨幽咽,令千古词客一洒同情之泪。

逢雪宿芙蓉山主人

日暮苍山远,天寒白屋贫①。柴门闻犬吠②,风雪夜归人。

注释

①白屋贫:贫民的房院一派萧条景象。 白屋:贫民所居。 ②柴门:篱笆门。

首句写日暮山远,该找个人家投宿。 次句写投宿的人家。 后两句,写风雪交加、犬吠人归的情景如在目前。 乔亿《大历诗略》云:"宜入宋人团扇小景。"

顾 况

顾况(727?—816?),字逋翁,号华阳山人,又号悲翁,排行十二,苏州(今属江苏)人。 肃宗至德二载(757)登进士第,历杭州新亭监盐官。 代宗大历五年(770)游湖州,与皎然等唱和。 十年(775)曾至江西,与李泌、柳浑交往,吟咏自适。 自后历任大理司直、校书郎、著作郎等职。 德宗贞元四年(788)任著作郎期间,于长安宣平里住宅邀柳浑、刘太真等聚会赋六言诗,次日朝臣皆和,编为《诸朝彦过顾况宅赋诗》一卷。 五年因作《海鸥咏》讥刺权贵,被贬为饶州司户参军,沿途与韦应物等酬唱。 九年(793)去官返苏州,隐居茅山,出游湖州、宣州、扬州、温州等地。 约卒于宪宗元和中。 顾况视诗歌为"理乱之所经,王化之所兴",重内容而不以文采取胜。 其《上古之什补亡训传十三章》中的《囝》对不人道的社会风俗进行控诉,《上古》《采蜡》诸章,或悯农,或怨奢,皆着眼于针砭时弊、救济人病,开白居易新乐府先声。 有《顾况诗集》,《全唐诗》存诗四卷。

过山农家

板桥人渡泉声①,茅檐日午鸡鸣。 莫

嗔焙茶烟暗②,却喜晒谷天晴。

注释

①"板桥"句:人过板桥,泉声入耳。②焙(bèi 倍)茶:烘炒茶叶。山村产茶,此时家家烘茶,茶烟弥漫。

写山村农家风物极生动,是六言绝句中的佳作。

张　继

张继(?—779?),字懿孙,排行二十,襄州(今湖北襄阳)人。天宝十二载(753)进士。曾佐戎幕,又为盐铁判官。大历末,为检校祠部员外郎,分掌财赋于洪州,卒于任。曾与诗僧灵一为方外友,又与诗人刘长卿、皇甫冉交游酬唱。工诗,高仲武评云:"员外累代词伯,积习弓裘,其于为文,不自雕饰。及尔登第,秀发当时。诗体清迥,有道者风。如'女停襄邑杼,农废汶阳耕',可谓事理双切。又'火燎原犹热,风摇海未平',比兴深矣。"(《中兴间气集》)《全唐诗》存其诗一卷。

枫桥夜泊①

月落乌啼霜满天,江枫渔火对愁眠。姑苏城外寒山寺②,夜半钟声到客船。

注释

①枫桥:在今江苏省苏州市西郊。泊:靠岸停船。②姑苏:苏州的别称。寒山寺:因唐初诗僧寒山曾住此,故名。在枫桥西一里处,始建

于梁代。

　　这是传诵海内外的名作。 深秋之夜,诗人泊舟枫桥,满腹旅"愁",虽"眠"而未能入睡,一切有特征性的江南水乡夜景,都通过"愁眠"者的感受反映出来。 目送"月落",耳闻"乌啼",身感霜华降落;而与"愁眠"者始终相"对"、做伴的,只是几树"江枫"、数点"渔火"。 这一切,自然更添旅"愁"。 好容易熬过前半夜,刚有睡意,而寒山寺的钟声,又飘进船舱。

　　第四句写闻钟而用第三句写钟声来自何处,并非浪费笔墨。"姑苏",这是留有吴、越兴亡史迹的文化名城;"寒山寺",这是南朝古刹,寒山、拾得两位著名诗僧曾驻锡于此。 "姑苏城外寒山寺"的钟声于万籁俱寂的子夜飘到"客船",荡漾着历史的回音,洋溢着诗情禅韵,怎能不动人遐思? 此诗不仅在国内传诵,而且远播日本,妇孺皆知,寒山寺也因而名扬海外,游人纷至沓来。 其艺术魅力如何,就无须多说了。

　　欧阳修《六一诗话》谓此诗后两句"句则佳矣,其如三更不是打钟时"。 后人纷纷辩论,遂成诗坛公案。 其实六朝以来,佛寺多于夜半鸣钟,自张继此诗流传以后,寒山寺夜半钟声尤为人们所神往。孙仲益《过枫桥寺》诗云:"白首重来一梦中,青山不改旧时容。乌啼月落桥边寺,欹枕犹闻半夜钟。"

钱　起

　　钱起(710? —782?),字仲文,排行大,吴兴(今浙江湖州)人。 天宝十载(751)登进士第,授秘书省校书郎。 安史乱后任蓝田尉,与退隐辋川的王维唱和。大历中历祠部员外郎、司勋员外郎。 官终考功郎中。 世称钱员外、钱考功。 与司空曙、李端、韩翃、吉中孚、苗发、崔峒、耿沣、夏侯审、卢纶并称"大历十才子"。又与郎士元齐名,并称"钱郎"。长于钱别之作,公卿出京,以有钱起诗饯行为荣,诗名盛一时。高仲武《中兴间气集》列为首选,评云:"体格新奇,理致清赡。越从登第,挺冠词林。文宗右丞,许以高格。右丞没后,员外为雄。芟齐宋之浮游,削梁陈之靡嫚,迥然独立,莫之与群。……士林语曰:'前有沈、宋,后有钱、郎。'"纵观全集,擅长五律,七绝、五古亦有佳者,但题材狭窄,风格清秀而不浑厚,存诗质量亦颇悬殊。钟惺尝谓"钱诗精出处虽盛唐妙手不能过之,亦有秀于文房者。泛览全集,冗易难读处实多,以此知诗之贵选也"(《唐诗归》)。其省试诗《湘灵鼓瑟》乃应试诗之佳制,结句"曲终人不见,江上数峰青"至今为诗家所称道。生平事迹见《唐诗纪事》、《唐才子传》及《旧唐书》卷一六八《钱徽传》、《新唐书》卷二〇三《卢纶传》。有《钱考功集》一〇卷,《全唐诗》存诗四卷,混入他人诗不少,如《江行一百首》等,为其曾孙钱珝所作。

省试湘灵鼓瑟

善鼓云和瑟①,常闻帝子灵②。冯夷空自舞③,楚客不堪听④。苦调凄金石⑤,清音入杳冥⑥。苍梧来怨慕⑦,白芷动芳馨⑧。流水传潇浦⑨,悲风过洞庭⑩。曲终人不见,江上数峰青。

注释

①鼓:弹奏。云和瑟:相传用云和山的桐木做成的琴瑟,声音最为清亮。②帝子:皇帝的儿女,这里指湘灵,因舜的妃子是帝尧的女儿。《九歌·湘夫人》:"帝子降兮北渚。"③冯(píng平)夷:传说中的水神名。空:白白地。 这一句是反衬,说明湘灵鼓瑟是如此引人入胜,以至于冯夷之舞相形见绌,无人欣赏。《远游》

有"令海若兮舞冯夷",是此句所本。④楚客:指屈原。屈原被放逐后,自沉于汨罗江,江与湘水相通。不堪:不能。这一句是说,瑟音是如此悲苦,以至于楚客不忍卒听。⑤金石:指钟磬之类乐器。这一句是说,瑟音的调子比钟磬声更为凄苦。⑥杳冥(yǎo míng 咬明):指极高远的地方。⑦苍梧:指九嶷山,在今湖南省宁远县南,相传舜葬于此。这里以"苍梧"指代舜。因鼓瑟的湘灵原是舜的妃子,所以这里由湘灵而及舜。这一句是说,舜闻声而来,听着湘灵鼓瑟,心中不免生出愁怨和思慕的感情。⑧白芷(zhǐ 止):一种香草。馨(xīn 心):传得很远的香气。这一句是说,瑟音也感动了无知的花草,听了湘灵鼓瑟,白芷散发出馥郁的芳香。⑨潇:水名,在湖南省南部,北流入湘江。一作"湘"。浦:水口。⑩洞庭:潇、湘水注入洞庭湖。以上两句写瑟音如潺潺流水声从潇湘传来,似飒飒悲风声从洞庭掠过。

唐代进士考试,由朝廷统一在京师尚书省进行,叫省试。天宝十载(751),省试诗、赋各一。诗题《湘灵鼓瑟》,取自《楚辞·远游》中的"使湘灵鼓瑟兮"一句。湘灵,即神话传说中的湘夫人。她原是帝舜的妃子,舜南巡死于苍梧之野,她寻至南方,投湘江而死,化为湘水之神。钱起的这首诗不写如何鼓瑟,而是通过对瑟的苦调清音所产生的客观效果的铺写,创造了如怨如慕的艺术境界,令人悠然神往。结尾两句,既以"曲终人不见"表明鼓瑟者是神,又以"江上数峰青"暗示那袅袅瑟音仍缭绕于碧水青峰之间,动人神魄。

归 雁

潇湘何事等闲回①,水碧沙明两岸

苔②。二十五弦弹夜月③,不胜哀怨却归来④。

注释

①潇湘:二水名,在今湖南境内。 等闲:轻易,随便。 ②水碧沙明:《太平御览》卷六引《湘中记》:"湘水清……白沙如雪。" 苔:鸟类的食物,雁尤喜食。 ③二十五弦:指瑟。《楚辞·远游》:"使湘灵鼓瑟兮。" ④胜(shēng 升):承受。

诗咏"归雁",雁是候鸟,深秋飞到南方过冬,春暖又飞回北方。 古人认为鸿雁南飞不过衡阳,衡阳以北,正是潇湘一带。 诗人抓住这一点,却又撇开春暖北归的候鸟习性,仿佛要探究深层原因,一开头便突发奇问:潇湘下游,水碧沙明,风景秀丽,食物丰美,你为什么随便离开这么好的地方,回到北方来呢?

诗人问得奇,鸿雁答得更奇:潇湘一带风景秀丽,食物丰美,本来是可以常住下去的。 可是,湘灵在月夜鼓瑟,从那二十五弦上弹出的音调,实在太凄清、太哀怨了! 我的感情简直承受不住,只好飞回北方。

钱起考进士,诗题是"湘灵鼓瑟",他作的一首直流传到现在,算是应试诗中的佳作。 中间写湘灵(传说是帝舜的妃子)因思念帝舜而鼓瑟,苦调清音,如怨如慕,结尾"曲终人不见,江上数峰青"尤有余韵。 这首七绝,则把"湘灵鼓瑟"说成鸿雁北归的原因。 构思新奇,想象丰富,笔法灵动,抒情婉转,以雁拟人,相与问答,言外有意耐人寻绎,为咏物诗开无限法门。

郎士元

郎士元(？—780？)，字君胄，排行四，中山(今河北定县)人。玄宗天宝十五载(756)登进士第。安史乱后，避乱江南。代宗宝应元年(762)授渭南尉，大历元年(766)前后擢为拾遗，继迁员外郎，复转郎中。德宗建中初(780)出为郢州刺史，并持节治军，卒于官。生平事迹见《唐诗纪事》《唐才子传》《新唐书·艺文志四》等。工诗，擅长五律，善写饯别应酬诗，与钱起齐名，并称"钱郎"。"自丞相已下，更出作牧，二公无诗祖饯，时论鄙之。两君体调，大抵欲同，就中郎公稍更闲雅，近于康乐"(高仲武《中兴间气集》卷下)。徐献忠《唐诗品》称其诗"天然秀颖，复谐音节，大率以兴致为先，而济以流美。虽篇章错杂，应酬层出，而语多闲雅，不落俗韵，其取重时流，不徒然尔。惜无大作以齐囊代高手，将非尺寸短长之恨耶"。有《郎士元集》二卷。《全唐诗》存诗一卷。

柏林寺南望

溪上遥闻精舍钟①，泊舟微径度深松。
青山霁后云犹在，画出东南四五峰。

注释

①精舍：僧人清修之所，此指柏林寺。

先写到寺，后写寺中南望，俞陛云的解释极透辟："诗仅平写寺中所见，而吐属蕴藉，写景能得其全神。首二句言闻钟声而寻精舍，泊舟山下，循小径前行，松林度尽，方到寺中。在寺中登眺，霁色初开，湿云未敛，西南数峰，已从云隙参差而出，苍润欲滴。读此诗，如展秋山晚霁图，所谓'欲霁山如新染画'也。"(《诗境浅说续编》)

听邻家吹笙

凤吹声如隔彩霞①,不知墙外是谁家。
重门深锁无寻处,疑有碧桃千树花②。

注释

①凤吹:指笙。②"疑有"句:诗人每以碧桃为仙家事。许浑《缑山庙》诗云,"王子求仙月满台,玉笙清转鹤徘徊。曲终飞去不知处,山下碧桃无数开。"

作者视吹笙者为神仙中人,故听其吹笙而产生许多幻想,形之于诗。谢枋得《唐诗绝句注解》云:"只是听邻家吹笙,闻其声不见其人,求其人不得其所,一段风景,极难形容。此诗情思、句律,极其工巧。唐钱起《湘灵鼓瑟》诗结句'曲终人不见,江上数峰青',人以为神助。此诗'重门深锁无寻处,疑有碧桃千树花',高怀逸兴,不减钱起。"

司空曙

司空曙(720?—790?),字文明,一作文初,排行十四,广平(今河北永年)人,卢纶表兄。安史乱中,避难江南。大历初登进士第,授洛阳主簿。后入朝为左拾遗,与钱起、卢纶等唱和。大历末,贬长林丞。贞元初为剑南西川节度从事、检校水部郎中。官终虞部郎中。后世称司空虞部。工诗,辛文房称其诗"属调幽闲,终篇调畅,如新花笑日,不容熏染"(《唐才子传》卷四)。胡震亨称其诗"婉雅闲淡,语近性情,抗衡仲文不足,平视茂政兄弟有馀"(《唐音癸签》卷七)。《全唐诗》存其诗一卷。

云阳馆与韩绅宿别①

故人江海别,几度隔山川。乍见翻疑梦②,相悲各问年。孤灯寒照雨,深竹暗浮烟。更有明朝恨,离杯惜共传③。

注释

①云阳:唐县名,在今陕西三原县境内。馆:驿馆,旅客中途休息之处。诗题的意思是,诗人与故人韩绅在云阳县馆偶然相遇,同宿一夜,明晨即相互告别,各奔前程。②翻:反而。③惜:珍惜。

安史乱后,杜甫诗中屡写乍逢倏别情景。大历诗人受此影响,其反映行旅聚散之诗,虽不如杜诗兼写社会乱离,然亦曲尽情理,真挚动人。司空曙的这首五律,便是其中的代表作。

首联写与故人在飘零江海的过程中"几度"重逢,才逢又别,为山川阻隔,不通音讯。在章法上,反跌次联的"乍见",遥呼尾联的"更有"。在"几度隔山川"与"更有明朝恨"的夹缝中,偶然而又短暂的相逢,形成了似梦似幻的感觉。"乍见"之后的谈话只写了一句:"相悲各问年。"老朋友的年龄,应该是彼此清楚的,明知故问,由"相悲"引起。彼此形容俱变,各显老态,与前度相逢时判若两人,故"相悲"而各问年龄,其阔别之长久、经历之辛酸,俱蕴含其中。这一联,与郎士元《长安逢故人》"马上相逢久,人中欲认难"、李益《喜见外弟又言别》"问姓惊初见,称名忆旧容"同为大历名句。后两联写驿馆黯然相对、共传离杯的情景,"离杯惜共传"的"惜"字,含无限深情。"大历十才子"多擅长五律,其佳作的共同优点是脉理深细,声律精严。 司空曙的这一首亦然,不仅有"乍见"一联警句而已。

江村即事

钓罢归来不系船①,江村月落正堪眠。
纵然一夜风吹去,只在芦花浅水边。

注释

①系船:把船用缆绳拴在岸边。

描写"江村",从一个很新颖的角度切入:钓罢归来,江村已经月落,主人公便在船上安眠,却"不系船"。 三、四两句,即从"不系船"生发,说明"不系"的理由,而江村之宁静、主人公之自由自在,皆宛然在目。

皎 然

皎然(720—800?),字清昼,俗姓谢,湖州长城(今浙江长兴)人,谢灵运十世孙。 早年出入儒、墨、道三家,安史乱后在杭州灵隐寺受戒为僧。 曾游历桐庐、苏州、荆门、襄阳等地,与颜真卿、梁肃、刘长卿、韦应物、顾况等交游。 生平事迹见唐释福琳《皎然传》。 皎然通佛典,又博览群经诸子,文章清丽,诗学盛唐诸家,出入大历诸子,后期以南宗禅意入诗,渐趋清放。 严羽《沧浪诗话·诗评》称"释皎然之诗,在唐诸僧之上"。 胡震亨《唐音癸签》卷八谓"皎然《杼山集》清机逸响,闲淡自如,读之觉别有异味,在咀嚼之表"。 有《诗式》及《杼山集》,《全唐诗》存诗七卷。

寻陆鸿渐不遇

移家虽带郭,野径入桑麻①。近种篱边菊②,秋来未著花。扣门无犬吠,欲去问西家③,报道山中去④,归时每日斜。

注释

①"移家"二句:陆的新居虽然靠近城郭,却有一条野径通向乡村,还是很幽静。 郭:外城。 ②近种:新栽的。 ③"欲去"句:因扣门无人,便问邻居"人到哪里去了?" ④报道:回答说。 以下是答词。

陆羽(733—?),字鸿渐,肃宗至德(756—758)中避安史之乱至湖州,与皎然为"缁素忘年之交"。其《自传》云:"往往独行野中……夷犹徘徊,自曙达暮,至日黑,兴尽号泣而归。"以著《茶经》出名,亦工诗。 皎然此诗,只写其居处幽寂和游山未归,而一位超然物外的隐士形象已浮现纸上。 从平仄谐调方面看,这是一首五律,却四联散行,不讲对仗。 沈德潜《唐诗别裁集》五律部分收此诗,并加说明云:"通首散语,存此以识标格。"其实这种散行五律前人已有,如李白《夜泊牛渚怀古》平仄谐调而不用对偶,一气旋折,当为皎然所取法。 值得肯定的是,他用这种句句散行、自由卷舒的形式恰切地表现了主人公无拘无束的行踪和心境,达到了形式与内容的完美契合。 一般地说,既作五律,还须讲对仗。

李　端

李端(生卒年不详),字正己,排行二,赵郡(治所在今河北赵县)人。大历五年(770)登进士第,历任秘书省校书郎、杭州司马等职。诗名颇著,为"大历十才子"之一。《旧唐书》本传云:"大历中,(端)与韩翃、钱起、卢纶等文咏唱和,驰名都下,号'大历十才子'。时郭尚父(郭子仪)少子暧尚代宗女升平公主,贤明有才思,尤喜诗人,而端等十人多在暧之门下。每宴集赋诗,公主坐视帘中,诗之美者赏百缣。暧因拜官,会十子曰:'诗先成者赏。'时端先献,警句云:'熏香荀令偏怜小,傅粉何郎不解愁。'主即以百缣赏之。钱起曰:'李校书诚有才,此篇宿构也,愿赋一韵正之,请以起姓为韵。'端即襞笺而献曰:'方塘似镜草芊芊……'暧曰:'此愈工也。'起始服。"其才思敏捷,于此可见。《全唐诗》存诗二卷。

听　筝

鸣筝金粟柱[①],素手玉房前[②]。欲得周郎顾[③],时时误拂弦[④]。

注释

①筝:我国古代的一种弦乐器,木制长形,有弦十三根(现代筝已发展到二十五根弦)。金粟柱:有装饰的弦柱。②素手:白嫩的手。玉房:指高雅的住房。③周郎:三国时东吴周瑜少年得志,吴人称他为"周郎"。这里指弹筝女的意中人。顾:回头看。④误拂弦:《三国志·吴书·周瑜传》,"瑜年二十四,吴中皆呼为周郎。少精意于音乐,三爵(三杯酒)之后,其有缺误,瑜必知之,知之必顾,故时人谣曰:'曲有误,周郎顾。'"

题为《听筝》,诗写的却是"看弹筝人"或"看人弹筝"。俞陛云《诗境浅说续编》云:"此诗能曲写女儿心事:银筝、玉手,相映生辉,尚恐未当周郎之意,乃误拂冰弦以期一顾。希宠取怜,大率类此。"

柳中庸

柳中庸(生卒年不详),名淡,字中庸,以字行,河东(今山西永济)人。与弟中行俱有文名。萧颖士爱其才,以女妻之。诏授洪州户曹参军,不就。与诗人李端、陆羽交往。早逝。《全唐诗》存其诗十三首。

征人怨

岁岁金河复玉关①,朝朝马策与刀环②。三春白雪归青冢③,万里黄河绕黑山④。

注释

①金河:指大黑河,蒙语叫伊克吐尔根河,源出大青山,注入黄河。唐时有金河县,在今内蒙古呼和浩特市南。玉关:玉门关的省称,在今甘肃省安西县双塔堡附近。金河在东而玉关在西,这一句说明将士常年流动,驻地不定。②马策:马鞭。刀环:刀柄上的环。这一句以马策、刀环象征日夕不离马上征战生活。③三春:孟春(阴历正月)、仲春(二月)、季春(三月)。这一句以三春包举四时,春季尚且如此,其余各季更可想而知。青冢:汉代王昭君的墓,在今呼和浩特市南。相传塞外草白,只有这里的草是青色。

④黑山：指杀虎山，在今呼和浩特市境内。

四句诗用许多地名，一句一景，似乎不相连属，实际由"征人"的行踪贯串起来，体现一个"怨"字。次句与首句对偶，四句与三句对偶；首句之金河、玉关，次句之马策、刀环，三句之白雪、青冢，四句之黄河、黑山，即各自成对，又用白、青、黄、黑设色，句法奇绝。

严　维

严维（生卒年不详），字正文，越州山阴（今浙江绍兴）人。至德二载（757）进士，又中辞藻宏丽科，授诸暨尉，时已四十余岁。后历官河南节度府幕僚、河南尉、秘书郎等职。与钱起、耿湋、崔峒、皇甫冉、丘为等交游。其诗多饯别酬唱之作。《全唐诗》存其诗一卷。

送人往金华

明月双溪水，清风八咏楼。少年为客处，今日送君游。

送人往金华，触起自己少年时代客居金华的无限回忆，却只以一、二两句写两个景点，而以第三句与自己牵合，第四句即拍在题上，于是全诗所表现的便都是"送人游金华"，又都是自己追忆旧游的无限深情。黄生《唐诗摘抄》云："气局完整，绝无一字虚设，几欲与'白日依山尽'争衡，所逊者兴象不逮耳。"

丹阳送韦参军

丹阳郭里送行舟,一别心知两地秋。
日晚江南望江北,寒鸦飞尽水悠悠。

丹阳,即今江苏镇江,在长江南岸。作者于此地送友人渡江北上而作此诗。"两地秋""日晚",已寓离愁;更以"望"字引出"寒鸦飞尽水悠悠",更觉景中涵情,悠悠无尽。俞陛云《诗境浅说续编》云:"临水寄怀,不落边际,自有渺渺予怀之感。"

张 潮

张潮(一作张朝,生卒年不详),曲阿(今江苏丹阳)人。《唐诗纪事》《全唐诗》都说他是大历(766—779)中处士。闻一多《唐诗大系》将他排于常建之后、张巡之前。《全唐诗》仅存其诗五首,而《长干行》一首,亦作李白、李益诗。

采莲词

朝出沙头日正红①,晚来云起半江中。
赖逢邻女曾相识,并着莲舟不畏风。

注释

①沙头:指江边。

《采莲词》,六朝乐府旧题,多写江南水乡男女恋情。此诗前两句写天气忽晴忽阴、变化无常,晚来云起,眼看就要刮风下雨,从而引出后两句:幸亏碰上了已经相识的邻家女子,两只莲舟相并,就不怕风吹雨打了。 构思新颖,寄兴遥深。

江南行

茨菰叶烂别西湾[①],莲子花开犹未还[②]。妾梦不离江上水,人传郎在凤凰山[③]。

注释

①茨菰叶烂:指秋末冬初。 茨菰:指慈菇,水生宿根性植物。春生球茎,萌芽生叶。 夏季自叶丛中抽梗,开白色小花。 入秋霜降,茎叶俱萎。"菰"谐"孤"。②"莲子"句:谓至次年夏日莲花又开,而离人犹未回归。"莲"谐"怜"。③凤凰山:今江苏、浙江、安徽、江西、四川等地均有凤凰山,此非实指。 沈德潜谓"总以行踪无定言,在水在山,俱难实指"(《唐诗别裁集》卷二〇),其言甚是。

《江南行》即《江南曲》,与《采莲词》同属《江南弄》七曲(见《乐府诗集》卷五〇)。 这首诗前两句以景物的变化表现时序的变迁和游子辞家之久,情景交融。 后两句以"妾梦""人传"表现游子的行踪无定,而闺中少妇的思念之切已跃然纸上。 贺裳《载酒园诗话》云:"妙得风闻恍惚、惊疑不定之意。"黄叔灿《唐诗笺注》云:"缠绵曲至,却只如话。"

戴叔伦

戴叔伦(732—789),字幼公,润州金坛(今属江苏)人。少从萧颖士学,有才名。历参湖南、江西幕府,任抚州刺史、容州刺史、容管经略史兼御史中丞,后人称为戴容州。德宗时诗名极盛,其题材、风格、手法,均体现出唐诗由盛转向中、晚的脉络。乐府诗上承杜甫,下启元、白。五律意达词畅,绝句清隽深婉。其以农村生活为题材的不少诗,反映了当时的社会矛盾,有较强的现实性。他认为"诗家之景,如蓝田日暖,良玉生烟,可望而不可置于眉睫之前",对于后代的韵味、兴趣、神韵诸说,都有影响。原集早佚,明人辑有《戴叔伦集》。《全唐诗》存诗三卷。

除夜宿石头驿

旅馆谁相问[①]?寒灯独可亲。一年将尽夜,万里未归人。寥落悲前事,支离笑此身[②]。愁颜与衰鬓,明日又逢春。

注释

①问:存问,安慰。 ②支离:分散,此指漂泊无定。

作者奔赴金坛老家,而除夕已届,离家尚远,夜宿石头驿(在今江西新建)而作此诗。"一年将尽夜,万里未归人"一联虽从梁萧衍《子夜冬歌》"一年漏将尽,万里人未归"化出,而意境、气象,俱青出于蓝。吴汝纶评云:"此诗真所谓情景交融者,其意态兀傲处不减杜公。首尾浩然,一气舒卷,亦大家魄力。"(《唐宋诗举要》卷四引)

过三闾庙①

沅湘流不尽②,屈子怨何深!日暮秋风起,萧萧枫树林。

注释

①三闾庙:指屈原祠。屈原事楚怀王,曾任三闾大夫。②沅湘:二水名,在今湖南省境内。

屈原祠在今汨罗县境,即屈原怀沙沉江之处。汨罗江是湘江支流,屈原在投江前作的《怀沙》里说:"浩浩沅湘,分流汨兮。修路幽蔽,道远忽兮。"在《离骚》里也说:"济沅湘以南征兮,就重华而陈词。"这些提到"沅湘"的诗句,抒发了爱国爱民的情感和理想无法实现的哀怨。诗人徘徊于屈原祠畔,目送沅湘之水滔滔流逝,屈原的遭遇,屈原的诗歌,便一一涌向心头,化为此诗的前两句:"沅湘流不尽,屈子怨何深!"这两句,综错成文,义兼比兴。屈子之"怨"有似沅湘之水,万古长流,无有尽期;屈子之"怨"异常深重,故沅湘之水日夜奔流,也流淌不尽。

"不尽"二字,引出下联。诗咏三闾庙、沅湘、枫林,皆眼前景。目望沅湘而感叹屈子的哀怨"沅湘流不尽",那么"流不尽"的哀怨还体现于什么呢?于是诗人的目光从沅湘移向庙内及其附近的枫林,又想起了屈原的诗句:"湛湛江水兮上有枫,目极千里兮伤春心。魂兮归来哀江南。"而结尾景语,即从此化出:"日暮秋风起,萧萧枫树林。"落日斜照下的枫林在袅袅秋风里萧萧低吟,仿佛为屈原传"怨"。

杨逢春《唐诗偶评》云:"此亦取逆势之格。上二逆偷下意,空中托笔。 起二用逆笔提。 三、四方就庙中之景写'怨'字。 首句所云'流不尽'者,此也。 首作透后之笔,后却如题缩住,斯为善用逆笔。"其对章法的分析,可谓独具慧眼。

苏溪亭

苏溪亭上草漫漫,谁倚东风十二阑①?
燕子不归春事晚,一汀烟雨杏花寒②。

注释

①十二阑:指阑干十二曲。 乐府古辞《西洲曲》:"楼高望不见,尽日阑干头。 阑干十二曲,垂手明如玉。" ②汀(tīng厅):水岸平地。

作者于苏溪亭上见芳草漫漫、绿遍天涯而思念远人。 以下三句皆出于想象:于"燕子不归春事晚"之时,"谁倚东风十二阑"而独对"一汀烟雨杏花寒"呢? 所有情景既出于想象,又不实说所怀念之人而用一"谁"字,极迷离飘渺之致。 作者主张"诗家之景,如蓝田日暖,良玉生烟,可望而不可置于眉睫之前",这首诗便是生动的体现。

韦应物

韦应物(737—792?),排行十九,京兆万年(今陕西西安)人。 出身关中望族,负气任侠。 天宝十载(751),以门资恩荫入宫为三卫郎。 十五载六月,安史叛军进长安,失职流落。 肃宗乾元元年(758)入太学,折节读书,与阎防、薛据等酬唱。广德元年(763)冬为洛阳丞。代宗永泰二年(766)，因为政刚直，惩治不法军士被讼，弃官闲居洛阳。大历初返长安，九年(774)任京兆府功曹，摄高陵宰，转鄠县令。十四年(779)转栎阳令，却因疾辞归，居长安西郊沣水北岸善福寺，歌咏田园山水，编成《沣上西斋吟稿》。德宗建中二年(781)任尚书比部员外郎。四年出为滁州刺史，旋罢任，闲居滁州西涧。贞元元年(785)调江州刺史，三年入为左司郎中。四年重阳，参与德宗君臣唱和；冬，出任苏州刺史。七年罢职，闲居苏州永定寺，未几卒。世称韦左司、韦江州、韦苏州。生平事迹见王钦若《宋嘉祐校定韦苏州集序》、沈作喆《补韦刺史传》及今人孙望《韦应物事迹考略》。韦应物品格高洁，忧民爱物，其诗题材广泛，各体皆工，而以田园诗最著名，后人比之陶潜，并称"陶韦"；又与柳宗元并称"韦柳"，与王维、孟浩然、柳宗元并称"王孟韦柳"。李肇称"其为诗驰骤建安以还，各得其风韵"(《国史补》)。白居易称其歌行"才丽之外，颇近兴讽"，称其五言诗"高雅闲淡，自成一家之体"(《与元九书》)。严羽《沧浪诗话·诗体》称其诗为"韦苏州体"。有《韦苏州集》传世。《全唐诗》存诗一〇卷。

观田家

微雨众卉新，一雷惊蛰始①。田家几日闲？耕种从此始。丁壮俱在野，场圃亦就理。归来景常晏，饮犊西涧水②。饥劬不自苦，膏泽且为喜③。仓廪无宿储，徭役犹未已④。方惭不耕者⑤，禄食出闾里⑥。

注释

①惊蛰：旧历节气名，在公历三月五日至六日。春雷初鸣，蛰虫惊动，正是耕种的气候。②景：日光。景常晏：指天晚了。犊：

小牛。 ③劬(qú 渠)：过分劳累。 膏泽：雨水下到田里，像油脂一样润泽着土地。 ④无宿储：没有积存的粮食。 徭役：古时统治者强制人民承担的无偿劳动。 犹未已：还不停。 ⑤不耕者：包括官吏在内的不耕而食者。 ⑥禄食：官吏的俸禄。 闾里：这里指农村。

因看到田家终岁劳作而衣食不足，徭役又没完没了，便为自己不劳而获感到惭愧。 刘熙载《艺概·诗概》谓"韦苏州忧民之意如元道州"。 正是他的"忧民之意"，为他的田园诗赋予生命，至今读来，犹真切动人。

寄全椒山中道士

今朝郡斋冷，忽念山中客：涧底束荆薪，归来煮白石①。 欲持一瓢酒，远慰风雨夕；落叶满空山，何处寻行迹②？

注释

①"涧底"二句：从山涧下砍了柴，背回来煮白石头。《神仙传》载："白石先生者，中黄丈人弟子也。 尝煮白石为粮。"这里以白石先生比全椒山道士。 ②"落叶"二句：写道士如闲云野鹤，想寻访他，却只见落叶满山而不知其行迹所在。《许彦周诗话》载："韦苏州诗'落叶满空山，何处寻行迹？'东坡用其韵曰：'寄语庵中人，飞空本无迹。'此非才不逮，盖绝唱不当和也。"

此诗作于任滁州刺史时。 全椒属滁州，有神山颇幽深，即"道士"所居(见《舆地纪胜》卷四二)。 全诗由"今朝郡斋冷，忽念山中客"发端,以下所写,皆由"忽念"引起,纯用虚笔,空灵超妙。沈德潜云:"化工笔。与渊明'采菊东篱下,悠然见南山'同,妙处不关语言意思。"(《唐诗别裁集》卷三)施补华云:"《寄全椒山中道士》一作,东坡刻意学之,而终不似。盖东坡用力,韦公不用力;东坡尚意,韦公不尚意,微妙之诣也。"(《岘佣说诗》)

寄李儋元锡[①]

去年花里逢君别,今日花开又一年。世事茫茫难自料,春愁黯黯独成眠[②]。身多疾病思田里[③],邑有流亡愧俸钱[④]。闻道欲来相问讯,西楼望月几回圆[⑤]。

注释

①李儋:字幼遐,曾官殿中侍御史。元锡:字君贶,历任福州、苏州刺史。②黯黯:此处形容心情黯淡。③田里:田园,家乡。④邑:居民点,此指苏州。俸钱:薪金。⑤西楼:一名观风楼,在苏州。

此诗当作于苏州刺史任上。首联以两度花开表现与友人分别已经一年,追忆之情,思念之意,已溢于墨楮,却留待尾联申说,而以中间两联写"一年"来的时事感受和思想矛盾,向朋友倾吐满腹心事。安史乱后,政局动荡,民生凋敝,连苏州这样的富饶地区也有饥民流亡。作为一个清廉正直、爱民忧国的地方官,韦应物常以无法改变这种局面而深感苦闷。中间两联所倾吐的,正是这种情怀,但不是平铺直叙,而是以第二联的"世事茫茫""春愁黯黯"烘托"难自料""独成眠"的心态,为第三联作有力铺垫。第三联又跌宕摇曳,唱叹有情。从第二联的铺垫看,第三联上句的"思田里"——想弃官回家,乃是"难自料""独成眠"时的心理活动,其原因,当然与"世事茫茫""春愁黯黯"有关,却偏把这原因归结为"身多疾病"。不难看出,这"疾病"其实是身心交瘁。第三联下句"邑有流亡"正与第二联"世事""春愁"相应。"邑有流亡"而一筹莫展,深感"愧俸钱",自然"思田里"。在语序上将"思田里"置于上句,合起来便是:身多疾病,已思田里;更何况邑有流亡,愧拿俸钱呢?无限感慨,从文情动宕中传出,遂成一篇之警策。范仲淹叹为"仁者之言",朱熹称赞"贤矣",黄彻《䂮溪诗话》卷二更说"余谓有官君子当切切作此语,彼有一意供租,专事土木,而视民如雠者,得无愧此诗乎?"

尾联回应首联,归到"寄友",听说友人要来相访,向他们面叙衷曲,该多好!可是总盼不来,以"西楼望月几回圆"收尾,余味无穷。

秋夜寄丘员外[①]

怀君属秋夜[②],散步咏凉天。空山松子落,幽人应未眠[③]。

注释

①丘员外:诗人丘为之弟丘丹,曾官仓部员外郎。李肇《国史补》云:"应物性高洁,所在焚香扫地而卧,惟顾况、刘长卿、丘丹、秦系、皎然之俦,得厕宾列,与之酬唱。" ②属(zhǔ主):适逢。 ③幽人:指丘丹。丘丹《和韦使君秋夜见寄》云:"露滴梧叶鸣,秋风桂花落。中有学仙侣,吹箫弄明月。"

韦应物任苏州刺史时，诗友丘丹已弃官入浙江临平山学道，秋夜怀人，因寄此诗。

唐人工五绝者，首推王维、李白，韦应物亦负盛名。沈德潜《说诗晬语》云："五言绝句，右丞之自然，太白之高妙，苏州之古澹，并入化机。而三家中，太白近乐府，右丞、苏州近古诗，又各擅胜场也。"乔亿《剑溪说诗》亦云："五言绝句，工古体者自工……唐之王维、李白、韦应物可证也。"这首《秋夜寄丘员外》诗，是韦应物五绝中的代表作。

前两句用"秋夜""凉天"托出"咏"字，咏秋夜呢？咏凉天呢？或于秋夜、凉天咏"怀君"之诗呢？我"怀君"而恰值秋夜、凉天，则"君"亦共此秋夜、凉天，意脉直贯结句"幽人应未眠"。"应"，揣测想象之词，如此秋夜、凉天，"君"既是"幽人"，想来更不会闭户高眠！那么，散步呢，咏诗呢，还是干别的什么呢？

中间横插"空山松子落"一句，频添幽意。然而意脉属前还是属后？如属前，则我凉天散步，秋夜寂寥，偶闻松子落地而念及幽人，遥想未眠。如属后，则我情系空山，神驰"君"畔，想"君"因闻松子落地之声而触动情思，秋夜未眠。

诗以"怀君"领起，而"怀君"之意，迄未明说。空际传神，不着迹象，清幽淡远，一片空灵，自是五绝妙境。

滁州西涧[①]

　　独怜幽草涧边生，上有黄鹂深树鸣。
春潮带雨晚来急，野渡无人舟自横。

注释

①滁州：今安徽滁县。 西涧：在滁州城西。

韦应物于德宗建中四年（783）出为滁州刺史，旋即罢任，闲居滁州西涧。 此诗即作于此时。 全诗写西涧春景，前半写晴景，后半写雨景。 写晴景明丽如绘，而以黄鹂偶鸣烘托静境，画不能到。 写雨景亦用以动形静手法：暮雨忽来，春潮骤涨，着一"急"字，如见汹涌之势，如闻澎湃之声。 而野渡无人，孤舟自横，又于动中显静，喧中见寂。 后两句历代传诵，且被化用。 北宋寇准《春日登楼怀归》"野水无人渡，孤舟尽日横"，苏舜钦《淮中晚泊犊头》"晚泊孤舟古祠下，满川风雨看潮生"，南宋史达祖《绮罗香·咏春雨》"还被春潮晚急，难寻官渡"，均由此化出。

王士禛《唐人万首绝句选·凡例》云："宋赵章泉、韩涧泉选唐诗绝句，其评注多迂腐穿凿。 如韦苏州《滁州西涧》一首'独怜幽草涧边生，上有黄鹂深树鸣'，以为'君子在下，小人在上'之象，以此论诗，岂复有风雅耶？"解诗不宜说死，更忌穿凿附会。 "君子在下"之类的解释，的确太迂腐穿凿。 但诗中确实存在的寓意、寄托及深层蕴含，也应阐明，始有助于提高读者的鉴赏力。 此诗写西涧晴景而"独怜"幽草，写西涧雨景而以春潮暴涨反衬野渡舟横，言外有意，极耐寻绎。 如果那只"舟"不在"野渡"而在官津，当"春潮带雨晚来急"之时，万人争渡，岂能"自横"？ 如果作者春风得意，竞逐繁华，则寂寞"幽草"，又怎能使他偏爱？ 结合诗人自尚书比部员外郎外放滁州刺史，旋即罢任，闲居西涧的境遇细味此诗，则其景中之情、言外之意，是不难领会的。

卢 纶

卢纶(748—800?),字允言,河中蒲(今山西永济)人。安史乱起,避难鄱阳。大历初,数举进士不第,经宰相王缙、元载举荐,授阌乡尉,改密县令。历官集贤学士、秘书省校书郎、陕州府户曹、昭应令、奉天行营判官,终户部郎中。《新唐书》有传。 卢纶为"大历十才子"之一,诗名颇著。元和时令狐楚选《御览诗》,纶诗入选者居全书十分之一。《旧唐书·卢简求传》称:"大历中,诗人李端、钱起、韩翃辈能为五言诗,而辞情捷丽,纶作尤工。"辛文房谓:"纶与吉中孚……号'大历十才子',唐之文风,至此一变矣。纶所作特胜,不减盛时,如三河少年,风流自赏。"(《唐才子传》卷四)其诗工于叙事写景,兼擅各体,五七律精严浑厚,犹有盛唐余音。有《卢户部集》,《全唐诗》存诗五卷。

晚次鄂州

云开远见汉阳城,犹是孤帆一日程。估客昼眠知浪静,舟人夜语觉潮生①。三湘衰鬓逢秋色,万里归心对月明。旧业已随征战尽,更堪江上鼓鼙声②?

注释

①估客:指同船的商人。 舟人:船家。 ②更堪:哪里更经得起。 江上鼓鼙声:言鄂州一带也不平静。

题下原注:"至德中作。"肃宗至德(756—758)中,卢纶避安史之乱南下,此诗当作于南下抵鄂州(今湖北武汉)时。 先以望见鄂州发端,中间两联写江上行舟情景。 第二联尤精彩,沈德潜评云:"读三、四语,如身在江舟间矣,诗不贵景象耶?"(《唐诗别裁集》

卷一四)方东树《昭昧詹言》评全诗云:"起句点题,次句缩转,用笔转折有势。 三、四兴在象外,卓然名句。 收切鄂州,有远想。"

塞下曲六首①(选二)

林暗草惊风,将军夜引弓②。 平明寻白羽,没在石棱中③。

注释

①塞下曲:唐代乐府题,出于汉《出塞》《入塞》等曲。 此题一作《和张仆射塞下曲》。 张仆射指张延赏。 ②引弓:拉弓。 ③"平明"两句:据李广故事而加以创新。《史记·李将军列传》:"广出猎,见草中石,以为虎而射之,中石没镞,视之,石也。"白羽:指白羽箭。

安史之乱以后,回纥、吐蕃多次入侵,浑瑊在郭子仪麾下累立战功。 德宗兴元元年(784),浑瑊以军功封咸宁郡王,镇守河中。《旧唐书·浑瑊传》载:"贞元三年(787),吐蕃入寇,至凤翔,欲长驱犯京师,而畏瑊……"卢纶长期居浑瑊幕府,任元帅判官,对浑瑊英勇拒敌、力振国威的多次战斗都亲自参与,故能发为高唱,作此组诗,在以厌战思归为主旋律的中唐边塞诗中卓然特立,大放异彩,评论家认为"有盛唐之音",可与岑参边塞诗抗手。

组诗共六首,这是第二首。 借射虎表现将军英武,戒备森严。 首句"林暗"已含次句"夜"字,夜黑林暗,风动草惊,写猛虎出林景象极逼真、生动。 着一"惊"字,由"草惊风"引起人惊虎,用"风从虎"语意不露痕迹。 次句紧承首句,一见草惊即拉弓猛射,则将军的高度警惕性已不言可知。前两句只写将军夜射而不言结果,故留悬念。可以想见,一射之后,即风停草静。因为夜黑林暗,故未人林察看现场。后两句所写,乃时隔一夜之后的情景,先用"平明寻白羽"一宕,又引起读者悬念,急于一探究竟。"寻白羽"有一个过程,略去不写,只写惊人的发现:"没在石棱中。"而将军之神勇、射术之超群,俱见于言外。

月黑雁飞高,单于夜遁逃①。欲将轻骑逐②,大雪满弓刀。

注释

①单于:对匈奴君长的称呼。②轻骑(jì):轻装的骑兵。逐:追击。

前两句极富暗示性。"月黑"与以下"夜""雪"互补,暗示敌人可能趁机出动。月黑雪猛,非雁飞之时,却见大雁高飞,暗示已有敌情。将军一见雁飞,迅即作出"单于夜遁逃"的判断,暗示敌人被围已久,已无力夜袭。当然,将军极富作战经验,雪夜严密注视敌情,也同时得到暗示。

后两句不正面描写轻骑远追及其辉煌战果,却用"大雪满弓刀"烘托跃跃欲追的场景,所谓"将军欲以巧伏人,盘马弯弓惜不发",扣人心弦,引人联想,言有尽而意无穷。

山　店

登登山路行时尽①,决决溪泉到处闻。

风动叶声山犬吠,一家松火隔秋云②。

注释

①登登:脚步声。②松火:用松树脂点燃的灯火。

题为《山店》,诗写旅途跋涉中渴望找到"山店"歇脚的情景,极传神。何焯《三体唐诗》评:"发端是暮程倦客,亟望有店;'行时尽',又直贯'隔秋云'三字。第二句疑若路穷,妙能顿挫。第四句仍用'隔秋云'三字,欲透复缩。"又云:"'犬吠'尚是因风远传,与下句'隔'字一线。"前两句写山路、泉声无尽无休,渴望休息而不知何处有店。后两句写风声传来犬吠,不禁心喜,循声看去,果然"一家松火",可它为秋云所隔,还远着哩!

李　益

李益(748—829),字君虞,排行十,凉州姑臧(今甘肃武威)人。代宗广德二年(764)凉州陷于吐蕃前,随家迁离故土,定居洛阳。大历四年(769)登进士第,授华州郑县尉,迁郑县主簿。九年入渭北节度使臧希让幕,随军北征备边。德宗建中二年(781)转入朔方节度使李怀光幕,曾巡行朔野。四年以书判登拔萃科,授侍御史。贞元元年(785)入天德节度使杜希全幕。四年为邠宁节度从事,十二年府罢。十三年(797)为幽州节度从事,进营田副使。至十六年(800)方离军府。宪宗元和元年(806)前后,入朝为都官郎中,三年以本官充考制策官。其后进中书舍人,改河南少尹。七年(812)任秘书少监兼集贤学士。八年前后,因作"感恩知有地,不上望京楼"诗,降居散职。旋复任秘书监。累历太子右庶子、秘书监、太子宾客、集贤学士判院事。十五年(820)任右散骑常侍。文宗大和元年(827)加礼部尚书致仕。其生平事迹见新、旧《唐书》本传及今人卞孝萱《李益年谱稿》。李益诗名振当代。元和十二年令狐楚选《御览诗》,李益诗入选最多。李肇著《国史补》,称"李益诗名早著",其诗"好事者画为图障","唱为乐曲"。早期诗风类"十才子",以五律见长,《喜见外弟又言别》是其代表作。中期处军旅中达二十六年之久,多写边塞题材,艺术成就臻于巅峰。辛文房称其"从军十年,运筹决胜,尤其所长。往往鞍马间为文,横槊赋诗,故多抑扬激励悲离之作,高适、岑参之流也"(《唐才子传》卷四)。各体皆工,尤以七绝名世。有《李益集》,《全唐诗》存诗二卷。

喜见外弟又言别

十年离乱后,长大一相逢。问姓惊初见,称名忆旧容。别来沧海事①,语罢暮天钟。明日巴陵道②,秋山又几重。

注释

①沧海事:是说世事变化很大,如同沧海变成桑田,桑田变为沧海。葛洪《神仙传·麻姑》:"麻姑自说云,接待以来,已见东海三为桑田。"这一句与首句呼应,因为十年离乱,所以世事沧桑,变化极大。②巴陵:唐代郡名,治所在今湖南岳阳,是外弟将要去的地方。

这首五律,将战乱年代久别乍逢的欢愉与乍逢又别的惆怅跃然纸上,语浅情深,感人肺腑。"问姓惊初见,称名忆旧容"尤为传诵。沈德潜评云:"与'乍见翻疑梦,相悲各问年'抚衷述愫,同一情至。"(《唐诗别裁集》卷一一)贺裳评云:"情尤深,语尤怆,读之者几于泪不能收。"(《载酒园诗话》又编)全篇亦如沈德潜所评:"一气旋折,中唐诗中仅见者。"

夜上受降城闻笛[①]

回乐烽前沙似雪[②],受降城外月如霜。
不知何处吹芦管[③],一夜征人尽望乡。

注释

①受降城:唐高宗神龙三年张仁愿所筑,以防突厥,共有中、东、西三城。中城在今内蒙古包头市西,东城在今内蒙古托克托西,西城在今内蒙古杭锦后旗乌加河北岸。历来注家注此诗,都注受降城为张仁愿所筑东、中、西三城中的某一城。其实此诗中受降城乃灵州(今宁夏回族自治区灵武县西南)州治所在地回乐县。贞观二十年,唐太宗曾亲临灵州接受突厥一部的投降,故称灵州城为"受降城"。②回乐烽:烽火台名,当在回乐县境内。③芦管:指题中之"笛"。

贞元元年(785)起,李益佐灵州大都督杜希全幕达四五年之久,诗当作于此时。

前两句写"夜上受降城"所见。远望,白沙莽莽,恍如终年不化的积雪;近看,月色茫茫,恍如秋宵普降的寒霜。仅"沙似雪""月如霜"已足以触发征人怀乡思归之情,更何况"沙似雪""月如霜"的地点是"回乐烽前""受降城外"!这一联用对偶句,连两个地名也字字相对,铢两悉称。"受降城""回乐烽"如果名实相符,那么吐蕃归降,征人便可享"回"乡之"乐",可如今这里是防御吐蕃的前沿阵地啊!作者另有《暮过回乐烽》诗:"烽火高飞百尺台,黄昏遥自碛南来。昔时征战回应乐,今日从军乐未回。""乐未回"是故作慷慨之词,其实是正话反说。这两个对偶句正是巧用地名与实际的尖锐矛盾及其寂寥、凄冷的眼前景引发征人的思"回"之情,为第四句蓄势。

后两句写"闻笛"之感。王昌龄《从军行》云:"更吹羌笛关山月,无那(奈)金闺万里愁。"今于"回乐烽前""受降城外"忽传羌笛之声,征人闻此,更动乡愁。然而直言乡愁,则流于抽象。诗人的高明之处,在于巧运回旋跌宕之笔,写"吹芦管",而以"不知何处"领起,自然引出结句:"一夜征人尽望乡。""尽"字笼括所有征人,"望"字照应"不知何处"。征人原已思乡,今闻悠扬哀怨的笛声从家乡那边飘来,便无不回头"望乡"。前三句蕴含的思乡之情,都汇聚于"尽望乡"的神态之中,形成震撼人心的艺术魅力。

诗中未用"久戍""思归"之类的字眼,一、二句绘色,第三句传声,第四句状形,而情含其中,情景两绝。宋宗元《网师园唐诗笺》评云:"蕴藉宛转,乐府绝唱。"王世贞《艺苑卮言》评云:"绝句李益为胜,'回乐烽前'一章,何必王龙标、李供奉?"

边 思

腰悬锦带佩吴钩[①],走马曾防玉塞秋[②]。莫笑关西将家子[③],只将诗思入凉州[④]。

注释

[①]吴钩:春秋时吴王阖闾所造的一种弯形宝刀,见《吴越春秋》。鲍照《代结客少年场行》有"锦带佩吴钩"句。[②]玉塞:玉门关。[③]关西将家子:《后汉书·虞翻传》,"谚曰:'关西出将,

关东出相。'"李益为陇西人,汉名将李广之后,其父也做过武官,故自称"关西将家子"。④凉州:地名,亦乐曲名。

这首诗是李益的自我写照,当作于中年以后。

前两句用一"曾(曾经)"字,追叙往日的战斗经历。李益生于凉州,出身望族,以"身承汉飞将"(《赵邠宁留别》)自豪。但八岁时爆发安史之乱,十七岁时吐蕃侵占河西陇右之地,家乡沦陷,移家洛阳。这给他留下了痛苦的回忆,他自称"西州遗民",誓复失地。他"从军十年",主要是抵御吐蕃入侵,当时的特定说法叫作"防秋"。首句"腰悬锦带佩吴钩",活画出"关西将家子"的英武形象,次句用"走马""防秋"概括了十年战斗生涯。"防秋"乃至收复河西、陇右失地,这是他的本愿,可是他的这种愿望一直未能实现,却以边塞诗蜚声当时,因而以三、四句抒发感慨。

后两句以"莫笑"领起,言外之意是,作为"关西将家子"而"只将诗思入凉州",这是可"笑"的,而且已经有人"笑"他。当然,别人不会"笑",这只是一种假设,便于自我解嘲:别笑我只知作诗,我还干过"关西将家子"的本行,"腰悬锦带佩吴钩,走马曾防玉塞秋"呢!

"诗思(sì四)",指诗情诗意。"入凉州",语意双关。《旧唐书·李益传》说李益擅长七绝,"每作一篇,为教坊乐人以赂求取,唱为供奉歌辞,其《征人歌》、《早行篇》,好事者画为屏障。'回乐烽前沙似雪,受降城外月如霜'之句,天下以为歌辞。"《乐府诗集》引《乐苑》云:"《凉州》,宫调曲,开元中凉州府都督郭知运进。"据此,"诗思入凉州"指其诗"入乐",被谱为歌曲,天下传唱。《凉州》,借指乐曲。李益是凉州人,自幼熟习《凉州曲》,其诗入乐,亦以谱入《凉州曲》为宜。然而只要注意他生长于凉州,青年时期家乡沦陷,他常思收复、形于吟咏的事实,便不难探究"只将诗思入凉州"的深层意蕴:虽曾十载从军,却一直未能收复失地,因而只能将"诗思"谱"入凉州",而他自己及家属,却依然漂泊他乡,未能"入凉州"回故里啊!他的《从军诗》自序云:"吾在兵间,故为文多军旅之思。或因军中酒酣,或自塞上兵寝,投剑秉笔,散怀于斯文,率皆出乎慷慨意气,武毅果厉。本其凉国,则世将之后,乃西州之遗民欤!亦其坎坷当世,发愤之所志也。"(见《唐诗纪事》卷三十)读读这篇序,再读"故国关山无限路,风沙满眼堪断魂"(《六州胡儿歌》)一类诗句,便更能领会这首《边思》诗所抒发的作为"西州遗民"的深沉感慨。

从军北征

天山雪后海风寒①,横笛偏吹行路难②。碛里征人三十万,一时回首月中看③。

注释

①天山:在今新疆中部。海:塞外湖泊,古代亦称海。②行路难:乐府《杂曲》。③碛:沙漠。黄生《唐诗摘抄》:"闻笛思乡,诗中常事,硬说三十万人一时回看,便使常意变新。"

此诗作于德宗贞元元年(785)至四年间在杜希全幕中之时。写征人怀乡之情而气象雄阔,苍凉悲壮。胡应麟云:"七言绝,开元之下,便当以李益为第一。如《夜上西城》、《从军北征》、《受降》、《春夜闻笛》诸篇,皆可与太白、龙标竞爽,非中唐所得有也。"(《诗薮》内编卷六)

塞下曲

伏波惟愿裹尸还,定远何须生入关①?
莫遣只轮归海窟,仍留一箭定天山②。

注释

①伏波:东汉马援屡立战功,被封为伏波将军。他曾说,男儿要有战死边疆、以马革裹尸还葬的决心。 定远:东汉班超投笔从军,平定西域一些少数民族贵族统治者的叛乱,封定远侯,居西域三十一年,最后因衰老上书皇帝,请求调回,有"但愿生入玉门关"句。②海窟:本指海中动物聚居的洞穴,这里借指敌人聚居的地方。 一箭定天山:《旧唐书·薛仁贵传》说,唐高宗时,薛仁贵领兵在天山迎击九姓突厥十余万军队,发三矢射杀他们派来挑战的少数部队中的三人,其余都下马请降。薛仁贵率兵乘胜前进,凯旋时,军中歌唱道:"将军三箭定天山,战士长歌入汉关。"

只写马援、班超、薛仁贵为国立功的英雄事迹,而激励后人之意即蕴含其中。纯用对偶句,又句句用典,大气盘旋,神采飞扬,极沉雄豪迈之致。

听晓角

边霜昨夜堕关榆①,吹角当城汉月孤②。无限塞鸿飞不度,秋风卷入小单于③。

注释

①堕:降落。关榆:古代北方边塞常种榆树,关榆就是指关旁

的榆树，所以李益的《回军行》也说"关城榆叶早疏黄，日暮沙云古战场"。②汉月：唐代边塞诗中常用"秦时明月""汉月"之类的词，这是由看到月亮而引起的联想。③小单于：乐曲名。这句是说晓角在秋风中吹《小单于》曲。

纯从角声的影响方面落墨，避实就虚；而写角声的影响，又只说边霜夜降、榆叶飘堕，无数塞鸿不能飞度，却只字不提戍卒。其写法可谓极奇极幻。然而边霜、榆叶、塞鸿一听晓角，其反响尚如此强烈，何况戍卒！沈德潜云："塞鸿闻角声尚不能飞度，况《小单于》吹入征人耳乎？与《受降城》一首相印。"（《唐诗别裁集》卷二〇）

江 南 曲

嫁得瞿塘贾①，朝朝误妾期②。早知潮有信③，嫁与弄潮儿④。

注释

①瞿塘：长江三峡之一，属夔州。夔州当时为商业中心，故"瞿塘饶贾客"（李白《江上寄巴东故人》）。②期：约定的归期。③潮有信：潮涨潮落有定时。④弄潮儿：能在潮涨时戏水的青年。

《江南曲》为乐府《相和歌》旧题，多述江南水乡风俗及男女爱情。此诗先通过商人妇的口吻，埋怨商人重利，久客不归，杳无音信；接着即从"信"字生发，写出千古妙句。黄叔灿《唐诗笺注》云："不知如何落想，得此急切情至语。乃知《郑风》'子不我思，岂无他人'是怨怅之极词也。"

孟 郊

孟郊(751—814),字东野,排行十二,湖州武康(今浙江德清)人。 贞元十二年(796)进士,十六年授溧阳尉,抑郁不得志,遂辞归。 元和初,郑余庆为河南尹,奏为水陆转运判官。 九年(814),郑余庆出镇兴元,辟为参谋,病卒于途。 早年隐居嵩山,家境贫困,屡试不第,曾浪迹江西、湖北、湖南等地以寻求出路,而终无所获。 入仕以后,因生性孤直,不谐世媚俗,亦贫困潦倒,死后竟无钱下葬。 友人张籍等私谥为贞曜先生。 其生平事迹见韩愈《贞曜先生墓志铭》及新、旧《唐书》本传。 近人夏敬观、今人华忱之各有《孟郊年谱》,后者较完备。 孟郊与韩愈酬唱,并称"韩孟",为韩孟诗派开派人物。 其诗五古多硬语盘空,自诉穷困和愤世嫉俗之作;绝句质朴简练,有古乐府风神。 韩愈评其诗"横空盘硬语,妥帖力排奡"(《荐士》),"刿目鉥心,刃迎缕解,钩章棘句,掐擢胃肾"(《贞曜先生墓志铭》)。 因其处境困窘,心胸亦窄,故诗风清奇、瘦硬、苦涩,张为《诗人主客图》列为"清奇僻苦主"。 当时诗名极盛,李观、韩愈、张籍、白居易、贾岛等皆极推崇。 李肇《国史补》谓"元和以后……学矫激于孟郊",足见其影响。 有《孟东野诗集》,《全唐诗》存其诗一〇卷。

寒地百姓吟

无火炙地眠①,半夜皆立号②。 冷箭何处来③,棘针风骚骚④。 霜吹破四壁⑤,苦痛不可逃。 高堂捶钟饮⑥,到晓闻烹炮⑦。 寒者愿为蛾,烧死彼华膏⑧。 华膏隔仙罗⑨,虚绕千万遭。 到头落地死,踏地为游遨⑩。 游遨者是谁⑪? 君子为郁陶⑫。

注释

①炙(zhì 志):烤。 ②号(háo 毫):叫喊。 以上两句说,穷苦百

姓家里没有取暖的炉火,只好将地面烤热后睡下,到半夜时地面变冷,冻得人站起来号叫。③冷箭:与下句中的"棘针"都是指从缝隙中吹进来的刺骨冷风。④骚骚:风声。一作"骚劳"。⑤霜吹:霜风。 这一句说冷风从四面墙壁缝隙中钻进来,所以下句说无法逃避寒冷的痛苦。⑥捶(chuí垂):敲击。 钟:古代的一种打击乐器。 这一句写富贵人家在高堂大屋中一边喝酒,一边欣赏音乐。⑦烹(pēng怦)、炮(bāo包):两种烹饪的方法,烹是用热油略炒,炮是用猛火急炒。 这一句说,厨房里忙个不停,直到早上仍能听到烹炮的声音,闻到佳肴的香气。⑧膏:油,这里指油灯。 以上两句说,受冻的百姓情愿化成飞蛾,扑向华美的油灯被烧死。⑨仙罗:指油灯上的丝绸灯罩。⑩游遨:游玩。 这里指"高堂捶钟饮"的富贵者。 以上两句说,飞蛾最终落地而死,又被日夜游乐的富贵者所践踏。⑪这一句用疑问的语气表示对游乐者的轻蔑:这些游乐者都是些什么样的人啊!⑫君子:这里指正直的人,其中也包括了诗人自己。 郁陶(yáo姚):满腔悲愤。

此诗作于宪宗元和元年(806),当时作者任河南水陆转运判官,居洛阳。 诗中将百姓之饥寒与豪绅之宴饮取乐作对比,表现了对前者的同情、对后者的抨击。 以"冷箭""棘针""破四壁"写寒风,以"寒者愿为蛾,烧死彼华膏"写百姓希望得到一丝温暖,都体现了孟郊"刿目鉥心"的艺术特点。

游终南山

南山塞天地①,日月石上生。 高峰夜留景②,深谷昼未明。 山中人自正,路险心亦平③。长风驱松柏,声拂万壑清④。
到此悔读书,朝朝近浮名。

注释

①塞:充满。这句并下句极言终南山的高大,它充塞在天地之间,太阳月亮仿佛从山里升起。②高峰:指太白峰。景:日光。此句原注:"太白峰西,黄昏后见余日。"③以上两句说,山野之人心地纯正,尽管山路险仄,内心仍然平和。④壑(hè 贺):山沟。

题为《游终南山》,解诗应注意"游"字。前六句写终南山,句句奇出意表,险语惊人。然而这是写"游"山时的所见所感,与写遥望终南自然不同。人在山中,仰望则山与天接,环顾则视线为千岩万壑所遮,压根儿看不见山外还有什么空间。用"南山塞天地"概括这种独特感受,虽"险"而不怪,虽夸而非诞。"日月"当然不是"石上生"的,更不会同时从"石上生"出。"日月石上生"一句,真"奇""险"绝伦。然而这也是写他"游"终南的感受。"日""月"并提,表明他入山以来,既见日升,又看月出,已经度过几个昼夜;终南之大,作者游兴之浓,也由此曲曲传出。身在终南深处,朝望日,夕望月,都从高峰顶端初露半轮,然后冉冉升起,不就像从"石上生"出来一样吗?三、四句乍读也"险"得出"奇"。在同一地方,"夜"与"景"(日光)互不相容,"昼"与"未明"也无法并存,但作者硬把它们统一起来,怎能不给人以"奇""险"的感觉!但细玩诗意,"高峰夜留景"不过是说在其他地方全被夜幕笼罩之后,终南"高峰"还留有落日的余晖,极言其"高";"深谷昼未明"不过是说在其他地方已经洒满阳光之时,终南"深谷"依然一片幽暗,极言其"深"。一"高"一"深",悬殊若此，也给人以"奇""险"感。然而这一"高"一"深"，正足以表现千岩万壑的千形万态，足以见终南山高深广远，无所不包。究其实，略同于王维的"阴晴众壑殊"，不过风格各异而已。

终南山人简直在林海里居住，下两句写林海而选择了极好的角度："长风"。"长风驱松柏"的"驱"字下得"险"。但终南松柏成林，一望无际，"长风"过处，枝枝叶叶都向一边倾斜、摇摆，形成后浪推前浪的奇观，只有"驱"字才能表现得形神毕肖。"声拂万壑清"的"拂"字下得"奇"。"声"无形无色，谁能看见它拂？然而此句紧承上句，那"声"来自"长风驱松柏"，"长风"过处，千松万柏枝枝叶叶都在飘"拂"，也都在发"声"。不说枝拂而说"声拂"，就把视觉形象和听觉形象融合为一，使读者于看见万顷松涛之际，又听见万顷松风。

硬语盘空，险语惊人，奇出意表，孟郊诗的这些独特风格，在这首诗里得到了突出表现；但仍有一定的含蓄美值得品味。赞美终南的万壑清风，意味着厌恶长安的十丈红尘；赞美山里的"人正""心平"，意味着厌恶山外的人邪心险。以"到此悔读书，朝朝近浮名"收束全诗，这种言外之意就表现得相当明显了。

游子吟

慈母手中线，游子身上衣。临行密密缝，意恐迟迟归。谁言寸草心①，报得三春晖②？

注释

①寸草心：小草茎中抽出的嫩芽。②三春：指孟春、仲春、季

春,即阴历正月、二月、三月。 晖:阳光。

题下作者自注云:"迎母溧上作。"作时当为贞元十六年(800)。 孟郊出身贫寒,其父孟庭玢早卒,母亲裴氏受尽千难万苦,抚养三个儿子成人。 孟郊多次辞家,奔走衣食,直到五十岁才被授予溧阳(今属江苏)县尉的小官。 当他迎养老母时,以往辞家别母的情景浮现眼前,情不自禁地写出这篇《游子吟》。

"慈母手中线,游子身上衣",由于中间省掉"缝"字而留给第三句补出,便成为两个词组,从而使二者的关系更其紧密,恰切地表现了母子相依为命的骨肉之情。 第三句"临行"上承"游子";"缝"上承"线"与"衣";"密密缝"三字,将慈母手眼相应、行针引线的神态及其对儿子的爱抚、担忧、祝愿和希冀和盘托出,扣人心弦,催人泪下。 这"密密缝"的情景是"游子""临行"之际亲眼看见的,他从那细针密线中体会出慈母的心意:她切盼儿子早早归来;又生怕儿子迟迟不归,衣服破了,拿什么换,所以才"密密缝"。 "意恐迟迟归"的那个"意",即出于儿子的意思,也正是慈母的真意,慈母的爱心与儿子的孝心交融互感,给"迟迟归"倾注了无声的情感波涛:母亲生怕儿子"迟迟归",当然有复杂的心理活动;儿子体贴母亲,下决心要早早归,然而世路难行,谋生不易,万一"迟迟归"呢?……

后两句突用比喻作结,出人意表。 然而仔细玩味,实由"意"字引发。 如果儿子毫无孝心,便不会把慈母缝衣放在眼里,甚至嫌弃那衣服土气。 诗里写的这个儿子则不然:慈母为他缝衣,他在一旁静观默想;当他体会出老母心意之时,便被那博大、深厚、温馨的母爱所打动,心潮汹涌,终于化为"谁言寸草心,报得三春晖"的心声。 "寸草心",极微小;"三春晖",博大而温暖。 二者的关系是:没有"春晖"普照,"寸草"不能成长;而"寸草"之"心",

又无以报答"春晖"的恩情。这两句,用通俗而形象的比喻,赞颂了春晖般普博温厚的母爱,寄托了区区小草般的儿女欲报母爱于万一的炽热深情;用反诘语气,更强化了感人的力量。因而成为万口传诵的名句,并被浓缩为"春晖寸草"的成语,感发普天下人子的孝心。

苏轼《读孟郊诗》云:"诗从肺腑出,出辄愁肺腑。"这一首,真是从肺腑中流出的。写的是最普通的慈母缝衣场景,选的是最常见的阳光照耀小草的比喻,用的是朴实无华、通俗如话的语言,歌颂的是人人都感受过的母爱,但由于这是从一个渴望报答母爱于万一的好儿子的肺腑中流出的,所以感人肺腑。

这首诗与孟郊的《游终南山》一类诗的风格截然不同。真诚地赞颂母爱,用不着硬语盘空,险语惊人。

张　籍

张籍(766? — 830?),字文昌,原籍苏州,移居和州乌江(今安徽和县乌江镇)。贞元十五年(799)进士。历任太常太祝、国子助教、国子博士、水部员外郎、主客郎中、国子司业等职,世称张太祝、张水部、张司业。又因家境贫困,患严重眼疾,故被孟郊称为"穷瞎张太祝"(《寄张籍》)。曾从韩愈问学,得其奖掖,世称韩门弟子。与同时诗人白居易、王建、孟郊、贾岛、于鹄等交游,互有赠答。其诗歌理论与创作倾向接近白居易,白居易称其"尤工乐府诗,举代少其伦"(《读张籍古乐府》)。其乐府诗多写民间疾苦,明白畅达而又简练警拔,王安石赞其"看似寻常最奇崛,成如容易却艰辛"(《题张司业诗》)。与王建乐府诗齐名,并称"张王乐府"。亦工近体,五律体清韵远,七绝婉转流畅,清新秀朗。其生平事迹见新、旧《唐书》本传及今人卞孝萱《张籍简谱》。有《张司业集》,《全唐诗》存诗五卷。

野老歌①

老翁家贫在山住，耕种山田三四亩。苗疏税多不得食，输入官仓化为土。岁暮锄犁倚空室，呼儿登山收橡实②。西江贾客珠百斛③，船中养犬长食肉。

注释

①《野老歌》：一作《山农词》。②橡实：橡树的果实，荒年可充饥。③西江：今江西九江市一带，是当时商业繁盛地区。唐时属江南西道，故称西江。贾（gǔ古）客：商人。斛（hú胡）：十斗。

前六句写山农，后两句从远在"西江"的商船上拍了一个镜头，来与山农作对比："贾客珠百斛"，与山农"锄犁倚空室"的对比何等强烈！山农吃橡实，与贾客"船中养犬长食肉"的对比又何等强烈！

作者不写郊区农民而写山农，也极有深意。连"耕种山田三四亩"的山农都压榨得颗粒无存，那么郊区农民的命运，也就可想而知。白居易的《重赋》《杜陵叟》一类的作品，便可证明。

语言质朴自然，简直像随口说话，却精警凝练，极富表现力。如"苗疏税多不得食，输入官仓化为土"仅用十四个字，便把"苗疏"与"税多"、"不得食"与"化为土"相互对比，产生了巨大的震撼力；而吏胥催税、百般勒索之类的细节，亦蕴含其中，不难想象。王安石评张籍的诗"看似寻常最奇崛，成如容易却艰辛"（《题张司业诗》），可谓深中肯綮。

山头鹿

　　山头鹿,双角芟芟尾促促①。贫儿多租输不足②,夫死未葬儿在狱。早日熬熬烝野冈③,禾黍不熟无狱粮④。县家唯忧少军食⑤,谁能令尔无死伤?

注释

①芟(shān 山):镰刀。芟芟:形容鹿角像镰刀一样弯曲。促促:短的样子。②贫儿:从下句看,实为"贫妇"。③熬熬:炎炎。烝:同"蒸"。④"禾黍"句:庄稼未成熟,已被晒死了。⑤县家:官府。

　　这是"即事名篇"的新乐府。开头两句写山头鹿,中间写一位"夫死未葬"的贫妇因交不够租,儿子被抓去关在牢里,她又无粮为儿子送饭。这一切,似乎都与山头鹿无关。结尾忽然与开头拍合:县家少军食,把老百姓的粮食都刮去也不够吃;那么,山头鹿的性命谁能保全呢?问而不答,引人深思。

秋　思

　　洛阳城里见秋风,欲作家书意万重。复恐匆匆说不尽,行人临发又开封①。

注释

①临发：即将出发。　开封：打开信封。

这首诗的最精彩处在三、四句。但无第二句，三、四句便无从引发；无第一句，第二句也不能凭空写出。第一句只有七个字，怎样写，看来难度很大；而作者似乎写得很轻松。然而仔细想来，只有如此写，才能领得起。作者的故乡在和州，"洛阳城里见秋风"，说明离家作客，已到秋天，自然引起"秋思"，这是第一层。"秋风"不能"见"，偏用"见"字，表明所"见"者乃是"草木摇落"的萧条景象，对于稍有文学修养的人来说，宋玉《九辩》中"悲哉秋之为气也……廓落兮羁旅而无友生，惆怅兮而私自怜"那一段，便扣击心扉，引起共鸣，加重"秋思"，这是第二层。更重要的，还有人所共知的一段故事：西晋名士张翰从江南故乡来到洛阳做官，"见秋风起，乃思吴中菰菜莼羹鲈鱼脍，曰：'人生贵得适志，何能羁宦数千里以要名爵乎？'遂命驾而归"（《晋书》卷九二《张翰传》）。很清楚，第一句从字面到内涵，都由此感发，其题目《秋思》的主旨，正是思家、思归。思归而不能归，第二句"欲作家书意万重"即随之喷薄而出。

作的是七绝，如今只剩两句十四字，又怎样表现那"万重"之"意"呢？作者的高明之处在于压根儿不去罗列那"万重"之"意"，而是通过极富典型性的动作展现"欲作家书意万重"的心态："复恐匆匆说不尽，行人临发又开封。"把封好的信又打开来，也许会补写几条。但不管开了又封，封了又开，反复多少次，唯恐说不尽的心态依然未改。这就是通常所说的"话长纸短、言不尽意"，凡寄过家书的人大约都有这种心理体验。把这种人所共有的心理体验精确地外化为直觉造型，便能引发读者的心灵共振，传诵不衰。林昌彝《射鹰楼诗话》评此诗为"七绝之绝境,盛唐人到此者亦罕",不算过誉。

酬朱庆馀

越女新妆出镜心,自知明艳更沉吟①。
齐纨未是人间贵,一曲菱歌敌万金②。

注释

①"越女"二句:朱庆馀乃越州人,家乡有镜湖,故比之为越女,说她出自镜湖之心。沉吟:反复忖度,未能自作判断。②"齐纨"二句:谓菱歌价重,非齐纨可酬。唐代歌伎演奏毕,宾客以绫、绢相酬,称为"缠头"。齐纨:齐地所产细绢,颇贵重。菱歌:比拟朱庆馀的诗。

《全唐诗话》载:"庆馀遇水部郎中张籍,知音,索庆馀新篇二十六章,置之怀袖而推赞之。时人以籍重名,皆缮录讽咏,遂登科。庆馀作《闺意》一篇以献,籍酬之云云,由是朱之诗名流于海内矣。"朱庆馀《闺意献张水部》(一作《近试上张水部》)诗云:

洞房昨夜停红烛,待晓堂前拜舅姑。妆罢低声问夫婿,画眉深浅入时无?

纯用比体,风神摇曳。张籍酬诗亦妙手比拟,其前两句就朱诗后两句写其风致心态,其后两句,则夸其画眉入时,菱歌价重,高度评价了朱庆馀的诗歌。不独词章绮丽,其奖掖新秀之意,尤足感人。

王　建

王建(766？—832？)，字仲初，排行六，关辅(今陕西)人，郡望颍川(今河南许昌)。　早年与张籍同学友善。　德宗贞元中历佐淄青、幽州、岭南节度幕。　宪宗元和初佐荆南、魏博幕。　八年(813)前后任昭应丞，转渭南尉。　与宦官王守澄联宗，得悉宫中诸事，作《宫词》百首，传诵一时。　迁太府丞，穆宗长庆二年(822)前后任秘书郎。　文宗大和二年(828)自太常丞出为陕州司马。　晚年退居咸阳原上，家境贫困。　生平事迹见《唐诗纪事》《唐才子传》及今人谭优学《王建行年考》。　王建擅长乐府，与张籍齐名。　平生奔走南北，了解民间疾苦，故其乐府诗多取材于农夫、蚕妇、织女、水夫以针砭时弊。　绝句婉转流畅，清新有致，《宫词》百绝，尤"天下传播，效此体者虽有数家，而建为之祖"(蔡正孙《诗林广记》前集卷六引)。　有《王建诗集》，《全唐诗》存诗六卷。

水夫谣[①]

苦哉生长当驿边[②]，官家使我牵驿船。辛苦日多乐时少，水宿沙行如海鸟[③]。逆风上水万斛重[④]，前驿迢迢后森森[⑤]。半夜缘堤雪和雨[⑥]，受他驱遣还复去。夜寒衣湿披短蓑，臆穿足裂忍痛何[⑦]？到明辛苦何处说，齐声腾踏牵船歌。一间茅屋何所值，父母之乡去不得。我愿此水作平田，长使水夫不怨天。

注释

①水夫:纤夫。 ②驿:驿站。 古时有陆驿和水驿,这里指水驿。 ③水宿沙行:夜里宿在船上,白天在沙滩上拉纤。 ④万斛:形容船重无比。 ⑤后:指后驿。 淼淼:渺茫无边的样子。 ⑥缘:沿。 ⑦臆:胸口。 穿:破裂。 忍痛何:没奈何只能忍痛。

这首诗以纤夫的口吻诉说牵驿船的辛苦,对当时不合理的劳役制度进行了抨击。 通俗流畅,有民谣风味。

羽林行①

长安恶少出名字②,楼下劫商楼上醉。 天明下直明光宫③,散入五陵松柏中④。 百回杀人身合死⑤,赦书尚有收城功。 九衢一日消息定⑥,乡吏籍中重改姓⑦。 出来依旧属羽林,立在殿前射飞禽。

注释

①羽林行:乐府旧题,属《杂曲歌》。 从汉杂曲《羽林郎》变化而来。 羽林:汉、唐时代皇帝的禁卫军。 唐置左、右羽林军,多吸收市井无赖,仗势行凶,无恶不作。 ②出名字:在官府簿籍上登记名字,指参加羽林军。 ③下直(同"值"):下班。 明光宫:汉宫名,此借指唐宫。 ④五陵:汉朝五个皇帝的陵墓,此泛指长安附近陵墓多松柏处。 ⑤合死:该当处死。 ⑥衢:大街。 九:言其多。 ⑦"乡吏"句:意谓这个罪犯因军功获赦以后改名换姓,入了吏籍,

又当了羽林军。

这是一首写羽林军的诗。

开头第一句即揭示羽林军的出身是"长安恶少",这样的人当了羽林军,如果军纪严明,也许会改邪归正,但事实恰恰相反,且看作者的描写:"楼下劫商",即转身上楼,大吃大喝,直至喝得酩酊大醉,才去皇宫值班;天明下班,即分散在林木深处,伺机杀人劫财。只用三句诗写出这些行径,不再罗列,也不发议论,但已经足够说明一切。 在京城中如此猖狂作恶,肆无忌惮,与其说他们胆大,不如说他们势大。 这时候,羽林军改称神策军,其头领由皇帝的亲信宦官担任,纵容部下欺压人民,无恶不作。 第五句承上启下。 "百回杀人",表明前面不过略举数例。 "身合死",暗示控告者层出不穷,主管者不得不承认这些羽林恶少"百回杀人",论罪该死。 按照常情常理,下句自然是写如何处死,但出人意外的是却用皮里阳秋的手法一笔宕开:"赦书尚有收城功"哩!一个"尚有"(还有),表明以前已用各种理由赦免过,这一次,"尚有"一条十分过硬的赦免理由,那就是"收城功"!可是作者在前面已明白写出,这些罪犯在参加羽林军之前是"长安恶少"而非戍边士卒,在参加羽林军之后只在京城一带"百回杀人",未曾出征,哪来的"收城功"!古代将领多夸大战果,叙录战功时常把未曾参战而有来头的人的姓名开列进去,冒功邀赏。 中唐时期,每用宦官统兵、监军,羽林恶少以行贿等手段假冒军功,以求将"功"折罪,原是轻而易举的事。 以下几句进一步揭露羽林军的罪恶。 对这样十恶不赦的家伙公开包庇,借故赦免,又许其改名换姓,重新入伍,其继续作恶,自在意料之中。

张、王乐府每将不合理的社会现象浓缩于简短的篇幅之中,并在结尾处突起奇峰,大放异彩。 这一篇亦复如此。 赦死复出,即"立在殿前射飞禽",其长恶不悛、恃宠骄纵的神态,令人发指。而皇帝的昏庸,朝政的紊乱,诗人的愤懑,俱见于言外。

新嫁娘词

三日入厨下①,洗手作羹汤②。未谙姑食性③,先遣小姑尝④。

注释

①三日:指新媳妇过门三朝。古代习俗,三朝后要到厨房做菜,表示从此要操持家务,侍奉公婆。本诗前两句即反映这一习俗。②羹(gēng 庚)汤:带汤的菜肴。③谙(ān 安):熟悉。姑:婆婆。食性:口味。④遣:让。小姑:丈夫的妹妹。

写旧时代新嫁娘心态活灵活现。

赠李愬仆射①

和雪翻营一夜行②,神旗冻定马无声。遥看火号连营赤③,知是先锋已上城。

注释

①李愬:字元直,成纪(今甘肃秦安)人,善骑射,有谋略。元和九年(814),彰义节度使吴少阳死,其子吴元济据淮西(今河南汝阳一带)叛乱。元和十二年十月,李愬以唐邓节度使率精兵乘大风雪夜

袭,攻入蔡州,生擒吴元济。此诗即咏其事。平淮蔡后,李愬晋升检校尚书兼仆射。②和(huò货)雪:人跟雪搅和在一起。翻营:倾营出动。③火号:举火为信号。

吴元济叛乱,官军讨伐,屡遭失利,以致元和十二年正月任李愬为将时,"军中承丧败之余,士卒皆惮战"(《资治通鉴·唐纪》)。李愬攻下蔡州,生擒吴元济,对唐王朝削平藩镇割据、维护国家统一起过积极作用,值得称赞。这首七绝以二十八字包举平蔡战役,写得有声有色,堪称佳作。

李愬率兵九千,以三千精兵为先锋,冒风雪急驰六十里,夜袭军事要地张柴村,然后取道人迹罕至的险路夜行七十里,以迅雷不及掩耳之势攻克蔡州。此诗前两句着重描写雪夜急行军。"和雪""翻营""一夜行",一句诗含三层意思、三个短语、三个音节,节奏急促,气氛紧张。"一夜行"三字似嫌抽象,但特用"一夜"点明"行"军的时限,意在突出行军之急,因为时限只一夜,而行程则是一百三十里!第二句"神旗冻定""马无声",乃是对"一夜行"的具体描写。结合第一句看,诗人有意突出三个要点:和雪、夜行、神旗冻定,这一系列自然条件使敌人麻痹大意,疏于防范;"马无声",人更无声,军纪严明,使敌人不易察觉;夜黑、雪大、天气严寒,极不利于行军,却"一夜"急驰,恍如"神"兵自天而降。两句诗表现了这样一些内容,暗示雪夜奇袭必获全胜。

后两句不写先锋部队如何攻城,却从后续部队的"遥看"中展现"火号连营赤"的壮丽画面,并且迅即作出判断:"知是先锋已上城"。而胜利的喜悦以及对这次奇袭的指挥者李愬的赞颂之情,即从这"遥看"和判断中倾泻而出,洋溢纸上。

韩　愈

韩愈(768—824)，字退之，排行十八，河阳(今河南孟县)人。郡望昌黎，故世称韩昌黎。 德宗贞元八年(792)登进士第，同榜多才俊，故称"龙虎榜"。十二年七月受董晋辟，任宣武军节度使观察推官。 十五年(799)秋，依武宁军节度使张建封。 十八年为四门博士。 次年迁监察御史，因陈述关中旱灾、言论切直而触怒权臣，贬阳山令。 宪宗即位，迁江陵府法曹参军。 宪宗元和元年(806)，召拜国子博士，分司东都。 四年改都官员外郎，次年改河南令。 六年(811)秋至京师，任职方员外郎。 七年，坐事降为太学博士，作《进学解》。 此后历任比部郎中、史馆修撰、考功郎中、知制诰、中书舍人等职。 十二年(817)从裴度讨淮西藩镇吴元济，任行军司马。 淮西平，以功授刑部侍郎。 十四年，上表谏迎佛骨，贬为潮州刺史，量移袁州刺史。 次年穆宗即位，召为国子祭酒。 穆宗长庆元年(821)七月，转兵部侍郎。 次年二月，以奉诏赴镇州宣谕王廷凑军有功，转吏部侍郎。 三年拜京兆尹，兼御史大夫。 十月复为兵部侍郎，旋改吏部侍郎。 四年(824)十二月二日卒于长安，谥"文"，世称韩吏部、韩文公。 其生平事迹见李翱《赠礼部尚书韩公行状》《唐诗纪事》《唐才子传》及新、旧《唐书》本传。韩愈以继承儒家道统、弘扬仁义、排斥佛老为己任，是著名的思想家；他与柳宗元提倡古文，为文汪洋恣肆，是杰出的散文家，苏轼称其"文起八代之衰，而道济天下之溺"(《潮州韩文公庙碑》)。 文与柳宗元齐名，世称"韩柳"；诗与孟郊齐名，世称"韩孟"。 其诗得力于李白、杜甫而别开生面，自成一家，或雄伟壮阔，或奇险惊人，五七古大篇多有此种风格，司空图称其"驱驾气势，若掀雷抉电，奔腾于天地之间"(《题柳柳州集后序》)。 其论诗持"不平则鸣"说，故多反映现实之作。 又主张"文从字顺""词必己出""唯陈言之务去"，往往吸取古文句式、章法及铺陈、议论手法以入诗，故有"以文为诗"的特点。 后人或褒或贬，多着眼于此。 贬之者讥为"押韵之文""终不是诗"，褒之者则目为新变。 金人赵秉文认为"韩愈又以古文之浑浩溢而为诗，然后古今之变尽矣"(《与李天英书》)。 清代杰出诗论家叶燮指出"韩愈为唐诗之一大变。 其力大，其思雄，崛起特为鼻祖。 宋之苏、梅、欧、苏、王、黄，皆愈为之发其端"(《原诗·内篇》)。 这都是比较持平、比较符合实际的评论。 韩诗极大地影响宋诗，也影响晚清的宋诗派。《韩愈集》四○卷，为门人李汉所编，传本较多，以宋人廖莹中《世彩堂昌黎先生集注》较完善。 今人钱仲联有《韩昌黎诗系年集释》，较通行。《全唐诗》存诗十卷。

雉带箭

原头火烧静兀兀①,野雉畏鹰出复没。将军欲以巧伏人②,盘马弯弓惜不发③!地形渐窄观者多④,雉惊弓满劲箭加⑤。冲人决起百余尺,红翎白镞随倾斜⑥。将军仰笑军吏贺,五色离披马前堕⑦。

注释

①"原头"句:猎火燎原,猎者凝神地在寻找目标,故"静"。下句的"野雉"即从"静"字引出。钟惺曰:"此处乃着一'静'字,妙甚。"(见《唐诗归》)兀兀:不动貌。②将军:指张建封。张好骑射,以武艺自矜。③"盘马弯弓"句:作射击状,但不真的发箭。不发是为了不虚发,一发必中,即上句说的"欲以巧伏人"。盘马:盘旋不进。惜:谓珍惜射艺,含有"忍耐、矜持"的意思。④"地形"句:野雉畏鹰,没入险窄的山沟里,人们簇拥着将军渐渐向前逼近。⑤"雉惊"句:雉见人,故"惊"。但还没有来得及飞走,便被射中。弓拉得满,故发箭强劲而有力。⑥"冲人"二句:中箭的雉,把全部生命力投入最后的挣扎,故"冲人决起"。但飞到一定的高度,气力不加,躯体随即倾斜。决起,疾速地飞起。《庄子·逍遥游》:"我决起而飞。"红翎白镞,射在雉身的箭。这里以箭的倾斜写雉的倾斜。是从观者的注视之点着笔的。翎:箭杆上的羽毛。镞:箭头。⑦"将军仰笑"二句:关合上文的"以巧伏人"。笑:写将军得意。贺:写军吏钦伏。离披:散乱貌。雉力

尽堕地,躯体松弛,故彩羽离披。

德宗贞元十五年(799),韩愈在徐州佐武宁节度使张建封幕,从猎作此诗。仅用十句,写射猎场景、将军神射、观者情态、伤雉惨状,一一浮现纸上。如汪琬所评:"短幅中有龙跳虎卧之观。"(钱仲联《韩昌黎诗系年集释》引,下同)"将军欲以巧伏人,盘马弯弓惜不发"尤为传诵名句。顾嗣立云:"二句无限神情,无限顿挫。公盖示人以运笔作文之法也。"程学恂云:"二句写射之妙处,全在未射时,是能于空处得神。即古今作诗文之妙,亦只在空处著笔,此可作口诀读。"

山　　石

山石荦确行径微①,黄昏到寺蝙蝠飞。升堂坐阶新雨足,芭蕉叶大支子肥②。僧言古壁佛画好,以火来照所见稀。铺床拂席置羹饭,疏粝亦足饱我饥③。夜深静卧百虫绝,清月出岭光入扉④。天明独去无道路,出入高下穷烟霏⑤。山红涧碧纷烂漫⑥,时见松枥皆十围⑦。当流赤足蹋涧石⑧,水声激激风生衣。人生如此自可乐,岂必局束为人鞿⑨?嗟哉吾党二三子⑩,安得至老不更归?

注释

①荦确(luò què 落却)：险峻不平。 微：窄狭。 ②支子：指栀子，常绿灌木，花大色白，极香。 ③疏粝(lì 利)：粗糙的饭食。 疏：不细密。 粝：糙米。 ④扉：门。 ⑤穷烟霏：在云雾中走遍了。 ⑥纷烂漫：光辉互相照耀。 ⑦枥：同"栎"，高大的落叶乔木。 围：两手合抱为一围。 ⑧躅：同"踏"。 ⑨局束：拘束。 羁(jī 基)：牲口含在口中的嚼子。 为人羁：受人控制。 ⑩吾党：志同道合的朋友。

此诗取首句头两字"山石"为题，并非歌咏山石，而是叙写游踪。 他所游的是洛阳北面的惠林寺，同游者是李景兴、侯喜、尉迟汾，时间是贞元十七年七月二十二日，即公元 801 年 9 月 3 日。

韩愈作为杰出诗人兼散文家，在这篇诗里汲取了游记的写法，按照行程顺序，叙写从攀登山路、"黄昏到寺"、"夜深静卧"到"天明独去"的所见所闻和所感，但无记流水账的缺点，读之诗意盎然。 这因为虽按顺序叙写，却经过筛选和提炼。 从"黄昏到寺"到就寝之前，所写者只有"蝙蝠飞"、"芭蕉叶大支子肥"、寺僧陪看壁画和"铺床拂席置羹饭"等殷勤款待的情景，因为这体现了山中的自然美和人情美，跟"为人羁"的幕僚生活对照，突出了结尾"归"隐的主题。 关于夜宿和早行，入选的也只是最能体现山野自然美和自由生活的若干镜头，同样是结尾"归"隐念头形成的根据。 这篇诗极受后人重视，影响深远。 苏轼游南溪，曾和此诗原韵，作诗抒怀。 至于元好问"拈出退之《山石》句"来对比秦观的"女郎诗"，更为人所熟知。

八月十五夜赠张功曹

纤云四卷天无河①，清风吹空月舒

波②。沙平水息声影绝，一杯相属君当歌③。君歌声酸辞且苦，不能听终泪如雨。洞庭连天九疑高④，蛟龙出没猩鼯号⑤。十生九死到官所，幽居默默如藏逃⑥。下床畏蛇食畏药⑦，海气湿蛰熏腥臊⑧。昨者州前槌大鼓，嗣皇继圣登夔皋⑨。赦书一日行万里⑩，罪从大辟皆除死⑪。迁者追回流者还⑫，涤瑕荡垢清朝班⑬。州家申名使家抑⑭，坎坷只得移荆蛮⑮。判司卑官不堪说⑯，未免捶楚尘埃间⑰。同时辈流多上道⑱，天路幽险难追攀⑲。君歌且休听我歌，我歌今与君殊科⑳。一年明月今宵多，人生由命非由他㉑，有酒不饮奈明何？

注释

①纤云：微云。河：银河。②月舒波：月光四射。③属(zhǔ主)：劝酒。④洞庭：洞庭湖。九疑：又名苍梧山，在今湖南宁远县境。⑤猩：猩猩。鼯(wú梧)：鼠类的一种。⑥如藏逃：有如躲藏的逃犯。⑦药：指蛊毒。南方人喜将多种毒虫放在一起饲养，使之互相吞噬，叫做蛊，制成药后可杀人。⑧海气：卑湿的空气。蛰：潜伏。⑨嗣皇：接着做皇帝的人，指宪宗。登：进用。夔、皋：舜时的两位贤臣。⑩赦书：皇帝发布的大赦令。⑪大辟：死刑。除

死:免去死刑。 ⑫迁者:贬谪的官吏。 流者:流放在外的人。⑬瑕:玉石的杂质。 班:臣子上朝时排的行列。 ⑭州家:刺史。 申名:上报名字。 使家:观察使。 抑:压制。 ⑮坎坷:这里指命运不好。 荆蛮:今湖北江陵。 ⑯判司:唐时对州郡诸曹参军的总称。⑰捶楚尘埃间:趴在地上受鞭打之刑。 ⑱上道:上路回京。 ⑲"天路"句:喻自己不能跟着他们一起升迁。 ⑳殊科:不同类。 ㉑他:其他。

这篇七古,永贞元年(805)中秋写于郴州,题中的张功曹名署。贞元十九年(803)冬,韩愈与张署同任监察御史,因关中旱饥,上疏直谏宽免租税,得罪权臣,远贬南方。 韩愈被贬为连州阳山(今属广东)令,张署被贬为郴州临武(今属湖南)令。 永贞元年春,顺宗即位,例行大赦。 韩、张二人被召到郴州(今湖南郴州市)待命,很有回京复职的希望。 却因湖南观察使杨凭作梗,赦令迟迟未下,直等到八月宪宗上台,才量移江陵,韩为法曹参军,张为功曹参军,冤屈未伸,作此诗以抒悲愤。 唐代行政组织,县的上级为州,州的长官叫刺史,俗称"州家"。 几个州归一个朝廷派出的大臣管辖,叫节度使或观察使,俗称"使家"。 韩、张的宽赦由"州家"申报"使家",而为"使家"所抑,故诗中有"州家申名使家抑,坎坷只得移荆蛮"的控诉。

这首诗写得很别致:一是有人物,作者与张署同时登场;二是有场面,两人在中秋之夜的月下饮酒;三是有情节,两人对歌。 全诗可分三段,六换韵。 第一段四句,"河""波""歌"押韵(属平声歌韵)。 作者以第一人称出面,赞美中秋之夜月白风清的美景,归到"一杯相属君当歌",引出张署的歌唱。 第二段是全诗的主体,根据韵脚的变换,可分为四章。 第一章两句,"苦""雨"押韵(属去声遇韵),写作者听张署唱歌的感受。 本应置于张署唱歌之后,如今有意提前,为张署唱歌渲染气氛。 第二章八句,"高""号""逃""臊""皋"押韵(属平声豪韵),写张署唱歌,叙述被贬南迁所经受的种种苦难,落到"嗣皇继圣",起用贤能,露出一线希望。 第三章"里""死"押韵(属上声纸韵),仍是张署的歌辞,夸张地叙述赦书传送极快,大赦的幅度极宽。 第四章八句,"还""班""蛮""间""攀"押韵,前两句承上歌唱大赦的结果是以前被贬谪的都召回朝廷。 然后用强烈的对比唱出自己又一次受到不公正待遇,移官荆蛮,摆脱不了遭受搥楚的命运。 张署的歌唱至此结束,三次换韵,平仄相间,波澜起伏。 这篇歌辞,当然是作者代拟的,叙述的是张署的坎坷遭遇,同时也是作者自己的坎坷遭遇。 巧妙之处在于不自己出面倾吐,却借张署唱歌表达。 巧妙之处还在于不等张署唱毕再表述自己的感受,却提前写出"君歌声酸辞且苦,不能听终泪如雨",从而留出地步,用打断张署唱歌的办法接上自己的歌唱。 第三段五句,句句押韵(与开头四句同韵)。 前两句是作者对张署说话:"君歌且休听我歌"——你别唱下去了,还是听我给你唱支歌吧! 这与前面的"不能听终泪如雨"相应。 "我歌今与君殊科"——我唱的歌儿可跟你唱的不一样。 言外之意是:我比你豁达,什么都能想开。 下面三句,便是作者唱的歌:"一年明月今宵多",照应首段及题目中的"八月十五夜"。 "人生由命非由他",貌似旷达,暗寓难言的痛苦。 "有酒不饮奈明何?"——这么美好的中秋之夜,有酒不喝,光唱那酸楚的歌,天明了又怎么办?天明了,大概就要起身赶路,到江陵做那"未免搥楚尘埃间"的"判司卑官"去了!

全诗以中秋饮酒赏月,请"君"唱歌开头,以劝"君"饮酒赏月,莫辜负良宵的歌声结束。 首尾拍合,情景交融,加强了意境的悲凉感。中间一段,抑扬顿挫,声情激越,是全诗的主旨所在,却避实就虚,借张署之口唱出。而作者自己,则先以听歌者的身份表达了内心的共鸣,后用自己的歌唱对张署进行宽解。从而化实为虚,化直为曲,化单线为复线。作者的歌辞,又似淡实浓,欲说还休,虽然声明"我歌今与君殊科",实际是正话反说,扩大和加深了张署歌辞的内涵。韵脚的平仄变换,音节的抑扬顿挫,章法的开阖转折,恰当地表现了情感的发展变化。

听颖师弹琴[①]

昵昵儿女语,恩怨相尔汝[②]。划然变轩昂,勇士赴敌场。浮云柳絮无根蒂,天地阔远随飞扬。喧啾百鸟群,忽见孤凤皇。跻攀分寸不可上,失势一落千丈强。嗟余有两耳,未省听丝篁[③]。自闻颖师弹,起坐在一旁。推手遽止之,湿衣泪滂滂。颖乎尔诚能,无以冰炭置我肠[④]。

注释

①颖师:名颖,"师"是对僧的通称。颖师来自天竺,元和间在长安,以弹琴著名。李贺有《听颖师弹琴歌》记其事。②相尔汝:关系亲密,互称尔汝。③未省(xǐng 醒):不懂。丝篁:丝、竹,即弦乐器和管乐器,这里泛指音乐。④冰炭置肠:冰极冷,炭(火)极热,指两种相反的情感剧烈冲突。

一开头即紧扣"听弹琴"展现音乐境界。前十句，连用贴切生动的比喻，把飘忽多变的乐声转化为绘神绘色的视觉形象，并且准确地表现了乐曲蕴含的情境。诗人在运用不同比喻时还善于配合相适应的语音，更强化了摹声传情的效果。例如，前两句除"相"字外，没有开口呼，语音轻柔细碎，与儿女私语的情境契合。三、四句以开口呼"划"字领起，用洪声韵"昂""扬"作韵脚，中间也多用高亢的语音，恰切地传达出勇士赴敌的昂扬情境。

以下八句写自己听琴的感受，既对复杂多变的琴声起侧面烘托作用，又含蓄地传达了自己的某种情感共鸣，加强了全诗的抒情性。听琴而"起坐在一旁"——忽而站起，忽而坐下，又忽而站起……顾不得对"一旁"的弹琴者有无干扰。仅五个字，便以形传神，通过听琴者情感波涛的剧烈变化，烘托了琴声的波澜迭起、变态百出。写琴声由高滑低而用"跻攀分寸不可上，失势一落千丈强"的比喻，并且"推手遽止之"，不让颖师再弹下去，而他的反应是"湿衣泪滂滂"，表明正是这种情境触发了诗人的身世之感。此诗作于元和十一年(816)因受谗言被降为右庶子以后。仕途"跻攀"，"分寸"之升，已极艰辛，而一旦"失势"，即"一落千丈"。由琴声而联想到自己的遭遇，原是很自然的。

此诗与白居易的《琵琶行》、李贺的《李凭箜篌引》各有独创性而异曲同工，都是摹声传情的杰作。

左迁至蓝关示侄孙湘[①]

一封朝奏九重天[②]，夕贬潮阳路八千。欲为圣明除弊事，肯将衰朽惜残年？云横秦岭家何在？雪拥蓝关马不前。知汝远来应有意,好收吾骨瘴江边③。

注释

①左迁:降职。 蓝关:在蓝田县南。 湘:字北渚,韩愈之侄韩老成的长子,长庆三年(823)进士,任大理丞。 ②一封:指一封奏章,即《论佛骨表》。 九重天:古称天有九层,第九层最高,此指朝廷、皇帝。 元和十四年(819)正月,凤翔法门寺护国真身塔内藏有释迦文佛指骨一节,宪宗派宦官迎入宫供奉,韩愈上《论佛骨表》谏阻,由刑部侍郎贬为潮州刺史。 潮州州治潮阳(今属广州)距长安八千里。 ③瘴江:指岭南瘴气弥漫的江流。

韩愈《论佛骨表》是一篇正气凛然的名文。 这首诗和这篇文珠联璧合,相得益彰,具有深刻的社会意义。

前两联写"左迁",一气贯注,浑灏流转,其刚正不屈的风骨宛然如见。 "朝奏"与"夕贬"、"九重天"与"路八千"、"圣明"与"衰朽"、"欲……除弊事"与"肯……惜残年",强烈对比,高度概括,扩大和加深了诗的内涵。

后两联扣题目中的"至蓝关示侄孙湘"。 "云横秦岭",遮天蔽日,回顾长安,不知"家何在"! "雪拥蓝关",前路险艰,严令限期赶到贬所,怎奈"马不前"! "云横""雪拥",既是实景,又不无象征意义。 这一联,景阔情悲,蕴含深广,遂成千古名句。 作者原是抱着必死的决心上表言事的,如今自料此去必死,故对韩湘安排后事,以"好收吾骨"作结。 在章法上,又照应第二联,故语虽悲酸,却悲中有壮,表现了为"除弊事"而不"惜残年"的坚强意志。

全诗沉郁顿挫,苍凉悲壮,得杜甫七律之神而又有新创。 前两联大气盘旋,"以文为诗"而诗情浓郁,开宋诗法门,影响深远。因韩湘被附会为"八仙"中的"韩湘子",故此诗或绘为图画,或演为戏曲小说,流传更广。

题楚昭王庙

秋坟满目衣冠尽[①],城阙连云草树荒[②]。
犹有国人怀旧德,一间茅屋祭昭王。

注释

①"秋坟"句:放眼四望,遍地秋坟,可知当年的世族大家及士大夫们早已死尽了。 衣冠:指衣冠之士,各种有政治地位的人。②"城阙"句:宜城是楚昭王的故都,故当年城阙仍在。 连云:状其高,意在唤起读者对当年楚都繁华的想象,与眼前"草树荒"对比。

元和十四年贬赴潮州途中作。 楚昭王,春秋时楚国君主,曾击退吴国人侵,收复失地。 庙在今湖北宜城县境,作者《记宜城驿》云:"旧庙屋极宏盛,今惟草屋一区。 然问左侧人,尚云'每岁十月,民相率聚祭其前'。"此诗前两句极写楚国故都之荒凉,用以衬托昭王庙虽沦为"一间茅屋",而犹有国人怀德祭祀。 蒋抱玄《评注韩昌黎诗集》云:"未是快调,却能以气势为风致,愈读则意愈绵,愈嚼则字愈香,此是绝句中杰作。"何焯《义门读书记》云:"意味深长,昌黎绝句第一。"

风折花枝

浮艳侵天难就看①,清香扑地只遥闻。春风也是多情思②,故拣繁枝折赠君③。

注释

①浮艳:指花放出的耀眼光彩。侵天:指繁花似海,映入天空。就:近。②多情思:多情多意。③繁枝:花儿盛开的枝。折:折断。君:诗人自谓。

首句以视觉形象展现高处的花,次句以嗅觉形象展现低处的花。这二者都不在诗人身边,可望可闻而不可即,用以唤起下文。后两句用拟人化手法将风折花枝写得何等有情!朱彝尊《批韩诗》云:"《风折花枝》出新意,上二句唤起下意,亦佳。"

早春呈水部张十八员外①

天街小雨润如酥②,草色遥看近却无。最是一年春好处,绝胜烟柳满皇都③。

注释

①水部张十八员外:指张籍,任水部员外郎,排行十八。②天街:京城的街道。酥:酥油。③绝胜:大大超过。皇都:指长安。

诗人透过濛濛细雨遥望原头,发现已浮现嫩绿的草色,便预感到

"早春"来临,无限欣喜,认为这是一年中最好的春景,比"烟柳满皇都"之时要好得多。 然而对于一般人,近看连草色都没有,怎会认为这是"一年春好处"而加以百倍珍惜呢? 四句诗,不仅一、二句体物工细,而且蕴含哲理。 与韩愈同时的杨巨源有一首《城东早春》诗:"诗家清景在新春,绿柳才黄半未匀。 若待上林花似锦,出门俱是看花人。"与此诗意境略同,可以并读。

同水部张员外曲江春游寄白二十二舍人①

漠漠轻阴晚自开,青天白日映楼台。
曲江水满花千树,有底忙时不肯来②?

注释

①水部张员外:张籍,时任水部员外郎。 白二十二舍人:白居易,排行二十二,时为中书舍人。 ②有底:有甚。 时:语气词,同"啊"。

作者与张籍同赏曲江春景,为白居易未来同游而感到遗憾,因而作此诗寄白。 如此题目,要用一首七绝表达,而且要表达得有诗味,看来相当难。 而作者却以前三句写曲江春景,明丽如画;于结尾用一问句,便与前三句拍合,韵味盎然。

盆　　池①

池光天影共青青,拍岸才添水数瓶。
且待夜深明月去②,试看涵泳几多星。

注释

①盆池：以瓦盆贮水、植荷、养鱼，就算是"池"。②明月去：月落。明月当空，则星光为月光所掩，所谓"月明星稀"。

《盆池》五首作于元和十年（815）春夏之际，当时作者在京任考功郎中知制诰。位处机要，很想大有作为。这组诗反映了诗人乐观开朗、渴望沾溉万物的心境。

首句是果，次句是因。因果倒置，摇曳生姿。"池光""青青"，映在池中的"天影"也"青青"，令人悦目赏心。什么原因呢？就因为池中添入新水。添了多少呢？"才添水数瓶"。以"拍岸"描状"添水数瓶"的景象，既小题大做，又状溢目前，给人以新鲜有趣的感觉。以小见大，兼含哲理。朱熹的哲理诗"半亩方塘一鉴开，天光云影共徘徊。问渠（他）那得清如许？为有源头活水来"（《观书有感》），也许从此化出。

三、四两句就首句生发。既然"池光"那么"青"，能够映出青天，那么皓月当空，自然也能映出皓月；只可惜星光为月光所掩，照不出来！当然，这也不太要紧，姑且耐心地等吧！等到夜深，明月走掉，再看我这小小的盆池里能够"涵泳"多少颗星星。不说"明月落"而说"明月去"，有点拟人化的意思，别饶韵味。用"涵泳"两字，写星光在水、随波闪烁之状宛然在目。这两句，也以小见大，兼含哲理。

晚　　春

草树知春不久归①，百般红紫斗芳菲。
杨花榆荚无才思②，惟解漫天作雪飞③。

注释

①草树：花草树木。②杨花：柳絮。 榆荚：榆钱。 才思(sì 四)：才情，文思。③惟解：只知。

这是《游城南十六首》中的一首，作于元和十一年(816)。 "城南"，指长安城南韦曲、杜曲一带。 题为《晚春》，用两种景物来表现：一是千红万紫，繁花似锦；二是柳絮榆钱，漫天飞舞。 看到这两种景物，人们便感到已是"晚春"了。 朱宝莹《诗式》云："四句分两层写，而'晚春'二字，跃然纸上。"大概就是从这一角度称赞这首诗的。 但这首诗的妙处远非如此。 诗人把他所写的景物统统拟人化，能"知"、能"斗"、能"解"，还有有才思与"无才思"之分。这就不仅能把景物写得形神兼备，活灵活现，而且富有启发性，容易触发读者的联想，从而产生言近旨远、耐人寻味的效果。

作者作此诗时，年近半百，见晚春景物而别有会心，形诸吟咏，比兴并用，寄托遥深，虽不宜讲得太死，但反复吟诵，确有催人奋进的精神力量。

次潼关先寄张十二阁老使君①

荆山已去华山来②，日出潼关四扇开③。
刺史莫辞迎候远④，相公亲破蔡州回⑤。

注释

①次：到达停宿。 潼关：在今陕西省潼关县。 张十二：张贾。阁老：唐人对中书舍人、给事中的尊称。 张贾曾任门下省给事中。使君：张贾时任华州(今陕西华阴及周边地区)刺史。 唐刺史与汉太守官阶同，汉呼太守为使君，此借称。②荆山：在今河南省灵宝市。

华山：在华阴市南。③四扇：潼关东西二门，门各二扇。开：谓大开关门，以示迎接。④刺史：指张贾。⑤相公：指裴度，唐称宰相为相公。蔡州：今河南汝南县，吴元济的巢穴所在。

此诗作于元和十二年（817）平淮西回师途中，歌颂裴度的平叛之功，表现了胜利的喜悦。查慎行《十二种诗评》曰："气象开阔，所谓卷波澜入小诗者。"沈德潜《唐诗别裁集》卷二〇云："没石饮羽之技，不必以寻常绝句法求之。"

和李司勋过连昌宫①

夹道疏槐出老根②，高甍巨桷压山原③。宫前遗老来相问④："今是开元几叶孙⑤？"

注释

①李司勋：李正封，随裴度平淮西任随军判官。在京曾任吏部司勋员外郎，故称李司勋。连昌宫：唐代行宫，在今河南省宜阳县。②夹道：道路两侧。槐：槐树。出：露出。③甍（méng 萌）：屋脊。桷（jué 决）：方椽。④遗老：前朝旧臣。当时上距开元六十年，开元遗民犹有存者。⑤今：今上，即当今皇上，指宪宗。开元：唐玄宗年号。史称"开元之治"，比隆贞观。叶：代。孙：子孙。

平淮西回师途中作。借连昌宫前开元遗老的问语，表现对元和中兴、媲美开元的希望，构思巧而含意深。可与元稹《连昌宫词》并读。

刘禹锡

刘禹锡(772—842),字梦得,排行二十八,洛阳(今属河南)人。生于江南,幼年从诗僧皎然、灵澈学诗。德宗贞元九年(793)登进士第,又登博学宏词科。十一年,授太子校书。十六年,为徐泗濠节度掌书记,随杜佑出师讨伐徐州叛军。不久,改任淮南节度掌书记。十八年,调任渭南县主簿。十九年(803),入为监察御史。二十一年正月,顺宗即位,重用王叔文、王伾等实行政治革新,刘禹锡任屯田员外郎,协助整顿财政,为革新之核心人物,被称为"二王(叔文、伾)刘柳(宗元)"。顺宗被迫让位宪宗,革新失败。刘禹锡先贬连州刺史,未及赴任,加贬朗州司马。宪宗元和十年(815)召回京师,因赋玄都观看桃花诗得罪执政,贬连州刺史。穆宗长庆元年(821)冬,为夔州刺史。四年,调任和州刺史。敬宗宝历二年(826)罢归洛阳。此后历主客郎中、集贤殿学士、礼部郎中及苏、汝、同三州刺史。文宗开成元年(836)改任太子宾客、分司东都;后加秘书监、检校礼部尚书衔。武宗会昌二年秋卒于洛阳,世称刘宾客、刘尚书。刘禹锡晚年有"诗豪"之誉,与白居易齐名,并称"刘白"。其论诗名言,如"境生于象外""片言可以明百意,坐驰可以役万景"等,对诗歌创作的特殊规律体认极深。存诗八百余首,无体不备,各体均不乏名篇佳作。《竹枝词》《金陵五题》《杨柳枝词》《浪淘沙词》《踏歌词》《西塞山怀古》等诗及"莫道桑榆晚,为霞尚满天""沉舟侧畔千帆过,病树前头万木春"诸句,尤脍炙人口。刘克庄谓"刘梦得五言……皆雄浑老苍,沉着痛快,小家数不能及。绝句尤工"(《后村诗话》前集卷一)。方回谓"刘梦得诗格高,在元、白之上,长庆以后诗人皆不能及"(《瀛奎律髓》卷四七)。杨慎更认为"元和以后,诗人之全集可观者数家,当以刘禹锡为第一"(《丹铅总录》卷二一)。其生平事迹见其临终前所撰《子刘子自传》,新、旧《唐书》本传,以及今人卞孝萱《刘禹锡年谱》。其诗文合集,以《四部丛刊》本《刘梦得文集》和《四部备要》本《刘宾客文集》较通行,中华书局《刘禹锡集》较完备。

西塞山怀古[①]

王濬楼船下益州[②],金陵王气黯然收[③]。

千寻铁锁沉江底,一片降幡出石头④。人世几回伤往事,山形依旧枕寒流。今逢四海为家日⑤,故垒萧萧芦荻秋。

注释

①西塞山:在今湖北大冶东长江边,为长江中游要塞,三国时吴国以此为江防前线。②"王濬"句:王濬(jùn俊)于晋武帝时任益州(今四川成都)刺史。武帝太康元年(280)伐吴,命王濬领楼船沿江而下。③"金陵"句:《太平御览》卷一七〇引《金陵图》云,"昔楚威王见此有王气,因埋金以镇之,故曰金陵。"金陵:今江苏南京市,三国时称建业,是吴国都城。王气收:指吴国灭亡。④千寻:八尺为"寻","千寻"极言其长。降幡(fān帆):表示投降的旗。石头:指石头城,即金陵。⑤四海为家:指全国统一。

《唐诗纪事》卷三九云:"长庆中,元微之、刘梦得、韦楚客同会白乐天舍,论南朝兴废,各赋《金陵怀古诗》。刘满引一杯,饮已即成,曰:'王濬楼船下益州……'白公览诗曰:'四人探龙,子先得珠,所余鳞爪何用耶?'于是罢唱。"按,此诗当是刘禹锡于长庆四年(824)由夔州刺史调任和州刺史,沿江东下经西塞山时所作;但白居易的赞扬,则是可信的。

诗人因西塞"故垒"触发吟兴,将六代兴亡与现实思考融入苍茫宏阔的景象之中,腾挪旋转,构成沉雄悲壮的意境。前两联写孙吴恃险设防,企图维护割据,而"楼船"东"下","铁锁"即"沉","王气"顿"收","降幡"继"出"。用"下""收""沉""出"四个动词概括决定晋兴吴亡的战役,给人以弹指之间即出现全国统一局面的欢快感。第五句"人世"反挑第六句"山形",落到"西塞山"。"几回伤往事",既包含前四句所写的吴晋兴亡,又总括东晋、宋、齐、梁、陈的政权更迭。"人世"的沧桑变化如此频繁,令人感伤,而作为攻守要塞的西塞山,则"依旧枕寒流",与六代兴亡形成强烈的对照。地险不足恃,割据不能久,"怀古"之意,即从对照中传出。尾联紧承第三联,遥应前两联。前两联写西晋统一,第三联写六代分裂,都涉及"西塞山",都是"怀古"。尾联"今逢四海为家日"从"古"回到"今",表达了歌颂统一的深情和维护统一的愿望;"故垒萧萧芦荻秋"既是眼前景,与"今"字拍合,又用"故垒"点"西塞山",挽合六代兴亡,以"萧萧芦荻秋"的荒凉景象为恃险割据者垂戒。

中唐以来,藩镇割据形势日趋严重。宪宗元和时期,曾在削平藩镇割据势力方面取得了一些胜利,但不多久,河北三镇又故态复萌,危及统一。此诗托古讽今,有深刻的现实意义。就艺术成就而言,通篇一气呵成,纵横变化,不可方物,而终不脱题。诚如清人薛雪《一瓢诗话》所评:"似议非议,有论无论,笔着纸上,神来天际,气魄法律,无不精到,洵是此老一生杰作"。

酬乐天扬州初逢席上有赠

巴山楚水凄凉地①,二十三年弃置身②。怀旧空吟闻笛赋③,到乡翻似烂柯人④。沉舟侧畔千帆过,病树前头万木春⑤。今日听君歌一曲,暂凭杯酒长精神。

注释

①巴：今四川东部。 楚：今湖北、湖南等地。刘禹锡于永贞元年(805)被贬出京，先后任朗州司马、夔州刺史。朗州，今湖南常德一带，古属楚地；夔州，今四川奉节一带，古属巴国。这句举"巴山""楚水"以概括贬官时到过的地方。②二十三年：刘禹锡从顺宗永贞元年九月被贬，至敬宗宝历二年(826)冬应召，前后将近二十三年。弃置：指遭到贬谪。③怀旧：怀念永贞革新失败后死去的王伾、王叔文等旧友。向秀在友人嵇康、吕安被害后经过山阳(今河南焦作)嵇康旧居，听到邻人嘹亮的笛声，想起当年和嵇、吕在一起的游宴生活，作了一篇《思旧赋》。④翻似：反似，倒好像。烂柯人：指王质。晋人王质入山砍柴，看两个小孩下完一盘棋，手中的斧柄("柯")已烂。回到家里，时间已过了一百年，同时的人都已死去。这里作者自比王质，写被贬二十余年，已人事全非。⑤"沉舟"两句：以"沉舟""病树"自喻，以"千帆过""万木春"比喻在仕途上春风得意的人，含自叹自伤、愤世嫉俗之意。

敬宗宝历二年(826)，刘禹锡离和州刺史任北归洛阳，途经扬州遇白居易。白作《醉赠刘二十八使君》诗，刘作此诗酬答。诗中抒发了屡遭政敌打击、朋友凋谢、人事变迁的深沉感慨。第三联被今人赋予新意，传诵一时。

望洞庭①

湖光秋色两相和，潭面无波镜未磨②。遥望洞庭山水翠③，白银盘里一青螺。

注释

①洞庭:指洞庭湖,在今湖南省北部、长江南岸。 ②两相和:指湖光山色两相辉映。 潭面:湖面。 ③山:指洞庭湖中的君山。

此诗作于被贬朗州时期。 先写望洞庭湖面,次写望湖中君山,写景如画。 后两句与晚唐雍陶《望君山》"应是水仙梳洗处,一螺青黛镜中心"、北宋黄庭坚《雨中登岳阳楼望君山》"可惜不当湖水面,银山堆里看青山"同为传诵名句。

秋　词

自古逢秋悲寂寥,我言秋日胜春朝①。
晴空一鹤排云上,便引诗情到碧霄②。

注释

①寂寥:寂寞,凄凉。 胜:超过。 春朝(zhāo 招):春天。 ②排:推开,冲破。 碧霄:碧蓝的天空。

自宋玉悲秋以来,历代骚人墨客几乎逢秋便悲。 此诗作于朗州贬所,却以一鹤排云、直上晴空赞颂了爽朗明丽的秋天,寄托了诗人高旷、豪迈的胸怀,可与杜牧"霜叶红于二月花"并读。

竹枝词九首(其二)

山桃红花满上头①,蜀江春水拍山流。

花红易衰似郎意,水流无限似侬愁②。

注释

①上头:山上头。 ②侬:女子自称。

竹枝词是巴、渝等地民歌中的一种,歌咏当地风物和男女相恋之情。 顾况、白居易都有拟作。 刘禹锡《竹枝词》九首,前有序云:"四方之歌,异音而同乐。 岁正月,余来建平,里中儿联歌竹枝,吹短笛,击鼓以赴节,歌者扬袂睢舞,以曲多为贤。 聆其音,中黄钟之羽。 其卒章激讦如吴声,虽伦佇不可分,而含思宛转,有淇澳之艳。 昔屈原居沅湘间,其民迎神词多鄙陋,乃为作《九歌》,到于今,荆楚鼓舞之。 故余亦作《竹枝》九篇,俾善歌者扬之,附于末。 后之聆巴歈,知变风之自焉。"建平,古郡名,故治在今四川巫山县,这里指夔州。 诗中多提蜀地山川,当是刘禹锡任夔州刺史时(821 — 824)所作,这里选的是第二首。

这首歌,是由一位自称"侬"的山村姑娘唱出的。 从全诗看,她与那个"郎"有过一段热恋的欢乐,如今却面临失恋的忧愁,因而被眼前景触发,就唱起来了。 前两句托物起兴,兴中有比。 "山桃红花",开"满"山头,着一"满"字,给人以满山红焰,像烈火燃烧的炽烈感。 这是眼前景,也是"兴"。 但姑娘同时联想到"郎"对她的爱情之火,也曾经燃烧得这般红艳、这般热烈。 这又是"比"。 山头桃花盛开,山下春水奔流。 山水相依相恋,构成多么明丽的美景。 水依山流,特意用了一个"拍"字,用拟人化手法把水对山的爱抚之情表现得淋漓尽致。 这是眼前景,是"兴",同时也是"比"。 在前两句中,"比"的意味比较隐微,后两句则由隐而显,连用两个"似"字,使"比"义紧扣"兴"义,吐露了姑娘的隐衷：山头的桃花好似"郎意"，盛开之时多么令人陶醉，可是又多么容易"衰"落！山下的春水日夜东流，好似"侬"失恋后的"愁"绪，日夜萦心，永无尽期。

全诗设色明艳，写景如绘，以比兴兼用的手法融情入景，表现了女主人公由热恋到失恋的复杂心态，充分发挥了《竹枝》民歌"含思宛转"的特点。前两句与后两句各成对偶，而以第三句承第一句，以第四句承第二句，交叉回环，别成一格。

竹枝词二首（其一）

杨柳青青江水平，闻郎江上唱歌声①。
东边日出西边雨，道是无晴却有晴②。

注释

①唱歌：一作"踏歌"，即一边唱，一边踏脚为节拍。②晴：谐"情"声。谐声双关，是民歌中常用的表现手法。

首句写景。江岸绿柳含烟，江面波平似镜。在这样宁静、明媚的环境里，如果谈恋爱，该多好！然而即使谈恋爱，也不一定有诗意。诗人在这充满诗意的环境里，让两位小青年为我们演出了饶有诗意的恋爱小歌剧。

后面的三句诗，都是从女方"闻歌"落墨的，但从"闻歌"的反应中，又可窥见唱歌者的神态、情思以及男女之间的微妙关系。"闻郎江上唱歌声"，表明男青年首先在不太遥远的地方发现了他的意中人，便唱起歌来。女青年在闻歌的同时发现了歌手，原来正是她的意中人，只是他至今还没有明确地表示爱情，因而全神贯注，听他究竟唱什么。第三句,可能只是为了引出下句,也可能是写实景。如果是写实景,就更妙。正当姑娘乍疑乍喜、听出那捉摸不定的歌声终于传递了爱情信息的时候,忽然出现了"东边日出西边雨"的景象,于是触景生情,谐音双关,作出了"道是无晴却有晴"的判断。那么,下一步的情节将如何发展呢?这毕竟不是写戏,而是作诗,而且是作绝句,所以作者只是最大限度地开拓驰骋想象的空间,而把驰骋想象的权利留给读者。

浪淘沙[①]

日照澄洲江雾开[②],淘金女伴满江隈[③]。
美人首饰侯王印,尽是沙中浪底来。

注释

①浪淘沙:本唐代民间曲调,后入教坊曲。 ②澄:明净。洲:水中陆地。 ③江隈:江边。

前两句以日照澄江、驱散江雾的动景托出"淘金女伴满江隈"的壮丽画面,赞颂之情,溢于言表。黄金为人所重由来已久,但用如此优美的诗句描写淘金妇女,以前还不曾有过。第二句只写"淘金女伴满江隈"。按照通常的思路,接下去应写如何淘金,但诗人却跨越常轨,另辟蹊径,从黄金的用途方面设想,提炼出出人意想的警句:"美人首饰侯王印,尽是沙中浪底来。"王侯金印,是"贵"的集中表现;美人金钗,是"富"的集中表现。这二者更为世人所重,由来已久。但把它们的来历追溯到妇女淘金,以前未曾有过。从章法上看,第二句之后不接写如何淘金,却用"美人首饰侯王印"

大幅度宕开,精警绝伦。 然而如果始终不写如何淘金,则泛而不切。 作者的高明之处在于第四句既揭示金印、金钗的来历,又与第二句拍合,用"沙中浪底"补写了"女伴"淘金的艰辛劳动。 放中有收,控纵自如,表现了卓绝的识力和精湛的技艺。

竭贫女之辛劳,成豪家之富贵,全诗所展示的,便是这种社会现象。 如何看待,引人深思。

石头城[①]

山围故国周遭在,潮打空城寂寞回。
淮水东边旧时月[②],夜深还过女墙来[③]。

注释

①石头城:在今江苏南京市西清凉山上,三国时孙吴就石壁筑城戍守,称石头城。 后人也每以石头城指建业。 ②淮水:指秦淮河。 ③女墙:城墙上的墙垛。

刘禹锡任和州刺史时(824—826)作《金陵五题》,以联章方式,歌咏五处古迹,总结历史教训。 《石头城》是这组诗的第一首。

以偶句发端,笔势浑厚。 "山围""潮打",仅四个字便标出石头城的位置,而地形之险见于言外。 "故国"义同"故都",与"空城"同指"石头城"。 用"故"用"空",使空间与时间结合,唤起苍茫怅惘的吊古意识。 "山围故国周遭在",反衬六代豪华早已消歇,见得人事不修,则地形之险实不足恃。 "潮打空城寂寞回",赋予江"潮"以人的情思,因感知所拍打的是一座"空城"而"寂寞"地退回,则昔日此城车水马龙、金迷纸醉之时,它自然并不感到"寂寞",江潮犹有今昔盛衰的感慨,何况人呢?三、四两句请出万古不磨的明月作为古今治乱兴亡的见证人,抒发更为深沉的感喟。"石头城"上,"女墙"仍在,却不仅无人戍守,而且也没有任何人来此凭吊;只有曾照"旧时"繁华的明"月",在"夜深"人静之时,从"淮水东边"升起,经过"女墙","还"来相照。吊古之情,从"山围故国""潮打空城"涌出,波澜迭起,至月照"女墙"而推向高潮,诗亦戛然而止,令读者咏叹想象于无穷。

《金陵五题》自序云:"他日友人白乐天掉头苦吟,叹赏良久,且曰:《石头》诗云'潮打空城寂寞回',吾知后之诗人,不复措辞矣!"从全篇看,景中寓情,言外见意,凭吊前朝,垂戒后世,确是怀古诗中的杰作。

乌衣巷[1]

朱雀桥边野草花[2],乌衣巷口夕阳斜。
旧时王谢堂前燕,飞入寻常百姓家。

注释

[1]乌衣巷:故址在今江苏南京秦淮河南朱雀桥边,本孙吴卫戍部队营房所在,兵士穿乌衣(黑色制服),故名。东晋初,大臣王导等住此,遂成为王、谢豪门大族的住宅区。[2]朱雀桥:又名朱雀航,是秦淮河上的浮桥,面对正南门朱雀门,故名。东晋太宁二年(324)以后,以船舶连接而成,长九十步,宽六丈,是京城内的交通要道。

这是《金陵五题》的第二首。诗人从"金陵"城中选取两个极有代表性的地名"朱雀桥"与"乌衣巷"领起一、二两句,对偶天成,色彩斑斓,既能标识金陵的地理环境,更能激发关于六代繁华的联想。 然后将"野草花""夕阳斜"两种荒凉的景象和这两个显赫地名联结起来,于强烈反衬中蕴含异常丰富的暗示,引人深思。 前两句写静景,"静"得凄凉。 后两句,于"野草花""夕阳斜"的静景中添入燕子飞来的动景,以动形静,更见凄凉。 燕子不仅是候鸟,还有"喜居故巢"的习性。 诗人抓住这一点,与一、二两句关合,写出了两个警句:"旧时王谢堂前燕,飞入寻常百姓家。"如唐汝询《唐诗解》所说:"不言王谢堂为百姓家,而借言于燕,正诗人托兴玄妙处。"

全诗不正面落墨,只选两个地名,用野草、斜阳、旧燕渲染,而王朝兴替、人世变迁的深沉慨叹,已见于言外。 辛弃疾《沁园春》云:"朱雀桥边,何人会道,野草、斜阳、飞燕?"抓住此诗的主要特点推此诗为绝唱,确有见地。

杨柳枝词

塞北梅花羌笛吹,淮南桂树小山词[①]。
请君莫奏前朝曲,听唱新翻杨柳枝[②]。

注释

①塞北:指我国北方边塞地区。 梅花:指汉乐府民歌横吹曲的《梅花落》,到了唐代已经陈旧。 羌笛:我国古代羌族的一种乐器。 淮南小山:旧说为西汉时淮南王刘安的门客。 桂树:指《楚辞·招隐士》,其第一句为"桂树丛生兮山之幽"。 塞北用羌笛吹奏的《梅花落》和淮南小山的《招隐士》都是下句所说的"前朝

曲"。②前朝曲：指《梅花落》和小山词。 新翻：指改作、创作的新曲。

《杨柳枝》，乐府《近代曲辞》。 旧有《折杨柳》曲，白居易晚年与刘禹锡翻为新声，互相唱和。 白诗"古歌旧曲君休唱，听取新翻杨柳枝"，刘诗"请君莫奏前朝曲，听唱新翻杨柳枝"，都表现了可贵的创新精神。

白居易

白居易(772—846)，字乐天，晚号香山居士、醉吟先生，排行二十二。 下邽(今陕西渭南)人，祖籍太原(今属山西)，出生于郑州新郑县(今属河南)。 幼聪慧，九岁解声韵。 德宗贞元十六年(800)登进士第，十八年中书判拔萃科，次年授秘书省校书郎。 宪宗元和元年(806)中"才识兼茂、明于体用"科，授盩厔(今陕西周至)尉。 二年十一月任翰林学士。 后历左拾遗、京兆府户曹参军等职，仍兼翰林学士。 六年(811)丁母忧去职。 元和初期的这几年，他以谏官身份，多次上书要求革除弊政，并写了很多揭露时弊的讽谕诗，为宦官及旧官僚集团所忌恨。 十年(815)六月，以越职评议时政，自太子左赞善大夫贬为江州(今江西九江)司马。 十三年冬，转忠州刺史。 十五年夏，召为尚书司门员外郎，十二月改授主客郎中、知制诰。 穆宗长庆元年(821)迁中书舍人，二年请求外任，除杭州刺史，修钱塘湖堤，蓄水溉田。 四年(824)五月，除太子左庶子分司东都。 敬宗宝历元年(825)出为苏州刺史，恤贫安民，有善政。 次年九月因病罢官归洛阳。 文宗大和元年(827)召任秘书监，二年除刑部侍郎。 三年(829)，以太子宾客分司东都，从此定居洛阳，历河南尹、太子宾客、太子少傅等职，知足保和，与裴度、刘禹锡等唱和，并作"香山九老"之游。 武宗会昌二年(842)以刑部尚书致仕。 六年(846)八月卒，谥"文"，世称白傅、白文公。 其生平事迹见李商隐《白公墓碑铭并序》《唐诗纪事》《唐才子传》及新、旧《唐书》本传等。 年谱多种，以今人朱金城《白居易年谱》较精详。 博学多能，兼擅文、词、书法，而尤以诗著称。 早年与元稹齐名，并称"元白"；晚年与刘禹锡齐名，并称"刘白"。 提倡"文章合为时而著，歌诗合为事而作"，有助于"补察时政""泄导人情""张正气而扶壮心"。 继承乐府诗传统,并受杜甫《兵车行》等"即事名篇"的启发,创"新乐府"。早年自编诗集,分为讽谕、闲适、感伤、杂律四类。讽谕诗以《新乐府》五十首、《秦中吟》十首为代表作,广泛而深刻地反映并批判现实,至今仍有认识价值和炯戒意义。感伤诗以《长恨歌》《琵琶行》为代表作,至今脍炙人口。其写景抒情的五七言律诗、绝句,也多有佳作。其诗歌语言追求浅易明畅,论者或以"俗浅"贬其诗。白居易流传到现在的诗将近三千首,其中质量不高者为数不少,但其佳作亦大量存在。就其佳作而言,诚如王若虚所指出:"乐天之诗,情致曲尽,入人肝脾,随物赋形,所在充满,殆与元气相侔。至长韵大篇,动数百千言,而顺适惬当,句句如一,无争张牵强之态。此岂捻断吟须、悲鸣口吻者之所能至哉!而世或以'浅易'轻之,盖不足与言矣。"(《滹南诗话》卷一)赵翼也认为其诗"看是平易,其实精纯"(《瓯北诗话》)。薛雪进而指出其诗"言浅而思深,意微而词显"(《一瓢诗话》)。张为《诗人主客图》称他为"广大教化主"。其诗因有突出的时代特色而被称为"元和体"(顾陶《唐诗类选后序》)和"长庆体"(林昌彝《射鹰楼诗话》),当时及后世,在国内外有极广泛的影响。《全唐诗》存诗三九卷,现存《白氏长庆集》(又称《白氏文集》《白香山集》)七一卷,今人朱金诚有《白居易集笺校》。

赋得古原草送别

离离原上草①,一岁一枯荣。野火烧不尽,春风吹又生。远芳侵古道,晴翠接荒城。又送王孙去,萋萋满别情②。

注释

①离离:形容野草很多。②王孙:贵族的后代,这里泛指远游者。萋萋:草色。《楚辞·招隐士》:"王孙游兮不归,春草生兮萋萋。"

《唐摭言》卷七云:"白乐天初举,名未振,以歌诗谒顾况。

况谑之曰：'长安百物贵，居大不易。'及读至《赋得原上草送友人》诗曰：'野火烧不尽，春风吹又生。'况叹之曰：'有句如此，居天下有甚难？老夫前言戏之耳。'"《幽闲鼓吹》《唐语林》《北梦琐言》《能改斋漫录》《全唐诗话》等都有类似记载，从而扩大了这首诗的影响。"赋得"，是"赋"诗"得"题的意思。"得"什么题，由人限定。除进士科考试命题外，常见的"赋得"诗有两类：一类是取成句为题，如骆宾王的《赋得"白云抱幽石"》；另一类是咏物兼送别，如刘孝孙《赋得春莺送友人》。白居易的这一首，属于后一类。

前六句，以"原上草"为主语，一气盘旋，脉络分明。后两句以"又送"转入"送别"，又以"萋萋"照应首句的"离离"，回到"原上草"。章法谨严，通体完美。中间的"野火烧不尽，春风吹又生"一联，对仗工整而气势流走，充分发挥了"流水对"的优点。它歌颂野草而又具有普遍意义，给人以乐观向上的鼓舞力量。蔑视"野火"而赞美"春风"，又含有深刻寓意。它在当时就受到前辈诗人称赞，直到现在还被人引用，并非偶然。

邯郸冬至夜思家[①]

邯郸驿里逢冬至，抱膝灯前影伴身。
想得家中深夜坐，还应说着远行人。

注释

①邯郸：唐县名，即今河北邯郸市。冬至：二十四节气之一，约在阳历十二月二十二或二十三日。在古代，冬至是一个重要节日。民间互馈酒食贺节，类似过春节。

第一句纪实，而驿店逢佳节，已露想家之情。第二句"抱膝灯前影伴身"写如何在驿店过节：双手抱膝，枯坐油灯前，暗淡的灯光照出了自己的影子；这影子，就是自己唯一的伴侣！其凄凉、孤寂之感，已洋溢于字里行间。凄凉孤寂，就不免想家；而"抱膝灯前"，正是沉思的表情、想家的神态。那么，他坐了多久，想了多久，一字未提，第三句却作了暗示："想得家中深夜坐"，不是说明他自己也已"坐"到深夜了吗？"抱膝灯前影伴身"一句，于形象的描绘和环境的烘托中展现思家心态，已摄三、四句之魂。三、四两句正面写想家，其深刻之处在于，不是直接写自己如何想念家里人，而是透过一层，写家里人如何想念自己，与王建"家中见月望我归，正是道上思家时"异曲同工。

长恨歌[①]

汉皇重色思倾国[②]，御宇多年求不得[③]。杨家有女初长成，养在深闺人未识。天生丽质难自弃，一朝选在君王侧[④]。回眸一笑百媚生，六宫粉黛无颜色[⑤]。春寒赐浴华清池[⑥]，温泉水滑洗凝脂[⑦]。侍儿扶起娇无力，始是新承恩泽时。云鬓花颜金步摇[⑧]，芙蓉帐暖度春宵。春宵苦短日高起，从此君王不早朝。承欢侍宴无闲暇，春从春游夜专夜。后宫佳丽三千人，三千宠爱在一身。金屋妆成娇侍夜，玉楼宴罢醉和春。姊妹兄弟皆列土⑨，可怜光彩生门户。遂令天下父母心，不重生男重生女⑩。骊宫高处入青云，仙乐风飘处处闻。缓歌曼舞凝丝竹⑪，尽日君王看不足。渔阳鼙鼓动地来⑫，惊破霓裳羽衣曲⑬。九重城阙烟尘生⑭，千乘万骑西南行⑮。翠华摇摇行复止⑯，西出都门百馀里。六军不发无奈何，宛转蛾眉马前死⑰。花钿委地无人收，翠翘金雀玉搔头⑱。君王掩面救不得，回看血泪相和流。黄埃散漫风萧索，云栈萦纡登剑阁⑲。峨嵋山下少人行⑳，旌旗无光日色薄。蜀江水碧蜀山青，圣主朝朝暮暮情。行宫见月伤心色㉑，夜雨闻铃肠断声㉒。天旋日转回龙驭㉓，到此踌躇不能去。马嵬坡下泥土中㉔，不见玉颜空死处。君臣相看尽沾衣，东望都门信马归㉕。归来池苑皆依旧，太液芙蓉未央柳㉖。芙蓉如面柳如眉，对此如何不泪垂？春风桃李花开日，秋雨梧桐叶落时。西宫南内多秋草㉗，落叶满阶红不扫。梨园弟子白发新[28]，椒房阿监青娥老[29]。夕殿萤飞思悄然，孤灯挑尽未成眠。迟迟钟鼓初长夜，耿耿星河欲曙天[30]。鸳鸯瓦冷霜华重，翡翠衾寒谁与共？悠悠生死别经年，魂魄不曾来入梦。临邛道士鸿都客[31]，能以精诚致魂魄。为感君王辗转思，遂教方士殷勤觅。排空驭气奔如电，升天入地求之遍。上穷碧落下黄泉[32]，两处茫茫皆不见。忽闻海上有仙山，山在虚无缥渺间。楼阁玲珑五云起，其中绰约多仙子。中有一人字太真，雪肤花貌差参是。金阙西厢叩玉扃[33]，转教小玉报双成[34]。闻道汉家天子使，九华帐里梦魂惊。揽衣推枕起徘徊，珠箔银屏迤逦开[35]。云鬓半偏新睡觉，花冠不整下堂来。风吹仙袂飘飘举，犹似霓裳羽衣舞。玉容寂寞泪阑干[36]，梨花一枝春带雨。含情凝睇谢君王："一别音容两渺茫！昭阳殿里恩爱绝，蓬莱宫中日月长[37]。回头下望人寰处，不见长安见尘雾。唯将旧物表深情[38]，钿合金钗寄将去。钗留一股合一扇，钗擘黄金合分钿。但教心似金钿坚，天上人间会相见！"临别殷勤重寄词,词中有誓两心知。七月七日长生殿,夜半无人私语时。"在天愿作比翼鸟,在地愿为连理枝。天长地久有时尽,此恨绵绵无绝期!"

注释

①长恨歌:载《白氏长庆集》卷十二,前有陈鸿《长恨歌传》,没有录。读者可翻阅鲁迅《唐宋传奇集》或汪辟疆《唐人小说》。②汉皇:借汉武帝指唐明皇。倾国:指美女。李延年想将其妹进给汉武帝,在汉武帝面前唱歌道:"北方有佳人,绝世而独立,一顾倾人城,再顾倾人国。宁不知倾城与倾国,佳人难再得。"后因用"倾城""倾国"形容女子的美貌。③御宇:皇帝的权力所统治的地方,即他的领土。④"杨家"四句:杨贵妃小名玉环,早孤,养在叔父杨玄珪家。开元二十三年册封为寿王(玄宗的儿子李瑁)妃。二十八年,玄宗欲纳之,先度为女道士,住太真宫,号太真。天宝四年,立为贵妃,时年二十七岁。其事迹见新、旧《唐书》《后妃传》。白居易说她"养在深闺人未识""一朝选在君王侧",是有意避讳的说法。⑤粉黛:粉,白色,涂脸用;黛,青色,画眉用。这里作妇女的代称。⑥华清池:骊山华清宫的温泉。⑦凝脂:形容皮肤细腻白净像凝固的脂肪。⑧金步摇:首饰名,上有垂珠,行步便摇。⑨列土:封给一定的地盘。杨玉环册为贵妃以后,其兄铦拜为殿中少监,锜为驸马都尉,再从兄钊(即杨国忠)为右丞相;三个姊妹都封国夫人:大姨嫁崔家的封韩国夫人,三姨嫁裴家的封虢国夫人,八姨嫁柳家的封秦国夫人。⑩"不重"句:陈鸿《长恨歌传》,"当时谣咏有云:'生女勿悲酸,生男勿喜欢。'又曰:'男不封侯女作妃,生女却为门上楣。'其为人羡慕如此。"⑪丝竹:管弦乐。⑫渔阳:唐郡名,在今

河北蓟县、平谷一带。 鼙鼓：骑鼓。 天宝十四年冬，安禄山反于范阳（安禄山是平卢、范阳、河东三镇的节度使），附和他的有六郡，渔阳是其中之一。 渔阳鼙鼓：又含有《渔阳参挝》的意思。《渔阳参挝》（鼓曲），其声悲壮，正与《霓裳羽衣曲》形成鲜明的对比。⑬霓裳羽衣曲：舞曲名，共十二遍，出自印度，开元时传入中国。⑭九重：九，阳数之极，所以天子所居的城阙有九重门。 骆宾王诗："山河千里国，城阙九重门。"⑮"千乘"句：《资治通鉴》卷二一八，"既夕，命龙武大将军陈玄礼整比六军，厚赐钱帛，选闲厩马九百馀匹，外人皆莫之知……黎明，上（明皇）独与贵妃姊妹、皇子、妃、主、皇孙、杨国忠、韦见素、魏方进、陈玄礼及亲近宦官、宫人出延秋门，妃、主、皇孙之在外者，皆委之而去。"⑯翠华：以翠羽为饰，是天子的旗。⑰"宛转"句：《资治通鉴》卷二一八，"至马嵬驿，将士饥疲，皆愤怒。 陈玄礼以祸由杨国忠，欲诛之……国忠走至西门内，军士杀之。 ……上（明皇）闻喧哗，问外何事，左右以国忠反对。 上杖屦出驿门，慰劳军士，令收队，军士不应。 上使高力士问之。 玄礼对曰：'国忠谋反，贵妃不宜供奉，愿陛下割恩正法。'上曰：'朕当自处之。'入门倚杖倾首而立。 久之，乃命力士引贵妃于佛堂，缢杀之。"⑱"花钿"两句：花钿、翠翘、金雀、玉搔头等首饰，都丢在地上，没有人收拾。⑲云栈：高跨云端的栈道。 萦纡：萦回曲折。 剑阁：在四川剑阁县北，其山峭壁中断，两崖相对，如剑之植，如门之辟。 又叫剑门山。⑳峨嵋山：在四川峨嵋县西南，明皇幸蜀，没有经过这里。 按，利州（今四川广元县）古蜀道旁有小峨嵋山。㉑行宫：指天子出行临时驻扎的地方。㉒"夜雨"句：《杨太真外传》卷下，"至斜谷口，属淋雨涉旬，于栈道雨中闻铃声，隔山相应。 上（明皇）即悼念贵妃，因采其声为《雨淋铃曲》，以寄恨焉。"㉓龙驭：皇帝的坐骑，故亦指皇帝。㉔马嵬坡：在今陕西兴平市西。㉕信马:由着马。㉖太液:池名,在大明宫内。 未央:宫名。 ㉗西宫南内:天子的宫殿之内叫作大内,简称内。 唐以兴庆宫为南内,以太极宫为西内。 明皇从蜀回,居南内,到上元元年(760)宦官李辅国假借肃宗的名义,强逼明皇迁于西内。见《资治通鉴》卷二二一。㉘梨园弟子:李隆基曾选坐部伎三百人教于梨园,号皇帝梨园弟子;宫女数百人,也叫梨园弟子。㉙椒房:以椒和泥涂壁,是后妃居住的地方。阿监:指宫中的女监。㉚耿耿:光明貌。㉛临邛:今四川的邛崃县。鸿都:即长安鸿都门,这里代指长安。《杨太真外传》卷下:"有道士杨通幽自蜀来,知上皇念贵妃,自云有'李少君之术'。上皇大喜,命致其神。"㉜碧落:天上。 黄泉:地下。 ㉝扃(jiǒng 迥):门扇上的环钮。 也指门户。 ㉞小玉:吴王夫差的女儿。 双成:指董双成,相传是王母的侍女。 这里的"双成"指太真,"小玉"指使女。㉟珠箔:珠帘。㊱阑干:纵横交错的样子。㊲蓬莱宫:蓬莱是传说中的东海三神山之一,据说山上有仙人宫室,都用金玉做成。㊳旧物:据《长恨歌传》,唐明皇与杨玉环"定情之夕,授金钗钿盒以固之",所以这里把"金钗钿盒"叫旧物。

  白居易在任盩厔县尉时,于元和元年(806)十二月和陈鸿、王质夫同游仙游寺,谈论唐玄宗和杨贵妃的故事,作《长恨歌》,陈鸿跟着作了《长恨歌传》。 一篇叙事诗,一篇传奇小说,都是文学珍品,前者尤历代传诵,脍炙人口。

  《长恨歌》是根据历史事实、民间传说,并通过艺术想象和虚构创作的长篇叙事诗。 全诗八百四十字,涉及时间跨度近二十年,空间跨度则由长安到蜀中,由人间到仙境。 人物性格鲜明,故事情节曲折离奇,又将近体诗的音律融入乐府歌行,语言流畅优美,音韵和谐悠扬,诗情浓郁,沁人心脾,从而将我国叙事诗的创作推向新的境界。

全诗以"惊破霓裳羽衣曲"为界，分为前后两大部分。 前一部分写致"恨"之因，这是讽谕主题说的根据；后一部分写"长恨"本身，这是爱情主题说的根据。 作者从当时流行的"说话"和传奇小说中吸取了创作方法和表现技巧，因而这篇叙事诗有不少新的艺术特点。 例如，一、善于结合人物性格的发展而发展情节、结构作品，突出主题。 一开头即揭示唐玄宗的主要性格特征——"重色"，然后从各个侧面进行刻画，情节也随之发展："思倾国"、选妃子、华清赐浴、兄弟列土、骊宫歌舞、安史乱起、马嵬兵变、逃难蜀中，这是"重色"的表现和后果；从入蜀到回京的思念妃子以及命方士"致魂魄"，则是"重色"性格在悲剧情境中的延展和深化。 因为主线分明，所以剪裁得当，体制宏丽，既波澜迭起，又层次井然。 写到杨贵妃对方士讲了"在天愿作比翼鸟，在地愿为连理枝"之后，即以"天长地久有时尽，此恨绵绵无绝期"点明"长恨"而结束全诗，因为人物性格至此已无可发展，无须再费笔墨。 二、善于通过人物对事件、环境的感受和反应来表现人物情感，因而常常把叙事、写景和抒情熔于一炉。 如"六军不发无奈何，宛转蛾眉马前死"，只两句就概括了马嵬兵变，是最精练的叙事，但杨妃"宛转"求救的神态，玄宗"无奈何"的心情，也和盘托出。 至于写唐玄宗触景念旧、见物怀人的那些诗句中，这个特点表现得更突出。 三、善用比拟、烘托等手法，往往只一两句诗就展现一种感人的情境。 如用"玉容寂寞泪阑干"写听到天子派来使者时的杨玉环，已极形象，再用"梨花一枝春带雨"加以比拟而神情毕现。 又如"思悄然"和"未成眠"已能表现李隆基彷徨念旧的心情，再用"夕殿萤飞"、"孤灯挑尽"来渲染环境、勾勒肖像，更是将他处于幽禁状态的凄凉晚景烘托出来。

对《长恨歌》的主题，历来有不同理解。 从作者的创作意图看,该诗大约意在讽谕当时和以后的统治者应以李隆基为戒,不要因"重色"而荒淫误国,造成"长恨"。但在后一部分,作者把失掉政权后的李隆基写得那么感伤凄苦,把幻境中的杨妃对明皇的感情写得那么纯洁专一、坚贞不渝,而那些情景交融、音韵悠扬的诗句又那么缠绵悱恻,富于艺术感染力,就客观效果说,自然引起读者对李、杨生死相思的同情。《长恨歌》的影响不仅表现在文学创作方面,在影响范围上也不局限于国内。元代大戏曲家白朴根据它写了《梧桐雨》,清代大戏曲家洪昇根据它写了《长生殿》;在日本,该诗也经过改编被搬上舞台。

观刈麦[①]

田家少闲月,五月人倍忙。夜来南风起,小麦覆陇黄[②]。妇姑荷箪食[③],童稚携壶浆[④];相随饷田去[⑤],丁壮在南冈。足蒸暑土气,背灼炎天光,力尽不知热,但惜夏日长[⑥]。复有贫妇人,抱子在其旁,右手秉遗穗[⑦],左臂悬敝筐。听其相顾言,闻者为悲伤:家田输税尽[⑧],拾此充饥肠。今我何功德,曾不事农桑;吏禄三百石[⑨],岁晏有余粮[⑩]。念此私自愧,尽日不能忘!

注释

①刈(yì义):割。②陇:田埂。③妇:已婚的女子。姑:未婚

的女子。 箪(dān 单):古代盛饭用的圆形竹器。 食(sì 四):饭和菜。 ④壶浆:用壶盛的汤水。 ⑤饷田:给在田里工作的人送饮食。 ⑥但:只。 ⑦秉:拿。 遗穗:掉在田里的麦穗。 ⑧输税:纳税。 ⑨吏禄:做官得到的薪水。 按唐朝的制度:从九品,禄粟每月三十石。 白居易做盩厔县尉时,官阶是将仕郎,从九品下。 诗中"吏禄三百石",是就一年的总数约略说的。 ⑩晏:晚。 岁晏:年底。

此诗作于元和元年(806)任盩厔(今陕西周至)县尉时。 全诗展现了一幅封建社会的田家夏收图。 "复有贫妇人"以下八句,通过带有普遍性的事实,反映了农民将全部田产交纳租税、不得不拾麦穗充饥的悲惨情景,对残酷的封建剥削进行了控诉。 结尾六句,抒发了诗人因自己不事农桑、坐享俸禄却没有做出任何有利于人民的事情而感到内疚的崇高感情。 早于白居易的韦应物,在《寄李儋元锡》诗里用"身多疾病思田里,邑有流亡愧俸钱"的诗句表达过这种感情。 北宋初年继承白居易现实主义诗歌传统的诗人王禹偁,在《对雪》等不少诗篇里,反复地表达过这种感情。

宿紫阁山北村①

晨游紫阁峰,暮宿山下村。 村老见余喜,为余开一樽。 举杯未及饮,暴卒来入门。 紫衣挟刀斧,草草十馀人。 夺我席上酒,掣我盘中飧②。 主人退后立,敛手反如宾③。 中庭有奇树,种来三十春。 主人惜不得,持斧断其根。 口称"采造家④,身属神策军⑤"。主人慎勿语，中尉正承恩⑥。

注释

①紫阁山：终南山的一个有名山峰，在长安西南。②飧(sūn孙)：熟食。③敛手：交叉双手拱于胸前，表示恭敬。④采造家：掌管采伐木料、建造宫殿的人。⑤神策军：中唐时期皇帝的禁卫军。⑥中尉：指神策军头领护军中尉，由宦官担任。此诗所指的"中尉"即最有权势的宦官吐突承璀。作者另有《论承璀职名状》，反对他兼充"诸军行营招讨处置使"（各路军统帅）。

这就是作者在《与元九书》中所说的使"握军要者切齿"的那首诗，作于元和四年前后任左拾遗时，可与王建《羽林行》参看。开头四句和结尾两句，表现了诗人和"村老"之间的亲切关系。中间十四句，画出一幅"暴卒"抢劫图；诗人自己，也是抢劫对象之一。这些"暴卒"公开抢劫，连身为左拾遗的官儿都不放在眼里，不禁使人产生疑问："他们凭什么这样'暴'？"直写到"主人"因"中庭奇树"被砍而忍无可忍时，才让"暴卒"自己亮出他们的黑旗，"口称"：我们负有为皇帝采伐木料的使命，本是那赫赫有名的神策军人。

一听"暴卒"的"口称"，"我"就被吓坏了，连忙悄声劝告"村老"：主人啊！你千万不要做声，神策军的头领，是皇帝的红人！

讽刺矛头透过"暴卒"刺向"暴卒"的后台"中尉"，又透过"中尉"刺向"中尉"的后台皇帝！画龙点睛，全龙飞动，把全诗的思想意义提到了惊人的高度！

新制布裘

桂布白似雪①,吴绵软于云②;布重绵且厚,为裘有余温。朝拥坐至暮,夜复眠达晨;谁知严冬月,支体暖如春。中夕忽有念,抚裘起逡巡③:丈夫贵兼济,岂独善一身!安得万里裘,盖裹周四垠④;稳暖皆如我,天下无寒人!

注释

①桂布:桂,指唐代的"桂管"地区(今广西壮族自治区)。当地出产木棉,用它织成的布称为"桂布"。我国古代多用丝织品,木棉从南北朝时才见于中土,分两种:一种是木本的,名为"古贝""吉贝"或"劫贝",由海南诸国传入,开始种于"桂管"等处;另一种是草本的,即现在常见的棉花,由西域传入,名叫"白叠"。在中唐时代,这两种棉花都是少有的特殊产品,较珍贵。棉花普遍种植,是宋、元之间的事。参阅李时珍《本草纲目》卷三六"木棉"条。②吴绵:吴地(今江苏苏州一带)出产的丝绵。吴绵质量高,当时很著名。③逡巡:走来走去,欲进又退,有所思忖时的一种表现。④四垠:四边,指全国范围。

这首诗,大约是元和初年所作。作者晚年做河南尹时有一首题为《新制绫袄成,感而有咏》的七言古诗,表现了同样的思想感情,后半篇云:

百姓多寒无可救,一身独暖亦何情!心中为念农桑苦。耳里如闻饥冻声。 争得大裘长万丈,与君都盖洛阳城!

这两首诗,可与杜甫的《茅屋为秋风所破歌》共读。 杜甫在自己生活贫困的时候"宁苦身以利人",白居易在自己生活优裕的时候想"推身利以利人",都是难能可贵的。

杜陵叟①

杜陵叟,杜陵居,岁种薄田一顷馀。 三月无雨旱风起,麦苗不秀多黄死②。 九月降霜秋早寒,禾穗未熟皆青干。 长吏明知不申破③,急敛暴征求考课④。 典桑卖地纳官租,明年衣食将何如? 剥我身上帛,夺我口中粟。 虐人害物即豺狼,何必钩爪锯牙食人肉⑤! 不知何人奏皇帝,帝心恻隐知人弊⑥。 白麻纸上书德音⑦,京畿尽放今年税⑧。 昨日里胥方到门⑨,手持敕牒榜乡村⑩。 十家租税九家毕,虚受吾皇蠲免恩⑪。

注释

①杜陵叟:这是白居易著名组诗《新乐府》五十首之一,作于元和四年任左拾遗时。 杜陵:在今西安市东南。 ②不秀:没有扬花。

③长吏：指县令等地方官。 ④考课：按一定标准分别等级、考核官吏以定升降。 唐代由吏部考功司掌管。 ⑤"虐人"两句：虐人害物的就是豺狼(指官吏)，不光是钩爪锯牙食人肉的才算豺狼。 ⑥恻隐：同情，不忍。 ⑦"白麻"句：用白麻纸写了恩诏。 唐代诏书，凡重要的都用白麻纸写，一般的用黄麻纸写。 德音：诏书的一种，多半是免租、赦罪等有关施"恩"的事，犹如后代的"恩诏"。 ⑧京畿：靠近京城的地方。 唐代设京畿采访使，管长安周围四十多县。 放：免。 ⑨里胥：里正。 唐代一百户为里，设里正。 方：才。 ⑩敕牒：皇帝下的命令，此处指免租的命令。 榜：作动词用，意为"张贴，张挂"。 ⑪蠲：免除。

元和三年(808)冬至四年春，长安周围及江南广大地区遭受严重旱灾，白居易上疏请求"减收租税"，以"实惠及人"。 唐宪宗准其奏请，并下罪己诏，但不过是搞了个笼络人心的骗局。 白居易为此写了两首诗，那就是《秦中吟》中的《轻肥》和《新乐府》中的这首《杜陵叟》。

《轻肥》和《杜陵叟》写的是同一旱灾，但表现方法不同。 前者在"是岁江南旱，衢州人食人"的背景上勾出了一幅"内臣"军中欢宴图，后者则在禾穗青干、麦苗黄死、赤地千里的背景下展现出两个颇有戏剧性的场面：一个是，贪官污吏如狼似虎，逼迫灾民们"典桑卖地纳官租"；接着的一个是，在"十家租税九家毕"之后，里胥才宣布免租的"德音"，让灾民们感谢皇帝的恩德。 诗人说他这首诗是"伤农民之困"的。 看来他对农民"典桑卖地纳官租，明年衣食将何如"的困境的确感同身受，所以用农民的口气，痛斥了那些为了自己升官发财而不顾农民死活的"长吏"："剥我身上帛，夺我口中粟。 虐人害物即豺狼，何必钩爪锯牙食人肉！"这时候，诗人正做着唐王朝的官,却敢于如此激烈地为人民鸣不平,不能不使我们佩服他的勇气。"昨日里胥方到门"一句中的"方"字值得玩味。"方"是"才"的意思。"长吏"们明知灾情严重,却不但不向上级报告,反而"急敛暴征";及至皇帝降下免租的"德音",又不及时宣布,硬是要等到"十家租税九家毕"之后才让里胥"手持敕牒榜乡村"。这不是有意欺骗人民吗?作者这样写,是把揭露的矛头指向"长吏",而替皇帝回护的。但"长吏"与皇帝之间实际上有着血肉联系,诗人也没有忽视这种联系。他不是一针见血地指出"长吏"之所以"急敛暴征",是为了"求考课"吗?同时,既然"帝心恻隐知人弊",难道应该对"长吏"们搞的那个骗局不闻不问吗?

卖炭翁

卖炭翁,卖炭翁,伐薪烧炭南山中。满面尘灰烟火色,两鬓苍苍十指黑①。卖炭得钱何所营②?身上衣裳口中食。可怜身上衣正单,心忧炭贱愿天寒。夜来城外一尺雪,晓驾炭车辗冰辙。牛困人饥日已高,市南门外泥中歇。翩翩两骑来是谁?黄衣使者白衫儿③。手把文书口称敕,回车叱牛牵向北④。一车炭,千余斤,宫使驱将惜不得。半匹红纱一丈绫,系向牛头充炭直⑤。

注释

①苍苍：黑白相间的颜色。 ②何所营：做什么用。 ③"黄衣"句：唐代宦官品级较高的穿黄衣，无品级的穿白衣。自称是皇帝派来的，故称"使者"或"宫使"。 ④"回车"句：唐代长安城中的"东市"位于皇城东南，"西市"位于皇宫西南，牵牛向北，即牵牛向皇宫。 ⑤炭直（同"值"）：炭价。

作者说他写这首诗，是"苦宫市也"。"宫"指皇宫，"市"是"买""采购"的意思。所谓"宫市"，是指皇宫所需物品，派宦官到市场上去购买，实际上是掠夺。关于"宫市"害民的实况，史书多有记载。但千百年后仍然普遍为人们所了解，却主要由于读了白居易的《卖炭翁》。

开头四句，用明白如话的语言塑造出艰难困苦的劳动者形象及其"伐薪""烧炭"的复杂工序，为下文"宫使"掠夺木炭的罪行作好了铺垫。"南山"即王维所写的"欲投人处宿，隔水问樵夫"的终南山，山深林密，人迹罕到。以"南山中"为"伐薪""烧炭"的场所，既烘托其艰苦性，又暗示距"市南门外"极遥远，为"晓驾炭车辗冰辙""牛困人饥日已高"留下伏线。"卖炭得钱何所营？""身上衣裳口中食。"设为问答，不仅化板为活，使文情跌宕，而且扩展了反映民间疾苦的深度与广度，使人们看到卖炭翁别无衣食来源，"身上衣裳口中食"，全指望千辛万苦烧成的"千馀斤"木炭能卖个好价钱。这就为后面写"宫使"掠夺木炭的罪行进一步作好了有力的铺垫。"可怜身上衣正单，心忧炭贱愿天寒"，这是扣人心弦的名句。"衣正单"，当然希望天暖；然而这个卖炭翁是把解决衣食问题的全部希望寄托在"卖炭得钱"上的，所以在冻得发抖的时候，一心盼望天气更冷。诗人如此深刻地理解卖炭翁的悲惨处境和内心活动,只用十四个字就表现得如此真切,产生了激动人心的艺术力量。"心忧炭贱愿天寒",实际上是等待下雪。"夜来城外一尺雪",这场雪总算盼到了!当卖炭翁"晓驾炭车辗冰辙"的时候,占据他的全部心灵的,不是埋怨下面是冰、上面是"一尺雪"的道路多么难走,而是盘算着那"一车炭"能卖多少钱、能换来多少衣食……然而结果又怎样呢?结果是:他遇上了"手把文书口称敕"的"宫使"。在皇宫的"使者"面前,在皇帝的文书和敕令面前,卖炭翁在从"伐薪""烧炭""愿天寒""驾炭车",直到"泥中歇"的漫长过程中所盘算的一切,所希望的一切,全都化为泡影!那么他往后的日子怎样过呢?读诗至此,谁能不同情卖炭翁的遭遇?谁能不憎恨统治者的罪恶?而诗人"苦宫市"的创作意图,也就收到了预期的效果。

这首诗层次多,跳跃性大,因而频频换韵。读的时候,要注意韵脚。"翁""中"一韵,平声;"色""黑""食"一韵,入声;"单""寒"一韵,平声;"雪""辙""歇"一韵,入声;"谁""儿"一韵,平声;"敕""北""得""直"一韵,入声。

轻　　肥[①]

意气骄满路,鞍马光照尘。借问何为者,人称是内臣[②]。朱绂皆大夫[③],紫绶悉将军[④]。夸赴军中宴,走马去如云。樽罍溢九酝[⑤],水陆罗八珍。果擘洞庭橘,脍切天池鳞[⑥]。食饱心自若[⑦],酒酣气益振。是岁江南旱,衢州人食人[⑧]!

注释

①轻肥：是"乘肥马，衣轻裘"的缩语。此题《才调集》作《江南旱》。②内臣：宦官。③朱绂：朱色的系印丝绳。④紫绶：紫色的系印丝绳。朱紫二色，高级官员才能用。悉：皆。⑤樽、罍：盛酒器。九酝：美酒名。⑥鲙：细切的鱼肉。鳞：鱼。⑦自若：坦然自得。⑧衢州：唐代州名，其治所即今浙江西部的衢县。

这是著名组诗《秦中吟》十首的第七首。《秦中吟·序》云："贞元、元和之际，余在长安，闻见之间，有足悲者。因直歌其事，命为《秦中吟》。"《伤唐衢》诗云："忆昨元和初，忝备谏官位。是时兵革后，生民正憔悴。但伤民病痛，不识时忌讳。遂作《秦中吟》，一吟悲一事。"这表明《秦中吟》的主要特点是：第一，题材来自感动过作者的社会生活；第二，以"但伤民病痛"的激情"直歌其事"，无所"忌讳"；第三，"一吟悲一事"，写得很集中。

《轻肥》一名《江南旱》，以十四句写"轻肥"，而以两句写"江南旱"结尾，形成一"乐"一"悲"的鲜明对照。开头先描写，后点明，突兀跌宕，绘神绘色。"意气"之"骄"，竟可"满路"，"鞍马"之"光"，竟能"照尘"，不能不使人发出"何为者"的惊问，从而引出"是内臣"的回答。"内臣"者，宦者也，皇帝的家奴也，凭什么这样"骄"？下两句作了说明："朱绂皆大夫"，这是掌握政权的；"紫绶悉将军"，这是掌握军权的。宦官竟掌握了政权、军权，怎能不"骄"？"夸赴军中宴，走马去如云"两句与"意气骄满路，鞍马光照尘"两句前后呼应，互相补充，写得很形象。"军中宴"的"军"不是一般的军队，而是保卫皇帝的"神策军"。作者写此诗时，神策军由宦官管领。宦官们之所以为所欲为，就由于他们掌握军权,进而把持朝政。作者通过宦官们"夸赴军中宴"的场面揭示其"意气"之"骄",具有高度典型的概括意义。前八句写赴宴,突出一个"骄"字。后六句写宴会,突出一个"奢"字。在交通不便的古代,身居长安而吃"洞庭橘""天池鳞""九酝""八珍",水、陆毕集,不知要挥霍掉人民多少血汗!

白居易的有些讽谕诗,喜用"卒章显其志"的办法,在结尾部分以抽象语言说明题旨,削弱了艺术感染力。此诗则不然,当写到宦官们"食饱心自若,酒酣气益振"之时,忽用长焦镜摄取了"衢州人食人"的悲惨画面,与宦官们从赴宴到宴会的一组画面相对照,即戛然而止,而将异常深广的内涵留给读者去探索、思考,从而产生了惊人的"震撼效应"。

琵琶行[①] 并序

元和十年,予左迁九江郡司马[②]。明年秋,送客湓浦口[③],闻舟中夜弹琵琶者,听其音,铮铮然有京都声。问其人,本长安倡女,尝学琵琶于穆、曹二善才[④]。年长色衰,委身为贾人妇[⑤]。遂命酒,使快弹数曲[⑥],曲罢悯默[⑦]。自叙少小时欢乐事,今漂沦憔悴,转徙于江湖间。予出官二年[⑧],恬然自安[⑨]。感斯人言,是夕始觉有迁谪意[⑩]。因为长句[⑪],歌以赠之,凡六百一十二言,命曰《琵琶行》。

浔阳江头夜送客,枫叶荻花秋瑟瑟[⑫]。主人下马客在船,举酒欲饮无管弦。醉不成欢惨将别,别时茫茫江浸月。忽闻水上琵琶声,主人忘归客不发。寻声暗问弹者谁,琵琶声停欲语迟。移船相近邀相见,添酒回灯重开宴⑬。千呼万唤始出来,犹抱琵琶半遮面。转轴拨弦三两声,未成曲调先有情。弦弦掩抑声声思⑭,似诉平生不得志。低眉信手续续弹,说尽心中无限事。轻拢慢捻抹复挑⑮,初为霓裳后六幺⑯。大弦嘈嘈如急雨,小弦切切如私语。嘈嘈切切错杂弹,大珠小珠落玉盘。间关莺语花底滑⑰,幽咽泉流冰下难⑱。冰泉冷涩弦凝绝,凝绝不通声暂歇。别有幽愁暗恨生,此时无声胜有声。银瓶乍破水浆迸,铁骑突出刀枪鸣。曲终收拨当心画⑲,四弦一声如裂帛。东船西舫悄无言,唯见江心秋月白。沉吟放拨插弦中⑳,整顿衣裳起敛容㉑。自言本是京城女,家在虾蟆陵下住。十三学得琵琶成,名属教坊第一部㉒。曲罢曾教善才服,妆成每被秋娘妒㉓。五陵年少争缠头㉔,一曲红绡不知数。钿头银篦击节碎㉕,血色罗裙翻酒污。今年欢笑复明年,秋月春风等闲度㉖。弟走从军阿姨死,暮去朝来颜色故。门前冷落鞍马稀,老大嫁作商人妇。商人重利轻别离,前月浮梁买茶去㉗。去来江口守空船,绕船明月江水寒。 夜深忽梦少年事,梦啼妆泪红阑干[28]。 我闻琵琶已叹息,又闻此语重唧唧[29]。 同是天涯沦落人,相逢何必曾相识? 我从去年辞帝京,谪居卧病浔阳城。 浔阳地僻无音乐,终岁不闻丝竹声。 住近湓江地低湿,黄芦苦竹绕宅生。 其间旦暮闻何物? 杜鹃啼血猿哀鸣[30]。 春江花朝秋月夜,往往取酒还独倾。 岂无山歌与村笛,呕哑嘲哳难为听[31]。 今夜闻君琵琶语,如听仙乐耳暂明。 莫辞更坐弹一曲,为君翻作琵琶行。 感我此言良久立,却坐促弦弦转急。 凄凄不似向前声,满座重闻皆掩泣。 座中泣下谁最多,江州司马青衫湿[32]。

注释

[1]琵琶行:行,一种诗体。徐师曾《文体明辨》:"放情长言,杂而无方者曰'歌'。步骤驰骋,疏而不滞者曰'行'。兼之曰'歌行'。" [2]左迁:降职。 九江郡:隋郡名,唐肃宗时改为江州,州治在今江西九江市。 司马:刺史(州的长官)的属官。 [3]湓浦口:在今江西九江西,是湓水入长江处,又叫湓口。 [4]善才:曲师。 [5]委身:托身。 贾(gǔ古)人:商人。 [6]命酒:叫手下人摆酒。 快弹:畅快地弹。 [7]悯(mǐn敏)默:神色悲愁,不做声。 [8]出官:京

官贬为外官。⑨恬然：心平气和。⑩迁谪(zhé哲)：降职外调。⑪长句：七言诗。⑫瑟瑟：风吹草木声。⑬回灯：把熄了的灯重新点起来。⑭掩抑：沉郁。思：读去声，包括思想、感情。⑮"轻拢"句：拢、捻、抹、挑都是叩弦的指法。⑯霓裳：曲名，见前。六幺：或作"绿腰"，曲名。⑰间关：鸟声。滑：流利。⑱"幽咽"句：冰下难，汪本《全唐诗》都作"水下滩"，在"水"字下注明"一作冰"，"滩"字下注明"一作难"。段玉裁《与阮芸台书》云："昔年曾谓当作'泉流冰下难'，故下文接以'冰泉冷涩'，'难'与'涩'对，难者，滑之反也。'莺语花底'，'泉流冰下'，形容滑、涩二境，可谓工绝。"⑲拨：拨弦用的拨子。⑳沉吟：迟疑不决的表情。《六书故》："喜为歌吟，疑为沉吟。"㉑敛容：收敛其散漫弛惰的状态，表现出肃敬的神情。㉒教坊：唐代置左右教坊，掌管优伶杂伎。㉓秋娘：当时长安很负盛名的歌女，元稹、白居易的诗有好几处提到她。㉔五陵：汉代帝王的五个陵墓，即长陵、安陵、阳陵、茂陵、平陵。汉代经营帝王陵墓，使富豪人家迁住其地，所以五陵多豪华少年。缠头：古代舞女在歌舞时用罗锦缠头，因而观者常赠蜀锦作为礼物，叫作缠头，后来多以钱物代之。㉕"钿头"句：节，又叫柎，是打拍子用的乐器。击节：就是打拍子。晋朝人王敦欣赏曹操的诗句："老骥伏枥，志在千里。烈士暮年，壮心不已。"酒后诵读，用如意(搔痒的东西)击唾壶为节，壶边尽缺。因而"击节"一词又含有赞赏的意思。钿头银篦：上端镶着金花的银钗。这句诗是说歌女唱曲的时候，五陵少年用钿头银篦给她打拍子，由于很卖力，把钿头银篦都打碎了。㉖等闲：随随便便。㉗浮梁：唐代属饶州鄱阳郡，故城在今江西省浮梁县东北。㉘阑干：纵横。㉙唧唧：叹息声。㉚杜鹃：本名鹃，形体像鹰。相传是古蜀帝杜宇的魂所化，故叫杜鹃或杜宇，子规、子鹃则是它的别名。春天鸣叫，鸣声凄厉，能打动旅客思家的心情，故又称"思归""催归"，古代诗人常用"啼血"形容它的凄切的鸣声，如"子规半夜犹啼血"之类。㉛呕哑嘲哳：形容声音杂乱。㉜"江州"句：唐代五品以下的官穿青衫，江州司马，即作者自己。

  《琵琶行》和《长恨歌》同是千古名作。在作者生前，已经是"童子解吟《长恨》曲，胡儿能唱《琵琶》篇"。元代大戏曲家马致远曾根据它写成《青衫泪》，清代大戏曲家蒋士铨又根据它写成《四弦秋》；在日本，它也经过改编，被搬上舞台。
  诗中由长安漂泊到九江的琵琶女形象塑造得异常生动真实，且有典型性。通过这个典型形象，深刻地表现了封建社会中被侮辱、被损害的歌妓们、艺人们的不幸遭遇。诗中的"我"是作者自己，但也有典型意义。作者因欲救济民病、革除弊政而受打击，从长安贬到九江，心情忧闷。当琵琶女第一次弹出哀怨的乐曲时，就已经拨动了他的心弦，使他发出叹息声。当琵琶女自诉身世，直说到"夜深忽梦少年事，梦啼妆泪红阑干"之时，就更激起他的情感共鸣："同是天涯沦落人，相逢何必曾相识？"同病相怜，忍不住倾吐了自己的遭遇和心情。"我"的诉说，反转来又拨动了琵琶女的心弦，当又一次弹琵琶的时候，那曲调就更加凄苦感人，因而反转来激起"我"的情感狂澜，以致热泪横流、湿透青衫。把处于封建社会下层的琵琶女的遭遇和被压抑的正直的知识分子的遭遇相提并论，作如此细致、生动的描写，并寄予无限同情，这在白居易以前的诗歌中是未曾出现的。
  《琵琶行》最突出的艺术特点是：以极富音乐性的语言叙事、写景，特别是摹写音乐形象，用以抒发人物情感。全诗八十八句，或两句一韵，或四句一韵，或十数句一韵，或押平声，或押仄声，抑扬顿挫，错综变化，恰切地表现了人物的内心活动。摹写音乐的那些诗句，往往音义兼顾，情韵互谐，而在借助语言音韵摹写乐声的时候，又常用各种比喻以加强其形象性。例如"大弦嘈嘈如急雨"，既用"嘈嘈"这个叠韵词来摹声，又用"如急雨"使之形象化。"小弦切切如私语"亦然。这还不够，"嘈嘈切切错杂弹"，已经再现了"如急雨""如私语"两种旋律的交错出现，又用"大珠小珠落玉盘"一比，视觉形象与听觉形象就同时显露出来，令人眼花缭乱、耳不暇接。旋律继续变化，出现了"滑""涩"二境。"间关"之声，轻快流利，而比之为"莺语花底"，视觉形象的优美强化了听觉形象的优美。"幽咽"之声，悲抑梗塞，而比之为"泉流冰下"，视觉形象的冷涩强化了听觉形象的冷涩。由"冷涩"到"凝绝"，是一个"声渐歇"的过程。诗人用"别有幽愁暗恨生，此时无声胜有声"的佳句描绘了余音袅袅、余意无穷的境界。弹奏至此，满以为已经结束了，谁知那"幽愁暗恨"在"声渐歇"的过程中积聚了巨大潜力，无法压抑，终于如"银瓶乍破水浆迸，铁骑突出刀枪鸣"，把"凝绝"的暗流突然推向高潮。才到高潮，即收拨一画，戛然而止。一曲虽终，然回肠荡气、惊心动魄的艺术魅力，却并未随之消失。如此绘声绘色地再现千变万化的音乐形象，从而展现了弹奏者起伏回荡的心潮，怎能不使我们敬佩作者的艺术才华？

春　生

　　春生何处闇周游①，海角天涯遍始休②。先遣和风报消息，续教啼鸟说来由③。展张草色长河畔④，点缀花房小树头。若到故园应觅我⑤，为传沦落在江州⑥。

注释

①闇:同"暗"。②海角天涯:极言遥远。③教:使,让,读平声。④展张:展开,铺开。⑤故园:指白居易的家乡下邽。⑥为传:替我捎信。

白居易任江州司马期间作《浔阳春》三首,这是第一首,题为《春生》。这首诗把"春"拟人化,构思异常新颖、奇巧。开头便问:"春"从何处出"生"?接着说她一出生就到处漫游。她还懂得搞点宣传,造点声势。将到某处,先派"和风"传送消息,告诉人家"春"将来临;再遣"啼鸟"介绍情况,说明"春"将带来无限美景。她一到某地,就辛勤工作,为河岸覆盖绿草,为树头点缀繁花。这分明是一首"春"的颂歌!用笔之妙,出人意外,但更其出人意外的还是结尾:作者对"春"说,你如果漫游到我的家乡,家乡人如果到处寻找我,就告诉他们,我正在江州沦落受罪呢!言外之意是:如果能像"春"那样自由自在地"周游",游到哪里,就给哪里带来美景,该多好!这首诗与《琵琶行》同是摅写天涯沦落之恨,但选材、谋篇、命意,又何等不同!这就是艺术创造。这是一首七言律诗。盛唐以来,七律或工丽,或雄浑,或沉郁顿挫,佳作如林。但写得这样轻灵、跳脱、活泼的,还不曾有过。

大林寺桃花

人间四月芳菲尽①,山寺桃花始盛开②。长恨春归无觅处,不知转入此中来。

注释

①芳菲：形容花卉美盛芬芳，这里指花。②"山寺"句：白氏《游大林寺序》云，"大林穷远，人迹罕到，环寺多清流苍石、短松瘦竹。寺中惟板屋木器，其僧皆海东人。山高地深，时节绝晚。于时孟夏月，如正二月天，梨、桃始华，涧草犹短，人物风候与平地聚落不同。初到恍然，若别造一世界者。因口号绝句云……"所谓绝句，即指此诗。

此诗乃白氏于元和十二年游庐山大林寺时所作。庐山大林寺有三处。《清统志·九江府二》："上大林寺在庐山西大林峰南，晋建。……又中大林寺在庐山锦涧桥北，下大林寺在桥西。"据查慎行《庐山记游》："上大林寺，乐天先生曾游此，于四月见桃花，集中有诗序，今犹称白司马花径。"花径，现已辟为花径公园，石碣上刻"花径"二字，相传为白居易所书。诗写大林寺桃花晚开，却以"人间芳菲尽"唤起三、四句，构思极新颖。

问刘十九①

绿蚁新醅酒②，红泥小火炉。晚来天欲雪，能饮一杯无③？

注释

①刘十九：白居易的朋友，白有《刘十九同宿》诗："惟共嵩阳刘处士，围棋赌酒到天明。"②绿蚁：新酿的米酒，酒面上有淡绿色的浮渣，叫绿蚁。醅(pēi胚)：没有过滤的酒。③无：疑问词，含义与"否""吗"相同。

忙了一天，天晚的时候，眼看要下雪，很想找个朋友来围炉聊天，喝几杯酒。于是提笔写了这首小诗，问那个朋友能不能来。四句诗明白如话，却具有诗情画意，表现了一种健康的生活情趣。

暮江吟

一道残阳铺水中，半江瑟瑟半江红[①]。
可怜九月初三夜，露似真珠月似弓[②]。

注释

①瑟瑟：通常用以形容风吹草木的声态；这里则是另一种用法。《新唐书·于阗国传》云："德宗……求玉于于阗，得瑟瑟百斤。"这种瑟瑟是碧色的玉石，白居易常用来表现碧波，如"两面苍苍岸，中心瑟瑟流"，"寒食青青草，春风瑟瑟波"，等等。"半江瑟瑟"，写"残阳"未照到的江面；"半江红"，则写"残阳"铺展的江面。②真珠：指珍珠。

此诗长庆元年(821)秋作于长安曲江。前两句写日暮曲江景色，后两句写夜景。杨慎《升庵诗话》云："诗有丰韵，可谓工緻入画。"《唐宋诗醇》云："写景奇丽，是一幅着色秋江图。"俞陛云《诗境浅说续编》云："通首写景，惟第三句'可怜'二字，略见惆怅之思，如水清愁，不知其着处也。"

钱塘湖春行

　　孤山寺北贾亭西①,水面初平云脚低②。几处早莺争暖树,谁家新燕啄春泥。乱花渐欲迷人眼,浅草才能没马蹄。最爱湖东行不足,绿杨阴里白沙堤③。

注释

①孤山寺:在西湖后湖与外湖之间。贾亭:在西湖中,为贾全于贞元(785—804)中任杭州刺史时所建。这一句写"春行"起点。②水面初平:指春水注入,湖与岸平。云脚低:指云气接近湖面。这一句写放眼全湖之所见。③白沙堤:指白堤。

　　此诗作于任杭州刺史时,钱塘湖即西湖。题为《钱塘湖春行》,以一"行"字贯串全诗,写出了行进中所见的不断变换的春景,而"春行"者的美感即饱和于自然美景之中,给读者以美感享受。方东树《昭昧詹言》云:"佳处在象中有兴,有人在,不比死句。"又云:"句句回旋曲折顿挫,皆从意匠经营而出。"

柳宗元

　　柳宗元(773—819),字子厚,行八,河东(今山西永济西)人,世称柳河东。长于长安,幼敏悟,"以童子有奇名于贞元初"(刘禹锡《柳君文集序》)。德宗贞元九年(793)登进士第。十二年任秘书省校书郎。十四年登博学宏词科,授集贤殿正字。三年后调蓝田尉。十九年(803)升任监察御史里行,与韩愈、刘禹锡同官。二十一年正月,顺宗即位,重用王叔文、王伾等人实行政治革新,柳宗元被任命为礼部员外郎,与刘禹锡同为王叔文集团的中坚人物。同年八月,顺宗内禅,宪宗即位,"二王"被贬,"永贞革新"失败。柳宗元被贬为邵州刺史;未及到任,又加贬为永州司马。在永州九年,著述甚富。宪宗元和十年(815)正月,召赴京师;三月,又出为柳州刺史。在柳州期间,因俗施教,善政惠民。十四年(819)卒于贬所,人称柳柳州,民为立祠。其生平事迹见韩愈《柳子厚墓志铭》及新、旧《唐书》本传。年谱多种,以宋人文安礼《柳先生年谱》为最早,也较完善。柳宗元"以生人为己任",主张"文以明道",为文当"有益于世",是著名的思想家和散文家。与韩愈共倡古文运动,世称"韩柳"。亦工诗,今存163首,多为贬官后作,各体皆自具面目。苏轼称其诗"发纤秾于简古,寄至味于澹泊"(《书黄子思诗集后》)。方回称"柳柳州诗精绝工致,古体尤高。世言'韦柳',韦诗淡而缓,柳诗峭而劲。此五律诗,比老杜尤工矣!杜诗哀而壮烈,柳诗哀而酸楚,亦同而异也"(《瀛奎律髓》卷四)。论者每与韦应物相提并论,合称"韦柳"。沈德潜曾谓"柳州诗长于哀怨,得《骚》之馀意。东坡谓在韦苏州上,而王阮亭谓不及苏州,各自成家,两存其说可也"(《唐诗别裁集》卷四)。《全唐诗》存诗四卷,今人吴文治等校点本《柳宗元集》四十五卷,诗文合编,较通行。

溪　居

久为簪组累,幸此南夷谪①。闲依农圃邻,偶似山林客②。晓耕翻露草,夜榜响溪石。来往不逢人,长歌楚天碧。

注释

①"久为"二句:长时间受官职束缚,幸而被贬到南夷,才松散些。组:指缨,帽带。古人戴冠,用簪将头发固定在冠上,用组将冠系在颔下,因而以簪组代冠。冠代表官职,因而以冠代官。南夷:指永州一带。②农圃:指菜农。山林客:指隐士。

《溪居》的"溪"指"愚溪"。刘禹锡《伤愚溪》诗前小序曰:"故人柳子厚之谪永州,得胜地,结茅树蔬,为沼沚、为台榭,目曰愚溪。"这首诗寥寥八句,写他溪居的日常生活和心态,简淡高洁,体现了柳宗元五言古体诗的基本风格。沈德潜云:"愚溪诸咏,处连蹇困厄之境,发清夷澹泊之音,不怨而怨,怨而不怨,行间言外,时或遇之。"(《唐诗别裁集》卷四)

雨后晓行,独至愚溪北池

宿云散洲渚①,晓日明村坞②。高树临清池,风惊夜来雨。予心适无事,偶此成宾主③。

注释

①宿云:昨夜就有的云。②明:照明,形容词作动词用。村坞:村庄。③"予心"二句:我心里正好没有事,偶然来游,与这里的自然景物成了宾主。予:我。宾:指眼前景。主:作者自指。

前四句,写雨过云散、晓日初升,洲渚村坞,一派明丽,画不能到;后两句所写的闲适心情,已融合于前四句所写的景物之中。"高树临清池,风惊夜来雨"两句,写天晴不久,高树树叶上犹带"夜来雨"珠,风吹叶动,那雨珠便像受惊一样,忽然散落于树下清池。仅用十个字,好像毫不费力,便"状难写之景如在目前"。贺裳云:"大历以还,诗多崇尚自然。柳子厚始一振厉,篇琢句锤,起颓靡而荡秽浊,出入骚、雅,无一字轻率。其初多务溪刻,故神峻而味冽;既亦渐近温醇,如'高树临清池,风惊夜来雨'……不意

王、孟之外,复有此奇。"(《载酒园诗话》又编)

田　家

　　篱落隔烟火①,农谈四邻夕。庭际秋虫鸣②,疏麻方寂历③。蚕丝尽输税,机杼空倚壁④。里胥夜经过⑤,鸡黍事筵席⑥。各言"官长峻⑦,文字多督责⑧。东乡后租期⑨,车毂陷泥泽⑩。公门少推恕⑪,鞭朴恣狼藉⑫。努力慎经营⑬,肌肤真可惜⑭。"迎新在此岁⑮,唯恐踵前迹⑯。

注释

①篱落:篱笆。隔烟火:把各家各户隔开。烟火:人家的标志。②庭际:庭院边。③方:正。寂历:寂静。以上前两句展示农村夜谈的全景,后两句写农谈时的环境、气氛。④机杼:指织布机。⑤里胥(xū需):催讨、征收赋税的差役。⑥黍(shǔ蜀):黄米。这一句说,杀鸡做饭,设筵席款待里胥。⑦峻:严厉。句中用"各言",可见征讨赋税的差役不止一人。从"各言"以下至"肌肤真可惜"各句,都是差役恫吓农民的话。⑧文字:指催征赋税的文书。督责:督察责罚。⑨后租期:延误了缴纳赋税的日期。⑩毂(gǔ古):车轮中心插轴的圆木。这里指车轮。以上两句说,东乡的农民由于车子陷入泥泽中,耽误了缴纳赋税的日期。⑪公门:官府。少推恕:不肯设身处地加以宽宥。⑫鞭朴(pǔ普):鞭打。恣:肆意。狼藉:散乱纵横的样子。这里用以形容被打者挨打后的

惨象。⑬慎：谨慎小心。 经营：指对租税的筹划。 ⑭惜：爱惜。以上两句是差役对农民的警告，大意是，如不努力缴纳租赋，便要受皮肉之苦。⑮迎新：指迎接新谷登场，准备缴纳秋税。 当时实行的两税法规定，夏税于六月纳毕，秋税于十一月纳毕。⑯前迹：前人的脚印，指东乡农民受刑的事。 以上两句写农民的内心活动：一定及时缴纳秋税，免蹈东乡人因延迟纳税而受毒打的覆辙。

《田家》共三首，这是第二首，写农民刚缴罢夏税，官府又派里胥来催纳秋税，真实地反映了当时的社会矛盾。 中间写里胥恫吓田家，如闻其声。

渔　翁

渔翁夜傍西岩宿，晓汲清湘燃楚竹。烟销日出不见人，欸乃一声山水绿①。 回看天际下中流，岩上无心云相逐。

注释

①欸乃（ǎo ǎi）：渔家号子声，唐时湘中棹歌有《欸乃曲》（见元结《欸乃曲序》）。

这是作者被贬为永州（今湖南零陵）司马时的作品，以"渔翁"领起，通篇写渔翁。 "夜傍西岩宿"着一"傍"字而境界全出：渔翁以舟为家，傍青山，靠绿水，何等清高绝俗，自在逍遥！第二句写做早饭，"晓"字上承"夜"字。 只用取水烧柴指代做饭的全过程，已极简练含蓄。 何况不说取水而说"汲清湘"，不说烧柴而说

"燃楚竹",不仅表现出地方特色,而且用烘托手法,进一步表现了渔翁的高洁洒脱。 第三句"烟销日出不见人",最明显的意思是:吃过早饭,渔翁已荡舟去远了。 但"烟销日出"又分明暗示:"烟销"之前,烟雾弥漫,连"日"也"出"不来。 就是说,渔翁汲湘燃竹,全隐没于"晓"雾之中。 及至"日出",始能看见,可是他已离开这儿了。 "不见人",意在突出其孤高出尘。 然而"不见人"还得表现出确有其"人"。 这就有了最精彩的一句:"欸乃一声山水绿。"

从语法看,"山水绿"是"欸乃一声"的结果。 这当然不是说"欸乃一声"能使山水变绿,而是当你忽然听见悠扬的《欸乃曲》,寻声辨向,想看见那位歌手时,忽然发现那歌声飘荡之处,山青水绿,简直是与尘世隔绝的另一个世界。 诗写"渔翁",从渔翁的角度看,他放舟中流,一声"欸乃",其悠闲自得的神态跃然纸上;而放眼一看,山青水绿,悦目怡神,心物交感,融合无间,达到了《始得西山宴游记》所说的"与万化冥合"的境界。 结尾两句,即由此引申。 近看眼前,山青水绿;回看天际,岩上白云毫无机心,自由舒卷,自在飘浮,与自己的心灵和谐一致。

通篇诗,并不是对现实生活中的渔翁的真实写照,而是借渔翁以抒怀抱,表现在政治上遭受严重打击之后厌恶官场、寄情山水的高洁情怀。 取《永州八记》与此诗同读,必能相互印证,加深领悟。

结尾两句,苏轼《读柳诗》认为"虽不必亦可"。 严羽、胡应麟、王士禛、沈德潜等都表示赞同;刘辰翁、李东阳、王世贞等则认为不须删。 这种争论,一直延续到现在。 但如结合作者的处境和心境及《永州八记》等读这篇诗而领悟到诗中的渔翁在很大程度上乃是作者逃避龌龊现实、追求心灵净土的心境外化,便知结尾两句多么重要。 全诗所写的渔翁几乎全在人境之外,他不曾和任何人打交道,别人也不曾看见他,除了"欸乃一声"之外,便只有"无心出岫"、随意飘浮的白云是他的化身。

登柳州城楼寄漳汀封连四州刺史

城上高楼接大荒,海天愁思正茫茫。惊风乱飐芙蓉水①,密雨斜侵薜荔墙②。岭树重遮千里目,江流曲似九回肠。共来百粤文身地③,犹自音书滞一乡。

注释

①飐(zhǎn 展):吹动。 芙蓉:荷花。 ②薜荔:一种常绿的蔓生植物。 ③百粤:泛指岭南少数民族。 文身:身上刺各种花纹。

唐德宗死,太子李诵(顺宗)即位,改元永贞(805),重用王叔文等实行改革,仅五个月即遭受残酷的镇压。 王叔文、王伾被贬往外地;革新派主要成员柳宗元、刘禹锡、韩泰、韩晔、陈谏、凌准、程异、韦执谊分别被贬为远州司马。 第二年又杀害王叔文,逼死王伾;对八司马的迫害也有增无已,凌准、韦执谊都死于任所。 整整过了十年,即宪宗元和十年(815)初,柳宗元与韩泰、韩晔、陈谏、刘禹锡五人(程异先被起用)才奉诏进京,不料又被贬往更荒凉的边远州郡:韩泰为漳州(治所在今福建漳州市)刺史,韩晔为汀州(治所在今福建长汀县)刺史,陈谏为封州(治所在今广东封川县)刺史,刘禹锡为连州(治所在今广东连县)刺史,柳宗元为柳州刺史(治所在今广西壮族自治区马平县)刺史。 这首七律,是柳宗元初到柳州时写寄四位难友,即诗题中所说的"漳汀封连四州刺史"的。 唐人作诗很讲究"制题",读这个题,已有伤高怀远之意。

首联以深广的情景、辽阔的意境统摄诗题,为以下的逐层抒写展开了宏大的画面。

第二联写近景。见得真切,故写得细致。就细致地描绘风急雨骤的景象而言,这是"赋"。但仔细品味,"赋"中又兼有"比""兴"。"风"而曰"惊","雨"而曰"密","飐"而曰"乱","侵"而曰"斜",客观事物已投射诗人感受。"芙蓉"出水,何碍于"风",而"惊风"仍要"乱飐","薜荔"覆"墙","雨"本难"侵",而"密雨"偏来"斜侵"。这怎能不使诗人俯仰身世,产生联想,"愁思"弥漫于茫茫海天?

第三联写远景。上下句同写遥望,却一仰一俯,视野各异。仰观则重岭密林,遮断千里之目,俯察则江流曲折,有似九回之肠,景中寓情,"愁思"无限。

第四联自然归结到"音书滞一乡"。但如此收束,则文情较浅,文气较直,故先用"共来百粤文身地"一垫,再用"犹自"一转,才转到"音书滞一乡",便收到沉郁顿挫的艺术效果。而"共来"一句,既与首句"大荒"照应,又统摄题中的"漳汀封连四州"及作者所在的柳州。一同被贬于"大荒""文身"之地,已够痛心,还彼此隔离,连音书都留滞于各自的贬地而无法寄达。读诗至此,余韵袅袅,余味无穷。而题中的"寄"字之神,也于此曲曲传出。

江　　雪

千山鸟飞绝,万径人踪灭。孤舟蓑笠翁[①],独钓寒江雪。

注释

①蓑笠翁：穿蓑衣、戴笠帽的渔翁。

写雪景而前三句不见"雪"字，纯用空中烘托之笔，一片空灵。待结句出"雪"而回视前三句，便知"千山"、"万径"、"孤舟"、"渔翁"，已全覆盖于深雪之中，而那雪还在纷纷扬扬，飞洒不休。要不然，"千山"何故"鸟飞绝"？"万径"何故"人踪灭"？"孤舟"渔翁，又何故披"蓑"戴"笠"？

用"千山""万径"反衬"寒江""孤舟"，用"鸟飞绝""人踪灭"反衬"蓑笠翁"寒江"独钓"，从而在广阔、寂寥、清冷的画面上突出了"孤舟""独钓"的"蓑笠翁"形象。

全诗句句写景，合起来是一幅图画，所以正如黄周星《唐诗快》所说："只为此二十字，至今遂图绘不休，将来竟与天地相终始矣。"

那么，有没有景中之情、言外之意呢？当然有的。这首《江雪》与前面所选的《渔翁》，都以渔翁"自寓"，反映了柳宗元在长期流放过程中交替出现的两种心境。他有时不甘屈服，力图有所作为；有时又悲观愤懑，寻求精神上的解脱。《渔翁》中的渔翁，超尘绝俗，悠然自得，正是后一种心境的外化。《江雪》中的渔翁，特立独行，凌寒傲雪，独钓于众人不钓之时，正是前一种心境的写照。

酬曹侍御过象县见寄①

破额山前碧玉流，骚人遥驻木兰舟。
春风无限潇湘意，欲采蘋花不自由。

注释

①侍御：官名，"侍御史"的简称。 曹侍御：名未详，当是作者在京城时的故友。 象县：柳州属县，在州治东北六十五里处。

前两句切题中的"曹侍御过象县见寄"，即曹侍御经过象县之时，作诗寄作者；后两句切题中的"酬"，即作者读到曹侍御寄来的诗，作此诗酬答。 今人多据诗中有"潇湘"二字而确定此诗作于永州，但永州、象县相距遥远，书简往还不易，与诗意不合。"潇湘"别有意义，不专作地名，姑定为柳州作品。

"骚人"本指《离骚》的作者屈原，后来泛指情操高洁的文人。"玉""木兰"，都是屈原喜用的词，象征坚贞、芬芳的品质。 作者称曹侍御为"骚人"，并用"碧玉流""木兰舟"这样美好的环境来烘托他，就会使读者把他和屈原及其作品联系起来，产生许多联想。"骚人"本可看山看水，愉快地赶他的路，如今却"遥驻木兰舟"于"碧玉流"之上，究竟为什么？ 这又会使读者产生许多联想。"遥"作为"驻"的状语，所表现的是"骚人"与作者之间的距离。象县距柳州六十多里，距柳宗元的贬所不算太"遥"，何况眼前的"碧玉流"正是从柳州流来的，为什么不乘"木兰舟"到柳州去看看他的朋友？这又引人深思。 曹侍御的处境如何，虽然不知其详，但从"骚人"的称呼中也可得到一些暗示。 至于柳宗元，分明过着"万死投荒"的流放生活。 所以政治上的间隔，比地理上的距离更显得"遥"。 因此，尽管思友心切，路也不太远，却只能"驻舟"兴叹，寄诗抒怀。

"春风无限潇湘意"一句，结合下句"欲采蘋花"看，显然汲取了南朝诗人柳恽《江南曲》的诗意。《江南曲》是一篇名作，全文如下：

江洲采白蘋,日暖江南春。洞庭有归客,潇湘逢故人。故人何不返,春花复应晚。不道新知乐,只言行路远。

由此可见,"春风无限潇湘意",就是怀念故人之意。此句作为全诗的第三句,妙在似承似转,亦承亦转。就是说,它主要表现作者怀念"骚人"之情,但也兼包"骚人"寄诗中所表达的怀念作者之意。"春风"和暖,芳草如茵,蘋花盛开,朋友们倘能相见,该多好!"无限"相思而不能相见,就想到"采蘋花"以赠故人。然而呢?不要说相见没有自由,就是"欲采蘋花"相赠,也"不自由"啊!

全诗不仅写景如画,而且比兴并用,虚实相生,能够唤起读者许多联想。结句"欲采蘋花"尚"不自由",还能有什么自由!词气委婉而内涵悲愤。结合作者被贬谪的原因、经过和被贬后继续遭受诽谤、打击,动辄得咎的处境,不是可以想到更多东西吗?

与浩初上人同看山寄京华亲故[①]

海畔尖山似剑铓[②],秋来处处割愁肠。若为化得身千亿[③],散上峰头望故乡[④]。

注释

①浩初上人:潭州(今湖南长沙)人,龙安海禅师弟子。上人:对和尚的敬称。京华:京城长安。亲故:亲戚故旧。②剑铓:剑锋。苏轼《东坡题跋》:"仆自东武适文登,并海行数日,道旁诸峰,真若剑铓。诵柳子厚诗,知海山多尔耶。"③若为:怎能。④故乡:指长安。柳宗元祖籍河东,但在长安出生并长大。

此诗作于任柳州刺史时期。望海畔无数尖山有如剑铓而感到愁肠如割,又欲化身千亿,分立于千亿山尖遥望故乡,构思新颖而含情悽惋。 陆游《梅花绝句》"何方可化身千亿,一树梅花一放翁",命意不同,而遣词造句,或由此诗后两句脱化。

元　稹

　　元稹(779—831),字微之,排行九,洛阳(今属河南)人。 北魏鲜卑族后裔,世居京兆万年(今陕西西安)。 八岁丧父,随生母郑氏赴凤翔依舅族。 德宗贞元九年(793),年方十五,即以明两经擢第。 十九年(803)登书判拔萃科。 宪宗元和元年(806),登"才识兼茂、明于体用"科,授左拾遗。 上书论政,触怒宰臣,出为河南县尉。 四年,受知于宰相裴垍,任监察御史,出使剑南东川,劾奏官吏奸贪,得罪宦官权贵,贬为江陵府士曹参军。 历通州司马、虢州长史。 裴垍去世,转而依附宦官崔潭峻,元和十四年(819)入京任膳部员外郎。 翌年,擢祠部郎中、知制诰,迁中书舍人,充翰林学士承旨。 穆宗长庆二年(822),以工部侍郎同平章事。 在相位仅三月,为李逢吉所倾,出为同州刺史。 三年,为越州刺史、浙东观察使。 文宗大和三年(829),入为尚书左丞。 四年,出为武昌军节度使。 五年七月卒于任所。 生平事迹见白居易《元稹墓志铭》及新、旧《唐书》本传。 年谱多种,以今人卞孝萱《元稹年谱》较完备。 元稹兼擅散文、传奇、书法,而以诗著称。 其诗与白居易齐名,并称"元白"。 与白居易、李绅等创作新乐府,在促进当时诗歌创作贴近现实方面有积极意义。 其他诗作,传诵最广者为《连昌宫词》、悼亡诗和艳情诗。 清代诗论家赵翼认为:"中唐诗以韩、孟、元、白为最。 韩、孟尚奇警,务言人所不敢言;元、白尚坦易。 务言人所共欲言。"(《瓯北诗话》卷四)评论较中肯。 元稹诗文合集《元氏长庆集》,宋以后传本六〇卷,《四部丛刊》本较通行。 中华书局《元稹集》于六〇卷外,复收外集八卷,较完备。《全唐诗》编其诗二八卷。

连昌宫词

连昌宫中满宫竹,岁久无人森似束。

又有墙头千叶桃①，风动落花红簌簌②。宫边老翁为余泣："小年进食曾因入。上皇正在望仙楼，太真同凭栏干立③。楼上楼前尽珠翠④，炫转荧煌照天地⑤。归来如梦复如痴，何暇备言宫里事。初届寒食一百六⑥，店舍无烟宫树绿。夜半月高弦索鸣，贺老琵琶定场屋⑦。力士传呼觅念奴⑧，念奴潜伴诸郎宿⑨。须臾觅得又连催，特敕街中许燃烛⑩。春娇满眼睡红绡⑪，掠削云鬟旋装束⑫。飞上九天歌一声⑬，二十五郎吹管笛⑭。逡巡大遍凉州彻⑮，色色龟兹轰录续⑯。李謩擪笛傍宫墙⑰，偷得新翻数般曲。平明大驾发行宫⑱，万人歌舞途路中。百官队仗避岐薛⑲，杨氏诸姨车斗风⑳。明年十月东都破，御路犹存禄山过。驱令供顿不敢藏㉑，万姓无声泪潜堕。两京定后六七年㉒，却寻家舍行宫前。庄园烧尽有枯井，行宫门闭树宛然。尔后相传六皇帝，不到离宫门久闭㉓。往来年少说长安，玄武楼成花萼废。去年敕使因斫竹㉔，偶随门开暂相逐。荆榛栉比塞池塘，狐兔娇痴缘树木。舞榭歌倾基尚在,文窗窈窕纱犹绿。尘埋粉壁旧花钿[25],乌啄风筝碎珠玉[26]。上皇偏爱临砌花,依然御榻临阶斜[27]。蛇出燕巢盘斗拱,菌生香案正当衙。寝殿相连端正楼,太真梳洗楼上头。晨光未出帘影动,至今反挂珊瑚钩。指似旁人因恸哭,却出宫门泪相续。自从此后还闭门,夜夜狐狸上门屋。"我闻此语心骨悲,"太平谁致乱者谁?"翁言"野父何分别,耳闻眼见为君说:姚崇宋璟作相公[28],劝谏上皇言语切。燮理阴阳禾黍丰[29],调和中外无兵戎。长官清平太守好,拣选皆言由至公。开元之末姚宋死,朝廷渐渐由妃子。禄山宫里养作儿,虢国门前闹如市[30]。弄权宰相不记名,依稀忆得杨与李[31]。庙谟颠倒四海摇[32],五十年来作疮痏。今皇神圣丞相明[33],诏书才下吴蜀平[34]。官军又取淮西贼[35],此贼亦除天下宁。年年耕种宫前道,今年不遣子孙耕。"老翁此意深望幸[36],努力庙谟休用兵。

注释

①千叶桃：碧桃。 ②簌(sù粟)簌：纷纷落下的样子。 ③上皇：指唐玄宗李隆基，安史之乱时他传位于肃宗李亨后，成为太上皇。 太真：杨贵妃做女道士时的法号。 ④珠翠：这里借指宫女。 ⑤炫转荧煌：形容光辉闪耀。 ⑥寒食：寒食节。 古代冬至后一百零五天为寒食节。 第二天叫小寒食。 唐代按照旧风俗，大小寒食时在全国禁止生火，所以下文有"店舍无烟"的描写。 ⑦贺老：指贺怀智，唐玄宗时的艺人，善弹琵琶。 定场屋：等于说压场，即最好的意思。 ⑧力士：高力士，李隆基最宠信的宦官。 念奴：天宝年间的著名歌女。 ⑨诸郎：指年轻的贵族。 ⑩敕(chì斥)：帝王的诏书、命令。 ⑪红绡：这里指红色的纱帐。 ⑫掠削云鬟：用手轻拢头发。 旋装束：不久就装扮好了。 ⑬九天：借指皇宫。 ⑭二十五郎：邠王李承宁，排行二十五。 ⑮逡巡：本指进行缓慢的样子，这里指歌唱时的节拍舒缓。 大遍：古代音乐术语，指成套的乐曲。 凉州：唐代风行的乐曲之一。 彻：完，指演奏完毕。 ⑯色色：各种各样。 龟(qiū丘)兹：我国汉至唐初西北一个少数民族政权的名称。 故址在今新疆库车、沙雅县一带。 这里指龟兹地区的音乐。 录续：陆续，轮换着演奏。 ⑰李謩：长安城中著名的吹笛少年。 擪(yǎn眼)：吹笛时手指的动作。 据作者自注，李隆基曾于正月十四深夜，在上阳宫奏新制乐曲，被李謩偷听，第二天夜里便在酒楼上吹奏。 ⑱大驾：指皇帝的车马。 ⑲队仗：指仪仗队伍。 岐、薛：指岐王李珍、薛王李玡，都是李隆基的侄儿。 ⑳杨氏诸姨：指杨贵妃的姐姐韩国夫人、虢国夫人、秦国夫人等。 ㉑供顿：供给食宿。 顿：食宿的地方。 ㉒两京：长安和洛阳。 ㉓离宫：指行宫，封建皇帝出巡时的住处。 ㉔敕使：皇帝的使者。 ㉕花钿：镶嵌珠宝的首饰。 ㉖风筝：指屋檐边挂的铃铎。 ㉗御榻：皇帝的床。 ㉘姚崇、宋璟：唐玄宗开元年间两个贤明的宰相。 ㉙燮理阴阳：

使天地间阴阳协调,农产物丰收。 ㉚虢国:虢国夫人,宅第在长安宣义里,趋炎附势者往来不绝。 ㉛杨与李:杨国忠与李林甫,臭名昭著的宰相。 ㉜庙:宗庙,代指朝廷。 谟:谋划。 ㉝今皇:指唐宪宗李纯,他曾经任用裴度等平定藩镇的叛乱,丞相:指裴度。 ㉞吴蜀平:吴,指浙西镇海节度使李锜;蜀,指西川节度副使知节度事刘辟。 刘辟于元和元年正月叛乱,同年九月被讨平。 李锜于元和二十年十月叛乱,不久被平定。 ㉟淮西贼:指盘踞淮西,自称彰义军留后的吴元济。 ㊱望幸:希望皇帝来临,封建时代称皇帝到来叫"幸"。

连昌宫,唐行宫之一,高宗显庆三年(658)建,在河南郡寿安县(今河南宜阳)西九十里处。 此诗作于元和十三年(818)春平吴元济叛乱之后,意在通过连昌宫的兴废反映安史之乱前后的治乱兴衰,为统治者昭炯戒。

这首长篇叙事诗从昭炯戒的明确目的出发选取历史题材,通过集中虚拟和艺术想象,创造人物,敷衍情节,渲染场景,凸现主题。 不完全符合历史事实,却在较高程度上反映了历史真实。 从叙事诗的发展脉络看,这首诗和白居易的《长恨歌》都因借鉴"说话"和传奇小说的创作经验而有新开拓。

前四句写宫苑荒凉之景,引出"宫边老翁为余泣",泣诉了连昌宫昔盛今衰的历史变迁,落到"夜夜狐狸上门屋",与前四句拍合,构成全诗的第一段落。 "宫边老翁"是一个虚拟人物,他住在"宫边"数十年,两次进宫,最了解连昌宫的沧桑巨变,由他执行"叙述人"的任务,就比作者自己出面叙述强得多。 "余"或"我"即是作者,也是叙事诗中的人物。 "我闻此语心骨悲",于是提出一个问题:"太平谁致乱者谁?"这就引出"老翁"的又一次叙述。 "老翁"由于"老",所以能够根据"耳闻眼见"说明问题:致太平的是开元贤相姚崇、宋璟,他们"劝谏上皇""燮理阴阳""调和中外",以"至公"之心拣选清官良吏;乱天下者是杨妃及其兄弟姊妹和"弄权宰相"杨国忠、李林甫,弄得"庙谟颠倒四海摇,五十年来作疮痏"。这当然是作者的看法和许多同时代人的共同看法,但借"耳闻眼见"者之口说出,便有抒情意味。"老翁"最后就削平藩镇"天下宁"歌颂"今皇神圣丞相明",作者即以"努力庙谟休用兵"结束全诗,体现了他的创作意图。

元稹与白居易友好,互相学习,《连昌宫词》的创作受《长恨歌》影响,自无疑问。但其艺术成就,正可与《长恨歌》媲美。如宋人洪迈所评:"元微之、白乐天在唐元和、长庆间齐名,其赋咏天宝时事《连昌宫词》、《长恨歌》皆脍炙人口,使读之者情性荡摇,如身生其时,亲见其事,殆未易以优劣论也。"(《容斋随笔》卷一五)元稹由于写出这样的好诗,被当时人称为"元才子"。

遣悲怀三首①

谢公最小偏怜女,自嫁黔娄百事乖②。顾我无衣搜荩箧③,泥他沽酒拔金钗④。野蔬充膳甘长藿⑤,落叶添薪仰古槐。今日俸钱过十万,与君营奠复营斋⑥。

注释

①遣悲怀:元稹追悼妻子韦丛的诗。韦丛比元稹小四岁,二十岁结婚,死于元和四年(809),时年二十七岁。②"谢公"二句:东晋宰相谢安喜欢侄女谢道韫。怜:义同"爱",韦丛的父亲韦夏卿官至太子少保,死后追赠左仆射,韦丛是他的幼女,故以谢道韫作

比。 黔娄：齐国的贫士，元稹自指。 元稹出身寒微，婚后，曾一度出为河南县尉。 ③荩(jìn尽)箧：一种草制的衣箱。 ④泥(nì腻)：柔言索物，即口语的"软缠"。 ⑤甘：吃得很香。 藿：豆叶。 ⑥奠：祭品。 斋：延请僧道超度灵魂。

元稹《遣悲怀》三首，是悼亡诗中的杰作。 贤妻早逝，悲感萦怀，作诗排遣，只写真情，故能感人肺腑。 这一首首联写结婚，比妻子为东晋著名宰相谢安最喜爱的侄女谢道韫，而自比为春秋时代的寒士黔娄，言外有"谢多娇错爱"的意思。 以高门之女嫁寒士，故"自嫁"之后，"百事"皆"乖"，没过上好日子，从而领起中间两联。 中间两联，追忆四种情景：她看见我没有合身的衣服，就翻箱倒箧，想找点衣料缝制；我来了朋友，想买酒，就软缠她拔下了头上的金钗；用野菜充膳，很难吃，可她把那长长的豆叶塞进口里，吃得很香；做饭没柴烧，她就去扫古槐的落叶，一筐一筐地提回来。 婚后生活的艰辛，妻子对自己的体贴，自己对妻子的怜惜与负疚之情，都从往事的叙述中曲曲传出，凄怆动人。 尾联从追忆回到现实："今日俸钱过十万"，本来可让你过上好日子，可你在贫困生活的煎熬中舍我而去了！ 我只能为你做点营斋营奠的事，安慰你的亡灵！

全诗都用陈述语气，语调平缓而悲凉。 前面称妻子为"他"，仿佛面对别人，可是讲着讲着，妻子的音容就不断闪现，因而又改口称"君"，仿佛与妻子对话。

昔日戏言身后意，今朝皆到眼前来。 衣裳已施行看尽①，针线犹存未忍开。 尚想旧情怜婢仆，也曾因梦送钱财。 诚知此恨人人有，贫贱夫妻百事哀。

注释

①施（读去声）：施舍。 行看：即将。

首联忆昔抚今：你从前开玩笑，说你一旦死去，就如何如何；没想到你说的那些"身后意"，今天都摆在我面前。 次联紧承首联，大约韦从曾说她万一早死，便把衣裳、针线等遗物统统送人，免得睹物念旧。 所以次联写道：你穿过的衣裳，已经按你的意见陆续送人，即将送尽；可是你常用的针线盒，我还保存着，不忍心打开。 第三联又讲两件事：时常想起你往日的深情，因而对你使唤过的婢仆也特别怜惜；你活着的时候，我苦于没有钱交给你维持家庭生活，现在有了钱，可你不在了，送钱给你的情景，有时便在梦中出现。 尾联先宕开一笔，然后挽合：丧妻之痛，人所难免，这一点，我当然懂得。 既然懂得，就不必过分悲哀了。 可是，我们是"贫贱夫妻"啊！因为是"贫贱夫妻"，你才会留下针线盒这样的遗物，一看见它就想起你灯下缝衣的身影；我才会在做梦时还忘不了从前的苦日子，想给你送几个钱……真是"百事哀"啊！

第一首以"自嫁黔娄百事乖"领起，写生前；这一首以"贫贱夫妻百事哀"收尾，写身后。 互相映衬，弥见沉痛。

闲坐悲君亦自悲，百年都是几多时！邓攸无子寻知命①，潘岳悼亡犹费词②。 同穴窅冥何所望③？他生缘会更难期！惟将终夜长开眼，报答平生未展眉。

注释

①"邓攸"句：邓攸，字伯道，西晋末为河东太守，在兵乱中因

救侄儿而丢弃了自己的儿子,终身遂无子嗣,时人有"天道无知,使伯道无儿"之语。 寻知命:即将到知命之年。《论语·为政》:"五十而知天命。"按,元稹五十岁时,后妻裴氏始生一子,名道护。②潘岳:西晋诗人,妻子死,作《悼亡诗》三首,为世传颂。③同穴:指夫妻合葬。《诗经·王风·大车》:"死则同穴。"窅(yǎo咬)冥:深暗貌。 何所望:意谓死后无知,即使同穴,也是徒然。

第一句"悲君"总括上文,"自悲"开启下文:人生不过"百年",妻子才活二十七岁便离开人世,固然可悲,自己就算活到百岁,也没多少时间,同样可悲;眼看快到"知命"之年,还像邓攸那样没有儿子;虽效潘岳赋《悼亡》以寄深情,但也无法充分表达对妻子的无限思念,不过浪费言辞;古人有"死则同穴"的说法,两个人在一起,当然好了,可是墓穴幽暗,人死无知,合葬又有什么意义?世人还有再世姻缘的说法,如果来生再做夫妻,便可补偿今生的遗憾,可这太虚无飘渺,更难指望啊!尾联为一篇之警策,也是三首诗的结穴。 妻子生前"未展眉",而作者所做的一切,如"营奠"、"营斋"、"怜婢仆"、"送钱财"、赋"悼亡"、盼"他生"等,意在报答妻子,又自知无补实际,因而以"惟将终夜长开眼,报答平生未展眉"作结,情真意切,余意无穷。

韦丛早逝,元稹悼念她的诗,现在能看到的还有三十三首之多(见《元氏长庆集》卷九)。 其中《六年春遣怀》八首和《遣悲怀》三首都哀婉动人,后者尤脍炙人口。 孙洙《唐诗三百首》选《遣悲怀》,评论道:"古今悼亡诗充栋,终无能出此三首范围者,勿以浅近忽之。""浅近",并不是这三首诗的缺点,言浅意深,语近情遥,把人人心中所有而未能形诸语言的动人情景用浅显明畅的诗句充分表达出来,正是这三首诗的艺术魅力所在。

行　　宫[①]

寥落古行宫，宫花寂寞红。 白头宫女在，闲坐说玄宗。

注释

①此诗见于《元氏长庆集》，宋人皆以为元稹诗。 明人高棅《唐诗品汇》卷四三作王建诗，一作元稹。 当以元稹作为是。 诗作于元和四年(809)，当时元稹在东都洛阳为监察御史，所咏者当是洛阳西南的上阳宫。

既是"行宫"，自然曾有皇帝"临幸"，异样繁华。 前三句连用"宫"字以突出"行宫"，而古宫寥落、宫花寂寞、宫女白头，与昔日繁华形成强烈对比，今昔盛衰之感，已跃然纸上。

寥落行宫，唯白发与红花相对，更见寥落。 宫花尚且寂寞红，宫女白头，能不寂寞！

"白头宫女在"，用一"在"字，涵盖无穷。 偌大行宫，唯白头宫女"在"，则曾来游幸的皇帝久已不"在"，与此相关的一切也统统不"在"。 但这一切，由青春到白头度过漫长岁月的宫女都见过听过，于闲坐寂寞时便要"说"，不厌重复地"说"，用以消磨时间，慰藉寂寞。 "闲坐说玄宗"，仅五个字，便令人想起从开元治世到天宝乱离的全部历史。 沈德潜《唐诗别裁集》云："只四语，已抵一篇《长恨歌》矣。"潘德舆《养一斋诗话》云："二十字足赅《连昌宫词》六百余字，尤为妙境。"称赞《行宫》含巨大历史内容，当然不错，但不能说它可以取代《长恨歌》或《连昌宫词》。

清人舒位《又题元白长庆集后》云:"白头宫女闲能说,何必《连昌》又一篇?"意思是:写了《行宫》,就不必再写《连昌宫词》。这是错误的。《行宫》是五言绝句,含蓄蕴藉,情思绵绵,耐人吟味。《连昌宫词》是七言歌行体长篇叙事诗,铺陈史事,塑造人物,情景逼真,引人入胜。二者各有特点和优点,不能偏废。

菊　花

秋丛绕舍似陶家①,遍绕篱边日渐斜。
不是花中偏爱菊,此花开尽更无花。

注释

①秋丛:指菊丛。　陶家:陶潜的家。"采菊东篱下,悠然见南山"是陶诗名句。

此是元稹青年时代的作品,后两句说明他爱菊的原因,未经人道,清新有味。

酬乐天《舟泊夜读微之诗》

知君暗泊西江岸①,读我闲诗欲到明。
今夜通州还不睡②,满山风雨杜鹃声。

注释

①西江:长江西来,故称西江。　白居易诗,作于赴江州贬所舟

中。②通州：今四川达县。元稹当时任通州司马。

白居易《舟中读元九诗》云："把君诗卷灯前读，诗尽灯残天未明。眼痛灭灯犹暗坐，逆风吹浪打船声。"元稹读后，作此诗酬和。以"满山风雨杜鹃声"渲染"不睡"，贬谪之感与念友之情一齐托出，极富感染力。

贾 岛

贾岛(779—843)，字浪仙，一作阆仙，自称碣石山人、苦吟客。早年为僧，名无本。范阳(今北京附近)人。还俗后屡应举而终身未第，愤世嫉俗，作诗嘲讽权贵，被列入举场"十恶"，穆宗长庆二年(822)被逐出关。文宗开成二年(837)，坐飞谤责授遂州长江(今四川省蓬溪县西)主簿，世称贾长江。三年任满，迁普州司仓参军。武宗会昌三年(843)卒于任所。生平事迹见苏绛《贾司仓墓志铭》《新唐书》本传及今人李嘉言《贾岛年谱》。贾岛以苦吟著名，自称"两句三年得，一吟双泪流"(《题诗后》)。前期致力于五古，师法韩愈、孟郊，风格生新瘦硬。元和后专攻五律，题材狭窄，喜写暗僻事物，力矫平易浮滑之失，冥思苦搜，清峭幽僻，自成一家。虽时有警句，而通篇完美者不多。韩愈评其诗"狂词肆滂葩，低昂见舒惨。奸穷怪变得，往往造平淡"(《送无本师归范阳》)。与孟郊齐名，并称"郊岛"；又与姚合齐名，并称"姚贾"。其五律对晚唐李洞、马戴、方干、唐求等诗人及南宋"永嘉四灵"等颇有影响。有《长江集》，《全唐诗》存诗四卷。

题李凝幽居

闲居少邻并，草径入荒园。鸟宿池边树，僧敲月下门。过桥分野色，移石动云根①。暂去还来此，幽期不负言②。

注释

①云根：古人认为"云触石而生"，故称石为云根。这里指石根云气。②幽期：再访幽居的期约。言：指期约。

此诗以"推""敲"一联著名，至于全诗，因为题中用一"题"字，加上诗意原不甚显，故解者往往不得要领，讥其"意脉零乱"。我们且不管那个"题"字，先读尾联，便知作者来访李凝，游览了他的"幽居"，告别时说：我很喜欢这里，暂时离去，以后还要来的，绝不负约。由此可见，认为作者访李凝未遇而"题"诗门上便回，是不符合诗意的。先读懂尾联，倒回去读全篇，便觉不甚僻涩，意脉也前后贯通，不算有句无篇。

诗人来访"幽居"，由外而内，故首联先写邻居极少，人迹罕至，通向"幽居"的小路野草丛生。这一切，都突出一个"幽"字。"荒园"与"幽居"是一回事。"草径入荒园"，意味着诗人已来到"幽居"门外。次联写诗人月夜来访，到门之时，池边树上的鸟儿已入梦乡。自称"僧"而于万籁俱寂之时来"敲"月下之门，剥啄之声惊动"宿鸟"，以喧衬寂，以动形静，更显寂静。而"幽居"之"幽"，也得到进一步表现。第三联曾被解释为"写归途所见"，大谬。果如此，将与尾联如何衔接？敲门之后未写开门、进门，而用诗中常见的跳跃法直写游园。"桥"字承上"池"字，"野"字、"云"字承上"荒"字。"荒园"内一片"野色"，月下"过桥"，将"野色""分"向两边。"荒园"内有石山，月光下浮起濛濛夜雾。"移"步登山，触"动"了石根云气。"移石"对"过桥"，自然不应作"移开石头"解，而是"踏石"之类的意思，用"移"

字,实显晦涩。 这一联,较典型地体现了贾岛琢字炼句,力避平易,务求奇僻刻深的诗风。 而用"分野色""动云根"表现了"幽居"之"幽",还是成功的。 特别是"过桥分野色",构思新奇,写景如画,堪称警句。

《唐诗纪事》卷四十云:"(贾)岛赴举至京,骑驴赋诗,得'僧推月下门'之句,欲改'推'作'敲',引手作推、敲之势,未决,不觉冲大尹韩愈。 乃具言。 愈曰:'敲字佳矣。'遂并辔论诗久之。""推敲"一词,即由此而来。 这段记载不一定完全符合事实,却能体现贾岛"行坐寝食,苦吟不辍"的特点。

忆江上吴处士

闽国扬帆去,蟾蜍亏复圆①。 秋风生渭水,落叶满长安。 此地聚会夕,当时雷雨寒。 兰桡殊未返,消息海云端②。

注释

①闽国:指今福建地方。 蟾蜍:月亮的代称,据古代民间传说月中有蟾蜍。 亏:缺,形容弯月。 由月亏到月圆,已满一月。 ②兰桡(ráo 饶):木兰舟。 桡:船桨。 海云端:海边。

吴处士离京赴闽,估计此时还在江(长江)上,作此诗以抒怀念之情。 首联写吴处士扬帆赴闽,分别已经一月。 次联以景托情,其忆念之殷,俱见景中,为传诵名句。 三联追忆与吴处士在长安的聚会。 尾联盼望从海边传来吴处士的消息。 如纪昀所评:"天骨开张而行以灏气,浪仙有数之作。"(《唐宋诗举要》卷四引)

《摭言》卷十一载:"元和中,元、白尚轻浅。岛独变格入僻,以矫浮艳,虽行坐寝食,吟咏不辍。尝跨驴张盖,横截天衢,时秋风正厉,黄叶可扫,岛忽吟曰:'落叶满长安。'志重其冲口直致,求之一联,杳不可得,不知身之所从也,因之唐突大京兆刘栖楚,被系,一夕而释之。"这个在长安大街上只顾吟诗而冲撞刘栖楚的故事,与为"推""敲"而冲撞韩愈的故事同样有名。

剑　　客

十年磨一剑,霜刃未曾试①。今日把似君②,谁为不平事③?

注释

①霜刃:寒光闪闪的剑刃。②把似君:持剑赠你。君:指剑客。③"谁为"句:意谓谁干不平之事便杀掉谁。"为"一作"有"。冯默《〈才调集〉评》:"本集'有'作'为','为'更胜。"若作"谁有不平事",便只是代人报仇而已。

磨剑赠剑客,欲为社会铲除不平之意见于言外。李锳《诗法易简录》云:"豪爽之气,溢于行间。第二句一顿,第三句陡转有力,末句措语含蓄,便不犯尽。"

寻隐者不遇①

松下问童子,言师采药去。只在此山

中,云深不知处。

注释

①一作孙革诗,题为《访羊尊师》。

这是一首名作,评者甚众。 蒋一葵《唐诗选汇解》:"首句问,下三句答,直中有婉,婉中有直。"李锳《诗法易简录》:"一句问,下三句答,写出隐者高致。"王文濡《唐诗评注读本》:"此诗一问一答,四句开合变化,令人莫测。"

全诗只二十字,又是抒情诗,却有环境,有人物,有情节,内容极丰富,其奥秘在于独出心裁地运用问答体。 不是一问,而是藏问于答,几问几答。 第一句省略了主语"我"。 "我"来到"松下"问"童子",见得"松下"是"隐者"的住处,而"隐者"外出。"寻隐者不遇"的题目已经交待清楚。 "隐者"外出而问其"童子",省掉问话而写出"童子"的答语:"师采药去。"那么问话必然是:"你的师父干什么去了?""我"专程来"寻隐者","隐者""采药去"了,自然很想把他找回来,因又问童子:"他上哪儿采药去了?"这一问,诗人也没有明写,而是从"只在此山中"的回答里暗示出来的。 听到这一答,不难想见"我"转忧为喜的神态。 既然"只在此山中",不就可以把他找回来吗? 因而迫不及待地问:"他在哪一处?"不料童子却作了这样的回答:"云深不知处。"问话也没有明写,可是如果没有那样的问,又怎么会有这样的答呢?

四句诗,通过问答形式写出了"我""童子""隐者"三个人及其相互关系,又通过环境烘托,使人物形象更加鲜明。

"隐者"隐于"此山中",则"寻隐者"的"我"必然住在"此山"外。 封建社会的知识分子一般都热衷于"争利于市,争名于朝","我"当然是个知识分子,却离开繁华的都市跑到这超尘绝俗的青松白云之间来"寻隐者",究竟为了什么?当他伫立"松下"四望满山白云,无法寻见"隐者"之时,又是什么心情?这一切,都耐人寻味,引人遐想。

刘皂

刘皂(生卒年不详),德宗贞元间诗人。从《旅次朔方》诗看,当是咸阳(今属陕西)人或长安(唐人往往以咸阳指长安)人,事迹不详。《全唐诗》存其诗五首。

旅次朔方①

客舍并州已十霜②,归心日夜忆咸阳。
无端更渡桑乾水③,却望并州是故乡。

注释

①朔方:唐夏州为隋朔方郡,在今宁夏灵武一带。②舍:居住,名词作动词用。 并州:今山西省太原市。 十霜:十年。③桑乾水:河水名,源出山西马邑县桑乾山,东经河北入海。 更渡桑乾水,指离开并州,更西向朔方。

此首一作贾岛诗,题为《渡桑乾》。 贾岛乃范阳人,未去朔方,事迹与诗意不合。 与贾岛有交往的令狐楚编《御览诗》,将此诗归于刘皂,自属可信。 此诗抒写羁愁旅思,既忆咸阳,又望并州,解之者遂有分歧。 谢枋得《唐诗绝句注解》云:"旅寓十年,交游欢爱,与故乡无殊,一旦别去,岂能无依依眷恋之怀!渡桑乾而望并州,反以为故乡,此亦人之至情也。"王世懋《艺圃撷馀》云:"余谓此岛思乡作,何曾与并州有情?其意恨久客并州,远隔故乡,今非惟不能归,反北渡桑乾,还望并州,又是故乡矣。 并州且不得住,何况得归咸阳?此岛意也。"从全诗看,忆咸阳与望并州有主次之分。 "归心日夜忆咸阳"是主,诗人一心想回故乡,不愿久客并州,更不愿远去朔方。 但如今又不得不远去朔方,则回望客居十年之并州,亦自有恋恋不舍之情。 望并州犹有深情,况咸阳乎?以次托主,忆咸阳之情更加突出。 黄叔灿《唐诗笺注》云:"谢看得浅,王看得深,诗内数虚字自见。 然两层意俱有。"所见极是。

薛　涛

薛涛(763？—832),字洪度,长安(今陕西西安)人。 父薛郧因仕宦携家入蜀。 父卒,遂流寓蜀中。 幼聪慧,能赋诗,精音律,名震西川。 德宗贞元元年(785)韦皋镇蜀,召涛侑酒赋诗,遂入乐籍。 五年(789)坐事罚赴松州,献诗获归,遂脱乐籍,居成都浣花溪。 宪宗元和二年(807)武元衡镇蜀,奏为校书郎。 虽未实授,而时人仍呼为女校书。 与名诗人元稹、白居易、王建、刘禹锡、杜牧等唱和。 王建《寄蜀中薛涛校书》云:"万里桥边女校书,枇杷花下闭门居。 扫眉才子知多少,管领春风总不如。"张为《诗人主客图》列她为清奇雅正主李益之升堂者。 又工书法,《宣和书谱》谓"作字无女子气,笔力峻激。 其行书妙处,颇得王羲之法"。 又创制深红色笺纸,号"薛涛笺",后人仿造,流传不衰。 原有《锦江集》五卷,今存《薛涛诗》一卷,有近人张蓬舟笺注本。 《全唐诗》存诗一卷。 其生平事迹散见《唐诗纪事》卷九、《郡斋读书志》卷四、《直斋书录解题》卷一九、《唐才子传》卷六。 近人傅润华有《薛涛年谱》。

罚赴边有怀上韦令公

闻说边城苦,而今到始知。羞将筵上曲①,唱与陇头儿②。

注释

①筵上曲:指在韦皋的宴会上侑酒时所唱的歌曲。②陇头儿:泛指边地战士。

贞元五年(789),薛涛被罚赴松州(今四川松潘),因献此诗获释。韦令公,指成都尹兼剑南西川节度使韦皋。韦兼中书令,故称令公。唐代官府宴会时乐伎应召到筵前歌唱侑酒,薛涛在韦皋幕中所干的正是这种差使,她即由此生发,巧妙地将戍边战士的艰苦与官府的享乐作鲜明对比,而措词却委婉含蓄。如杨慎《升庵诗话》所评:"有讽谕而不露,得诗人之妙。"

题竹郎庙

竹郎庙前多古木,夕阳沉沉山更绿。何处江村有笛声?声声尽是迎郎曲①。

注释

①迎郎曲:迎竹郎神的歌曲。

竹郎庙在邛州(今四川邛崃县),乃古代西南少数民族祀奉竹郎神的庙宇，详见《后汉书·南蛮西南夷传》。 此诗押入声韵，是一首古体绝句，有民歌风味。 反映蜀地风物民俗，意境幽缈，也是传诵佳作。 钟惺云："缥缈幽秀，绝句一派，为今所难。"(《名媛诗归》卷一三)

筹边楼

平临云鸟八窗秋①，壮压西川四十州②。
诸将莫贪羌族马③，最高层处见边头。

注释

①"平临"句：凭窗外望，浮云飞鸟，高与窗平，极言楼高。 八窗：《周礼·考工记》："夏后氏之世，每室四户八窗。" ②"壮压"句：言筹边楼壮丽为西川之冠。《新唐书·地理志》载：剑南道"为府一，都护府一，州三十八"。 ③"诸将"句：《资治通鉴·唐纪》载，"边帅利其羊马，或妄诛戮，党项不胜愤怒，故反"。 唐时党项羌散居陇右西川一带。 羌族：指党项羌。

文宗太和四年(830)，李德裕任剑南西川节度使，在成都府治之西建筹边楼，"按南道山川险要与蛮相入者图之左，西道与吐蕃接者图之右。 其部落众寡，馈军远迩，曲折咸具。 乃召习边事者与之指画商订，凡虏之情伪尽知之"(《新唐书》卷一八〇《李德裕传》)。 薛涛于是年秋作此诗。 李德裕建筹边楼，绘山川险要等于楼壁，意在如何巩固边防。 薛涛则洞见边患的根源在于边将肆意掠夺，以致挑起边衅，故在诗中劝告"诸将莫贪羌族马"，可谓识高见远，语重心长。 钟惺评云："教戒诸将，何等心眼！洪度岂直女子哉！固一代之雄也。"(《名媛诗归》卷一三)纪昀评云:"(薛)涛《送友人》及《题竹郎庙》诗,向来传诵。 然如《筹边楼》诗云云,其托意深远,有'鲁嫠不恤纬,漆室女坐啸'之思,非寻常裙屐所及,宜其名重一时。"(《四库全书总目》卷一八六《薛涛李冶诗集》)

李 绅

李绅(772—846),字公垂,排行二十,无锡(今属江苏)人。 宪宗元和元年(806)进士及第。 历官国子助教、山南西道观察判官、右拾遗、翰林学士。 与李德裕、元稹齐名,人称"元和三俊"。 长庆元年(821)三月加司勋员外郎知制诰。 历户部侍郎、滁州刺史、寿州刺史、浙东观察使、宣武军节度使等职,武宗会昌二年(842)拜相。 其生平事迹见沈亚之《李绅传》及新、旧《唐书》本传。 今人卞孝萱有《李绅年谱》。 李绅早岁以歌行自负,作《新题乐府》二十首,元稹、白居易广而和之,惜已失传。 《全唐诗》存《追昔游诗》三卷、《杂诗》一卷。 《追昔游诗》编于开成三年(838),自序云:"盖叹逝感时,发于凄恨而作也。"喜以诗自夸政绩,炫耀荣宠。 胡震亨评云:"李公垂《追昔游诗》,大是宦梦难醒。 然其揽笔写兴,曲备一生穷泰之感,亦令披卷者代为怃然。"

悯农二首

春种一粒粟,秋收万颗子①。 四海无闲田,农夫犹饿死。

锄禾日当午,汗滴禾下土。 谁知盘中飧②,粒粒皆辛苦?

注释

①子：指粮食颗粒。 ②飧(sūn 孙)：熟食的通称。飧，一作"餐"。

农夫春种、秋收，种一粒粟，收万颗子，夸张地表现了收成的丰硕，也歌颂了农夫的辛勤劳动。 如果耕种面积不广，那么即使丰收，也所获有限。 可是"四海无闲田"，所有能开垦、能耕种的土地都种了粮食，又都获得了好收成。 这就进一步歌颂农夫用自己的辛勤劳动创造了巨大财富。 第一首前三句层层铺垫，第四句突然反跌："农夫犹饿死。"那么，农夫提供的那么多粮食到哪里去了？

第二首前两句既是对第一首的补充描写，表明那广种、丰收，都洒满了农夫的汗水；又以"汗滴"与米粒相似为契机，引出后两句："盘中"的"粒粒"米，来自农夫的滴滴汗，可是又有谁知道呢？

这两首诗一作《古风二首》。 《唐诗纪事》卷三九载李绅曾以此诗谒吕温，温读之，预言必为卿相。 据此推测，此诗当作于早年。 李锳《诗法易简录》称"此种诗纯以意胜，不在言语之工"。其实不仅命意高卓，而且笔力简劲，构思新颖，表现有力。 第一首用前三句渲染广种、丰收，满眼富足景象，第四句突然反跌，令人惊心动魄。 第二首以"盘中"映照"田间"，以粒粒饭映照滴滴汗，"谁知"一问，悲愤欲绝。 用寥寥四十字概括了封建社会的主要矛盾，形象鲜明，激情喷涌，因而千百年来传诵不衰。

李 涉

李涉(生卒年不详)，自号清谿子，河南洛阳人。 早年隐居于庐山、终南山。宪宗时为太子通事舍人，谪陕州司仓参军。 文宗大和(827—835)年间，为太学博士，继而流放康州(治所在今广东德庆)。 李涉颇负诗名，七言歌行有李颀、崔颢遗意,七绝清新自然。《全唐诗》存诗一卷。

竹　　里①

竹里编茅倚石根②,竹茎疏处见前村。
闲眠尽日无人到,自有春风为扫门。

注释

①竹里:竹林中。②"竹里"句:在竹林中倚靠石块就势编筑茅屋。

此诗写隐居生活,景物清幽,门无俗客。以"自有春风为扫门"收尾,宁静而生意盎然。

再宿武关

远别秦城万里游①,乱山高下出商州②。
关门不锁寒溪水,一夜潺湲送客愁。

注释

①秦城:指长安。②商州:今陕西商县。

武关在今陕西商县东,是著名的险关。作者曾由太学博士流放康州,此诗或作于赴贬所途中,故以"远别秦城万里游"开头,以"一夜潺湲送客愁"结尾。沈德潜《唐诗别裁集》卷二〇云:"一夜不寐意,写来偏曲。"

姚 合

姚合(781？—846),吴兴(今浙江湖州)人,宰相姚崇之曾侄孙。 早年随父宦游,寄家郏城(今河南安阳)。 元和十一年(816)登进士第。 历官魏博从事,武功主簿,监察御史,金、杭二州刺史,刑、户二部郎中,谏议大夫,给事中,陕虢观察使,秘书少监,秘书监等职,卒谥懿,世称姚武功、姚少监。 事迹见《唐才子传》《旧唐书》本传。 以诗著称,与贾岛齐名,并称"姚贾"。 胡震亨评其诗"洗濯既净,挺拔欲高。 得趣于浪仙之僻,而运以爽亮;取材于籍、建之浅,而媚以清芬。 殆兼同时数子而巧撮其长者"(《唐音癸签》卷七)。 其诗以五律见长,代表作《武功县中作》三十首,摹写山县荒凉、官况萧条,圆稳清润,朴茂幽折,为世所称,号"武功体"。 对晚唐诗人李频等、宋代"永嘉四灵"及明代竟陵派颇有影响。 有《姚少监诗集》,《全唐诗》存诗七卷。

秋夜月中登天坛[①]

秋蟾流异彩[②],斋洁上坛行[③]。 天近星辰大,山深世界清[④]。 仙飙石上起,海日夜中明[⑤]。 何计长来此,闲眠过一生[⑥]?

注释

①天坛:天坛山,即王屋山顶峰,在今河南济源市,相传为轩辕黄帝祈天之所。 ②"秋蟾"句:谓秋月流光,分外空明,似有神异之感。 ③斋洁:佛道修行的一种程式,素食沐浴,清心寡欲,以示虔敬。 ④"天近"二句:从心理感受写出山之高迥。 山高近天,故显

得星辰"大";山深远隔尘俗,故感到世界"清"。⑤"仙飙"二句:写坛上远眺所见。仙飙:指夜间风起。⑥"何计"二句:谓渴望来此山中隐居。 何计:有什么办法。

方回《瀛奎律髓》卷十评姚合诗云:"予谓诗家有大判断,有小结裹。姚之诗专在小结裹,故四灵学之,五言八句皆得其趣,七言律及古体则衰落不振;又所用料不过花、竹、鹤、僧、琴、药、茶、酒,于此几物,一步不可离,而气象小矣。"而这首五律,则气象开阔,中间两联,尤能于清峭中见宏大。

项　斯

项斯(生卒年不详),字子迁,台州(今浙江临海)人。结茅于朝阳峰前,与僧人交游,隐居三十余年。宝历、开成间有诗名,杨敬之赠诗云:"几度见诗诗总好,及观标格过于诗。平生不解藏人善,到处逢人说项斯。"会昌四年(844)登进士第,授丹徒县尉,卒于任所。张洎评其诗"词清妙而句美丽奇绝"(《项斯诗集序》)。张为《诗人主客图》称赞其"佳人背江坐,眉际列烟树"等句,列为"清奇雅正主"之升堂者。《全唐诗》存诗一卷。

山　行

青枥林深亦有人①,一渠流水数家分。山当日午移峰影,草带泥痕过鹿群。蒸茗气从茅舍出,缲丝声隔竹篱闻②。行逢卖药归来客,不借相随入岛云③。

注释

①青枥：枥树。 ②缫(sāo 骚)丝：煮蚕茧抽丝。 ③不借：草鞋、麻鞋的别名。 岛云：形状似岛的云。

全诗写山行见闻感受，首句"林深亦有人"引出以下情景：一渠流水，几家人分享；以正午为界，山峰的影子东西移动；草地上有泥痕，那是鹿过时留下的；蒸茶的香气，从茅舍里飘出；缫丝的声音，从竹篱那边传来；路遇卖药归来的山客，他那双麻鞋伴随他走入云雾深处。 仿佛只记流水账，未加任何评论，却令人感到在那生灵涂炭、动荡不安的社会里，这里是难得的乐土。

李 贺

李贺(790 — 816)，字长吉，河南福昌(今河南宜阳)人。 郡望陇西，家居福昌之昌谷，世称李昌谷。 元和二年(807)移居洛阳，曾以歌诗谒韩愈，深受韩愈器重。 五年(810)应河南府试，获解，入京应进士试。 与贺争名者谓贺父名晋肃，"晋""进"同音，子应避父讳，不得举进士。 韩愈作《讳辩》以解之，然终未登第。 仅任奉礼郎小官，愤懑不得志，不久即辞官归昌谷。 其生平事迹见李商隐《李长吉小传》及新、旧《唐书》本传。 朱自清有《李贺年谱》，钱仲联有《李长吉年谱会笺》。 李贺早慧，七岁能辞章，贞元(785 — 805)末即蜚声诗坛，与前辈诗人李益齐名，并称"二李"。 "恒从小奚奴，骑距驴，背一古破锦囊，遇有所得，即书投囊中。 及暮归，太夫人使婢受囊出之，见所书多，辄曰：'是儿要当呕出心乃已尔！'上灯，与食，长吉从婢取书，研墨叠纸足成之，投他囊中"(李商隐《李长吉小传》)，其冥搜苦索之状，于此可见。 杜牧《李贺集序》用多种比喻状其诗："云烟绵联，不足为其态也；水之迢迢，不足为其情也；春之盎盎，不足为其和也；秋之明洁，不足为其格也；风樯阵马，不足为其勇也；瓦棺篆鼎，不足为其古也；时花美女，不足为其色也；荒国陊殿、梗莽邱垄，不足为其怨恨悲愁也；鲸吸鳌掷、牛鬼蛇神，不足为其虚荒诞幻也。 盖《骚》之苗裔，理虽不足，辞或过之。"其诗无七律而多乐府歌行，务求新奇诡异，不落窠臼，杜牧所描状，大抵符合实际。 故其人以"奇才"(韦庄语)、"鬼才"(宋祁、钱易语)著称诗坛,其诗被称为"鬼仙之词"或"李长吉体"(严羽《沧浪诗话》),历来毁誉不一。然其佳者想象新奇,词采瑰丽,或雄深俊伟,或幽峭冷艳,极富浪漫色彩,于中华诗史上独树一帜,不容贬抑。绝句多抒写不平之感,笔意超纵而无险涩之病,与其乐府风格迥异。《全唐诗》存诗五卷;其诗集注本颇多,以清人王琦《李长吉歌诗汇解》最通行。

李凭箜篌引①

吴丝蜀桐张高秋②,空山凝云颓不流③。湘娥啼竹素女愁④,李凭中国弹箜篌⑤。昆山玉碎凤凰叫⑥,芙蓉泣露香兰笑⑦。十二门前融冷光⑧,二十三弦动紫皇⑨。女娲炼石补天处⑩,石破天惊逗秋雨⑪。梦入神山教神妪⑫,老鱼跳波瘦蛟舞⑬。吴质不眠倚桂树⑭,露脚斜飞湿寒兔⑮。

注释

①箜篌引:咏箜篌的诗歌。引:诗体名。②吴丝:吴地(今江浙一带)产的蚕丝,指箜篌的弦。蜀桐:蜀地(今四川)的桐木,指箜篌的器身。这一句以"吴丝蜀桐"表示箜篌的精美。张:上弦,这里是演奏的意思。高秋:暮秋(夏历九月)天高气清,故叫高秋。③"空山"句:乐声动人,连山中的行云也被吸引,凝滞不动,颓然不流。④湘娥:一作"江娥",指舜的妃子娥皇、女英。传说舜南巡,死于苍梧之野。二妃追赶不及而痛哭,眼泪洒在洞庭、湘江一

带的竹子上,从此就有了湘妃竹(斑竹)。 素女:神话中善于鼓瑟的女神。《史记·封禅书》:"太帝使素女鼓五十弦瑟,悲,帝禁不止,故破其瑟为二十五弦。" ⑤中国:国中,指当时京城长安。 ⑥昆山:指昆仑山,相传是产玉的地方。 ⑦芙蓉:荷花。 以上两句描摹箜篌不同的声情:时而清脆,如同玉石碎裂;时而舒徐,仿佛凤凰和鸣,忽而幽咽,恰似晨荷泣露;忽而欢乐,正像香兰轻笑。 ⑧十二门:长安城四面共有十二个城门。 冷光:指从云隙透出的清冷月光。 ⑨二十三弦:指李凭所弹的箜篌。 紫皇:道教所尊奉的天帝。以上两句写乐声传向四方,使清冷的月色变得暖和;飘向天空,使紫皇受到感动。 ⑩女娲(wā 哇)炼石补天:古代神话。 共工与颛顼(zhuān xū 专需)争做首领,共工发了脾气,用头去撞不周山,以致西北面的天被撞坏,女娲修炼出五色石把天补好。 ⑪逗:引。 以上两句写暴雨骤下,既写出当时实景,同时也用以描摹乐声惊天动地的力量。 ⑫神妪(yù 玉):神女。 妪,传说在西晋怀帝永嘉年间,兖州出了一个名叫成夫人的神女,爱好音乐、舞蹈,善弹箜篌。 事见《搜神记》。 ⑬蛟:没有角的龙。《列子》记载,音乐家瓠(hù 户)巴弹瑟的时候鸟舞鱼跃。 本句暗用这一典故。 以上两句写在天惊石破急雨似的高潮过去以后,弹奏者沉浸在自己所创造的音乐境界之中,仿佛正在神山教神女弹奏,并看到了鱼跳蛟舞的景象。 ⑭吴质:指吴刚。 姚文燮《昌谷集注》引《余冬序录》:"吴刚字质。"古代神话说,吴刚学仙犯了错误,被罚在月宫中砍伐桂树。 树身的刀口随时愈合,吴刚砍树也就永无止息。 这一句实写雨后月出,也用以形容箜篌声的动人——吴刚靠着桂树听得出了神,忘了去睡觉。 ⑮露脚:指正在落下的露水。 寒兔:古代神话,月宫中有捣药的玉兔。这一句承上,进一步说吴刚听了很久,直到露水打湿月兔,同时点明演奏结束时已是降露的后半夜了。

此诗约作于元和五、六年(810—811)间在长安任奉礼郎时。李凭为宫廷乐师,善弹箜篌。箜篌是类似琵琶的弹拨乐器,东晋时由西域传入。在唐十部乐中,西凉、高丽、龟兹、安国、疏勒、高昌等伎乐,皆用二十三弦的竖箜篌。此诗赞美李凭弹奏箜篌的高超技艺,用多种比喻、多种手法描状乐声的艺术效果与音乐形象所引起的一系列优美动人的联想,构思新奇,想象特异,体现了李贺诗歌的基本风格。例如,以巨石破裂之声、秋雨骤至之声摹写乐声,本不新奇,而在神话基础上驰骋想象,写出"女娲炼石补天处,石破天惊逗秋雨",便奇幻惊人。方世举云:"白香山江上琵琶,韩退之颖师琴,李长吉李凭箜篌,皆摹写声音至文。韩足以惊天,李足以泣鬼,白足以移人。"(《李长吉诗集批注》)将此诗与白居易《琵琶行》、韩愈《听颖师弹琴》并列,认为三者风格、韵味各异,却同为不朽之作,相当中肯。

梦　天

老兔寒蟾泣天色①,云楼半开壁斜白②。玉轮轧露湿团光③,鸾珮相逢桂香陌④。黄尘清水三山下⑤,更变千年如走马。遥望齐州九点烟⑥,一泓海水杯中泻⑦。

注释

①兔:月兔。蟾(chán 缠):蟾蜍(chú 除),通称癞蛤蟆。古代神话说,后羿的妻子偷吃了丈夫从西王母处请得的不死药,飞入月

宫，化为蟾蜍。 泣天色：指月色阴冷不明。 全句说，月色凄冷，如同老兔寒蟾在哭泣。 ②"云楼"句：月宫中的高楼有一半被云遮掩着，另一半墙壁映照在斜射的月光中。 以上两句写初入月宫时所见的情景。③玉轮：指圆月。 轧（yà亚）：辗。 团光：圆光，指圆月的光亮。 这一句写后半夜的情景：明月高照，露水渐生。 诗人想象，月亮像车轮一样滚动着，月轮表面被露水打湿了。④鸾珮：刻有鸾凤的玉珮，这里指系着鸾珮的月中仙女。 桂香陌：传说月宫中有桂树，因以"桂香陌"称月宫中的道路。 这一句说，在桂子飘香的道路上，遇到了系着鸾珮的月中仙女。 ⑤黄尘：指陆地。 清水：指海洋。 三山：神话中的海上三神山——蓬莱、方丈、瀛洲。 本句中以"三山下"指尘世。 这一句和下一句连说，意思是：在三神山下，上千年来，陆地和海洋不断变来变去，但在天上看来，只不过像跑马一样一瞬即逝。 ⑥齐州：中州，指中国。 远古时中国分为九州，以为全世界只有这一片陆地，周围都是海洋。 九点烟：指月中俯视所见的九州。 ⑦一泓（hóng 红）：一片，一汪。

李商隐《李长吉小传》记李贺将死，见绯衣人召他上天作《白玉楼记》，并说："天上差乐不苦也。"这当然纯属虚构，但作如此虚构，却与李贺厌苦人世，梦想天上之乐有关。 《梦天》《天上谣》等诗，便都是厌苦人世，梦想上天的艺术反映。

《梦天》只八句，前四句写梦入月宫所见；后四句写俯瞰人世情景。 从天上下视，就时间言，千年有如走马，弹指即过；就空间言，九州像九点浮烟，大海像一杯清水。 言外之意是，人世不过如此！从艺术构思看，可能受到郭璞"四渎流如泪，五岳罗若垤"，韩愈"下视禹九州，一尘集毫端"的启发，然而想象新奇，词采秾丽，境界寥廓，显示出李贺独特的艺术风貌。

金铜仙人辞汉歌 并序

魏明帝青龙元年八月①,诏宫官牵车西取汉孝武捧露盘仙人,欲立置前殿②。宫官既拆盘,仙人临载,乃潸然泪下③。唐诸王孙李长吉遂作《金铜仙人辞汉歌》④。

茂陵刘郎秋风客⑤,夜闻马嘶晓无迹⑥。画栏桂树悬秋香⑦,三十六宫土花碧⑧。魏官牵车指千里,东关酸风射眸子⑨。空将汉月出宫门⑩,忆君清泪如铅水⑪。衰兰送客咸阳道⑫,天若有情天亦老⑬。携盘独出月荒凉,渭城已远波声小⑭。

注释

①青龙元年:魏明帝拆迁铜人,在景初元年。元年,一作"九年",亦误(青龙五年即改为景初元年)。②前殿:指魏国都城洛阳宫殿的前殿。③潸(shān 山)然:流泪的样子。④诸王孙:李贺是唐宗室郑王的后代。⑤茂陵刘郎:指汉武帝刘彻。他的陵墓叫茂陵,在今陕西省兴平市。秋风客:也指汉武帝。虽然他生前追求长生不老,但并没有因此延年益寿。他的一生不过如秋风中的过客那样暂忽。一说因武帝曾作《秋风辞》,所以称他为"秋风客"。这一句点明拆迁铜人的时间,当时汉武帝早已成为古人。⑥这一句承上,写汉武帝的幽灵常常在夜间乘马出宫巡行。⑦秋香:指桂花。⑧三十六宫:汉代在长安有离宫别馆三十六所。土花:苔藓。以上两句写

汉宫的荒凉景象：画栏旁桂花开放，寂寞地散发出幽香；离宫别馆的台阶上长满了碧绿的苔藓。 ⑨东关：东城门。 酸风：刺眼的冷风。 眸(móu谋)子：瞳人。 以上两句写魏明帝派来的宫官装载着铜人驱车上路，目的地是千里之外的洛阳。 出长安东城继续前进，冷风吹得铜人眼酸。 ⑩将：与。 ⑪君：指汉武帝。 铅水：比喻流泪时感情的极度伤痛与沉重。 以上两句写铜人被移出汉宫时的情景：只身离开汉宫，只有旧时的明月伴随自己同行，忆念起汉武帝，思昔抚今，不免感情伤痛，清泪直泻。 ⑫客：指铜人。 咸阳道：指长安城外道路。 咸阳，秦代都城，故城在长安西北，汉置渭城县。 这里的"咸阳"与下文的"渭城"都是借指长安。 ⑬"天若"句：从长安通向洛阳的道路上，为金铜仙人送行的只有行将凋落的兰花。 上天如果通灵性有感情，也会因对此感到悲伤而变得衰老。 ⑭"携盘"两句：写铜人捧着承露盘孤独地离开汉宫，在冷月幽光中前行，身后长安城渐去渐远，渭水的波涛声变得愈来愈小了。

此诗借魏明帝徙取汉宫铜人一事抒写兴亡之感。 汉武魂游，其马夜嘶；铜人辞汉，泪如铅水；衰兰送客，月色荒凉；又用"天若有情天亦老"从反面铺垫，极写亡国之恨。 想象奇谲，造语新异。 呼汉武帝为"秋风客"、为"茂陵刘郎"，亦出人意料。 其"天若有情天亦老"一句，世称"奇绝无对"。 北宋石曼卿以"月如无恨月常圆"对之，可谓铢两悉称。 （见《温公续诗话》）

老夫采玉歌

采玉采玉须水碧，琢作步摇徒好色①。
老夫饥寒龙为愁，蓝溪水气无清白②。 夜

雨冈头食蓁子③,杜鹃口血老夫泪④。蓝溪之水厌生人,身死千年恨溪水⑤。斜山柏风雨如啸,泉脚挂绳青袅袅⑥。村寒白屋念娇婴,古台石磴悬肠草⑦。

注释

①水碧:碧玉名。 步摇:妇女用的首饰。 这两句说当时役夫采玉为的是官家需要水碧,水碧的用处不过是雕琢做妇人的首饰,把美女打扮得更美一些罢了。 好色:这里是美容的意思。 ②蓝溪:在今陕西省蓝田县蓝田山下,产碧玉,名蓝田碧。 ③蓁:同"榛"。 榛树的子像小栗,可食。 韦应物《采玉行》有句云:"绝岭夜无人,深榛雨中宿。" ④杜鹃:鸟名,相传它叫得很苦,吻上有血。 这里说老夫哭出的眼泪带着血。 ⑤"蓝溪"二句:溪水和人互相厌恨,人搅浑了溪水,溪水夺去人命。 王琦"汇解":"夫不恨官吏而恨溪水,微词也。" ⑥泉脚:指风雨中崖石上流下一道道的水。 这句说在泉脚之间还挂着采玉人的绳子(采玉者身系绳索,从山上悬挂下垂到溪中),两者都在风中"袅袅"(摇摆)不定。 ⑦白屋:指穷人所住的简陋房屋。 石磴:指山上有石级的道路。 悬肠草:蔓生植物,有"思子蔓""离别草"等别名。 结尾两句写老汉见着古台石磴边的悬肠草,触物生感,惦念起家里娇弱的幼儿。

地处长安东南不远的蓝田出美玉,唐统治者征丁开采,采玉者不堪其苦。 韦应物的《采玉行》和李贺的这篇《老夫采玉歌》,都是反映这一题材的名篇。

雁门太守行①

黑云压城城欲摧,甲光向日金鳞开。角声满天秋色里,塞上胭脂凝夜紫。半卷红旗临易水②,霜重鼓寒声不起。报君黄金台上意,提携玉龙为君死③。

注释

①雁门太守行:乐府《相和歌·瑟调曲》旧题。古雁门郡,占有今山西西北部之地。②易水:在今河北易县。③玉龙:指剑。

意象新奇,设色鲜明,造型新颖,想象丰富而奇特,这是李贺诗歌的突出特点。在《雁门太守行》里,这些特点得到了全面而充分的体现。仅以后两句为例,看看他如何注意设色和造型。这两句写主将为报君主的知遇之恩,誓死决战,却不用概念化语言,而通过造型、设色,突出主将的外在形象和内心活动。战国时燕昭王曾筑台置千金于其上以延揽人才,因称此台为"黄金台"。"玉龙",唐人用以称剑。黄金、白玉,其质地和色泽,都为世人所重。"龙",是古代传说中的高贵动物,"黄金台",是求贤若渴的象征。诗人选用"玉龙"和"黄金台"造型设色,创造出"报君黄金台上意,提携玉龙为君死"的诗句,一位神采奕奕的主将形象便宛然在目。其不惜为国捐躯的崇高精神,以及君主重用贤才的美德,都给读者以强烈而美好的感受。

南园十三首[①]（其五）

男儿何不带吴钩，收取关山五十州[②]？
请君暂上凌烟阁[③]，若个书生万户侯？

注释

①南园：昌谷南园为李贺读书处。其《南园》组诗十三首，写当地景物和杂感，此为第五首。②关山五十州：指当时藩镇割据、中央不能掌管的地区。《通鉴·唐纪》载唐宪宗李绛云："今法令所不能制者，河南北五十馀州。"③凌烟阁：在长安。唐太宗贞观十七年（643），画开国功臣二十四人像于凌烟阁。

前两句用反问语气，"何不"直贯下句，从语法结构看，两个诗句连接起来是一个完整的句子：男儿何不佩带吴钩去收取关山五十州呢？问而不答，留一悬念。后两句又用反问语气，"请君"直贯下句，必须一口气读到底：请君到凌烟阁上去看看那些功臣中封过万户侯的有哪一个是书生呢？问而不答，留一悬念。

结合两问，看起来这位"书生"不再想当书生，而是想投笔从戎，谋求以"收取关山五十州"的军功封万户侯了。这里面，当然有削平藩镇、实现统一的责任感。但对做"书生"没有出路的愤激之情，也表现得很强烈。在那山河破碎、战乱频仍的岁月里，一般地说，拿笔杆子不如"带吴钩"。何况李贺这位书生连考进士的资格都因父亲的名字中有个"晋"字而被剥夺了呢？然而要立军功也并不容易。他反问道："何不带吴钩？"那么，究竟"何不带吴钩"呢？以两问成诗，声情激越，为七绝创作别开生面。

卢　仝

卢仝(775?—835)，自号玉川子，范阳(治所在今河北涿县)人。 年轻时隐居少室山。 后来卜居洛阳，破屋数间，图书堆积，终日吟哦，靠邻僧送米接济过活。 朝廷两次征他为谏议大夫，不赴。 与马异为挚友，作《结交行》云："同不同，异不异，是谓大同而小异。 同自同，异自异，是谓同不往分异不至。"文宗大和九年(835)，甘露之祸起，宦官追捕宰相王涯，卢仝适与诸客会食王涯馆中，遂与王涯同遇害。 事迹见《唐才子传》及《新唐书·韩愈传》附《卢仝传》。 卢仝"性高古介僻，所见不凡近。 唐诗体无遗，而仝之所作特异，自成一家。 语尚奇谲，读者难解，识者易知。 后来仿效比拟，遂为一格宗师"(《唐才子传》卷五)。 其讥刺宦官的《月蚀诗》，乃其险怪诗风的代表，韩愈极称赏，且有拟作。 《全唐诗》存诗三卷。 其诗集以四部丛刊本《玉川子诗集》及清孙之騄《玉川子诗注》较通行。

走笔谢孟谏议寄新茶①

日高丈五睡正浓，军将打门惊周公②。 口云"谏议送书信"，白绢斜封三道印。 开缄宛见谏议面③，手阅月团三百片④。 闻道新年入山里，蛰虫惊动春风起⑤。 天子须尝阳羡茶⑥，百草不敢先开花⑦。 仁风暗结珠琲瓃⑧，先春抽出黄金牙⑨。 摘鲜焙芳旋封裹⑩，至精至好且不奢⑪。 至尊之馀合王公⑫，何事便到山人家⑬？ 柴门反关无俗客,纱帽笼头自煎吃⑭。碧云引风吹不断⑮,白花浮光凝碗面⑯。一碗喉吻润⑰;两碗破孤闷⑱;三碗搜枯肠,唯有文字五千卷⑲;四碗发轻汗,平生不平事,尽向毛孔散;五碗肌肤清;六碗通仙灵⑳;七碗吃不得也,唯觉两腋习习清风生㉑。蓬莱山㉒,在何处?玉川子,乘此清风欲归去。山上群仙司下土㉓,地位清高隔风雨㉔。安得知百万亿苍生命㉕,堕在巅崖受辛苦㉖!便为谏议问苍生㉗:"到头还得苏息否㉘?"

注释

①走笔:振笔疾书。 谏议:"谏议大夫"的省说。②军将:孟谏议派来送茶的武官。 周公:指做梦。《论语·述而篇》记孔子语:"甚矣吾衰也!久矣吾不复梦见周公!""惊周公",即把自己从梦中惊醒。③开缄(jiān坚):打开封口。④阅:检看。 月团:圆形茶饼。⑤蛰(zhé哲)虫:冬眠的虫。 这一句暗示入山的时间是在惊蛰节令刚过、春风始起的时候。⑥阳羡:今江苏宜兴,产茶,茶叶为当地贡品。 有关记载详见唐代《义兴县重修茶舍记》(《苕溪渔隐丛话后集》卷第十一转引)⑦这一句说入山之早。 作为贡品的阳羡茶只采摘嫩芽,其时节令尚早,离清明尚有一月光景,百草还未开花。⑧琲(bèi倍):成串的珠子。 瓃(léi雷):玉器。 这里以"珠琲瓃"比喻茶叶的嫩苞。⑨先春:春天来到之前。⑩摘鲜:采摘茶叶的嫩芽。 焙(bèi倍)芳:用微火烘烤茶叶。 芳,指代茶叶。 旋:随即。 这一

句写采摘、加工、包装三道工序。⑪且：则，却。 不奢：不多。 ⑫至尊：皇帝。 合：应该。 王公：泛指大臣。 ⑬何事：为什么。 山人：卢仝自指。 以上两句说，皇帝把贡茶留够以后，应该轮到大臣们享用，怎么会到了我家呢？⑭纱帽笼头：头上戴着纱帽。 这是卢仝煎茶吃茶时的自画像。⑮碧云：喻指茶碗上冒起的热气。 引风：吹气。 ⑯白花：喻指已经泡开的嫩茶叶。 ⑰这一句说，喝上一碗，干燥的喉头与嘴唇感到了润泽。 ⑱破：破除，排遣掉。 ⑲以上两句说，三碗茶落肚，油腻全无，尘俗之念顿消，留在肚子里的只有读过的五千卷书。 ⑳仙灵：神仙。 ㉑腋（yè业）：夹肢窝。 习习：形容风轻轻地吹拂。 这一句说，只觉得自己腋下生风，仿佛就要登天成仙了。 ㉒蓬莱山：神话传说中的海上三神山之一，这里泛指仙境。㉓司下土：管理下界。 这一句以"山上群仙"喻指统治者，以"下土"喻指平民百姓。㉔隔风雨：不受风吹雨打之苦。 ㉕苍生命：老百姓的性命。 ㉖巅崖：山顶，悬崖。 此句与"地位清高隔风雨"对照，言统治者远离风雨在屋内品茶，老百姓入山采茶备受辛苦。 ㉗为：替。 这一句是"便为苍生问谏议"的倒装。 ㉘苏息：死而复活。 阳羡茶作为贡品，给老百姓加重了负担，故就孟谏议赠茶借题发挥，为民请命。

孟简原任谏议大夫，因反对吐突承璀为招讨使，被贬为常州刺史。 常州阳羡（今江苏宜兴）产阳羡茶，每年初春须向皇帝进贡。 孟简于进贡之后派人给卢仝送新茶，卢作此诗致谢。 诗分四层，首写孟赠新茶，次写新茶之采摘焙制，三写煎茶饮茶，寓不平之鸣，四抒感慨，忧念苍生。 全诗任意挥洒，不为险怪，句式参差，韵律流转，被称为《玉川茶歌》，与陆羽《茶经》齐名。

许 浑

许浑(791—858),字用晦,一字仲晦,排行七,润州丹阳(今属江苏)人。所居近丁卯桥,后又自名其集为《丁卯集》,故世称许丁卯。宰相许圉师之后。少家贫苦学,尝北游边塞,南寓湖湘。文宗大和六年(832)登进士第。仕文宗、武宗、宣宗三朝,历官当涂、太平县令,虞部员外郎,监察御史,润州司马,郢、睦二州刺史等职。与同时诗人杜牧、李频、李远等交游酬唱。工律诗,以登临怀古之作见长。《咸阳城东楼》《金陵怀古》《故洛城》《秋日赴阙题潼关驿楼》等名篇俯仰今古,感慨苍凉,为人传诵。律句喜用拗救法,于整密中见峭拔,称"许丁卯句法"。韦庄《题许浑诗卷》对其有"江南才子许浑诗,字字清新句句奇"之誉。《全唐诗》存诗一一卷,其《丁卯集》有清人许培荣笺注本。

秋日赴阙题潼关驿楼①

红叶晚萧萧,长亭酒一瓢。残云归太华,疏雨过中条②。树色随山迥③,河声入海遥。帝乡明日到,犹自梦渔樵④。

注释

①题一作《行次潼关逢魏扶东归》。阙:代指当时的首都长安。②太华(音划):华山。中条:中条山,在今山西省永济县,地当太行山和华山之间,故名"中条"。③迥:远。④帝乡:指京城长安。上句即题中"赴阙"之意。梦渔樵:梦想回故乡去过渔樵生活。

宪宗元和三年(808)前后,许浑首次赴长安应举,经潼关作此诗。高华雄浑,被视为许浑压卷之作。

咸阳城东楼[①]

　　一上高城万里愁,蒹葭杨柳似汀洲。溪云初起日沉阁[②],山雨欲来风满楼。 鸟下绿芜秦苑夕,蝉鸣黄叶汉宫秋。 行人莫问当年事[③],故国东来渭水流。

注释

　　[①]咸阳:今属陕西。 此题一作《咸阳西门城楼晚眺》。 [②]作者自注:"南近磻溪,西对慈福寺阁。" [③]当年:一作"前朝"。

　　此诗作于宣宗大中三年(849)任监察御史时。 一上咸阳城楼,首先看见"蒹葭杨柳",有"似"故乡的"汀洲",因而触动"万里"乡"愁";继而又凭眺"秦苑""汉宫"的遗迹,只见"鸟下绿芜""蝉鸣黄叶",一派荒凉景象,因而又发出"当年事"唯余"渭水东流"的慨叹。 此诗以"溪云初起日沉阁,山雨欲来风满楼"一联出名。 寥寥十四字,用溪云乍起、红日忽沉、狂风满楼烘托"山雨欲来",形势逼人。 既状难状之景如在目前,又含象征意义,故历代传诵,至今犹被引用。

　　许浑诗喜用"水",有"许浑千首湿"之说。 如《金陵怀古》"石燕拂云晴亦雨,江豚吹浪夜还风",《登洛阳故城》"水声东去市朝变,山势北来宫殿高"之类皆然。 此诗则"汀""溪""雨""渭水"并见,"湿"度更大。

途经秦始皇墓①

龙盘虎踞树层层②,势入浮云亦是崩③。
一种青山秋草里④,路人唯拜汉文陵⑤。

注释

①秦始皇墓:在陕西临潼城东五公里处,为夯土筑。据记载,周长五里多,高五十余丈。经实测,周长一千四百一十米,高四十七米。②龙盘虎踞:形容秦始皇墓地雄壮险要,如龙盘屈,似虎蹲伏。③这一句明说墓丘再高也会崩塌,暗说声势再煊赫也难免要垮台。④一种:同样。⑤汉文陵:汉文帝陵墓叫霸陵,在西安市东北。据记载,在文帝生前修建时,都用瓦器,不用金银铜锡修饰;依山埋葬,不起高坟。

写秦始皇厚葬虐民而以汉文帝薄葬恤民作反衬,曲折深婉,意味悠长。谢枋得《唐诗绝句注解》云:"汉文霸陵与秦始皇墓相近,始皇墓极其机巧,汉文陵极其朴略,千载之后,衰草颓垣,无异也。然行路之人拜汉文陵而不拜秦皇墓,为君仁不仁之异,至是有定论矣。"

谢亭送别

劳歌一曲解行舟①,红叶青山水急流。
日暮酒醒人已远②,满天风雨下西楼。

注释

①劳歌：离歌。 ②"日暮"句：送者酒醒，行者已乘舟远去。

谢亭，即谢公亭，故址在今安徽宣城县，南齐诗人谢朓送别范云于此，故后人以谢名亭。 此诗题为送别，却未写送别实景而写别后怅望之情。 敖英《唐诗绝句类选》云："后二句可与'阳关'竞美，盖'西出阳关'写行者不堪之情，'酒醒人远'写送者不堪之情。 大抵送别诗妙在写情。"黄生《唐诗摘抄》云："此诗全写别后之情，首二句正从倚楼送目中见出，却倒找'下西楼'三字，情景笔意俱绝。"

杜 牧

杜牧(803—853)，字牧之，排行十三，京兆万年(今陕西西安)人。 杜佑之孙。 祖居长安下杜樊川(今陕西长安县东南)，世称杜樊川。 文宗大和二年(828)登进士第，又登贤良方正直言极谏科，授弘文馆校书郎。 同年，应江西观察使沈传师之辟，为江西团练巡官。 七年(833)，牛僧孺辟为淮南节度推官、监察御史里行，转掌书记。 九年，入京任监察御史，分司东都。 开成二年(837)为宣州团练判官。 次年冬，迁左补阙、史馆修撰，后转膳部、比部员外郎，皆兼史职。 武宗会昌二年(842)出为黄州刺史，后迁池州、睦州。 宣宗大中二年(848)擢司勋员外郎、史馆修撰，后转吏部员外郎。 四年秋，出为湖州刺史。 五年，入为考功郎中、知制诰。 六年，迁中书舍人，十二月病卒。 世称杜司勋、杜紫微(开元中曾称中书省为紫微省，称中书舍人为紫微舍人)。 为区别于杜甫，称"小杜"。 其生平事迹，见其临终《自撰墓志铭》，新、旧《唐书》本传及今人缪钺《杜牧年谱》《杜牧传》。 杜牧好读书，善论兵，关心国事，力主削平藩镇，收复河湟，维护国家统一。 惜未得重用，未能大有作为。 兼擅诗、赋、古文、书、画，尤雄于诗，为晚唐大家，与李商隐齐名，世称"小李杜"。 自称"苦心为诗，惟求高绝，不务奇丽，不涉习俗，不今不古，处于中间"(《献诗启》)。 杨慎认为"律诗至晚唐，李义山而下，惟杜牧之为最。 宋人评其诗豪而艳，宕而丽，于律诗中特寓拗峭以矫时弊，信然"(《升庵诗话》卷五)。 贺裳认为"杜紫微诗，惟绝句最多风调,味永趣长,有明月孤映,高霞独举之象"(《载酒园诗话》又编)。 翁方纲评价尤高:"樊川真色真韵,殆欲吞吐中晚唐千万篇。……小杜之才,自王右丞以后,未见其比。 其笔力回斡处,亦与王龙标、李东川相视而笑。"(《石洲诗话》卷二)其律诗、绝句的主要艺术风格是俊爽中寓委婉,流丽中见拗峭。 于盛唐、中唐诸大家后别开生面,自成一家。 其诗集以清人冯集梧《樊川诗集注》较通行,今人缪钺有《杜牧诗选》。

题扬州禅智寺

雨过一蝉噪,飘萧松桂秋①。 青苔满阶砌,白鸟故迟留。 暮霭生深树,斜阳下小楼。 谁知竹西路,歌吹是扬州②。

注释

①"飘萧"句:松、桂飘摇萧瑟,一派秋天景象。 ②"谁知"二句:承前三联所写发问,禅智寺所在的竹西路如此幽静,谁知这就是"歌吹沸天"的扬州呢? 歌:歌唱。 吹:奏乐。 竹西路在扬州北门外五里,有亭,以杜牧诗句命名为"竹西亭",后又改名"歌吹亭",北宋欧阳修、梅尧臣皆有诗。

文宗开成二年(837),杜牧的弟弟杜颛患眼疾,寄住扬州禅智寺,杜牧从洛阳带医生来探视,此诗当作于此时。 前三联从多方面写寺之清静幽寂,尾联复以"歌吹"作反衬,与首句以"蝉噪"作反衬相呼应,而人迹罕至的萧条景象便不难想见。 高步瀛云:"结笔写寺之幽静,尤为得神。"(《唐宋诗举要》卷四)

题宣州开元寺水阁[①]

六朝文物草连空,天淡云闲今古同[②]。鸟去鸟来山色里,人歌人哭水声中[③]。深秋帘幕千家雨,落日楼台一笛风。惆怅无因见范蠡[④],参差烟树五湖东[⑤]。

注释

①诗题据《才调集》卷四,题下自注:"阁下宛陵,夹溪居人。"《樊川诗集》并各种选本,诗题均作《题宣州开元寺水阁,阁下宛溪,夹溪居人》。疑系将原注误作题目所致。宣州州治在今安徽省宣城县。开元寺:在城北,建于东晋时,原名永安寺,唐开元中改称开元寺。自注中的"宛陵",即宣州,似当作"宛溪"。宛溪,即东溪,发源于县城东南的峄山,经城东,至县东北一里左右与句溪汇合。夹溪居人,在宛溪两岸居住着人家。②六朝:先后建都于建康(今江苏南京)的吴、东晋、宋、齐、梁、陈六个朝代的合称。文物:指礼乐、典章制度。这一句连同下句是说,六代繁华已一去不返,自然景象却依然如故。诗人因开元寺是东晋时的遗迹,连类而及对六朝的灭亡发出感慨。③人歌人哭:人们有时因高兴而歌唱,有时因悲哀而哭泣。这一句语本《礼记·檀弓下》:"歌于斯,哭于斯,聚国族于斯。"意思是两岸人家世代在这里居住。④无因:没有因缘。范蠡(lǐ):春秋时越国的大夫。他在辅助越王勾践灭吴后,乘扁舟泛五湖而去。⑤参差:高低不齐。五湖:太湖,在今江苏境内,与宣州相距不远。以上两句借怀念范蠡抒发自己不能功成

名就抽身隐退的苦闷。

　　此诗作于文宗开成三年(838),其时杜牧任宣州(今安徽宣城)团练判官。宣州在六朝时乃京都(金陵)近辅,人文荟萃;而杜牧来此之时,已荒凉冷落。前三联抒今昔盛衰之感,融情入景,极凄迷窅远之致。尾联拓开一步,放眼五湖,烟波浩渺,烟树迷茫,而追慕范蠡之情,亦弥漫无际。薛雪《一瓢诗话》云:"杜牧之晚唐翘楚,名作颇多……如《题宣州开元寺水阁》,直造老杜门墙,岂特人称小杜已哉!"

早　雁

金河秋半虏弦开[①],云外惊飞四散哀。仙掌月明孤影过[②],长门灯暗数声来[③]。须知胡骑纷纷在,岂逐春风一一回?莫厌潇湘少人处[④],水多菰米岸莓苔。

注释

①金河:河名,在今内蒙古自治区呼和浩特市南。虏:指回纥。②仙掌:西汉长安建章宫有铜铸仙人舒掌托承露盘,见前卢照邻《长安古意》注。③长门:西汉长安宫名,汉武帝陈皇后失宠后幽闭于此。④潇湘:泛指湘江流域。

　　唐武宗会昌二年(842)八月,回纥乌介可汗率众南犯,突入大同,劫掠河东一带,难民纷纷南逃。杜牧托物寄慨,写了这首七律。首联紧扣"早雁"落墨。"秋半"是阴历八月,北雁南飞,为时尚"早";而"金河"一带,"胡弦"乍开,箭如飞蝗,遂被迫出现了"云外惊飞四散哀"的惨象。"胡弦开"明指射雁,暗喻回纥侵扰。首句写因,次句写果。次句紧承首句"胡弦开"而以大雁受"惊"为契机,写高飞"云外",写失群"四散",写鸣声"哀"伤,从不同角度写尽大雁受难南逃之苦,而以雁喻人之意灼然可见。

第二联写大雁南飞情景。时间,特选在月明之夜;地点,特选在帝都长安;"孤影"掠过之处,特选在为皇帝承接"仙露"的"仙掌";"数声"传入之处,特选在失宠者独眠无寐的冷宫。或反面对比,或正面烘托,在为孤雁写哀、为流民写哀的同时暗寓无穷深意,耐人寻绎。

三、四两联通过对大雁的劝告表现了解除边患的殷切希望。南国春暖,大雁便急于北归。可是"胡骑"猖獗,岂能骤回!"潇湘"一带虽然"人少"荒凉,却不乏"菰米""莓苔"之类的食料,还是暂且住下,等待战乱平息。"须知""岂逐""莫厌",反复叮嘱,情深意切,表现了对流亡者的无限关怀,而对朝廷驱逐"胡骑"的渴望也蕴含其中,洋溢纸上。

前四句写鸿雁未至深秋而提"早"南飞,因为"秋半胡弦开";后四句劝告鸿雁切莫逢春便回,因为"胡骑纷纷在"。全诗从鸿雁的习性生发,融入时事,不露痕迹,为咏物诗别开生面。

九日齐山登高[①]

江涵秋影雁初飞[②],与客携壶上翠微[③]。尘世难逢开口笑[④],菊花须插满头归。但将酩酊酬佳节，不用登临叹落晖⑤。古往今来只如此⑥，牛山何必独沾衣⑦？

注释

①九日：指九月九日重阳节。齐山：在今安徽省贵池县东南。贵池唐时名秋浦，是池州的州治。杜牧于会昌四年(844)任池州刺史。诗当作于翌年重九。②江涵：空中一切景色都映入秋天澄清的江水里，故曰"涵"。③翠微：山坡远远望去，呈现一片缥青色，称之为"翠微"。微，隐约的意思。"翠微"是形容词作名词用，即山坡的代称。杜甫《秋兴》："日日江楼坐翠微。"齐山上有翠微亭，为全县风景名胜区，是杜牧在池州时所建。④"尘世"二句：谓人生多愁，正须及时行乐。《庄子·盗跖》："人上寿百岁，中寿八十，下寿六十，除病瘦死丧忧患，其中开口而笑者，一月之中不过四五日而已矣。"上句用其意。《续神仙传》："许碏插花满头，把花作舞，上酒家楼醉歌。"下句用此意。按，古人重九有插菊之俗。《唐辇下岁时记》："九日宫掖间争插菊花，民俗尤甚。"⑤落晖：傍晚的太阳，用以象征迟暮的人生。⑥古往今来：犹言从古到今。如此：像下面所说的生死常理。⑦"牛山"句：春秋时，齐景公登牛山(在齐国首都临淄之南，今山东省临淄县)，北望齐国说，"美哉国乎！使古而无死者，则寡人将去此而何之？"于是感伤不已，泪下沾衣。

杜牧与诗人张祜同登齐山，杜牧作此诗，虽出以旷达之笔，而壮志难酬之感见于言外。张祜即步韵作《和杜牧之齐山登高》。后人登齐山多有和作。明释祖浩等将杜牧此诗与他人继作编为《齐山诗集》七卷。宋吴仲复《齐山》诗云："却自牧之赋诗后，每逢秋至菊含情。"明喻璧《游齐山》诗云："江涵秋影携壶处，千载人犹说牧之。"至于檃栝其诗句入诗入词者,更屡见不鲜。

赤　　壁①

折戟沉沙铁未销,自将磨洗认前朝。
东风不与周郎便②,铜雀春深锁二乔③。

注释

①赤壁:在今湖北蒲圻县西北,周瑜大破曹操水师处。②"东风"句:建安十三年(208)曹操大举攻吴,周瑜作好以火攻焚烧曹操战舰的准备,恰遇东南风起,遂纵火大破曹军。诸葛亮"借东风",乃小说中的艺术虚构,远非事实。③铜雀:台名,故址在今河北临漳县西,曹操建此以居姬妾歌妓,乃晚年行乐之处。二乔,即大乔、小乔,皆国色。大乔为孙策妻,小乔为周瑜妻。此句是说,若无东风之助,则曹操灭吴,夺二乔入铜雀台矣。

此诗作于武宗会昌四年(844),杜牧正在黄州做刺史。黄州有赤壁,但不是三国鏖兵之处,诗人不过借此抒发历史感慨。诗借残戟起兴,重点在后两句。但前两句也写得很有情致:从沙中发现一支折断了的铁戟,拿起来自磨自洗,认出那是赤壁之战的遗物。"折戟"虽小,却能引起联想,神游于"前朝"战场。当时曹操拥有二十余万雄兵,号称八十万,而孙、刘联军不过三万,力量对比悬殊,而战争结局却是周瑜用火攻取胜,曹操惨败而回。史家评论,诗人歌咏,都赞扬孙、刘胜利,杜牧却从可能失败的角度落墨,写出了"东风不与周郎便,铜雀春深锁二乔"的名句。对于这两句诗,历来有针锋相对的争论。许顗《彦周诗话》云:"孙氏霸业系此一战,社稷存亡、生灵涂炭都不问，只恐捉了二乔，可见措大不识好恶。"贺贻孙《诗筏》云："牧之此诗，盖嘲赤壁之功出于侥幸，若非天与东风之便，则国破家亡。唯借'铜雀春深锁二乔'说来，便觉风华蕴藉，增人百感，此正风人巧于立言处。"贺贻孙的见解很中肯；至于许颉的指摘，则正如冯集梧《樊川诗集注》所批评："此直村学究读史见识，岂足与语诗人言近旨远之致乎？"

杜牧深谙兵法，独具史识，故咏史诗多做翻案文章，如此诗后两句及《题乌江亭》"江东子弟多才俊，卷土重来未可知"，皆发前人所未发。虽以议论入诗，而风华蕴藉，言近旨远，自饶情韵。

寄扬州韩绰判官

青山隐隐水迢迢①，秋尽江南草未凋。
二十四桥明月夜，玉人何处教吹箫②。

注释

①迢迢：远貌。②"二十四桥"二句：询问韩绰别后的赏心乐事，表示深切向往之情。沈括《梦溪笔谈》卷三："扬州在唐时最为富盛，旧城南北十五里一百一十步，东西七里三十步，可纪者有二十四桥：最西浊河茶园桥，次东大明桥，入西水门有九曲桥，次东正当帅牙南门有下马桥，又东作坊桥，桥东河转向南有洗马桥，次南桥，又南阿师桥、周家桥、小市桥、广济桥、新桥、开明桥、顾家桥、通泗桥、太平桥、利国桥，出南水门有万岁桥、青园桥，自驿桥北河流东出，有参佐桥，次东水门东出有山光桥。又自牙门下马桥直南有北三桥、中三桥、南三桥，号九桥，不通船，不在二十四桥之数，皆在今州城西门之外。"玉人：指韩绰。晋裴楷、卫玠俱有"玉人"之称，

杜牧《寄珉笛与宇文舍人》"寄与玉人天上去,桓将军见不教吹",亦称友人为"玉人"。 吹箫:《扬州府志》载吹箫事或属附会,然天宝时人包何《同诸公寻李方直不遇》诗已有"闻说到扬州,吹箫忆旧游"之句,则吹箫为扬州故实无疑。 此诗用此故实而与韩绰牵合,问他于何处教歌女们吹箫。

杜牧于文宗大和七年(833)至九年在扬州牛僧孺淮南节度使府掌书记,后来流传的风流韵事,多发生于此时。 韩绰是杜牧在扬州的同僚,此诗作于离开扬州之后,借寄昔日同僚抒发对扬州的忆念之情。 黄叔灿《唐诗笺注》云:"'十年一觉扬州梦',牧之于扬州卷恋久矣。 '二十四桥'二句,有神往之致,借韩以发之。"宋顾乐《〈唐人万首绝句选〉评》云:"深情高调,晚唐中绝作,可以媲美盛唐名家。"

江南春

千里莺啼绿映红,水村山郭酒旗风。南朝四百八十寺①,多少楼台烟雨中。

注释

①"南朝"句:南朝帝王及贵族多信佛,故其都城建业(今江苏南京)佛寺尤多。

题为《江南春》,江南地域辽阔,春景繁富,一首七绝如何描写? 作者独出心裁,逐层烘染:"千里"之内,处处杂花生树、红绿相映、黄莺歌唱;"千里"之内,水村山郭处处酒旗飘扬;"千里之内,"南朝四百八十寺"点缀于山水佳胜之处,金碧庄严,楼台隐现。经过这三层烘染,巨幅江南春景图已展现眼前。但作者还追加了一层烘染,那就是"烟雨"。"多少楼台烟雨中"承"南朝四百八十寺",然而寺院"楼台"既在"烟雨"中,则啼莺、红花、绿树、水村、山郭、酒旗,无一不在"烟雨"中。霏霏细雨,淡淡轻烟,使无边春色在烟雨空濛中更显出迷人的风韵,这正是"江南春"的典型特色。突出这一特色,就把"江南春"写活了。

山　行

远上寒山石径斜,白云生处有人家。
停车坐爱枫林晚①,霜叶红于二月花。

注释

①"停车"句:因爱枫林晚景而停车观赏。坐:因。晚:天晚。

这首诗,看来是从长途旅行图中截取的"山行"片断。第三句的"晚"字透露出诗人已经赶了一天路,该找个"人家"休息了。如今正"远上寒山",在倾斜的石径上行进。顺着石径向高处远处望去,忽见"白云生处有人家",不仅风光很美,而且赶到那里,就可以歇脚了。第二句将"停车"提前,产生了引人入胜的效应。天色已"晚","人家"尚远,为什么突然"停车"?原来他发现路边有一片"枫林",由于"爱"那片夕阳斜照下的"枫林",因而"停车"观赏。"停车"突出"爱"字,"爱"字引出结句。

黄叔灿《唐诗笺注》云:"'霜叶红于二月花',真名句。"俞陆云《诗境浅说续编》云:"诗人之咏及红叶者多矣,如'林间暖酒烧红叶'、'红树青山好放船'等句,尤脍炙诗坛,播诸图画。惟杜牧诗专赏其色之艳,谓胜于春花。当风劲霜严之际,独绚秋光,红黄绀紫,诸色咸备,笼山络野,春花无此大观,宜司勋特赏于艳李秾桃外也。"不错,笼山络野的枫林红叶的确美艳绝伦,但被"悲秋意识"牢笼的封建文人却很难产生美感。用一个大书特书的"爱"字领起,满心欢喜地赞美枫叶"红于二月花",不仅写景如画,而且表现了诗人豪爽乐观的精神风貌。

过华清宫绝句三首[①]（其一）

长安回望绣成堆,山顶千门次第开。
一骑红尘妃子笑,无人知是荔枝来。

注释

①华清宫:故址在今陕西临潼区骊山,是唐明皇与杨贵妃游乐之地。

杜牧写华清宫诗有五排《华清宫三十韵》一首、七绝《华清宫》一首、《过华清宫绝句》三首,这一首流传最广。关于唐明皇与杨贵妃荒淫误国,杜甫以来的不少诗人已作过充分反映。此诗也表现这一主题,却选取了新鲜角度,收到了独特效果。杨贵妃喜吃鲜荔枝,唐明皇命蜀中、南海并献。驿骑传送,六、七日间飞驰数千里,送到长安,色味未变。此诗即从此处切入,以"一骑红尘"与"妃子笑"之间的戏剧性冲突为中心组织全诗,构思、布局之妙,令人叹服。

读前三句，压根儿不知道为什么要从长安回望骊山，不知道"山顶千门"为什么要一重接一重地打开，更不知道"一骑红尘"是干什么的、"妃子"为什么要"笑"，给读者留下了一连串悬念。最后一句应该是解释悬念了，可又出人意外地用了一个否定句："无人知是荔枝来。"的确，卷风扬尘，"一骑"急驰，华清宫千门，从山下到山顶一重重为他敞开，谁都会以为那是飞送关于军国大事的紧急情报，怎能设想那是为贵妃送荔枝？"无人知"三字画龙点睛，蕴含深广，把全诗的思想境界提升到惊人的高度。

清　明[①]

清明时节雨纷纷，路上行人欲断魂。
借问酒家何处有，牧童遥指杏花村。

注释

①清明：我国农历的二十四节气之一，在公历四月上旬。

此诗虽不见于杜牧诗集，然从宋祁《锦缠道》词"问牧童遥指孤村，道杏花深处，那里人家有"数句可知，此诗早在北宋前期已传诵颇广。南宋谢枋得编《千家诗》收此诗，署名杜牧，自属可信。杏花村在池州（今安徽贵池），此诗当是杜牧于武宗会昌六年（846）任池州刺史时所作，层层布景，处处设色，以人物问答为中心，展现一幅江南杏花春雨图。

秋　夕

红烛秋光冷画屏①，轻罗小扇扑流萤②。
天阶夜色凉如水③，坐看牵牛织女星④。

注释

①红烛：一作"银烛"。②轻罗小扇：轻薄的丝质团扇。③天阶：一作"瑶阶"。指宫殿的台阶。④坐：一作"卧"。神话传说牛郎（牵牛星）与织女（织女星）于每年七夕渡过银河相会一次。

此乃宫怨诗，一句一景，以景托情。"冷""凉"既写"秋夕"实况，又是女主人公内心感受的写照。以"坐看"牵牛、织女双星相会作结，而孤独感、凉冷感与默默怨情，已见于言外。孙洙《唐诗三百首》云："层层布景，是一幅着色人物画，只'坐看'二字逗出情思，便通身灵动。"

读韩杜集

杜诗韩笔愁来读①，似倩麻姑痒处搔②。
天外凤凰谁得髓？无人解合续弦膏③。

注释

①韩笔：韩愈的古文。陆游《老学庵笔记》载："南朝词人，谓文为笔，故《沈约传》云：'谢玄晖善为诗，任彦升工于笔，约兼而有之。'……杜牧之'杜诗韩笔愁来读'，亦袭南朝语尔。"②"似倩"句：倩，请人代自己做事。连上句，谓愁闷时读杜诗韩

文,就像背上发痒时请麻姑来抓背那样舒服。麻姑:仙女名,《太平广记》引《神仙传》,"麻姑鸟爪(指甲尖长如鸟爪),蔡经见之,心中念言,背大痒时,得此爪以爬背,当佳。"③"天外"二句:感叹杜韩诗文的高度成就没有人能继承下来。续弦膏:《海内十洲记》载,凤麟洲在西海中,洲上有凤凰、麒麟数万,以凤嘴麟角合制成胶,可以接续断裂的弓弦。

杜牧认真学习李、杜、韩、柳的诗文创作,其《冬至日寄小侄阿宜》诗云:"李杜泛浩浩,韩柳摩苍苍。近者四君子,与古争强梁。"这首诗,便是杜甫、韩愈诗文的读后感。

泊秦淮①

烟笼寒水月笼沙,夜泊秦淮近酒家。
商女不知亡国恨,隔江犹唱后庭花②。

注释

①秦淮:河名。发源于江苏溧水县东北,西流经金陵城(今江苏南京)入长江。河道为秦时所开,凿钟山以疏淮水,故名秦淮。②"商女"二句:商女,指以歌唱为生的乐妓。江,指秦淮河。长江以南,无论水的大小,口语都称为江(见孔颖达《尚书正义·禹贡》"九江孔殷"条注)。秦淮河横贯金陵城,沿河两岸酒家林立。乐妓在酒店替客人唱歌侑觞,从船中听去,故云"隔江"。后庭花,《玉树后庭花》的简称。陈后主在金陵时,荒于声色,作《玉树后庭花》舞曲。终朝与狎客、妃嫔们饮酒作乐,不理政事,终至亡国。《隋书·五行志》:"祯明(587—589)初,后主作新歌,词

甚哀怨,令后宫美人习而歌之。 其词曰:'玉树后庭花,花开不复久。'时人以为歌谶。 此其不久兆也。"《旧唐书·音乐志一》:"前代兴亡,实由于乐。 陈将亡也,为《玉树后庭花》……行路闻之,莫不悲切,所谓亡国之音也。"

这是脍炙人口的名篇,沈德潜《唐诗别裁集》卷二〇赞为"绝唱"。 "首句写秦淮夜景,次句点明夜泊,而以'近酒家'三字引起后二句。 '不知'二字,感慨最深,寄托甚微。 通首音节、神韵无不入妙"(李锳《诗法易简录》)。 晚唐国运日衰,时风淫靡,作者非责"商女",特借商女"犹唱后庭花"以激发朝野危亡之感耳。

雍　陶

雍陶(805—?),字国钧,夔州云安(今四川云阳)人,寓居成都。 文宗大和八年(834)登进士第。 历任侍御史、国子毛诗博士。 宣宗大中八年(854)出任简州(今四川简阳)刺史。 后辞官归隐庐山。 与姚合、贾岛、张籍、王建等交游酬唱。 足迹半中国,多旅游诗。 诗风清丽委婉,工于律、绝。 《全唐诗》存诗一卷。

城西访友人别墅

澧水桥西小路斜①,日高犹未到君家。
村园门巷多相似,处处春风枳壳花②。

注释

①澧水:又叫兰江、佩浦,湖南四大河流之一,流经澧县、安乡后注入洞庭湖。 ②枳壳花:枳树花。 枳树似橘树而小,叶与橙叶相

似,枝多刺,农村常常种在篱旁。 枳树在春天开白花,气味清香。

于澧城西郊访友人别墅,第二句以"日高犹未到"一垫,三、四句写出"犹未到"的原因,风神摇曳,特饶韵致。

题君山[①]

烟波不动影沉沉,碧色全无翠色深[②]。
疑是水仙梳洗处,一螺青黛镜中心[③]。

注释

①君山:又叫湘山、洞庭山,在湖南省洞庭湖中。 古代神话传说:这山是舜妃湘君姊妹居住和游玩的地方,所以叫君山(见《水经注》)。②沉沉:形容君山倒影颜色很深。 碧色:湖水的颜色。 翠色:山色。 这两句写风平浪静、薄雾笼罩的洞庭湖上湖光山色两相映衬,山色浓于湖色。 ③水仙:水中女神,即湘君姊妹。 一螺青黛:古代一种制成螺形的黛墨,作绘画用,女子也用来画眉。 这里用以比君山。

刘禹锡《望洞庭》以"白银盘里一青螺"写君山,已极生动。此诗后两句则写湖波似镜,君山如镜中青螺,而以"水仙梳洗"领起,将湖光山色与湘妃神话融合无间,想象新奇,色彩明丽,极空灵缥缈之致。 黄庭坚《雨中登岳阳楼望君山》"绾结湘娥十二鬟",即从此化出。

赵 嘏

赵嘏(806—852?),字承祐,排行二十二。楚州山阳(今江苏淮安)人。武宗会昌四年(844)登进士第。宣宗大中六年(852)左右任渭南尉,世称赵渭南。其七律清圆流丽,时有佳句,如"杨柳风多潮未落,兼葭霜冷雁初飞""吟辞宿处烟霞古,心负秋来水石闲"等,皆清新幽远,耐人吟味。有《渭南集》,《全唐诗》存诗二卷。

长安秋望

云物凄清拂曙流①,汉家宫阙动高秋。残星数点雁横塞,长笛一声人倚楼。紫艳半开篱菊静②,红衣落尽渚莲愁③。鲈鱼正美不归去④,空戴南冠学楚囚⑤。

注释

①云物:云形变化,形成种种物象,如"白衣""苍狗"之类,故称"云物"。②紫艳:指"篱菊"的花朵。③红衣:指"渚莲"的花瓣。④"鲈鱼"句:写乡思。《晋书·张翰传》:"翰因见秋风起,乃思吴中菰菜、莼羹、鲈鱼脍,曰:'人生贵得适志,何能羁宦数千里以要名爵乎?'遂命驾而归。"⑤南冠:《左传·成公九年》:"晋侯观于军府,见钟仪,问之曰:'南冠而系者谁也?'有司对曰:'郑人所献楚囚也。'"楚囚称"南冠",表示不忘乡土。思乡而不得归,故说"空戴南冠"。

此诗一题《长安秋夕》,一题《长安晚秋》,大约作于文宗大和七年(833)省试落第,留滞长安之时。

此诗构思精巧之处,在于以"人倚楼"为中心,挽合前后,统摄全篇。诗中所写,皆"倚楼"人所见、所感、所想,既层次分明,又融合无迹。首联写楼头仰望中景色:各种形态的寒云在曙光中变幻、浮游,而高耸入云的"汉家宫阙",仿佛在浮游的寒云中晃"动"。两句诗,写景如画,又同时以"拂曙"点时间,以"高秋"点季节,以"宫阙"点京城,以"凄清"写主体感受。景中含情,言外见意。次联续写楼头闻见。"残星数点","旅雁横塞",于"凄清"中更添旅愁。此时忽闻"长笛一声",秋意、乡思,便一齐涌上心头,使"倚楼"人何以为怀!第三联即通过楼前近景表现秋意、乡思,引出尾联,以思归而不得归的慨叹收束全篇。长安秋景,满目萧瑟,既是落第后悲凉怅惘心情的自然流露,也是大唐帝国衰微没落景象的曲折反映。

发端警挺,次联以"雁横塞"及"残星数点""长笛一声"烘托"人倚楼",从心物交感中展现其复杂心态。其声调为"平平仄仄仄平仄,平仄仄平平仄平"(与许浑"溪云初起日沉阁,山雨欲来风满楼"略同),于拗折中见波峭,使诗句增添特殊韵味。无怪杜牧"吟味不已",称赵嘏为"赵倚楼"(《唐诗纪事》卷五六)。

江楼感怀

独上江楼思渺然①,月光如水水如天。
同来玩月人何在,风景依稀似去年。

注释

①思渺然:情思怅惘。

登某楼而想起往年与某人同登此楼的情景,这几乎是人所共有的经历。 妙在先写眼前景,继以"同来玩月人何在"忽发一问,然后以"风景依稀似去年"与前两句拍合,恰是人人意中所有,却由此诗第一次写出,所以可贵。 俞陛云《诗境浅说续编》云:"唐人绝句,有刻意经营者,有天然成章者。 此诗水到渠成,二十八字,一气写出。 月明此夜、风景当年,后人之抚今追昔者不能外此。 在词家中,惟有'月到旧时明处,与谁同倚栏干'句,与此诗意境相似。"

李群玉

李群玉(808?—862),字文山,排行四,澧州(今湖南澧县)人。 少好吹笙,善书翰,苦心为诗。 宣宗大中八年(854)徒走至长安,上表献诗三百首,经宰相裴休推荐,授弘文馆校书郎。 与杜牧、姚合、方干、李频、段成式等交游酬唱。 四年后蒙冤还乡,忧愤而卒。 其诗五言警拔,七言流丽,佳句流传人口。 《全唐诗》存诗三卷。 今人羊春秋辑注《李群玉诗集》,资料详备,校勘精审。

黄陵庙

小姑洲北浦云边,二女啼妆自俨然①。 野庙向江春寂寂②,古碑无字草芊芊③。 风回日暮吹芳芷④,月落山深哭杜鹃⑤。 犹似含颦望巡狩,九疑如黛隔湘川⑥。

注释

①"小姑"二句：小姑洲，黄陵庙南洞庭湖旁的一座洲，庙在今湖南省湘阴县北四十里的洞庭湖边。浦云，水边的云。小水进入大水的口子叫作浦，这里指湘水注入洞庭湖的水口。二女，指娥皇、女英。啼妆，悲泣的形象。俨然，栩栩如生的样子。这是写庙址和神像。②江：指湘江。③"古碑"句：庙碑所刻文字，由于风雨剥蚀，已不可见，形容年代久远。芊（qiān 千）芊：草茂盛貌。④芷：白芷，香草。《离骚》以它作美好的象征。⑤杜鹃：杜甫《杜鹃行》，"君不见蜀天子，化作杜鹃似老乌"。又说，"四月五月偏号呼，其声哀痛口流血"。以上四句具体写黄陵庙周围环境凄清寂寞。⑥"犹似"二句：含颦，愁眉不展。巡狩，皇帝出外巡行。《史记·五帝本纪》，舜"南巡狩，崩于苍梧之野，葬于江南九疑"。九疑，指九疑山，亦名苍梧山，在湖南省兰山县西南。《水经注》说它有九个山峰，形状相似，"游者疑焉，故曰九疑山"。黛，指青黑色的颜料，古代女子用它来画眉。在洞庭湖畔是望不见九疑山的。但诗人在黄陵庙前远眺时，古代神话传说让他想象出远隔潇湘江水，九疑山突然像紧锁的眉头那样。

这是同题三首诗之一，当作于宣宗大中三年（849）暮春。当时诗人蒙冤离京南归，途经黄陵庙，心绪悲凉，故触景生情，写湘灵之怨而倍增伤感。黄陵庙在湖南湘阴县北洞庭湖边，为纪念舜之二妃娥皇、女英而建，又名二妃庙。诗就神话传说创造意境，似幻似真，缠绵悱恻。"野庙向江春寂寂，古碑无字草芊芊"一联尤凄婉工丽，《云溪友议》卷中、《青琐高议》前集卷六等均有评论。段成式《哭李群玉》诗有"曾话黄陵事"之句，可知此诗当时为人所重，是李群玉的代表作。

温庭筠

温庭筠(812—870),本名岐,字飞卿,排行十六,太原祁(今山西岐县)人。好讥讽当时权贵,因此屡举不第,仅任方城尉、隋县尉、国子监助教等职。才思敏捷,八叉手而成八韵,人称"温八叉"。以词著称,与韦庄齐名,并称"温韦"。诗与李商隐齐名,并称"温李"。唯题材较狭,多数篇章以绮错婉媚见长,其成就远逊于李。其怀古七律气韵清拔,多含讽谕。绝句中亦不乏清灵疏秀的佳作。有《温飞卿诗集》,《全唐诗》存诗九卷。

商山早行①

晨起动征铎②,客行悲故乡。鸡声茅店月,人迹板桥霜。槲叶落山路③,枳花明驿墙④。因思杜陵梦⑤,凫雁满回塘。

注释

①商山:在今陕西商县东南。②铎(duó夺):指车马的铃声。③槲:落叶乔木,叶片冬天虽枯,仍留枝上,早春树枝发芽时始脱落。④枳:灌木或小乔木,春季开白花。⑤杜陵:在长安南郊,作者曾寓居于此,有《鄠杜郊居》等诗。大中末年离杜陵外出宦游,作此诗,故诗中以杜陵为故乡。

唐宋诗人写"早行"的诗很多,这一首较出色。首句以"动征铎"表现一起床即上马赶路,铃铎声声,其辛苦匆忙之状宛然在目,故继之以"客行悲故乡"。赶路时还在"悲故乡"——为离开故乡而悲伤,那么在"茅店"过夜时,不用说也是想家的。这一点,在尾联作了照应和补充。三、四两句，历来脍炙人口。梅尧臣认为最好的诗应该"状难状之景如在目前，含不尽之意见于言外"，欧阳修请他举例，他便举出这两句，反问道："道路辛苦，羁愁旅思，岂不见于言外乎？"（见欧阳修《六一诗话》）李东阳还从另一个角度指出这两句诗"人但知其能道羁愁野况于言意之表，不知二句中不用一二闲字，止提掇出紧关物色字样，而音韵铿锵，意象具足，始为难得"（《怀麓堂诗话》）。李东阳的论述，涉及充分利用汉语语法特点塑造意象的重要问题。汉语语法相当灵活，特别在诗歌语言中，主语、动词和一切表示语法联系的虚词都可以省略，纯用名词或名词片语构成诗句，有利于塑造意象，唤起读者的联想。把这两句诗分解为最小的构成单位，便是代表十种景物的十个名词：鸡、声、茅、店、月、人、迹、板、桥、霜。当然，"鸡声""茅店""人迹""板桥"，都是以"定语加中心词"的偏正词组形式出现的，但由于作定语的都是名词，仍然保留了名词的具体感。例如在"鸡声"中，作了"声"的定语的"鸡"，不是仍可以唤起引颈长鸣的联想吗？这两句诗，正是筛选紧关"早行"的最富特征性的景物名词塑造意象，从而收到了"状难状之景如在目前，含不尽之意见于言外"的效果。五、六句写离店过桥，刚踏上山路的情景。朝前走，槲叶纷纷飘落；回头看，因还未天亮，"茅店"看不分明，只有驿墙旁边的枳花白得显眼。由此引出结句：昨夜在"茅店"中梦见杜陵，凫雁成群，在池塘里嬉游，自得其乐。与首联呼应，互为补充，使梦中的故乡春景与旅途苦况形成强烈的对照，强化了全诗的艺术感染力。

过陈琳墓[①]

曾于青史见遗文，今日飘蓬过古坟。

词客有灵应识我②,霸才无主始怜君③。 石麟埋没藏春草,铜雀荒凉对暮云④。 莫怪临风倍惆怅,欲将书剑学从军⑤。

注释

①陈琳:字孔璋,广陵(今江苏江都)人,"建安七子"之一。他先在袁绍手下做事,袁绍败后归附曹操。他的章表书记写得很好,曹丕曾一再称扬。但他一生官止于掌书记,未能进一步施展其雄才大略。 ②词客:擅长文词的人。 ③"霸才"句:正因自己有霸才而未遇英主,才对与自己遭遇类似的陈琳深表同情。 ④石麟:曹魏时邺都金虎台前有石雕的麒麟。春草:一作"秋草"。 铜雀:铜雀台。 这两句写作者由于看见陈琳古墓而联想到邺都的荒凉。 ⑤书剑:用《史记·项羽本纪》中项羽学书不成,学剑又不成的典故。 其实这里着重在"书"。 这两句是说莫怪我看到这景色更加凄怆感慨,因为我很不得志,想抛开书本去从军了。 学,谓学陈琳。

陈琳墓在今江苏邳县。 作者于咸通三年(862)离江陵东游江、淮,过陈琳墓而作此诗。 首联追昔抚今,昔读其文,今吊其坟,而"过古坟"又当自己"飘蓬"之时,已露自伤之意。 次联主客兼写,融吊古与自伤为一,而自伤为主。 纪昀谓:"'词客'指陈,'霸才'自谓。 此一联有异代同心之感,实则彼此互文,'应'字极兀傲,'始'字极沉痛。 通首以此二语为骨,纯是自感,非吊陈也。"(《瀛奎律髓刊误》卷二八)三联上句承"过古坟"而写其墓道荒凉,下句由陈琳思及曹操,写其铜雀台已荒废不堪。 尾联复就吊古、自伤发挥,如纪昀所指出:"'霸才'、'词客',皆结于末句中。"(同上)全诗大气盘旋,浑灏流转,乃晚唐七律名作。

瑶瑟怨

冰簟银床梦不成①,碧天如水夜云轻。
雁声远过潇湘去,十二楼中月自明②。

注释

①冰簟(diàn 店):凉席。 银床:华丽的床。 ②"雁声"二句:雁声和瑟声相应,雁声远去,更显出瑟声清怨。 温庭筠《菩萨蛮》:"满宫明月梨花白,故人万里关山隔。金雁一双飞,泪痕沾绣衣。"意境相似。 潇湘:湘南境内的湘水,在零陵县西会潇水,称"潇湘",传为雁南飞的栖宿地。 十二楼:《汉书·郊祀志》应劭注:"昆仑、玄圃五城十二楼,仙人之所常居。"此指高楼。

刘禹锡《潇湘神》词:"楚客欲听瑶瑟怨,潇湘深夜月明时。"当为此题所本。 诗写怀人之情,却句句布景,只"梦不成"三字略作暗示,浑涵婉丽,洵是佳作。 宋顾乐《〈唐人万首绝句选〉评》云:"清音渺思,直可追中盛名家。"

南歌子词二首(其一)

井底点灯深烛伊①,共郎长行莫围棋②。
玲珑骰子安红豆③,入骨相思知不知?

注释

①烛：灯烛，作动词用，是"照"的意思，这里又是"嘱"的谐音。 伊：他，即下句的"郎"。 ②长行：古代的一种赌博游戏，用不同色彩的骰子投掷以判输赢。 围棋：下棋游戏，又是"违期"的谐音。 ③骰子：通常叫"色子"，赌博用具，正方立体六面，每面分刻一至六点，涂红色的点子，也可嵌入红豆。 安：嵌。 红豆：又名相思子，详见王维《相思》注。

这首诗，最大限度地运用了谐声双关的民歌手法，为"刻骨相思"找到了一种新颖的象征符号。 谐声双关主要见于民间情歌，其原因大约在于谈情说爱，有些话不便明言，故设法讲得隐秘些。 惟其隐秘，故有特殊风味。 这首诗，便是一个例证。 全诗是以女主人公向男主人公讲话的形式写出的。 先看表面上的意思：

我就像井底下点蜡烛，深深地照着你。
我愿跟你永远在一起走，可别独自去围棋。
就像把红豆安在玲珑的骰子里，
我那入骨的相思啊，你知也不知？

再看骨子里的意思。 我深深地嘱咐你：我要跟你玩博戏，可别误了约好的日期！ 下两句，表面上和骨子里的意思相同。 不论从哪一方面看，全篇意思贯通，都有点诗味。 其在谐语双关的大量运用方面表现出的巧妙构思，也能给人以趣味感和新鲜感。 如管世铭《读雪山房唐诗钞凡例》所说："温飞卿'玲珑骰子安红豆，入骨相思知不知'，古趣盎然，勿病其俚与纤也。"

李商隐

李商隐(813?—858),字义山,排行十六,号玉溪生,又号樊南生。祖籍怀州河内(今河南沁阳),自祖父起迁居郑州(今属河南)。郡望陇西成纪(今甘肃秦安)。年十六,著《才论》《圣论》。弱冠,以文谒令狐楚于洛阳,受知赏,亲授骈体章奏法。旋随楚至郓州,为天平军节度使巡官。文宗大和六年(832),令狐楚转河东节度使,商隐从至太原。开成二年(837),因令狐楚之子令狐绹之荐,登进士第。三年春应博学宏辞试不第,入泾原节度使王茂元幕为掌书记,茂元赏其才,以其女妻之。四年过吏部试,授秘书省校书郎,调弘农县尉。武宗会昌二年(842)以书判拔萃任秘书省正字。旋丁忧家居。五年冬,服阕入京,仍任秘书省正字。宣宗大中元年(847),随桂管观察使郑亚赴桂林,任支使兼掌书记。后历盩厔县尉、京兆尹掾曹。三年十月,卢弘止表为武宁军节度判官,后任太学博士、东川节度判官。九年归长安,十年(856)任盐铁推官。十二年回郑州闲居,病卒。其生平事迹,见《唐诗纪事》《唐才子传》及新、旧《唐书》本传,年谱以冯浩《玉溪生年谱》、张采田《玉溪生年谱会笺》较精审。李商隐与温庭筠、段成式俱擅长骈体文,因三人皆排行十六,故时号"三十六体"。诗与杜牧齐名,并称"小李杜"。其诗古体以《韩碑》一篇最负盛名,田雯称其"音声节奏之妙,令人含咀无尽",足以"媲杜凌韩"(《古欢堂杂著》)。七律善学杜甫而能自运机杼,佳者精密华丽、沉着顿挫;其缺失在于用典太多,或流于隐僻。姚鼐称其"七律佳者几欲远追拾遗,其次犹足近掩刘、白。第以矫敝滑易,用思太过,而僻晦之敝又生。要不可不谓之诗中豪杰之士矣"(《惜抱轩今体诗抄序目》),评价可谓公允。七绝亦多佳作,诗论家赞颂无异词,如叶燮云:"李商隐七绝,寄托深而措辞婉,实可空百代无其匹也。"(《原诗》外篇下)施补华云:"义山七绝以议论驱驾书卷,而神韵不乏,卓然有以自立。"(《岘佣说诗》)《全唐诗》收其诗三卷。其诗文合集以清人冯浩《李义山诗文集详注》最通行。今人刘学锴、余恕诚有《李商隐诗歌集解》。

安定城楼[①]

迢递高城百尺楼[②],绿杨枝外尽汀洲。贾生年少虚垂涕[③],王粲春来更远游[④]。永忆江湖归白发,欲回天地入扁舟。不知腐鼠成滋味,猜意鹓雏竟未休⑤。

注释

①安定:郡名,即泾州唐泾原节度使治所,故址在今甘肃泾川县北。 ②迢递:高峻貌。③"贾生"句:贾谊年少时上书汉文帝论当时政治,有"可为痛哭者一,可为流涕者二,可为长太息者六"等语。④王粲:"建安七子"之一,东汉末从长安避难到荆州,依靠荆州刺史刘表。⑤"不知"二句:《庄子·秋水篇》云,"惠子相梁,庄子往见之,或谓惠子曰:'庄子来,欲代子相。'于是惠子恐,搜于国中,三日三夜。 庄子往见之,曰:'南方有鸟,其名为鹓雏,子知之乎? 夫鹓雏发于南海,而飞于北海,非梧桐不止,非练实不食,非醴泉不饮。 于是鸱得腐鼠,鹓雏过之,仰而视之曰:吓! 今子欲以梁国而吓我耶?'"

李商隐于开成二年(837)中进士,当时以李德裕为首的李党和以牛僧孺为首的牛党互相倾轧。 李商隐原来依附的令狐楚是牛党。 令狐楚死后,李商隐在泾原节度使王茂元的幕府工作,并做了他的女婿,而王茂元被认为是李党。 因此,李商隐在参加博学宏词科考试时,受到牛党的排斥,不幸落选,于开成三年春回到泾州,作此诗。这时他二十六岁。

此诗以登高望远,略写春景发端,接着借两位古人抒发怀抱。贾谊少年时上《治安策》,指出可为"痛哭""流涕"的种种政治缺失,并提出巩固中央政权的建议,却未被采纳,其涕泪等于白流。他自己也渴望济人匡国,而应试落选,无由进入仕途,忧时之泪也同样白流。 王粲少年时远游荆州,依附刘表,春日登当阳城楼作《登楼赋》,发出"虽信美而非吾土"的慨叹。 自己落第远游,寄人篱下,只能做一名幕僚,春日登安定城楼,也有满腹积郁正待倾吐。两句诗用典精当,只述前贤遭遇,而自己的处境和心情已和盘托出。

五、六两句为全篇警策。 "永忆江湖",是说他并不贪图利禄,而是始终向往江湖,希望过洒脱飘逸的生活。 但这有个前提,那就是"欲回天地"，即希望大显身手，使国家由混乱转安定、由衰弱转强盛。等到这一愿望实现的"白发"之年，便"入扁舟"而"归"江湖。这里暗用了春秋时代越国大夫范蠡功成身退、泛舟五湖的典故，而句法回旋综错，境界阔大高远，恰切地表现了宏伟抱负和高尚情操。难怪王安石最喜吟诵，认为"虽老杜无以过"（《苕溪渔隐丛话》卷二二引《蔡宽夫诗话》）。在章法上，又水到渠成地引出尾联，用《庄子》寓言，对那些抓住腐鼠便吃得满有滋味，压根儿不知鹓雏之志而横加猜忌的小人给予辛辣的讽刺。

前两联忧念国事，感慨身世，哀婉中见愤激。后两联自抒伟抱，抨击腐恶，振拔处见雄放。全诗赋比交替，虚实相生，文情跌宕，气势磅礴，学杜甫七律而独得精髓，是李商隐早期律诗中的代表作。

隋　宫[①]

紫泉宫殿锁烟霞[②]，欲取芜城作帝家[③]。玉玺不缘归日角[④]，锦帆应是到天涯。于今腐草无萤火，终古垂杨有暮鸦。地下若逢陈后主，岂宜重问后庭花。

注释

①隋宫：指隋炀帝在扬州所建江都、显福、临江等宫。②紫泉：长安北部的河流。"泉"本作"渊"，避李渊讳改。司马相如《上林赋》写长安形胜，有"紫渊径其北"语，故此以"紫泉"代长安。③芜城：指扬州。④日角：指人的额角满如日，古代相法认为是帝王之相，此指李渊。

首句以"紫泉"代长安，选有色彩的字面与"烟霞"映衬，烘托长安宫殿的巍峨壮丽，为次句突出隋炀帝杨广荒淫无度、迷恋扬州行宫作铺垫。 按照思维逻辑，继"欲取芜城作帝家"，应直写去"芜城"游乐。 诗人并没有违背这一逻辑，却不作铺叙，而用虚拟推想的语气说："玉玺不缘归日角，锦帆应是到天涯。"这就既包括了"取芜城作帝家"，又超越了"取芜城作帝家"。 更重要的是，还表现出杨广的穷奢极欲导致了亡国的后果，而他还至死不悟。 其用笔之灵妙，命意之深婉，令人赞叹。 第三联涉及杨广游乐的两个故实，一是放萤。 杨广在洛阳景华宫搜求萤火虫数斛，"夜出游放之，光遍岩谷"；在扬州也放萤取乐，还修了"放萤院"。 二是栽柳。 白居易在《隋堤柳》中写道："大业年中炀天子，种柳成行夹流水。 西至黄河东至淮，绿影一千三百里。 大业末年春暮月，柳色如烟絮如雪。 南幸江都恣佚游，应将此树映龙舟。"这两个故实自成对偶，正好可以构成律诗中的一联。 但作者却不屑于作机械的排比，而是把"萤火"跟"腐草"、"垂杨"跟"暮鸦"联系起来，于一"有"一"无"的鲜明对比中感慨今昔，深寓荒淫亡国的历史教训。 "兴在象外，活极妙极，可谓绝作"（方东树《昭昧詹言》）。 尾联活用杨广与陈叔宝梦中相遇的故实，以假设、反诘语气，把揭露荒淫亡国的主题表现得感慨淋漓。 陈叔宝与杨广同以荒淫著称。 隋文帝开皇九年(589)灭陈，陈叔宝投降，与隋太子杨广很相熟。 杨广当了天子，乘龙舟游扬州时，梦中与死去的陈叔宝及其宠妃张丽华等相遇，请丽华舞了一曲《后庭花》（见《隋遗录》卷上）。 《后庭花》是陈叔宝所制的反映宫廷淫靡生活的舞曲，被后人斥为"亡国之音"。 诗人在这里特意提到它，其用意是，杨广是目睹了陈叔宝荒淫亡国的事实的，却不吸取教训，既纵情龙舟之游，又迷恋亡国之音，终于重蹈陈叔宝的覆辙，身死国灭，为天下笑。 "地下若逢陈后主，岂宜重问后庭花。"问而不答，余味无穷。

马　嵬[①]

海外徒闻更九州[②]，他生未卜此生休[③]。
空闻虎旅鸣宵柝[④]，无复鸡人报晓筹[⑤]。 此日六军同驻马,当时七夕笑牵牛。 如何四纪为天子⑥,不及卢家有莫愁⑦。

注释

①马嵬:指马嵬坡,杨贵妃遇难处,详见白居易《长恨歌》注。 ②"海外"句:古代中国包括九州,战国邹衍创"大九州"之说,指出中国名赤县神州,中国境外如赤县神州者还有九个。 此句"海外更(还有)九州",指白居易《长恨歌》及陈鸿《长恨歌传》所说的海外仙山。 ③他生未卜:指"世世为夫妇"的誓约能否实现,不可预知。 ④虎旅:指唐玄宗入蜀的警卫部队。 宵柝(tuò 唾):夜间巡逻的刁斗声。 ⑤鸡人:宫中报时的卫士。 筹:漏壶中的浮标,计时器。 ⑥四纪:十二年为一纪,唐玄宗在位四十五年,将近四纪。⑦莫愁:古洛阳女儿,嫁为卢家妇,见南朝乐府歌辞《河东之水歌》。

一开头夹叙夹议,先用"海外""更九州"的故实概括方士在海外寻见杨妃的传说,而用"徒闻"加以否定。 "徒闻"者,徒然听说也。 意思是,玄宗听方士说杨妃在仙山上还记着"愿世世为夫妇"的誓言,"十分震悼",但这有什么用? "他生"为夫妇的事渺茫"未卜";"此生"的夫妇关系,却已分明结束了。 怎样结束的,自然引起下文。

次联用宫廷中的"鸡人报晓筹"反衬马嵬驿的"虎旅鸣宵柝",而昔乐今苦、昔安今危的不同处境和心情已跃然纸上。

第三联的"此日"指杨妃的死日。 "六军同驻马"与白居易《长恨歌》"六军不发无奈何"同意,其精警之处在于先写"此日"即倒转笔锋追述"当时"。 "当时"与"此日"对照、补充,笔致跳脱,蕴含丰富,这叫"逆挽法"。 玄宗"当时"七夕与杨妃"密相誓心",讥笑牵牛、织女一年只能相见一次,而他们两人则要"世世为夫妇",永远不分离,可在遇上"六军不发"的时候,结果又如何? 两相映衬,杨妃"赐死"的结局就不难于言外得之,而玄宗虚伪、自私的精神面貌也暴露无遗。 同时,"七夕笑牵牛"是对玄宗迷恋女色、荒废政事的典型概括,用来对照"六军同驻马",就表现了二者的因果关系。 没有"当时"的荒淫,哪有"此日"的离散?而玄宗沉溺声色之"当时",又何曾虑及"赐死"宠妃之"此日"! 行文至此,尾联的一问已如箭在弦。

尾联也包含强烈的对比。 一方面是当了四十多年皇帝的唐玄宗保不住宠妃,另一方面是作为普通百姓的卢家能保住既善"织绮"、又能"采桑"的妻子莫愁。 诗人由此发出冷峻的诘问:为什么当了四十多年皇帝的唐玄宗还不如普通百姓能保住自己的妻子呢? 前六句诗,其批判的锋芒都是指向唐玄宗的。 用需要作许多探索才能作出全面回答的一问作结,更丰富了批判的内容。

锦　　瑟

锦瑟无端五十弦[①],一弦一柱思华年。 庄生晓梦迷蝴蝶[②],望帝春心托杜鹃[③]。 沧海月明珠有泪[④],蓝田日暖玉生烟[⑤]。 此情可待成追忆[⑥]? 只是当时已惘然[⑦]。

注释

①锦瑟:雕饰精美的瑟。 古瑟五十弦,后改为二十五弦。 无端:或谓即"无心"之意,瑟五十弦,本属无心,而作者却由此联想起已逝的华年。 ②庄生:庄子。 《庄子·齐物论》载:庄子在梦里发现自己化成了蝴蝶,醒来时又发现化成了庄子。 因而他感到迷惑:不知道是自己在梦里变为蝴蝶呢,还是蝴蝶做梦变成了庄子。 ③望帝:传说古代蜀国君主名杜宇,因为德薄,失去了帝位,死后化为鸣声凄哀的杜鹃。 春心:春天的情思。 ④沧海月明:大海上明月朗照。 珠有泪:相传南海外有鲛人,哭泣时流下的眼泪化为珍珠(事见《博物志》卷九)。 ⑤蓝田:指蓝田山,在今陕西省蓝田县,

产良玉。唐司空图《与极浦书》引戴叔伦语："诗家之景,如蓝田日暖,良玉生烟,可望而不可置于眉睫之前也。"⑥此情:总括以上所写的怅恨痛惜之情。⑦惘(wǎng枉)然:惘怅的神态。

此诗当作于晚年,张采田系于宣宗大中十二年(858),近似。其内蕴众说纷纭,举其要者,约有咏瑟(苏轼)、悼亡(朱鹤龄)、自伤身世(元好问、何焯)、自序其诗(程湘衡)等等。首联以锦瑟弦、柱所发之悲声引发"思华年",尾联以"成追忆""已惘然"照应首联,其晚年追忆往事、自伤身世之意甚明。中间两联展现四幅象征性图景,可以触发多种联想,不同理解即由此而来。但理解为"身世遭逢如梦似幻、伤春忧世似杜鹃泣血、才而见弃如沧海遗珠、追求向往终归缥缈虚幻"(刘学锴、余恕诚《李商隐诗选》),却可涵盖多种解释,不违诗意。此诗工于隶事,精于属对,词采秾丽,声韵凄婉,意境朦胧,极富象征意味,体现了李商隐七律的独特风格。

无 题

相见时难别亦难,东风无力百花残。春蚕到死丝方尽,蜡炬成灰泪始干①。晓镜但愁云鬓改,夜吟应觉月光寒②。蓬山此去无多路,青鸟殷勤为探看③。

注释

①丝:与"思"谐音双关。泪:指蜡烛燃烧时流下的蜡油,古人称它为"蜡泪"。杜牧《赠别》诗:"蜡烛有心还惜别,替人垂泪到天明。"②"晓镜"二句:想象所思念的女子,当清晨对镜梳妆之时,也许为发现镜中容颜衰谢而发愁;当夜间对月吟诗之时,也许会感到月光如水,心绪悲凉。③"蓬山"二句:蓬山,神话传说中的海上仙山,此指所思念的女子居住之处。无多路,没多少路

程,并不遥远。青鸟,神话传说中为西王母传递信息的仙鸟,古代诗文中用以指送信的使者。这两句自作宽解,对方与自己距离不远,希望有人代为殷勤致意,帮助成全。何焯云:"末路不作绝望语,愈悲。"

诗人不愿标明主题,故以"无题"为题。时当暮春,伤别念远。从第三联看,所思念者是一位女性,当为爱情诗;而许多注家则认为所反映的是作者陷入牛李党争中的遭遇与困惑。男女关系与君臣、朋友关系可以相通,故爱情诗亦不排除某种寄托。"春蚕到死丝方尽,蜡炬成灰泪始干"所体现的执着追求精神,实具有极大的普遍意义。

无 题

昨夜星辰昨夜风,画楼西畔桂堂东①。身无彩凤双飞翼②,心有灵犀一点通③。隔座送钩春酒暖④,分曹射覆蜡灯红⑤。嗟余听鼓应官去⑥,走马兰台类转蓬⑦。

注释

①画楼:彩画雕饰的楼。桂堂:用香木构筑的堂屋。②彩凤:彩色羽毛的凤凰。③灵犀:灵异的犀牛。一点通:指犀角中心上下贯通的白色髓质。④送钩:又叫藏钩,古代的一种游戏,数人藏一小钩,让猜究竟在谁手中。⑤分曹:分成摊子。射覆:猜器皿覆盖着的东西。射,猜。⑥余:我。鼓:更鼓。应官:到官署上班。⑦兰台:秘书省。转蓬:飞转的蓬草。

此诗作于任职秘省期间。首联写乍见伊人之时、地;次联以"身无彩凤双飞翼"反衬"心有灵犀一点通",词丽情浓,为抒写心灵感通之名句;三联写宴会中情景,虽"隔座""分曹",而送钩酒暖、射覆灯红,亦极堪留恋;尾联则写更鼓相催,不得不赴秘省上班。时间、地点、人物、情节、场景如此具体,足证此诗实写艳情;寓意、寄托诸说,俱嫌牵强。

乐游原①

向晚意不适②,驱车登古原③。夕阳无限好,只是近黄昏。

注释

①乐游原:在长安东南,地势较高,可以眺望长安全城。 ②向晚:傍晚。 意不适:心情不舒畅。 ③古原:指乐游原。

诗人身处晚唐,国运日衰,怀才不遇,岁月流逝,故有"向晚意不适"之感。此诗以"向晚意不适"倒装而入,以"夕阳无限好"之极赞反跌"只是近黄昏"之浩叹,又与起句拍合,一唱三叹,国势陵夷之忧,身世沉沦之痛,触绪纷来,悲凉无限。管世铭《读雪山房唐诗钞凡例》云:"李义山《乐游原》诗消息甚大,为五绝中所未有。"

贾 生①

宣室求贤访逐臣②,贾生才调更无伦。

可怜夜半虚前席，不问苍生问鬼神③。

注释

①贾生：贾谊。②宣室：汉未央宫正殿。逐臣：放逐之臣，指贾谊。贾谊于汉文帝时为大中大夫，为大臣所谮，贬往长沙。后来召见，文帝坐宣室，问鬼神之本，"贾生因具道所以然之状。至夜半，文帝前席"（《史记·贾生列传》）。前席：古人席地而坐，对方讲话，听得入神，便不自觉地向前移动。③苍生：百姓。

前两句为后两句作铺垫。汉文帝"求贤"而召回"逐臣"，可谓重视人才。而召回来的贾谊，又才调绝伦，可谓君臣遇合，必将在政治上大有作为。两层铺垫之后，突用"可怜"一转：听贾谊回答问题，直听到"夜半"，多次"前席"，听得何等入神！然而也只是徒然"前席"，因为他"不问苍生"而只"问鬼神"，贾谊也只能在回答关于鬼神的问题上施展"才调"而已！"逐臣"被"访"，尚不能真正发挥作用；压根儿不被"访"，又将何如？就重视人才、发挥人才作用的重大问题抒发谠论，而以唱叹出之，充满激情，故有艺术魅力，与抽象说教者有别。

隋　宫

乘兴南游不戒严，九重谁省谏书函①？春风举国裁宫锦②，半作障泥半作帆③。

注释

①省（xǐng 醒）：省察。②宫锦：皇宫使用的高级锦缎。③障

泥：马鞯两旁的下垂部分，用以遮挡尘、泥。

隋炀帝在他当政的十四年内，把绝大部分时间用于佚游享乐，挥霍民脂民膏。此诗举"南游"以概其余，收到了以少总多的艺术效果。

第一句单刀直入，点明"南游"。而以"乘兴"作状语，已将杨广贪图享乐、不惜民力、骄横任性、为所欲为的独夫行径暴露无遗。"不戒严"正是"乘兴"的一种表现形式，凭着自己的高兴，想南游就南游，谁敢反对？有反对的，杀掉就是了，用不着"戒严"。一、二两句前呼后应，相互补充。既然"乘兴南游"，就只准助"兴"，不准扫"兴"。对于那些扫"兴"的"谏书"，连"函"套都不肯看上一眼。寥寥数字，活画出独夫形象。看《资治通鉴·隋纪》，便知大业十二年（616）杨广第三次南游，建节尉任宗上书极谏，被杖杀；奉信郎崔民象上表谏阻，亦被杀；行至汜水，奉信郎王爱仁谏阻，斩之而行。"九重谁省谏书函"，一方面揭露其一意孤行，另一方面指斥其不得人心。"忠臣"冒死谏阻，则民不堪命，怨声载道，已不言可知。

从作者的艺术构思看，在写了"乘兴"、拒谏之后，将通过写"南游"本身暴露其耗竭天下的民力以供一己享乐的罪恶。然而只剩两句诗，又如何写？杨广南游，水陆并进：水路"舳舻相继，连接千里，自大梁至淮口，联绵不绝。锦帆过处，香闻百里"；陆路"骑兵翼两岸而行，旌旗蔽野"。从哪一角度切入，才能水陆兼顾？

诗人只选"宫锦"而舍弃一切、又带动一切。"春风"一词，与"乘兴"呼应，为荒淫天子助"南游"之兴；又从反面揭示"举国"之人于农事倍增之时被迫废弃生产，忙于为天子"南游"而

"裁"自己经过无数工序织出的锦缎!"裁宫锦"干什么?第四句作了回答:"半作障泥半作帆。"这真是石破天惊的警句,既表现了对于人民血汗的痛惜,又从水陆两方面打开了读者的思路。 只要联系首句的"乘兴南游"驰骋想象,则舳舻破浪、骑兵夹岸,锦帆锦鞯照耀千里的景象,就历历浮现目前。 而给人民造成什么灾难和给自己带来什么后果,俱见于言外。 写杨广"南游"而于千汇万状中筛选"乘兴"、拒谏,特别是"举国裁宫锦"而略作点化,一气贯注,又层层深入。 每一层次,都具有深刻的社会意义,可以唤起读者的联想,从而收到言有尽而意无穷的审美效果。

夜雨寄北[①]

君问归期未有期,巴山夜雨涨秋池[②]。
何当共剪西窗烛,却话巴山夜雨时。

注释

①寄北:一作"寄内"。"内",指妻子。②巴山:泛指巴蜀地区。

这是巴山夜雨之时写寄北方妻子的一首诗。 第一句"君问归期未有期",一问一答,先停顿,后转折,跌宕有致,极富表现力。翻译一下,那就是:你问我回家的日期,唉,回家的日期嘛,还没个准儿啊!其羁旅之愁与不得归之苦,已跃然纸上。 接下去,写了此时的眼前景"巴山夜雨涨秋池",那已经跃然纸上的羁旅之愁与不得归之苦,便与夜雨交织,绵绵密密,淅淅沥沥,涨满秋池,弥漫于巴山的夜空。 然而此愁此苦,只是借眼前景而自然显现;作者并没有说什么愁，诉什么苦，却从这眼前景生发开去，驰骋想象，另辟新境，表达了"何当共剪西窗烛，却话巴山夜雨时"的愿望。其构想之奇，真有点出人意料。而设身处境，又觉得情真意切，字字如从肺腑中流出。"何当"（何时能够）这个表示愿望的词儿，是从"君问归期未有期"的现实中迸发出来的；"共剪""却话"，乃是由当前的苦况所激发的对于未来欢乐的憧憬。盼望归后"共剪西窗烛"，则此时思归之切，不言可知；盼望与妻子团聚，"却话巴山夜雨时"，则此时独听"巴山夜语"而无人共语，也不言可知。独剪残烛，夜深不寐，在淅沥的巴山秋雨声中阅读妻子询问归期的信，而归期无准，其心境之郁闷、孤寂，是不难想见的。作者却跨越了这一切去写未来，盼望在重聚的欢乐中追话今夜的一切。于是，未来的乐，自然反衬出今夜的苦；而今夜的苦，又成了未来剪烛夜话的材料，增添了重聚时的乐。四句诗，明白如话，却何等曲折，何等深婉，何等含蓄隽永，余味无穷！

艺术构思的独创性又体现于章法结构的独创性。"期"字两见，而一为妻问，一为己答；妻问促其早归，己答叹其归期无准。"巴山夜雨"重出，而一为客中实景，紧承己答；一为归后谈助，遥应妻问。而以"何当"介乎其间，承前启后，化实为虚，开拓出一片想象境界，使时间与空间的回环对照融合无间。近体诗，一般是要避免字面重复的，这首诗却有意打破常规，"期"字的两见，特别是"巴山夜雨"的重出，正好构成了音调与章法的回环往复之妙，恰切地表现了时间与空间回环往复的意境之美，达到了内容与形式的完美结合。王安石《与宝觉宿龙华院》云："与公京口水云间，问月'何时照我还？'邂逅我还（回还之还）还问月，'何时照我宿钟山'？"杨万里《听雨》云："归舟昔岁宿严陵，雨打疏篷听到明。昨夜茅檐疏雨作，梦中唤作打篷声。"这两首诗俊爽明快，各有新意,但在构思谋篇方面受《夜雨寄北》的启发,也是灼然可见的。

嫦　娥

云母屏风烛影深①,长河渐落晓星沉②。
嫦娥应悔偷灵药③,碧海青天夜夜心。

注释

①云母屏风:云母片装饰的屏风。②长河:银河。③嫦娥:传说中的月中仙子。《淮南子·览冥训》高诱注:"姮娥,羿妻。羿请不死之药于西王母,未及服之,姮娥盗食之,得仙,奔入月中,为月精。"姮娥,即嫦娥。

题为《嫦娥》,而所咏者并非嫦娥。前两句由室内写到天上,表明室中人独对残烛,长夜难眠,目望遥天,心有所思,从而引出后两句,用以烘托室中人之心理活动。至于室中人为谁,何以有此心理活动,则可从不同角度作各种解释。

瑶　池①

瑶池阿母绮窗开②,黄竹歌声动地哀③。
八骏日行三万里④,穆王何事不重来⑤?

注释

①瑶池:《穆天子传》载,周穆王西游至昆仑山,遇西王母。

西王母宴穆王于瑶池。临别,西王母作歌:"白云在天,山陵自出。道里悠远,山川间之。将(希望)子毋死,尚能复来。"穆王作歌回答,约定三年后重来。②阿母:西王母又称"玄都阿母"(见《汉武帝内传》)。绮(qǐ启)窗:雕刻如绮纹的窗。句意谓西王母敞开窗户,等待穆王重来。③黄竹歌:《穆天子传》载,周穆王在到黄竹的路上,遇"北风雨雪,有冻人",曾作《黄竹歌》三章。此谓穆王纵游求仙之日,正百姓啼饥号寒之时。④八骏:传说中穆王所乘的八匹骏马。⑤"穆王"句:穆王曾与西王母约定,三年后重会,西王母长期等他不来,故有此问。何事不来,回答是:"死了!"

历代帝王求仙而不恤百姓者极多,晚唐更有武宗等几个皇帝因服仙丹而送命。此诗就周穆王与西王母会于瑶池的传说生发,对帝王求仙而不恤百姓痛加讥刺。结句问而不答,余意无穷。

宿骆氏亭寄怀崔雍崔衮①

竹坞无尘水槛清②,相思迢递隔重城③。
秋阴不散霜飞晚④,留得枯荷听雨声。

注释

①骆氏亭:处士骆峻所建,在长安郊外。崔雍、崔衮:崔戎的儿子,李商隐的从表兄弟。②坞(wù误):四周高而中央低的山地。水槛(jiàn见):指临水有栏杆的亭。槛:栏杆。此句点骆氏亭。③迢递:遥远。重(chóng虫)城:指多层的长安城。④"秋阴"句:阴云连日不散,霜期来得晚,故下句说"留得枯荷"。

以雨打枯荷、声声入耳渲染相思不寐，情景交融，悠然韵远。

马　戴

马戴(生卒年不详)，字虞臣，华州(今陕西渭南华州区)人。武宗会昌四年(844)，与项斯、赵嘏同榜进士。宣宗大中(847—860)初年，在太原幕中任掌书记，因直言被贬为龙阳尉。懿宗咸通(860—874)末，参佐大同军幕。官终太学博士。其诗除《关山曲》《塞下曲》《征妇叹》等以乐府古体写征战题材者而外，多以五律写日常生活，体物细腻，抒情委婉，时有警句。《全唐诗》存诗二卷，今人杨军有《马戴诗注》。

落日怅望

孤云与归鸟，千里片时间。念我何留滞，辞家久未还？微阳下乔木，远烧入秋山①。临水不敢照，恐惊平昔颜②。

注释

①"微阳"二句：夕阳从西山的树林中落下去，霞光染红对面的秋山。烧(shào 少)：晚霞。②平昔：昔日。结尾两句谓：自知面容憔悴，今非昔比，故不敢临水自照，免使自己吃惊。

这是晚唐五律名篇。首联以孤云、归鸟之迅疾反衬次联作者之留滞，突然而起，超迈绝伦。朱庭珍《筱园诗话》评为"高格响调，起句之极有力、最得势者，可为后学法式"。三联以下句形上句，展现一幅秋山晚照图。锺惺评全诗云："孑然高调，气亦

完。"(《唐诗归》卷三四)纪昀评全诗云:"起得超脱,接得浑劲,五、六亦佳句。"(《唐宋诗举要》引)

罗　隐

罗隐(833—910),本名横,字昭谏,排行十五,新城(今浙江富阳)人。少英敏,善属文,诗名甚著,尤长于咏史,多讥刺,为时所忌。举进士,十上不第,因改名为隐。光启三年(887),投奔杭州刺史钱镠,表奏为钱塘县令,历秘书省著作郎。后梁开平二年,钱镠表授吴越国给事中,世称罗给事。其杂文集《谗书》中颇有现实性较强的作品。诗以近体较多,七绝、七律咏物抒怀,感慨时事,往往真切动人。有《罗昭谏集》,《全唐诗》存诗一一卷。

雪

尽道丰年瑞①,丰年事若何②？长安有贫者,为瑞不宜多。

注释

①瑞:吉兆。 ②若何:怎么样。

雪兆丰年,故称瑞雪。 罗隐此诗,则先对"瑞"打了折扣:现在下了雪,但是否会迎来丰年,还很难说。 又从"贫者"无法御寒的角度提出要求:下雪就算是"瑞"吧,"瑞"也不宜太多;如果大雪连日,那可受不了! 如此咏雪,前所未有。

蜂

不论平地与山尖,无限风光尽被占①。采得百花成蜜后,为谁辛苦为谁甜②?

注释

①占:占有,此读平声。 ②为谁辛苦:一作"不知辛苦"。

首二句带贬义,或谓替农民鸣不平,殊误。 尽占风光,肆意聚敛,到头来不能自享而尽为他人所有,类似的社会现象屡见不鲜。此诗所讽,实不必确指也。

皮日休

皮日休(834?—883?),字逸少,后改袭美,襄阳竟陵(今湖北天门)人。 出身贫寒,隐于鹿门山,自号鹿门子,嗜酒癖诗,又自号醉吟先生、醉士。 咸通八年(867)登进士第。 翌年游苏州,旋任苏州刺史崔璞军事判官,与陆龟蒙唱和。后入京为著作郎,迁太常博士。 僖宗乾符二年(875)出为毗陵副使。 不久,被黄巢"劫以从军"。 黄巢称帝,署为翰林学士。 皮日休为晚唐著名诗人和散文家,与陆龟蒙齐名,并称"皮陆"。 主张"诗之美(歌颂)也,闻之足以劝乎功;诗之刺(讽刺)也,闻之足以戒乎政"。 其诗多抨击时弊、关心民瘼之作。 其《正乐府》十篇与《三羞诗》等,上承白居易《新乐府》,尤著名。 有《皮子文薮》《松陵唱和集》,《全唐诗》存诗九卷。

橡媪叹

秋深橡子熟,散落榛芜冈①。 伛偻黄

发媪②,拾之践晨霜。移时始盈掬③,尽日方满筐。几曝复几蒸,用作三冬粮④。山前有熟稻,紫穗袭人香⑤。细获又精舂,粒粒如玉珰⑥。持之纳于官,私室无仓箱⑦。如何一石馀,只作五斗量⑧?狡吏不畏刑,贪官不避赃。农时作私债⑨,农毕归官仓。自冬及于春,橡实诳饥肠⑩。吾闻田成子,诈仁犹自王⑪。吁嗟逢橡媪,不觉泪沾裳⑫。

注释

①橡子:橡树(又名栎树)的果实,果仁苦涩,可勉强充饥。 榛芜冈:草木杂生的山冈。②伛偻(yǔ lǚ雨吕):弯腰驼背。黄发:老年人的头发。媪:老年妇女。③移时:过了一个时辰。盈掬(jū居):拾满一捧。④曝:晒。三冬:冬季三个月。⑤袭人香:香气扑鼻。⑥玉珰:玉耳环。这里形容米粒饱满有光泽。⑦私室:农民家里。仓箱:装米的器具。大者称仓,小者称箱。⑧石(dàn担):容量单位,一石是十斗。量:计量。⑨作私债:放私债,指官家趁农民耕种需种子时,把官仓的粮食作高利贷借给农民,等农民收获了,再还入官仓。这是用官家的公粮作私人资本放高利贷。⑩诳:欺骗,蒙混。诳饥肠,意即用橡子作粮食来充饥,把肚子混饱。⑪田成子:战国时齐国的一个宰相。他为了收买人心,以大斗出贷,以小斗收入,受到齐人的歌颂。后来他杀掉齐简公,他的子孙更篡夺了齐国的王位。诈仁:伪装仁义,假仁假义。⑫吁嗟(xū jiē虚街):古汉语中的感叹

词。 沾裳：淋湿衣襟。

这是《正乐府》十首的第三首。《正乐府·序》云："诗之美也，闻之足以劝乎功；诗之刺也，闻之足以戒乎政。"说明他是自觉继承白居易"美刺比兴"传统的。《正乐府》收入他早年自编的《皮子文薮》，作于唐末农民大起义前夕。 这首诗用质朴的语言，叹息的声调，写实的手法，通过"橡媪"的悲惨生活，反映了唐末吏治的极端腐败和对广大农民敲骨吸髓的剥削，令人感到农民大起义的风暴即将来临。

汴河怀古

尽道隋亡为此河，至今千里赖通波①。
若无水殿龙舟事②，共禹论功不较多③。

注释
①赖：依靠。 通波：通航。②水殿龙舟：炀帝乘坐的龙舟高四层，分正殿、内殿等。 另有三层的浮景船九艘，都是炀帝的水上宫殿。③禹：相传大禹治水八年，疏导黄河入海，造福百姓。 不较多：不相上下。

汴河，指从汴州（今河南开封）到淮安（今属江苏）的一段运河。隋炀帝调发百万民工开凿运河，乘龙舟去江都（今江苏扬州）游乐，是导致隋朝覆亡的重要原因。 白居易的《汴堤柳》、李商隐的《隋宫》，皆就此发挥。 皮日休的这首诗，则既斥其荒淫劳民，又从交通运输方面赞扬了运河贯通南北的功用，见解精辟，议论通达，为咏史诗别开生面。

题包山

一片烟村胜画图,四边波浪送清虚①。
此中人若无租税,直是蓬瀛也不如②。

注释

①清虚:清风。 ②蓬瀛:蓬莱,瀛洲,神话传说中的海上仙境。

包山,在太湖中,四面环湖,景物优美。 此诗以一、二句写美景,以第四句赞其远胜蓬莱,直是人间仙境,却用第三句提出作为蓬莱的先决条件:"无租税"。 诗旨与杜荀鹤《山中寡妇》"任是深山更深处,也应无计避征徭"略同,而构思、谋篇,何等新警!

陆龟蒙

陆龟蒙(?—881?),字鲁望,吴郡(今江苏苏州)人,举进士不第,隐居松江甫里,自号江湖散人,又号天随子、甫里先生。 懿宗咸通十年(869),以所作诗文谒苏州刺史崔璞,得识皮日休,相与唱和,其唱和诗编为《松陵唱和集》。 咸通后期至僖宗乾符(874—879)中期,曾任湖州、苏州刺史张抟幕僚。 乾符六年(879)春卧病笠泽(松江别名),编其诗文为《笠泽丛书》。 自评其诗"穿穴险固,囚锁怪异"而"卒造平淡"(《甫里先生传》),实则律诗学温、李,古体诗学韩、孟,险怪僻涩的特点比较明显,并未完全达到由奇险、绚烂归于平淡的境界。 七绝清新秀逸,饶有佳作。 有《甫里先生文集》,《全唐诗》存诗一四卷。

雁

南北路何长! 中间万弋张①。 不知烟

雾里,几只到衡阳[2]?

注释

①弋:以绳系箭而射,射中猎物,即收绳而取。 ②到衡阳:相传北雁南飞,到衡阳而止。

刘永济《唐人绝句精华》云:"此非咏雁,借雁言世乱多危机也。"

和袭美钓侣

雨后沙虚古岸崩,鱼梁移入乱云层[1]。
归时月堕汀洲暗,认得妻儿结网灯[2]。

注释

①鱼梁:渔家在河流中编竹取鱼的横簖。皮日休《鱼梁》诗:"波际插翠筠,离离似清籞。游鳞到溪口,入此无逃所。"乱云层:指波涛。②"归时"二句:移鱼梁归来,月已西落,汀洲隐入夜幕。这位渔人以舟为家,在黑夜中认出妻儿正在编织鱼网的那点灯光,便朝着灯光回家来了。

这是与皮日休唱和之作。皮作《钓侣》以"严陵滩势似云崩"开头,此和其韵。三、四句情景逼真,别饶画意。

新　沙[①]

渤澥声中涨小堤[②]，官家知后海鸥知。
蓬莱有路教人到，应亦年年税紫芝[③]。

注释

①新沙：海边新淤积出的一块沙洲。②渤澥：海的别支，指小海。③蓬莱：蓬莱，方丈，相传是海中仙山。紫芝：灵芝的一种，据说吃了它可以长生不老。《十洲记》载："方丈洲在东海中心，群仙不欲升天者，皆往来此洲。仙家数十万，耕田种芝草。"

这首小诗从一个崭新角度揭露官府横征暴敛，无所不至。前两句是写实，后两句是推想。前两句写实，却写得含蓄。海涛声中涨出了一条小小的沙堤，这就是题中所说的"新沙"。因为"新"，就连常在海边飞来飞去的沙鸥，也是过了一些时间才知道的；可是"官家"却早在海鸥知道之前就已经知道了。至于"官家"知道后干些什么，没有说，所以称得上含蓄。但当你读到结句"税紫芝"，你的想象力就立刻活跃起来，诗人前面没有说的许多情景同时就在你眼前闪现：海边一出现"新沙"，逃亡的农民就赶来开荒，"官家"就赶来收税。后两句，是以前两句所写的事实为根据作出的推想：既然海边的"新沙"也要征税，那么海中的蓬莱如果有一条路能够让人走到的话，大约神仙们种的紫芝，也免不了年年纳税吧！

推想虽然新奇，却合逻辑地反映了最本质的真实：不管你在任何地方种任何东西、干任何营生，只要有路可通，都要征税，无所逃于天地之间。陶渊明曾经幻想过"秋熟靡王税"的桃花源，生活在"通津达道者税之，莳蔬艺果者税之，死亡者税之"（《旧唐书·食货志上》)的晚唐时代的陆龟蒙,连这样的幻想也破灭了。一首七绝,从崭新的角度切入,用崭新的手法表现,揭露苛敛,入木三分。这与诗人的艺术独创有关,也与晚唐的政治背景有关,其特殊的时代烙印是显而易见的。

韦 庄

韦庄(836?—910),字端己,京兆杜陵(今陕西长安县东南)人。韦应物四世孙。少孤贫力学,才思敏捷,疏放旷达。长期流落洛阳、越中、江西、湖南、湖北各地。多次应试,昭宗乾宁元年(894)始中进士。授校书郎、迁左补阙。天复元年(901)入蜀,为西川节度使王建掌书记。前蜀建国,王建称帝,官至宰相。生平事迹见《十国春秋》本传、《蜀梼杌》、《唐诗纪事》、《唐才子传》及夏承焘《韦庄年谱》。韦庄为晚唐五代重要词人与诗人,与温庭筠齐名,并称"温韦"。其诗多怀古感旧、悯乱伤时之作,缘情而发,凄婉哀怨。其《秦妇吟》为现存唐诗中最长之叙事诗,反映了当时的广阔现实。擅长七律、七绝,七绝造诣尤高,《台城》等至今脍炙人口。《全唐诗》存诗六卷。今人向迪琮校订之《韦庄集》较完备。

长安清明

早是伤春梦雨天,可堪芳草正芊芊! 内官初赐清明火[①],上相闲分白打钱[②]。紫陌乱嘶红叱拨[③],绿杨高映画秋千。游人记得升平事,暗喜风光似昔年。

注释

①"内官"句:寒食节禁举烟火,第三天即清明节,钻榆柳之火

以赐近臣。见《唐輦下岁时记》。②上相：对宰相的尊称。白打：古代的足球游戏。唐时宫女于寒食节举行白打，可得奖金。③红叱拨：良马。天宝中大宛国贡红叱拨。紫陌：对宫城大道的美称。这句写贵臣们朝见皇帝后乘车回府。

此诗作于乾宁元年（894）登进士第前后。在此之前，黄巢军攻陷长安，李克用又曾进入，长安遭到严重破坏，满目凄凉。这首诗在艺术构思方面的新颖之处，在于不像作者的另一些诗篇和同时诗人的多数诗篇那样从正面描写京城的残破景象，而是用游人的"暗喜"反衬自己的"伤春"。其反衬的方式，也匠心独运，破尽前人窠臼。首联写自己"伤春"。已是寒食、清明时节，繁花即将凋谢。如果遇上风雨，便立刻出现"花落知多少"的惨象。"梦雨"一词，蕴含诗人生怕风雨袭来的殷忧。"芳草正芊芊"写京城中的野草茂密，与杜甫《春望》"城春草木深"同一含义。前加"可堪"益增感伤。从季节上说，芳草芊芊，意味着春天即将消逝；万一风雨袭来，仅剩的一点春天就全被葬送。当时唐王朝虽在长安恢复了政权，但正处于风雨飘摇之中。两句诗，赋比兴并用，把"伤"季节之"春"与"伤"政治之"春"融合无间，令人萌发无限联想。尾联写游人"暗喜"。"喜"什么？"喜"眼前"风光"有"似"昔年"升平"时代的"风光"。写到这里，便戛然而止。

粗读一遍，会以为游人记忆中的"升平"风光究竟是什么，诗人全未描写。细读几遍，便知诗人不仅写了，而且写得很具体、很热闹；与此同时，不禁赞佩章法结构之巧。原来尾联是中间两联的引申。看中间两联，便知清明时节：内官赐火；宫女白打；上相分钱；达官显宦们上朝下朝，车骑络绎，紫陌上红马"乱嘶"，一片欢腾；绿杨掩映，美女们踩动秋千，荡来荡去，荡得很高。在偌大京城里，就只有这么一点"风光似昔年"，使"记得升平事"的游人为之"暗喜"！把这种"暗喜"和首联的"伤春"联系起来，便立刻把全诗的思想境界提升到新的高度，引人深思。

汧阳县阁

汧水悠悠去似绷①，远山如画翠眉横②。僧寻野渡归吴岳③，雁带斜阳入渭城。边静不收蕃帐马，地贫唯卖陇山鹦④。牧童何处吹羌笛，一曲《梅花》出塞声⑤。

注释

①汧（qiān 千）水：源出今陕西省陇县汧山南麓，流经汧阳，东注入渭水。绷(bēng 崩)：带子。②"远山"句：古代诗词中多用远山来比拟妇女的眉黛，这里反转来以翠眉描绘远山的形象。③吴岳：又称吴山或岳山，在今陕西省陇县西南。④"边静"二句：慨叹边塞空虚，地瘠民贫。蕃帐，蕃人所居的帐幕。马放不收，这里已成了蕃人牧马之地。陇西一带出产鹦鹉，较南海所产稍大。⑤"牧童"二句：《梅花》，古笛曲中有《落梅花》。《梅花》现在带上了出塞之声，暗示民风改易。

汧阳县，唐属陇州，县城在今陕西汧阳县西。此诗写登汧阳县阁的见闻感受，于荒凉、贫瘠的画面中杂以蕃帐蕃马，配以羌笛吹奏的画外音，其忧时悯乱之情即由此曲曲传出，耐人寻味。

古离别①

晴烟漠漠柳毵毵②,不那离情酒半酣③。更把玉鞭云外指④,断肠春色在江南。

注释

①古离别:乐府《杂曲歌辞》。②毵毵:细长貌。③不那:无奈。④云外指:"指云外"的倒置。

首句写阳春烟景如在目前,但非单纯写景。读次句,便知首句所写,乃饯别筵席上所见,景中已寓"离情"。当酒已半酣,人将上马之时,以情观景,则"晴烟漠漠","离情"已随之"漠漠"无际;"柳"丝"毵毵","离情"已随之"毵毵"撩乱。第三句以"更"字领起,推进一步,写已经上马的行人手持"玉鞭",遥指"云外"——行人要去的地方,"杂花生树,群莺乱飞"的江南"春色",便在想象中浮现。饯别之地的"春色"已令人"不那",江南"春色"更浓更艳,能不令人"断肠"吗?

全诗以丽景衬离情。虚实相生,情景交融,辞采秾艳,笔致空灵。首句以"晴烟漠漠柳毵毵"实写饯别之地的"春色";结句以"断肠"虚写行人要去的江南"春色"。中间用"玉鞭"绾合前后。"玉鞭"一"指",行人与饯行者即从此分手,而两地"春色",则在眼前与想象中连成一片。"春色"无边,"离情"无尽。

台　城

江雨霏霏江草齐①，六朝如梦鸟空啼。
无情最是台城柳，依旧烟笼十里堤。

注释

①霏霏：雨细密貌。

台城，六朝首都建业城旧址，在今南京城内鸡鸣山北麓，玄武湖南侧。 此诗就台城抒写古今兴亡之感。 吴烶《唐诗选胜直解》云："雨霏草齐，暮春时矣。 对景兴怀，六朝灭亡如梦，而台城之柳依旧烟笼，即'豪华一去风流尽，唯有青山似洛中'意也。"杨逢春《唐诗偶评》云："本是台城荒废，却言堤柳无情，托笔最为曲折。"李慈铭《〈唐人万首绝句选〉批》云："二十八字中有古往今来万语千言不尽之意。"

稻　田

绿波春浪满前陂，极目连云穲𥝩肥①。
更被鹭鸶千点雪，破烟来入画屏飞②。

注释

①穲𥝩(bà yà 罢亚)：水稻的别名。 ②画屏：指前两句所写景物构成的一幅天然图画。

唐末军阀混战、农民暴动,黄河流域破坏最惨,长江流域的某些地区则影响较小。此诗写稻浪连云景象犹堪入画,令人羡煞。

聂夷中

聂夷中(837—884?),字坦之,河南中都(今河南沁阳)人。出身贫苦。懿宗咸通十二年(871)登进士第,补华阴县尉。工诗,尤擅长五言古体,多关心民生与讽谕时事之作,古朴无华,言近旨远。辛文房谓"古乐府尤得体,皆警省之辞,裨补政治,乐而不淫,哀而不伤,正'国风'之义也"(《唐才子传》卷九)。《全唐诗》存诗一卷。

伤田家

二月卖新丝,五月粜新谷①。医得眼前疮,剜却心头肉②。我愿君王心,化作光明烛。不照绮罗筵,只照逃亡屋③。

注释

①粜(tiào 跳):出卖粮食。这两句说:二月养蚕刚开始,就预将新丝贱价抵押出卖。五月刚插秧,又预将新谷出售,以救眼前饥寒。②眼前疮:指眼前的痛苦生活。剜(wān 弯)却:用刀挖掉。心头肉:指一年辛勤劳动的果实。③绮(qǐ 启)罗:绫罗绸缎。绮罗筵:指衣着华贵者参与的豪奢筵席。逃亡屋:指农民破产逃亡后留下的茅屋。

这首五言古诗，以简练的语言，真实、生动地反映了晚唐社会的典型情况。田家的劳动果实可以变钱的，只有"丝"和"谷"。二月，蚕丝还未缫成，五月，稻谷还未上市，却已经全部为高利贷者所占有。诗人以"医得眼前疮，剜却心头肉"的贴切比喻表述了这种惨象，读之动人心魄。田家为什么要低价预卖丝谷，前面没有明说，但后四句希望"君王"之心化为明烛"只照逃亡屋"，就明确地告诉人们：田家之所以忍痛"剜却心头肉"，是由于不得不用"心头肉"去"补"苛捐杂税的千疮百孔。到那千疮百孔无法补足的时候，就被迫逃亡。诗人以"绮罗筵"反衬"逃亡屋"，渴望引起最高统治者的注意。其治国济民的责任感值得钦敬；但那"君王"之"心"，又怎能"化作光明烛"呢？《唐诗别裁集》卷四评云："唐时尚有采诗之役，故诗家每陈下民苦情，如柳州《捕蛇者说》，亦其一也。此诗言简意足，可匹柳文。"

田　家

父耕原上田，子劚山下荒①。六月禾未秀②，官家已修仓。

注释

①原：高而平坦宽广的土地。劚（zhú竹）：锄头之类的农具，这里用作动词，开垦的意思。②秀：庄稼抽穗扬花。

田家忙于耕田劚荒，官家忙于修仓。寥寥二十字，内涵何其深广！

司空图

司空图(837—908),字表圣,自号知非子、耐辱居士,河中虞乡(今山西永济)人。咸通十年(869)登进士第。历任光禄寺主簿、礼部员外郎、礼部郎中。广明元年(880)冬,黄巢入长安,图退居河中。光启元年(885)拜知制诰,迁中书舍人。不久,僖宗出幸宝鸡,图遂归隐中条山王官谷。此后几经迁移,终未出仕。朱全忠称帝,以礼部尚书召,不赴。后梁开平二年(908),闻唐哀帝被害,不食而卒。生平事迹见新、旧《唐书》本传。司空图论诗,强调"近而不浮,远而不尽",须有"韵外之致""味外之旨",认为"辨于味而后可以言诗"(见其《与李生论诗书》)。此论对此后严羽的"妙悟"说、王士禛的"神韵"说均有影响。同时,司空图又标举雄浑、冲淡等二十四种风格,著为《诗品》,对此后的风格论亦有影响。其诗多近体,绝句数量尤多,从总体看,其造诣远未达到所悬标准,但也有不少佳作。《全唐诗》存诗三卷,有《司空表圣诗集》。

塞　上

万里隋城在①,三边虏气衰②。沙填孤障角③,烧断故关碑④。马色经寒惨,雕声带晚悲。将军正闲暇,留客换歌辞。

注释

①隋(duò)城:坠坏的长城。隋,通"堕"。②三边:泛指边地。虏气:指边境少数民族的势力。③孤障:孤单独立的城堡。句意说城墙角已被流沙填满。④烧:野火。故关:关名,在今山西省平定县东九十里与河北省井陉县接界处的太行山间,有秦始皇所立碑石。这里泛指已废弃的边关。

唐末藩镇割据，连年混战，而边境相对安定，无重大战争，此诗正反映了这种情况。司空图在《与李生论诗书》中列举了他自认为有"韵外之致""味外之旨"的许多诗句，此诗"马色经寒惨，雕声带晚悲"一联即在其中。

独　　望

绿树连村暗，黄花入麦稀①。远陂春旱渗②，犹有水禽飞。

注释

①黄花：指油菜花。入麦稀：指油菜与小麦间种，而以小麦为主，一望碧绿中间以黄花。②"远陂"句：因春旱而陂塘之水渗漏。

前两句，作者在《与李生论诗书》中列入自摘警句，后人也极赞赏。苏轼云："司空表圣自论其诗，以为得味外意。如'绿树连村暗，黄花入麦稀'，此句最善。"(《王直方诗话》)许顗云："司空图，唐末竟能全节自守。其诗有'绿树连村暗，黄花入麦稀'，诚可贵重。"(《彦周诗话》)

河湟有感

一自萧关起战尘①，河湟隔断异乡春②。汉儿尽作胡儿语，却向城头骂汉人。

注释

①萧关：在今宁夏固原市北。②"河湟"句：河湟与祖国隔断，有如异域，吹不进大唐的春风。

河湟地区长期为吐蕃所占据，大中五年(851)始为张义潮收复。此诗通过汉人已习用胡语、且用胡语骂汉人，感叹国土沦陷之久，小中见大，倍见深挚。

华　　下

故国春归未有涯①，小栏高槛别人家②。
五更惆怅回孤枕③，犹自残灯照落花④。

注释

①春归：春天已去。②"小栏"句：谓寄居别人家里，小栏、高槛俱非己有。③回孤枕：孤枕梦回。④"犹自"句：梦醒之时，残灯犹照落花。落花与首句"春归"照应，均有象征国运衰微之意。

华下，华山之下，指华州(今陕西华阴及周边地区)。乾宁三年(896)，凤翔节度使李茂贞进逼长安，昭宗奔华州依韩建。李茂贞率兵入京，历年修复之宫室街市尽被焚毁。司空图避难华州，客中春尽，作此诗抒感。俞陛云《诗境浅说续编》云："表圣为唐末完人，此诗殊有君国之感。三、四句明知颓运难回，犹冀一旅一成，倘能兴夏。不敢昌言，以残灯落花为喻。"

杜荀鹤

杜荀鹤(846—904),字彦之,排行十五,池州石埭(今安徽石台)人。早年读书于九华山,刻苦为诗,然屡试不第,自叹"空有篇章传海内,更无亲族在朝中"(《投从叔补阙》)。 僖宗乾符(874—879)末,黄巢进军河南,荀鹤自长安归隐九华达十五年之久,自号九华山人。 昭宗大顺二年(891)始登进士第,时危世乱,复还旧山。 田頵镇宣州,辟为从事。 天复三年(903)为頵赴大梁通好朱温,为温所喜,被留,表授翰林学士、主客员外郎,遇疾,旬日而卒。 生平事迹见《唐诗纪事》《唐才子传》及《旧五代史》本传。 杜荀鹤为晚唐著名诗人,自言"诗旨未能忘救物"(《自叙》)、"言论关时事,篇章见国风"(《秋日山中》)。 上承杜甫、元、白关心民瘼、敷陈时事的优良传统,以短小精悍之律绝,明白晓畅之语言,反映民间疾苦,抨击黑暗现实,自成一家,后人称为"杜荀鹤体"(严羽《沧浪诗话·诗体》)。 有《唐风集》(《杜荀鹤文集》),《全唐诗》存诗三卷。

山中寡妇

夫因兵死守蓬茅①,麻苎衣衫鬓发焦②。桑柘废来犹纳税③,田园荒后尚征苗④。时挑野菜和根煮,旋斫生柴带叶烧⑤。任是深山更深处,也应无计避征徭⑥。

注释

①蓬茅:茅屋。 ②麻苎(zhù住)衣衫:麻布缝制的粗陋衣衫。 苎:指苎麻,可织布。 焦:枯黄。 ③柘(zhè这):树名,叶可养蚕。 废:废弃,毁坏。 犹:还要。 纳税:指丝税。 ④征苗:征收田赋。 ⑤时:时时,经常。 旋(xuàn炫):随即。 斫(zhuó灼):砍。 带叶烧:指柴也是随砍随烧,没有储存的干柴。 ⑥任:任凭。 应(yīng婴):该。 征徭:赋税和劳役。

唐末军阀割据混战,封建剥削更加残酷,人民苦难更加深重。 此诗只用白描手法描写了"山中寡妇"的悲惨遭遇,却具有以个别见一般的典型意义。 军阀割据混战危及唐王朝的统治,因而要征兵打仗、修筑栅寨。 诗人在《乱后逢村叟》中写道:"因供寨木无桑柘,为点乡兵绝子孙。"又在《题所居村舍》中写道:"蚕无夏织桑充寨,田废春耕犊劳军。"这一类诗句,都可作《山中寡妇》的注脚。 首句"夫因兵死",说明诗中女主人公因丈夫被"点"为"乡兵"作战牺牲,沦为"寡妇",独自在死亡线上挣扎。 "桑柘废",不外是被砍去"供寨木",但仍然要纳税;"田园荒",当然是由于缺种子、无劳力,但仍然要交租。 因此,她只能挑些野菜,连菜根一起煮了吃;砍些树枝,来不及晒干,连树叶一起烧。 住的是茅草房,穿的是麻苎衣。 丈夫既然能被抓去当兵,可见他还年轻,但对她的形容,却是"鬓发焦",被煎熬得不像人样了。 尾联就题目中的"山中"落墨,从个别扩展到一般,写出了千古传诵的名句。 "任是深山更深处,也应无计避征徭",与陆龟蒙的"蓬莱有路教人到,应亦年年税紫芝",可谓异曲同工。 但陆龟蒙只讲"税",这里既讲"税"又讲"徭"。 "徭"通常指劳役,然从首句的"夫因兵死"看,诗人所用的"徭"还包括兵役。"无计避征徭",确切地概括了唐末人民苦难的时代特征。

乱后逢村叟

经乱衰翁居破村,村中何事不伤魂①。因供寨木无桑柘②,为点乡兵绝子孙③。 还似平宁征赋税,未尝州县略安存④。 至今鸡犬皆星散⑤,日落前山独倚门。

注释

①这两句一作"八十老翁住破村,村中牢落不堪论"。②寨木:古代战争中用于防守的栅栏叫"寨"。寨木,即建寨用的木料。这句说因为要供应寨木,把桑树和柘树都砍光了。③乡兵:地方武装。西魏北周有乡兵,由大都督或仪同统领,居于本乡,历代相沿。这句说,因为官府点派乡兵,结果死于兵差,绝了后代。④平宁:太平安宁时节。未尝:不曾。略:稍微。安存:安抚体恤。⑤星散:零落散失,不知去向。

通过一位村叟的艰难处境,展现了晚唐社会的缩影,可与《山中寡妇》并读。

题所居村舍

家随兵尽屋空存,税额宁容减一分①。衣食旋营犹可过②,赋输长急不堪闻③。蚕无夏织桑充寨④,田废春耕犊劳军⑤。如此数州谁会得,杀民将尽更激勋⑥!

注释

①税额:规定应缴赋税的数字。宁容:岂容,不许。②旋营:临时对付。③赋输长急:官府长年都在急迫地催缴赋税。输:送。④充寨:充作修营寨的木料。⑤犊劳军:将耕牛牵去慰劳官军。犊:小牛。⑥"如此"二句:许多州县都处于如此水深火热之中,没谁去理会,那些做地方官的却一味不顾人民的死活,只管敲诈勒索,争取立功受赏、升官发财。

这是一首墙头诗,题在作者所住村舍的墙上,意在叫大家看,所以写得很通俗。某些前人和今人以"鄙俚近俗"贬斥杜荀鹤反映民间疾苦的诗,孰不知既反映民间疾苦,又力图写得通俗易懂,尽可能争取更多的读者,正是杜荀鹤的难能可贵之处。

小 松

自小刺头深草里①,而今渐觉出蓬蒿。
时人不识凌云木②,直待凌云始道高。

注释
①刺头:探头。②凌云木:高插云霄的大树。

一、二两句写小松的生长趋势:它出土不久,便从深草里崭露头角;如今呢,它已从蓬蒿中冒出树尖。作者由此判断,它将来必然是一棵凌云大树;而时人却认识不到这一点,直要等到它已经长成凌云大树,才说:"嗬!这棵树好高!"写的是小松,阐发的却是具有普遍意义的大道理,可谓词约而义丰,言近而旨远。

蚕 妇

粉色全无饥色加①,岂知人世有荣华。
年年道我蚕辛苦,底事浑身着苎麻②?

注释
①粉色:脂粉之色。饥色:饥饿之色。②底事:何事,为什么。

北宋张俞的《蚕妇》诗"昨日入城市,归来泪满巾。遍身罗绮者,不是养蚕人"当然写得更深婉,但其命意,实受此诗启发。

田 翁

白发星星筋力衰①,种田犹自伴孙儿。
官苗若不平平纳,任是丰年也受饥②。

注释

①星星:点点。 晋左思《白发赋》:"星星白发,生于鬓垂。" ②"官苗"二句:意思是官府如在正常的赋税之外横征暴敛的话,即使丰年也免不了要闹饥荒,荒年当然更不必说了。 官苗:田赋。 平平纳:按正常的税额缴纳。

军阀混战,壮丁全被抓去打仗,只剩下"白发星星筋力衰"的"田翁"和"孙儿"种田,还要缴纳各种赋税,叫老百姓怎么活!这一首和前一首,都以通俗的语言反映血淋淋的现实,为民请命,可以说是绝句中的新体诗。

再经胡城县①

去岁曾经此县城,县民无口不冤声。
今来县宰加朱绂②,便是生灵血染成③。

注释

①胡城县:故城在今安徽阜阳县北。 ②县宰:县令。 朱绂(fú福):系官印的红色丝带,然唐诗中多用以指绯衣。 唐制五品服浅绯,四品服深绯。 ③生灵:生民。

这首诗对于典型现象的高度概括，是通过对于"初经"与"再经"的巧妙安排完成的。写"初经"时的所见所闻，只从"县民"方面落墨；是谁使得"县民无口不冤声"？没有写。写"再经"时的所见所闻，只从"县宰"方面着笔；他凭什么"加朱绂"？也没有说。在摆出这两种典型现象之后，紧接着用"便是"作判断，而以"生灵血染成"作为判断的结果。"县宰"的"朱绂"既是"生灵血染成"，那么"县民无口不冤声"正是"县宰"一手造成的。而"县宰"之所以"加朱绂"，就是由于屠杀了无数冤民。在唐代，"朱绂"（指深绯）是四品官的官服，"县宰"而"加朱绂"，表明他加官受赏。诗人不说他加官受赏，而说"加朱绂"，并把"县宰"的"朱绂"和人民的鲜"血"这两种颜色相同而性质相反的事物联系起来，用"血染成"揭示二者的因果关系，就无比深刻地暴露了封建统治者与民为敌的反动本质。结句引满而发，不留余地，但仍然有余味。"县宰"未"加朱绂"之时，权势还不够大，腰杆还不够硬，却已经逼得"县民无口不冤声"；如今因屠杀冤民而立功，加了"朱绂"，尝到甜头，权势更大，腰杆更硬，他又将干些什么呢？试读诗人在《题所居村舍》里所说的"杀民将尽更邀勋"，便知这首诗的言外之意了。

郑　谷

郑谷（851？—910？），字守愚，袁州宜春（今属江西）人。幼颖悟，七岁能诗。及冠，屡应进士举不第。广明元年（880）黄巢入长安，谷避乱入蜀。光启三年（887）登进士第。景福二年（893）授鄠县尉，摄京兆参军，迁右拾遗、右补阙。乾宁三年（896）昭宗幸华州，谷奔行在，转都官郎中，寓居华山云台道观，自编歌诗三卷，名《云台编》。天复三年（903）前后归宜春，与诗僧齐己唱和。齐己《早梅诗》有"前村深雪里，昨夜数枝开"之句，谷曰："'数枝'，非早也，未若'一枝'佳。"齐己拜服，称为"一字师"。其诗擅长五七言律绝，多为咏物写景之作，清婉明畅，尤以《鹧鸪》诗出名，时称"郑鹧鸪"。《全唐诗》存诗四卷。自编《云台编》今存，今人傅义有《郑谷诗集编年校注》。

鹧　　鸪

暖戏烟芜锦翼齐①，品流应得近山鸡②。雨昏青草湖边过③，花落黄陵庙里啼④。游子乍闻征袖湿⑤，佳人才唱翠眉低⑥。相呼相应湘江阔⑦，苦竹丛深春日西⑧。

注释

①烟芜：浓绿如烟之野草。②山鸡：野鸡。③青草湖：古代五湖之一，南接湘水，北通洞庭，今统称洞庭湖。④黄陵庙：在湘潭县北四十里黄陵山上。⑤"游子"句：鹧鸪啼声，仿佛是"行不得也哥哥"，故游子闻声落泪。⑥"佳人"句：古有《山鹧鸪曲》，效鹧鸪之声，音调凄凉，故佳人唱此曲而低眉含愁。⑦相呼相应：《太平御览》卷九二四《鹧鸪》条，"《岭表录异》曰：'多对啼。'"因鹧鸪双双相对而啼，故云"相呼相应"。⑧苦竹：笋之味苦者。李白《山鹧鸪》词："苦竹岭头秋月辉，苦竹南枝鹧鸪飞。"

当是落第南归时所作，情绪低沉，格调亦不高，然在当时却颇负盛名。《唐才子传》卷九《郑谷》条云："又尝赋《鹧鸪》，警绝，复称'郑鹧鸪'云。"第二联为传诵名句，范晞文《对床夜语》卷五云："郑谷《鹧鸪》诗云：'雨昏青草湖边过，花落黄陵庙里啼'，不用钩辀格磔等字，而鹧鸪之意自见，善咏物者也。"沈德潜《唐诗别裁集》卷一六云："咏物诗刻露不如神韵，三四语胜于钩辀格磔也。诗家称'郑鹧鸪'以此。"

雪中偶题

乱飘僧舍茶烟湿①,密洒歌楼酒力微②。
江上晚来堪画处,渔人披得一蓑归。

注释

①茶烟湿:茶烟遇雪而湿。②酒力微:下雪天冷,吃酒亦难御寒。

宋人郭若虚《图画见闻志》卷五《雪诗图》引郑谷此诗全文,下云:"时人多传诵之。段赞善善画,因采其诗意图写之。"郑谷《予尝有雪景一绝,为人所讽吟。段赞善小笔精微,忽为图画,以诗谢之》尾联云:"爱予风雪句,幽绝写渔蓑。"可见此诗在当时传诵颇广,且有诗意画流传。柳永《望远行》词"乱飘僧舍,密洒歌楼,迤逦渐迷鸳瓦。好是渔人,披得一蓑归去,江上晚来堪画";苏轼《谢人见和前篇》"渔蓑句好真堪画",可见此诗至北宋犹传诵不衰。

淮上与友人别

扬子江头杨柳春①,杨花愁杀渡江人。
数声风笛离亭晚②,君向潇湘我向秦。

注释

①扬子江：长江。 ②离亭：指长亭、短亭，古代驿站。

从《诗经·小雅·采薇》以来，"杨柳"越来越成为诗歌中借以抒写离情别绪的典型景物。 此诗通篇不离杨柳，别饶韵味。 首句中的"扬子江头"点离别之地，"杨柳"是眼前景。 "春"字既点离别之时，又为"杨柳"传神绘色。 只提"杨柳"而不作具体描写，形象似乎不够鲜明；但把它和"扬子江头"联系起来，和"春"联系起来，就会通过读者的生活经验唤起丰富的想象：千万缕嫩绿的柳丝随风摇曳，或拖在岸上，或飘在水里；千万朵雪白的杨花随风飘扬，或扑落江面，或飞向远方；而江南江北的阳春烟景，也会在你面前展现出迷人的图画。 第二句的"渡江人"扣题目中的"与友人别"，"杨花"则紧承"杨柳春"而来。 "杨柳春"三字兼包柳丝与杨花。 诗人单拈"杨花"，只说它"愁杀渡江人"，就既可使读者想象到杨花之濛濛、漫漫，又可使读者联想到柳丝之依依、袅袅。 要不然，怎么会"愁杀渡江人"呢？"愁"本是个抽象的概念，但在这里，"渡江人"的"愁"是被离别之时所见所感的客观景物引起的，所以它并不抽象。 不是吗？ 两位亲密的朋友即将分手，依依的柳丝牵系着惜别的情感，四散的杨花撩乱着伤离的意绪。 在这种场合用"愁杀"二字概括"渡江人"的心理活动，只会提高情景交融的艺术境界，而不会产生概念化的缺点。 三、四两句撇开了"杨柳"，怎样和一、二两句联系起来呢？ 其实，那只是字面上撇开了"杨柳"，而在"数声风笛"里却再现了"杨柳"。 古代有一种《折杨柳曲》，是用笛子吹奏的。 北朝乐府民歌《折杨柳歌辞》云："上马不捉鞭，反折杨柳枝。 蹀坐吹长笛，愁杀行客儿。"可以使我们了解这种笛曲的情调。 这种笛曲，唐代仍然普遍流行。 李白《春夜洛城闻笛》

所写的"谁家玉笛暗飞声,散入春风满洛城。此夜曲中闻折柳,何人不起故园情?"使我们对这种笛曲的情调有了更多的了解。和一、二两句联系起来看,第三句"数声风笛"所传来的,正是撩动"故园情""愁杀行客儿"的《折杨柳曲》。当两位朋友于柳丝依依、杨花濛濛中话别的时候,又飘来"数声风笛",唤起了柳丝依依、杨花濛濛的听觉形象,与晃动在眼前的视觉形象融合为一,又会引起什么感触呢?

"离亭晚"中的"晚"字很重要。它既充分表现了惜别之情,又为下一句补景设色。两位朋友在"离亭"话别而不愿分别,一直流连到天"晚",终于不得不在暮霭沉沉、暮色苍茫中分手上路,各奔前程了。"君向潇湘我向秦",茫茫别意,都从两个"向"字传出,令人黯然销魂。

明清诗评家多认为此诗有盛唐风韵。沈德潜把它和被几个诗评家分别推为唐人七绝"压卷"的"秦时明月""渭城朝雨""黄河远上""朝辞白帝"等并列(《说诗晬语》卷上),是当之无愧的。

韩　偓

韩偓(842—923),字致尧,一作致光,小名冬郎,自号玉山樵人,京兆万年(今陕西西安)人。十岁即能赋诗,其姨父李商隐《韩冬郎即席为诗相送,一座皆惊》诗称其"雏凤清于老凤声"。昭宗龙纪元年(889)进士及第。历任左拾遗、左谏议大夫、翰林学士、中书舍人、兵部侍郎等职。尝与宰相崔胤等定策诛宦官刘季述,深受昭宗信赖,屡欲拜相,固辞不就。天复三年(903),因不肯阿附朱温,被贬为濮州司马,再贬荣懿尉,徙邓州司马。天祐二年(905),复召为翰林学士,惧不赴任。翌年,举家入闽依王审知。后寓居南安而卒。生平事迹见《十国春秋》本传、《新唐书》本传、《唐诗纪事》、《唐才子传》及近人震钧《韩承旨年谱》。韩偓生逢乱世,多忧国感事之诗,清人评其《韩内翰别集》云:"此集忠愤之气溢于句外,激昂慷慨,有变风变雅之遗。"(《四库全书简明目录》)其七律师法杜甫、李商隐而能得其神味。绝句轻妍婉约,托兴深远。另有《香奁集》,多写艳情,词致婉丽,后人遂称艳情诗为"香奁体"。有《玉山樵人集》(内附《香奁集》),《全唐诗》存诗四卷。

故　　都①

故都遥想草萋萋,上帝深疑亦自迷。塞雁已侵池篽宿②,宫鸦犹恋女墙啼③。天涯烈士空垂涕④,地下强魂必噬脐⑤。掩鼻计成终不觉⑥,冯驩无路学鸣鸡⑦。

注释

①故都:指长安。朱温于天佑元年(904)迫昭宗迁都洛阳。朱温乃是黄巢军叛徒,以屠杀百姓起家。天祐四年篡唐自立,国号梁。②池篽:池周插竹条,用绳结网。③女墙:宫墙上的墙垛。④天涯烈士:作者自指,他被朱温排挤出京,唐亡时流寓福建,故自称天涯烈士。烈士:古代对义烈之士的通称,不论存亡。⑤"地下"句:光化三年(900),宰相崔胤为铲除宦官,召朱温率兵自大梁入长安,自此大权落入朱温之手,崔胤及忠于唐室者多被杀。地下强魂,即指崔胤等被害者。噬脐:以人不能咬到自己的肚脐比喻追悔不及,典出《左传·庄公六年》。⑥"掩鼻"句:谓朱温篡唐之计已成,而人们终未觉察。掩鼻计:典出《韩非子·外储说》,魏王给荆王赠了一位美女,荆王的夫人郑袖告诉她:"王很喜欢你,但讨厌你的鼻子,你见王时掩住鼻子,他就永远爱你了。"美女接受建议,每见王,常掩鼻。荆王问郑袖:"新人一见我就捂鼻子,为什么?"郑袖说:"最近

常说害怕闻王的臭气。"荆王愤怒,割掉她的鼻子。⑦"冯骧"句:慨叹自己远在天涯,无法使昭宗脱险。学鸣鸡:典出《史记·孟尝君列传》,孟尝君入秦被困,逃回齐国,半夜至函谷关。按照规定,鸡鸣始开关门。孟尝君门客冯骧学鸡叫,附近的鸡也跟着叫,孟尝君乃得半夜出关,未被秦兵追及。

朱温迁都洛阳,弑昭宗,废哀帝而自建梁朝。此诗作于迁都之后,当时诗人正流寓福建。全诗以"故都遥想"领起,先推出"草萋萋"的总镜头和"塞雁""池篆""宫鸦""女墙"等分镜头,而以"自迷""已侵""犹恋"涂上浓重的感伤色彩。京城长安,当日何等繁华,如今处处长满萋萋野草,不见人烟,倘"上帝"下临,也会深感迷惘,怀疑这并非大唐京都。宫中池苑,禁篆森严,如今竟被塞雁侵入,任意栖宿。总之,一切都面目全非,只有几只"宫鸦"还留恋宫墙,在雉堞上悲啼。第三联忽于低回哀叹中振起,以"空垂涕"结前四句,抒发了"天涯烈士"报国无路的愤激之情;以"必噬脐"启后两句,通过崔胤必追悔于地下的设想,表现了虽死亦为"强魂"、与逆贼势不两立的慷慨之志。尾联承"噬脐"作结,上句写朱温伪装效忠唐室,恨未及早识破;下句以冯骧尚能效鸣鸡使孟尝君脱险作反衬,表现昭宗被迫迁都,已失去自由,而自己却一筹莫展的悲痛心情。前半写遥想中故都的破败景象,即景抒情,无限凄婉。第三联忽掀巨浪,大声震天,如清人吴汝纶指出:"提笔挺起作大顿挫。凡小家作感愤诗,后半每不能撑起,大家气魄,所争在此。"(《韩翰林集》评语)尾联借典故述今事,而以"终不觉""无路学"紧贴自身,慷慨欲报之意,情见乎词。

韩偓七律,取法杜甫、李商隐而能自具面目,纵横变化,沉郁顿挫,造语妍练,律对精切,其感愤时事之作,尤深挚勃郁,凄切感人。如吴北江所评:"晚唐唯韩致尧为一大家。其忠亮大节,亡国悲愤,具在篇章,盖能于杜公外自树一帜。"(高步瀛《唐宋诗举要》卷五引)

春　尽

惜春连日醉昏昏,醒后衣裳见酒痕。细水浮花归别涧,断云含雨入孤村。人闲易得芳时恨①,地迥难招自古魂②。惭愧流莺相厚意,清晨犹为到西园③。

注释

①"人闲"句:人在闲着没有事干的时候,遇上满目芳菲的春天,会触发愁恨。②"地迥"句:迥,远。招魂,用一种巫术招回死者的灵魂,《楚辞》有《招魂》篇。此句大意是,我飘流在这僻远的闽地,很想招回自古以来飘流此地的人们的亡魂相与共语,却无法招回。③惭愧:感谢。结尾两句的大意是,多谢流莺的深情厚意,她每天早晨还到西园来为我鸣叫。

此诗作于流寓福建时期,写暮春之景,抒亡国之痛,情景交融,凄楚动人。"细水浮花归别涧,断云含雨入孤村"一联,范晞文称其"微有深致"(《对床夜语》卷四)。

翠 碧 鸟

天长水远网罗稀,保得重重翠碧衣①。

挟弹小儿多害物,劝君莫近市朝飞②。

注释

①"天长"二句:在远离朝廷都市的地方网罗较少,可以保全。②"挟弹"二句:朝廷和都市,"小儿"们专用弹弓打鸟,"劝君"切莫飞近。君:指翠碧鸟。

翠碧鸟即翡翠鸟。韩偓深受昭宗信任,但其时政权已落入朱温之手,国势忧危。此诗以翠碧鸟为喻,抒发全身远害的思想,表明作者已深感无力挽救危局。当作于天祐二年(905)复召为翰林学士,惧不赴任之时。

自沙县抵龙溪,值泉州军过后,村落皆空,因有一绝①

水自潺湲日自斜,尽无鸡犬有鸣鸦。
千村万落如寒食②,不见人烟空见花。

注释

①沙县、龙溪、泉州:俱在今福建省境内。泉州军:指割据福建中部的藩镇武装。②如寒食:像寒食节禁烟火那样不见炊烟。

此诗作于后梁开平四年(910)。首句用两"自"字,慨叹只有"水"之"潺湲"、"日"之西"斜"能够"自"主,不受人事巨变的影响,反衬"村落皆空"。次句以"有"衬"无"。"鸡犬"乃人家所饲养，连"鸡犬"都被杀光，老百姓哪能幸存？乌"鸦"乃野禽，能在高空飞翔，因而尚有存者；但也由于觅食维艰，哀哀鸣叫。第三句以"千村万落"表现洗劫范围之广，以"如寒食"表现洗劫程度之惨。 结句以"见"衬"不见"。"不见人烟"，与"无鸡犬"拍合；"空见花"，与"有鸣鸦"及"潺湲"之"水"、西"斜"之"日"拍合。 合拢来，便是这样一幅图画：从人事方面看，"千村万落"，"无鸡犬"，"不见人烟"；从自然方面看，斜日西驰，流水潺湲，饥鸦哀鸣，残花寂寞。 以自然衬人事，倍感荒凉，令人触目惊心，不忍卒读。 从残唐军阀混战至五代纷争，杀戮之惨，世所罕见。 这首诗以寥寥二十八字勾画出一幅缩影，具有深刻的认识意义。